Patricia Holland Moritz

Kaßbergen

atb aufbau taschenbuch

Patricia Holland Moritz wurde in Karl-Marx-Stadt – dem heutigen Chemnitz – geboren. Sie arbeitete in Leipzig als Buchhändlerin, verließ dann die DDR und heuerte in Paris als Speditionskauffrau an. Nach einigen Semestern Nordamerikanistik wurde sie Bookerin für verschiedene Bands und dann Schriftstellerin. Neben dem Schreiben arbeitet sie für die SPD in Berlin Lichtenberg und ebenda in der Obdachlosenhilfe.

Industriemetropole, Arbeiterstadt, aber auch Heimat von Künstlern: Ulrike wächst in einer Stadt auf, die vielschichtig ist wie ihre Menschen. Nichts ist so einfach, wie es scheint, Vergangenheit und Gegenwart haben immer einen doppelten Boden: Nach einer Zeit, in der Hoffnungen geboren wurden, um gleich wieder zu sterben; als Pioniergeist herrschte, den zwei Kriege zunichtemachten; als wideraufgebaut wurde, um das Neue unter das Diktat einer anderen Gesellschaftsordnung zu stellen, in der aus Mangelwirtschaft Planerfüllung improvisiert wurde.

Diese Vergangenheit ist überall, als Ulrike in den achtziger Jahren groß wird und nach und nach verborgene Schönheit und Abgründe entdeckt. Aus dem unsicheren kleinen Mädchen wird ein rebellischer Teenager, der sich nicht mehr abspeisen lässt mit Lügen und Beschwichtigungen.

Patricia Holland Moritz erzählt von einem Mädchen, das die Vergangenheit ihrer Familie und ihrer Stadt ergründen muss, um ihren Weg in die Zukunft zu finden.

Patricia
Holland Moritz

Kaßbergen

Roman

aufbau taschenbuch

Im Roman werden wahre, zeitgeschichtlich relevante Ereignisse erwähnt, sowie auch Orte und Personen der Zeitgeschichte. Die Handlung und handelnde Personen des Romans hingegen sind frei erfunden. Jegliche Ähnlichkeit mit lebenden oder realen Personen wäre rein zufällig und von der Autorin unbeabsichtigt.

FSC
www.fsc.org
MIX
Papier | Fördert gute Waldnutzung
FSC® C083411

ISBN 978-3-7466-3981-9

Aufbau Taschenbuch ist eine Marke der Aufbau Verlage GmbH & Co. KG

1. Auflage 2023
Vollständige Taschenbuchausgabe

Umschlaggestaltung zero-media.net, München
unter Verwendung von Motiven von © Jessica Lia / Getty Images
und © ullstein bild –Schöning
Satz LVD GmbH, Berlin
Druck und Binden CPI books GmbH, Leck, Germany
Printed in Germany

www.aufbau-verlage.de

Meiner Heimatstadt Chemnitz gewidmet,
damals Karl-Marx-Stadt, und ihren Menschen.

Man hat schon wirklich kräftig daneben gegriffen auf der Sitzbrille des Lebens, ganz schön in die Röhre hat man, das kann man wohl sagen.

Werner Bräunig, Rummelplatz

Durch Kaßbergen liefen allerlei wunderliche Leute. Wunderliche Leute waren alte Menschen. Vor allem bei Frauen war zu sehen, wie wunderlich sie waren, und alle fragten sich, und doch war es allen egal, warum sie so waren. Die wunderlichen Frauen von Kaßbergen waren das Pieps-Rosl, die Rückwärts-Elli und die Schwungrad-Lene.

Pieps-Rosl hieß so, weil sie einen Pieps hatte.

Rückwärts-Elli hieß so, weil sie immer rückwärts lief. Meistens, ohne sich umzuschauen. Was natürlich an Straßenkreuzungen eine große Gefahr war.

Schwungrad-Lene hatte einen ausufernden Schritt. Trotz ihrer kurzen Beine und ihrer Gebrechlichkeit glitt sie mit rudernden Armbewegungen übers Pflaster wie ein Dampfer auf dem Mississippi.

Vielleicht trugen all die wunderlichen Alten von Kaßbergen etwas in sich seit jener Nacht, in der ihre Stadt in Schutt und Asche gelegt worden war. Vielleicht waren sie einfach so wunderlich, weil sie anderes erlebt hatten als wir. Etwas, wovon wir Nachgeborenen nichts ahnten. Oder sie waren nur in unseren Augen wunderlich, weil sie alt waren. Es wurde nicht gefragt, man ließ sie einfach laufen, die wunderlichen Alten. Weißes Haar zu haben schien zu bedeuten, dass man seltsam wurde. Dass man Abschied nahm von dieser Welt, um in seiner eigenen zu leben.

Die Alten waren in eine maschinenbetriebene Stadt hineingeboren worden, als das Land noch ein anderes war. Ihre Kinder waren in Kellern zur Welt gekommen, während draußen Bomben fielen. Und wir, die bisher Letzten, nannten eine zusammengezimmerte Stadt »Heimat«, von der jeder Auswärtige sagte, er sei schon mal durchgefahren und sie habe eine schöne Umgebung.

Der Häuptling Emil Uhlig war mein Opa. Er ging den ganzen Tag spazieren, anders als die alten Menschen von Kaßbergen. Die gingen kaum aus ihrem Viertel heraus, aber der Häuptling schaffte es schon mal bis nach Gablenz, mit der Straßenbahn aus Holz, die die Kaßbergauffahrt hinauf- und hinunterquietschte und von und nach dort längs über die Weststraße, die den Berg durchschnitt. Die Straßenbahn war des Häuptlings Verbindung zur Welt, was bei uns »in die Stadt gehen« hieß.

Kam er nach Hause, dann war er zu hören, bevor man ihn sah. Sein Schlüsselbund flog auf die Flurkommode, rutschte von da auf den Boden, wo es liegen blieb, bis der Häuptling es aufhob, um wieder rauszugehen.

Meine Großmutter hieß Elli, war aber nicht die Rückwärts-Elli, sondern »der Minister«.

Meine Mutter Rosemarie hingegen hieß nur »deine Mutter«.

Einmal sagte der Minister: »Frag mal deine Mutter, ob sie Huckleberry Finn kennt.«

Mir den Namen bis nach Hause zu merken fiel mir schwer. Den Sinn der Frage meiner Oma zu verstehen versuchte ich gar nicht erst. Was die Großen sagten, hatte ich nicht zu kommentieren. Und das durchwachsene Lächeln meiner Mutter danach sprach Bände, in denen ich nicht lesen wollte.

Der Minister sagte noch andere komische Sachen.

»Rauche nie im Bett, denn die Asche, die herunterfällt, könnte deine eigene sein« und »Im Leben einer Frau gibt es immer zwei Männer. Den, den sie geheiratet hat, und den, den sie nicht geheiratet hat.«

Im Leben einer jeden Familie schien es auch zwei Wahrheiten zu geben: die, die man sich erzählte, und die, die man sich nicht erzählte. Irgendetwas verbargen sie alle. Meine Familie war eine einzige Verschwörung, in die ich nicht eingeweiht war.

Der Balkon der kleinen Altbauwohnung meiner Großeltern zeigte zu einem Hinterhof mit einer Wiese und Klopfstangen. Hier saß der Minister an Sommerabenden an einem kleinen Holztisch auf einem kleinen Holzklappstuhl, umgeben von Blumentöpfen mit Aloe Vera und Alpenveilchen. Bei einer Tasse Bohnenkaffee redete sie mit mir und mit dem Wellensittich Moritz.

Ich saß bei einer Tasse Muckefuck und fütterte Moritz mit Hansa-Keksen. Der Vogel war gelb, und da ich sehen wollte, ob er grün wurde, füllte ich eines Abends blaugefärbtes Trinkwasser in das Röhrchen zwischen zwei Käfigstangen.

Der Minister schaute mir interessiert dabei zu.

»Vom Experimentieren wird man schlau. Frag mal deine Mutter, ob sie einen Humboldt kennt.«

Dieses Mal traute ich mich.

»Immer, wenn ich ihr so einen komischen Gruß von dir mitgebe, guckt Mutti nur, sagt ›Ja‹ und erzählt dann trotzdem nichts.«

Der Minister strich mir über den Kopf.

»Humboldt hat hier im Bergbau Karriere gemacht. Viele hier haben im Berg gearbeitet, er aber hat ihn studiert.«

Sie schaute hinüber zu Moritz, der sich die Flügel putzte. Der Vogel gab ein langgezogenes Moooo-ritz von sich.

»Dieser Humboldt hatte einen Papagei namens Jacob. Nicht viel größer als der hier. Nur konnte Humboldts Vogel richtig reden.«

Nichts Besonderes, dachte ich.

»Da hast du recht, das ist nichts Besonderes«, sagte der Minister. »Erst recht nicht, weil das Federvieh ja nur einen einzigen Satz sagen konnte.«

Dann forderte sie mich auf, den Buben zu holen.

Ich ging in die Küche. Vorsichtig goss ich aus der Kanne

den letzten Rest, der noch durch den Filter gesickert war. Mit geschlossenen Augen genoss meine Großmutter den kalten Schluck.

»Dreißig Jahre lebten sie zusammen in einer Wohnung. Jeden Morgen fragte Humboldt den Papagei, wer von beiden wohl zuerst sterben würde.«

»Und dann?«

Ich schaute zu Moritz, der blaues Wasser trank und gelb blieb.

»Dann soll Jacob stets geantwortet haben: ›Viel Zucker, viel Kaffee, Herr Seifert.‹«

»Und wer ist Herr Seifert?«

»Herr Seifert war Humboldts Diener, der ihm jeden Morgen den Kaffee brachte. Jacob überlebte sein Herrchen übrigens um ein Jahr.«

Bei meiner Großmutter lernte ich, dass lustig nicht gleich lustig war. Sie lachte oft, war aber selten lustig. Sie zog eine feine, kaum spürbare Grenze zwischen den Dingen, die sie zum Lachen fand, die aber nicht lustig waren, und jenen Witzen, bei denen sich die Zuhörer auf die Schenkel klopften. Meine Großmutter lebte auf, wenn sie mir lustige Geschichten erzählte. Den weniger lustigen Rest gab sie mir als Frage an meine Mutter mit auf den Weg.

Im Leben meiner Großeltern passierte nicht mehr viel. Sie waren beide in Rente. Schon das Wort klang nach einem trockenen Brotrand, auf dem alte Menschen tagein, tagaus herumkauten.

Hatten meine Großeltern mal Besuch, dann war sogar der Wellensittich aufgeregt und verkündete unablässig und lautstark seinen Namen.

»Den Vogel habe ich auf einem Markt ergattert«, sagte mein Großvater dann. »Als ich an Rommels Seite in Algerien kämpfte. Mir war sofort klar, dass ich zum Preis eines Wellensittichs in Wahrheit einen Papageien erhandelt hatte.«

Der Besuch blickte zuerst lächelnd auf den Häuptling, dann

mitleidig auf den Minister und schließlich betreten auf den Kuchenteller.

Mein Großvater war unter Adolf parteitreu gewesen. Mit diesen Worten umriss der Minister die Vergangenheit meines Großvaters. Vergangenheit hieß bei den alten Leuten in Kaßbergen Krieg. Tatsächlich kannte der Häuptling Algerien und den Rest der Welt nur von der Landkarte und aus den vergilbten Kolonialzeitungen, die er mit größerem Interesse als die *Freie Presse* las. Er hatte die kleine Polizeistube in Kleinolbersdorf erst mit der Heirat verlassen. Die Kleinolbersdorfer Kriminalitätsrate hielt sich, wie auch die Popularität dieser sächsischen Gemeinde, in Grenzen. Zudem war er bei jeder Beförderung übersehen worden; ein Schicksal, das er mit dem Landstrich im Osten der Stadt teilte.

Das betretene Schweigen überspielend, schlug der Häuptling dem Minister auf die Schulter, und meiner Oma fiel die Kuchengabel aus der Hand, die klirrend auf dem bohnerwachspolierten Boden landete.

»Aber schöne Blämbe haben wir heute wieder. Doppelschwerterkaffee. Da scheinen nicht nur die Schwerter von der Unterseite der Tasse durch, sondern auch die von der Untertasse!«

Wie fast jeden Tag brachte mich meine Mutter vom Kindergarten zu meinen Großeltern. Oben in der Weststraße gab sie mir einen Kuss und drückte mir den Blumenstrauß in die Hand, den sie die ganze Zeit schon in der Armbeuge getragen hatte.

»Die gibste dem Minister. Und hochgehen kannste alleine.«

Sie ging auf die andere Straßenseite, dort blieb sie einen Moment stehen und winkte mir zu. Ich schaute zur Wohnung meiner Großeltern. Schon an der Haustür drückte ich auf den Klingelknopf, damit die Wohnungstür auch wirklich offen stand und ich keine kostbare Minute verlor.

Es war der Häuptling, der mich in der Tür erwartete. Der Fußboden um ihn herum glänzte wie frisch geputzt. In der

Luft lag der Duft von Bohnerwachs. Auf dem Boden sein hingepfefferter Schlüsselbund.

Mein Großvater nahm mich hoch, wirbelte mich durch die Luft, ich landete auf seinen Füßen, die sich sofort in Bewegung setzten. Wir tanzten Walzer oder das, was der Häuptling dafür hielt.

»*Komm, wir tanzen – wie die Wanzen* – dadadiediiih – dadadaaah. …«

Der Minister stand über einen Putzeimer gebückt in einer Ecke der Stube, die rechte Hand in die Hüfte gestemmt.

Ich drückte ihr im Vorbeifliegen den Blumenstrauß in die Hand.

»Von Mutti.«

Der Minister wickelte die Blumen aus und schüttelte den Kopf.

»Wie sie da wohl wieder dazu gekommen ist. Sag schön Danke von mir.«

Der Häuptling vollführte wilde Drehungen. In immer kürzer werdenden Abständen konnte ich das Gesicht meiner Großmutter sehen. Wie bei einer Fahrt auf dem Kettenkarussell rückte alles für Sekunden in meinen Blickwinkel – der braune Bücherschrank, die goldgeprägten Buchrücken, das Bild vom *Mann mit dem Goldhelm*, ein Stück Himmel hinter der offenen Balkontür, der Minister in blauer Kittelschürze und mit weißen Astern in der Hand, die dunkle Holztür zum Flur. Mein Blick erhaschte das Lächeln des Ministers, nahm eine Mischung wahr aus Freude darüber, mich zu sehen, und der Anstrengung, auf arthritischen Beinen zu stehen.

Wir lebten in der Stadt des Eiskunstlaufs, der Olympiasieger und Weltmeister. Der Häuptling warf mich in die Höhe und schrie: »Die Eiskunstlaufhoffnungen der Republik!«

»Anett Pötzsch und Jan Hoffmann!«, schrie ich genauso laut.

Ich stieß mit den Füßen an den Putzeimer. Es folgte ein Scheppern, schmutziges Wasser lief über den Boden. In diesem See stand der Minister in Kamelhaarlatschen.

»Komm, wir tanzen wie die Wanzen …«

Der Häuptling setzte mich ab, sein Gesang brach ab, während ich auf Socken noch ein paar Pirouetten drehte. Er kam zurück, zog seinen Mantel über, holte wie ein Zauberer mit einem Augenzwinkern ein Päckchen Bohnenkaffee aus der Manteltasche, legte es vor meinen Augen unter ein Sofakissen. Dann hob er sein Schlüsselbund auf und ließ die Wohnungstür mit einem lauten Knall hinter sich ins Schloss fallen.

»Muss Opa wieder zur Polizei?«

»Da muss er schon lange nicht mehr hin.«

Meine Großmutter sah älter aus als der Zeisigwald, hätte mein Vater Dieter jetzt gesagt.

»Der hat doch nur noch damit zu tun, seinen Kaffee zu verstecken, weil er denkt, dass ich ihn beklaue.« Sie ließ sich in einen Sessel fallen und redete weiter, aber nicht mehr mit mir, sondern mit sich selbst. »Aber das Geld für die Zeisigwaldschänke nimmt er aus meinem Heft mit den Konsummarken.«

Ich griff wortlos zum Lappen, um das Wasser aufzuwischen.

»Ach lass nur«, sagte meine Großmutter willenlos.

Ich wrang den Scheuerhader aus, hängte ihn auf die Wäscheleine auf dem Balkon und trug den Eimer in die Küche.

Als ich zurück in die Stube kam, saß meine Großmutter noch immer bewegungslos im Sessel.

»Mama ist bestimmt zu Hause«, flüsterte ich.

Ich griff nach meiner Brottasche. Wollte nur noch weg. Der Minister sah so erschöpft aus, dass ich glaubte, ich sei schuld.

Leise machte ich die Wohnungstür zu und rannte los.

Der Berg

Die Stadt lag am Nordhang des Gebirges in einem Talkessel, darin ein Fluss von Süd nach Nord, der an Seitenläufen mitnahm, was er kriegen konnte. Höhenrücken zwischen den Wasserläufen trennten die Täler voneinander, und auf einem dieser Rücken lag Kaßbergen. Pfade entlang des Wasserlaufs waren zu Wegen getrampelt, führten versprengt in die Vorhöhen des Gebirges. Alles mündete schließlich in eine Straße, die über den Scheitel von Kaßbergen hinauf zum Gebirgskamm und hinunter ins Böhmische verlief.

Eine Siebenhügelstadt wie Rom, am Fuße eines Höhenzugs mit Erzen und dem Kaßberg als höchstem Gipfel. Vierspännige und sechsspännige Pferdekutschen schotterten hinauf zu den schwarzen Gruben, bevor die Eisenbahn auch hier ihre Anbindung fand.

Abtragungsschutt aus Millionen Jahren trug undurchdringlich Rotliegendes. In den Ritzen luftiger Löß, flatterhaft und schwer zu fassen, wie er sich am tonigen Sandstein rieb, durch den nichts drang. Nicht zu vergessen die versteinerten Hölzer, den Schiefertonen ähnlich. Oben ein Kloster, denn auch hier hatte die Welt mit dem Glauben der Mönche begonnen. Sie glaubten an bessere Zeiten und daran, mit hochgärigem Bier und Bleichprivileg sei für alle gesorgt. Vorerst fielen die Blicke auf unfruchtbares Land mit störrischem Gras und unverwüstlichen Sträuchern und Bäumen. Lediglich der Wind hielt hier oben inne. Und auch das nur, wenn ihm der Atem ausging, was selten geschah.

Der Fluss befeuchtete den Hang im Osten. In steinige Wände waren Tunnel getrieben. Kleine mannshohe Gänge mündeten in Höhlen, in denen Mönche das Bier in Fässern lagerten für alle Fälle und alle Feste.

Der Abt las sich die Augen feucht, schrieb sich die Finger wund, dem Gipfel einen Namen zu geben. Schreiende Katzen hatten ihren Anteil am früheren Katzberg. Ebenso die unwirtliche Gegend, auf deren Rotliegendem nur Kafs gedieh, die nutzlose Spreu ohne Weizen.

Zuletzt versuchte sich ein Bürgermeister in der Namensforschung. Er brachte Jungfrauen ins Spiel, die als Cascas den Berg bewohnten und mit denen er wohl die Nonnen meinte.

Jahrhunderte später machte ein Stadtschreiber die prüde Erklärung zunichte. Vielmehr sei es das ledige Volk gewesen, das sich dort verlustiert hätte. Kaßbergen – ein Ort der Entjungferungen.

Von allen Namensgebern waren dem Berg nur die Katzen geblieben. Ein besiedelter Hügel, auf dem Jungfrauen dünn gesät und auf dessen unfruchtbarem Boden erst Villen, dann Mietskasernen mit Vorgärten und Hinterhöfen gewachsen waren.

Man musste etwas mitbringen, um hier leben zu können, es hier auszuhalten, ohne verrückt zu werden. Es brauchte ein eigenes, ein ganz besonderes Gen.

In Kaßbergen war man sich irgendwie einig.

Wenn sich der Abend auf Kaßbergen legte, dann wie ein Tuch, das den Berg umschloss und seine Bewohner zur Ruhe bettete. Hier und da sang einer oder diskutierte noch was zu Ende und leerte dabei sein Bierglas. Aber auch das schon ohne die Energie des Tages, der hinter ihm lag.

Die Bewohner eilten in ihre Häuser, die gebohnerten Stufen hinauf in ihre Wohnungen. Alte hielten sich beim Aufstieg an den gedrechselten Geländersprossen fest, während Junge an ihnen vorbeihasteten. Manch einer von den Jungen hielt dann doch inne, kehrte um, nahm einem Alten den Einkaufsbeutel aus der Hand, stellte ihn vor die Tür, achtete noch darauf, dass er nicht umfiel und keine Äpfel die Treppe hinunterrollen und platzen konnten und all die Mühe umsonst gewesen wäre.

Die Fenster am Treppenabsatz zeigten in Hinterhöfe und aus schwindelerregender Höhe auf Garagen und Gärten. Niedrige Fensterbretter und dann der Himmel so nah. Das brachte manch einen fast um den Verstand, weil alles plötzlich so einfach schien. Ein kleiner Schritt. Ein Stolpern. Und es wäre vorbei.

In den Höfen Geschrei von Katzen und in den Sommermonaten durch geöffnete Fenster das Stöhnen von Paaren, das den einen wütend machte und den anderen verlegen und viele an das eigene Leben und daran erinnerte, was ihnen fehlte.

Der letzte Stock unter dem Dachboden glich einem Tanzboden. Gewienertes Holz. Nach links und nach rechts führten je eine Tür in je eine der großen Wohnungen mit je zwei Balkonen. Eine Holztreppe ging hinauf zu Verschlägen mit Lattentüren und Vorhängeschlössern. Durch Dachluken fiel Tageslicht auf ausrangierte Möbel, Kissen, Schaukelpferde und eingewecktes Obst. Im Sommer stand manche Luke offen, gestützt von einem verbogenen Stück Metall, das dem Wind, der in dieser Höhe spielte, nicht standhielt. Zerbrochenes Glas und der dumpfe Geruch getrockneter Nässe waren die Folge. Durch die Dachluken zwängte sich mancher, den ersten Maitag mit dem Blick über die Stadt zu verbringen und einem sauren Wein aus der Flasche. Während andere unten, weit vor dem Flussgraben am Osthang, am Nischl von Karl Marx entlangmarschierten.

Der Siedler

Johann Friedrich Stahlknecht war der erste Siedler Kaßbergens gewesen. Obwohl sein Name auf ein Geschlecht hitzegegerbter Gießer schließen ließ, war er der Kantor der Schlosskirche. Zwischen zwei Kantaten und fünf Gesängen und seiner Suche nach dem hohen C und dem A zwischen Dur und Moll machte sich Stahlknecht seine Gedanken. Unter anderem darüber, wohin er sollte mit seiner Familie, auf dass es denen, die schon geboren waren und jenen, die es noch zu zeugen galt, gut gehen würde in einer Zukunft, von der er noch einen guten Teil erleben wollte.

Sein sehnsuchtsvoller Blick wanderte hinauf auf den Hügel, nach Kaßbergen. Die Leute schüttelten den Kopf. Sie spotteten sogar. Ob es vielleicht in seinem Oberstübchen an dem nötigen Licht mangle. Dort hinauf, wo der Stahlknecht sein Haus setzen wollte, gab es nicht mal Laternen auf dem Weg, geschweige denn eine richtige Auffahrt. Die Treppen waren glatt im Winter. Und dann der ständige Luftzug, kein Wasseranschluss und keine Nachtwächter, die aufpassen würden auf sein einsames Leben auf dem Berg.

Aber der Stahlknecht war aus dem Stein dieser Gegend gehauen. Sein Vorhaben schien aussichtslos, also packte er es an.

Im Mai 1854 kaufte er auf dem Berg ein Feld, begann im Juni das Grundgraben und setzte im August des folgenden Jahres ein Dach auf das Haus, in das er im Oktober mit seiner Frau und den Kindern einzog. Nicht ohne zuvor noch ein Banner an der Brüstung mit dem Spruch des Humanisten von Hutten: »*Ich hab's gewagt!*« zu hissen, das fortan von der Hohen Straße bis Furth, Rottluff, Bernsdorf und zum Sonnenberg zu sehen war.

Der Bann war gebrochen. Fabrikanten zog es zum Berg. Eisenbahnbauer und auch einen Erfinder. Unter Tagelöhnern und zünftigen Gesellen auf der Walz sprach sich herum, was hier mit Bauarbeit zu holen war. Millionenjahrealte Gesteinsschichten wurden angebohrt, gewässert, verkabelt und wieder verschlossen. Unten in der Stadt wuchsen die Schornsteine. Während sich die enggewundene Auffahrt nach Kaßbergen hinauf Fuhren mit stämmigen Pferden und schwerbeladenen Hängern mühten, blühten in den beiden großen Nachbarstädten ein Königssitz und ein Handelszentrum. Auf die Stadt um Kaßbergen herum fiel das Los der Arbeit, die nur mit körperlicher Kraft zu verrichten war. Und man munkelte schon, hier würde das Geld verdient, mit dem in der Messestadt gehandelt und das dann in der Königsstadt verprasst wurde.

Talentierte Gesellen aus allen Landstrichen und Gewerben kamen nach Kaßbergen. Zogen ein in geschachtelte Mietshäuser mit anmutigen Pforten, die im Schatten der Villen ihrer Meister und Herren lagen.

Noch lange erzählten sich die Menschen Geschichten von sagenhaft schönen Häusern. War im Zuhörer das Interesse so weit geweckt, einer Geschichte in einem dieser Häuser nachspüren zu wollen, dann hieß es meist, das existiere nicht mehr.

An einem Abend, der fortan nur »im März fünfundvierzig« hieß, heulten Sirenen wie an zahllosen zuvor. An diesem Abend verlor die Stadt ihr Gesicht. In nur einunddreißig Minuten. Eine halbe Stunde lang Sterben, ausgelöschte Menschenleben unter Trümmern, auf schwelendem Asphalt. Am nächsten Tag sprachen die Zeitungen von der »Toten Stadt«.

Die beiden Nachbarstädte waren ebenso getroffen. Die Kunstwelt beklagte die eine. Die Handelswelt die andere. Nur für die Stadt der Schlote fand sich keine trauernde Welt.

Der Großvater, 1

Emil Uhlig sollte zeitlebens eine aristokratische Art an sich haben, dabei war das Gemeindegut nur ein kleiner Bauernhof mit einer Scheune und einem Hofplatz mit Wäschestangen. Hier wuchs er auf als Sohn eines Fabrikarbeiters. Nicht einmal der Walnussbaum auf dem Hof gehörte ihnen, aber sie durften die herabgefallenen Nüsse essen.

Emil war der Erstgeborene, und nach ihm kam jedes Jahr ein Kind zur Welt, als wollte sein Vater dem neuen Jahrhundert besonders viel von sich mitgeben. Zwei Mädchen und ein Junge starben bald nach der Geburt, und bei der Geburt des nächsten Jungen starben Mutter und Kind.

Der Vater war pragmatisch. In diesem Haus wurde nicht groß getrauert, sondern von einem Auto geträumt.

»Nun kann ich mir das Puppchen leisten.«

Die Wanderer-Werke unten in der Stadt hatten einen zierlichen Wagen gezimmert mit ganzen zwölf Pferdestärken, mit zwei Sitzen hintereinander und mit zwei Türen auf der linken Seite.

Emil war sechs Jahre alt, hatte seinen Vater für sich und konnte den ganzen Tag barfuß laufen. Keiner achtete auf das wilde Kind, das überall und zu jeder Jahreszeit ohne Schuhe auftauchte. Die Dorfleute tuschelten nur hin und wieder hinter vorgehaltener Hand. Das Kind eines Strumpfwirkers und dann nichts an den Füßen. Und sogleich sprach man vom Schreiner, in dessen eigenem Haus auch kein Schrank gerade stand. Und beschloss, dass in dieses Haus wieder eine Frau gehörte.

Den Arbeitsweg von neun Kilometern hin und neun wieder zurück ging der Vater jeden Tag zu Fuß. Von Montag bis Sonnabend arbeitete er seine zehn Stunden ab und war froh, als Emil endlich zur Schule kam. Schon bald hing das erste Klassenfoto gerahmt in der Küche auf dem grauen Putz.

Eines Abends kam Emil vom Spielen herein und sah, wie eine fremde Frau ihre Finger über das Foto gleiten ließ. Sein Vater war nirgends zu sehen. Das musste die Frau vom Kinderheim sein, die die bösen Kinder zu sich holte.

Die Frau hatte rote Haare zu einem Dutt gedreht. Sie trug ein dunkelgrünes Kleid aus glänzendem Stoff, unter dessen Saum hochhackige Schuhe hervorschauten. Sie kam aus der Stadt. Und in der Stadt war das Kinderheim.

Sie war eine Fremde und lächelte Emil an, als wollte sie mit ihm befreundet sein.

»Welcher auf dem Bild bist du?«

Emil bekam vor Angst kein Wort heraus. Er hörte Schritte und drehte sich um.

Hinter ihm stand sein Vater, und auch er schaute freundlich. Dann waren sie sich also schon handelseinig geworden, dachte Emil und dass er nun mitmusste.

Die Augen des Vaters leuchteten. Und die der Frau ebenso.

»Das ist Frau Clara. Du kannst sie bestimmt auch einfach Clara nennen.«

Die Frau wollte nicht Emil. Die Frau wollte seinen Vater.

Emil war beruhigt.

»Ich bin der ganz oben neben dem Schuldirektor.«

Ganz vorn auf dem Foto die drei Racker der Schule, mit trotzigem Blick und verschränkten Armen auf dem Boden sitzend. Dahinter eine Reihe Mädchen. Dann wieder Jungs. Dann wieder Mädchen. Dann Emil und seine Kameraden. Neben ihm der wuchtige Schuldirektor mit Anzug, Weste und einem breitkrempigen Hut. Davor der beleibte Klassenlehrer, etwas weniger furchteinflößend mit einem verschmitzten Lächeln in seinem fussligen grauen Bart.

Clara blieb.

Und fortan trug Emil Schuhe und auch Strümpfe. Und sie kochte wunderbar mit Grieß, Maggi, Petersilie und getrockneten Pilzen.

Mein Vater hatte am Abend zuvor die Fernsehantenne auf dem Dach zurechtgebogen, so konnten der Minister und ich im Westfernsehen *Die Onedin-Linie* anschauen.

Aram Chatschaturians Musik erklang in der Stube, und toupierte Männerköpfe erschienen auf dem kleinen flackernden Bildschirm. Meine Oma blinzelte. Hin und wieder fielen ihr die Augen zu.

Die Serie handelte von James Onedin, der sich in der zweiten Hälfte des letzten Jahrhunderts seine eigene Schifffahrtslinie aufbaute. In England ratterten die Webstühle im Takt und produzierten Waren, deren Empfänger auf der anderen Seite des Ozeans warteten. Die Arbeiter an Bord und an Land waren arm, und an einer Stelle des Filmes machte sich der Smutje über den soeben verstorbenen Karl Marx lustig.

»Was ist denn anarschistisch, Oma, OMA?«, brüllte ich, denn der Minister war bereits bei Aram Chatschaturjans Titelmusik eingeschlafen.

Sie schreckte hoch.

»Was willste wissen?«

»Die sagen, die Bücher von Karl Marx sind anarschistisch.«

»Sind wir noch auf dem richtigen Sender?«

Der Minister rieb sich die Augen und setzte ihre Brille wieder auf, die ihr in den Schoß gefallen war.

Wir waren noch auf dem richtigen Sender, denn Segelschiffkapitän Onedin und Isabel Frazer, die meiner Kindergärtnerin Frau Richter ähnelte, schauten sich gerade tief in die Augen.

»Das Wort anarchistisch brauchste nicht.«

»Aber die haben es doch auch gesagt.«

»Im Fernsehen wird viel gesagt, brauchste alles nicht.«

So schnell gab ich nicht auf.

»Hat anarschistisch irgendwas mit …«, ich zeigte mit dem Finger auf meinen Hintern, auf dem ich saß, »dem Allerwertesten zu tun?«

»Gar nicht so dumm, siehste? Manches erklärt sich von ganz alleine. Anarchistisch ist, wenn dir das, was die da oben sagen, am Allerwertesten vorbeigeht.«

»Der Nischl ist also ein Anarschistenmonument.«

»Nein, der Nischl ist das Karl-Marx-Monument. Und der steht da, weil wir eine Arbeiterstadt sind wie Manchester.«

»Von wo die Manschesterhosen und die Manschestersoße kommen?«

»Das sind Kordhosen und Worcestersoße.«

»Aber wenn Karl Marx aus Manschester kommt, wieso heißen wir dann so?«

»Wir heißen nicht so, sondern die Stadt heißt so. Und er kommt nicht aus Manchester, sondern aus Trier.«

»Wo liegt denn Trier?«

»Im Westen.«

»Wir machen die Maidemonstration vor dem Denkmal von einem aus dem Westen?«

»Genau. Und gegenüber ist der Intershop. Drum guckt Karl Marx auch so grimmig. Dort passt er mit seinem großen Nischl nämlich nicht rein. Darfste aber nicht laut …«

»… auf der Straße sagen, ich weiß.«

Der Abspann mit Aram Chatschaturjans Musik setzte ein, und meine Großmutter und ich hatten die ganze Zeit über wieder Herricht und Preil gespielt, wobei ich Herricht war und meine Großmutter Preil, den die Fragen seines Gegenübers regelmäßig aus der Fassung brachten.

Irgendetwas ging vor in unserer Wohnung.

»Du kommst ja nächstes Jahr in die Schule«, begann meine Mutter das Gespräch.

Da ich diesen Satz in der letzten Zeit recht häufig hörte, rasselte ich auch jetzt die Worte herunter, die mir bei anderen Leuten entweder ein Fünfmarkstück, eine Tüte Süßigkeiten, eine Packung Buntstifte oder zumindest eine warme Hand auf meinem Kopf einbrachten.

»Ja. Und ich kann gleich mit der zweiten Klasse anfangen, weil ich schon das ABC und bis hundert zählen kann.«

Seit ein Arzt zu meiner Oma gesagt hatte, dass sie kein Rheuma hat, sondern sich zu wenig bewegt, ging sie immer die gleiche Runde mit mir spazieren. Sie führte uns an der Andréschule vorbei. Jedes Mal schaute ich zum Portal hinauf mit den in Stein gehauenen Mädchen mit Puppenwagen, Ball und Büchern, wenige Schritte weiter über dem Knabeneingang zu den Jungs mit Ritterburg und Schaukelpferd. Der Minister erzählte mir, sie und der Häuptling wären noch in getrennte Schulklassen gegangen. Vielleicht war das der Grund, warum ich meine Großelten so selten miteinander reden sah. Vielleicht hatten sie als Kinder zu selten miteinander gespielt.

Bei meinen Eltern sah das schon ganz anders aus, auch wenn sie in der letzten Zeit meistens stritten.

»Genau«, sagte meine Mutter. »Und weil du das alles schon kannst, brauchst du auch einen ordentlichen Arbeitsplatz. Mit einem eigenen Zimmer drumrum.«

Die Amsel im Hof, die Klopfstange zum Klettern und meinen Maulwurfhügel sollte ich aufgeben?

»Ziehen wir um?«

Ich wollte nicht aus Kaßbergen weg. Wollte nirgendwo sonst leben als in dieser Welt aus seltsamen alten Menschen, strengen Erzieherinnen, unwegsamen Gehwegplatten, einer quietschenden Straßenbahn und einer Schule mit gleich zwei prunkvollen Portalen.

»Von hier zieht keiner weg. Du sollst dein eigenes Zimmer bekommen. Das Schlafzimmer. Dein Vater richtet es am Wochenende vor.«

Im Schlafzimmer hatte mir bisher eine kleine Ecke gehört, in der meine Puppenmöbel auf dem Boden standen. Ich bekam vor Aufregung feuchte Hände. Nur der Höflichkeit halber erkundigte ich mich.

»Und wo schlafen Papa und du?«

Meine Mutter trug wieder eins ihrer schönen Kleider und zog gerade ihre Lippen nach.

»Wir sind sowieso nur noch abwechselnd hier. Also teilen wir uns die Couch im Wohnzimmer.«

Das stimmte. Mein Vater war oft zum Pfuschen und als junger, muskulöser Gießereifacharbeiter bei älteren Damen um die dreißig der Hit. In seiner engen Badehose strich und tapezierte er ihre Wohnzimmer und engen Vorsäle. Das alles abends nach der Schicht und für Geld, das er und meine Mutter für moderne Leitermöbel im Wohnzimmer oder – gegen Westgeld getauscht – für Fototapete aus dem Intershop ausgaben.

Meine Eltern taten sich komische Sachen an. Hatte meine Mutter mal etwas früher Büroschluss, traf sie sich zuerst mit ihren geschiedenen Freundinnen, statt mit meinem Vater spazierenzugehen oder mit ihm zu Hause vor dem Fernseher zu sitzen. Verließ mein Vater seinen Ofen mal etwas früher, dann fuhr er bis nach Gablenz und setzte sich zu seinen zahnlosen Baustellenfreunden ins Versorgungszentrum »Hans Beimler«, statt sich mit meiner Mutter eine Flasche Dessertwein zu gönnen, den sie so liebte und der sie so lustig machte.

Das Versorgungszentrum hatte eine Komplexannahmestelle, wohin mein Vater jedes Mal vor seinem Kneipenbesuch Dinge brachte, die er selbst nicht reparieren konnte: die Feinstrumpfhosen meiner Mutter, den Toaster oder auch mal meine Brottasche mit kaputtem Schloss. Das hatte den Vorteil, dass er beim Abholen dann auch wieder einen in der angeschlossenen Gaststätte heben konnte.

»Nur seine Ehe kann er da nicht zum Reparieren hinbringen«, hatte der Minister kürzlich geraunt, als sie mich mit meinem Turnbeutel und nicht mit meiner Brottasche aus dem Kindergarten kommen sah. »Und die Komplexe deiner Mutter wird er bei dieser Komplexannahmestelle auch nicht abgeben können.«

Es störte mich nicht, dass ich nichts von dem verstand, was meine Großmutter sagte. Ich mochte es, wie sie sich mit mir beschäftigte und mir immer neue Worte mit auf den Weg gab. So lernte ich, dass Menschen mit Komplexen Menschen waren, die sich für zu dick, für zu dünn, für zu hässlich oder für etwas Besseres hielten und nicht für das, was ihnen das Leben bot. Meine Mutter aber hatte alles, was sie wollte und ganz bestimmt keine Komplexe.

Manchmal nahm mich mein Vater mit in die Gaststätte im Beimlergebiet, in der er für sein erpfuschtes Geld eine Runde Schnapsbier nach der anderen zahnlosen Mäulern spendierte. Hans Beimler, dem Genossen und Kämpfer, hätte das Verhalten meines Vaters wahrscheinlich gut gefallen.

Und nun gaben meine Eltern das Schlafzimmer dafür her, damit ich eine gute Schülerin würde.

Mein Großvater wurde wunderlich, als ich noch in den Kindergarten ging.

Meine Mutter ging mit ihren geschiedenen Freundinnen gern einen heben, und wenn dann auch noch mein Vater nach der Arbeit schwarz arbeitete, was er Pfuschen nannte, bat meine Mutter den Häuptling, mich abzuholen. Sie hatte dann meistens einen komischen Ton in der Stimme. Mein Großvater aber freute sich und machte den ganzen Tag über alle verrückt. War es dann so weit, vergaß er die Zeit, von der er so viel hatte.

Der kleine Zeiger stand auf der 6, und der große Zeiger hatte die 12 schon weit hinter sich gelassen. Ich saß allein in der Spielecke vor einer Puppenstube mit echten Kabeln und Lichtschaltern und Gardinen und schaltete im Schlafzimmer schon mal das Licht aus. Die Babypuppe lag gewickelt im Gitterbett. Die Elternpuppen hatte ich nebenan zur Ruhe gelegt.

18 Uhr war für den Häuptling die Zeit, in Gablenz die Pferde vor der Pferdeschlächterei zu füttern. Mit Würfelzucker, den er immer in seiner Manteltasche hatte. Auf seinem täglichen Fußmarsch Richtung Gablenz, die Augustusburger Straße hinauf und hinunter, fütterte er die Pferde vor den Kutschen am Straßenrand. Neben Omnibussen und Straßenbahnen wirkten sie wie Exponate aus dem Schloss Augustusburg. Vor der Pferdeschlächterei Franklin Hofmann, gleich neben dem Schnapsladen von Georg Bliedung und einem Papiergeschäft, warteten die Pferde geduldig, während der Kutscher in der Gaststätte saß und Pferdebouletten verdrückte, von denen es hieß, sie seien allererste Kajüte.

Die Zuckerstückchen meines Großvaters waren das Letzte, was die Pferde am Straßenrand zu sehen und zu fressen bekamen, bevor sie nach hinten in den Hof geführt und eins nach dem anderen geschlachtet wurden. Der Häuptling trank seinen Kaffee schwarz und ohne Zucker, ließ sich aber immer in jeder Kneipe, in die er ging, viele dieser Würfel geben. Er wickelte sie aus und ließ sie in der Manteltasche verschwinden. Die weißen Würfel wurden braun von den Krümeln in der Manteltasche eines alten Mannes. Seit er nicht mehr zur Arbeit ins Polizeipräsidium musste, vernachlässigte er die Sorgfalt. Die Zuckerstücke meines Großvaters waren die Süße meiner Kindheit.

Manchmal tauchte er mittags im Kindergarten auf. Wenn wir gerade draußen spielten, kam er an den Zaun und reichte mir ein Stückchen durch die Zaunlatten. Es machte ihn glücklich, wenn er ein Pferd oder mich genüsslich daran lutschen sah.

An den Abenden, an denen mich der Häuptling aus dem Kindergarten abholen sollte, nahm mich die Kindergärtnerin mit zu sich nach Hause. Sie hieß Frau Richter und war sehr streng. Ihr blondes Haar war aufgetürmt, und aus dem Turm fiel links und rechts je eine gekringelte Strähne lockig über ihre Ohren. Der Dutt hielt den ganzen Tag und schwankte bei jeder ihrer energischen Bewegungen, als sei er aus Zuckerwatte. Frau Richter sah aus wie die schöne Jessica aus der *Onedin-Linie*.

Frau Richter trug den ganzen Tag über eine Kittelschürze, mit der sie sehr viel strenger aussah als ohne. Abends hängte sie die Schürze mit spitzen Fingern in den Spind, als hätte sie den ganzen Tag über nichts getan als geputzt und versucht, ihre Kleidung vor unserem Dreck zu schützen. Frau Richter achtete sehr auf Sauberkeit und darauf, dass wir unsere Schuhe selbstständig zu binden lernten. Ich mühte mich redlich und legte die Schnürsenkel nur in oberflächliche Schlaufen, wenn mir das Binden nicht gelang. Draußen im Hof fiel ich dann gleich auf die Nase, was Frau Richters bestimmenden Blick ohne Worte nach sich zog und mich einen neuen Versuch starten ließ, bis ich es endlich schaffte, mit festem Knoten und Schleife.

Draußen wurde es dunkel, um mich herum immer stiller, und ich bemerkte gar nicht, dass alle Kinder bereits abgeholt waren.

Frau Richter saß noch ein Weilchen am Schreibtisch in unserem Beschäftigungszimmer. Als sie auch dort nichts mehr zu tun hatte, schaute sie immer wieder auf die Uhr, dann aus dem Fenster, zog schließlich ihre Kittelschürze aus, stellte sich hinter mich und räusperte sich.

Ich horchte auf, schaute mich um und wusste, es war wieder so weit.

»Das ist ein sehr schönes Kleid, Frau Richter.«

»Danke.«

Noch einmal blickte sie aus dem Fenster und schaute mich dann ratlos an.

»Kommste halt erst mal wieder mit zu mir.«

Sie nahm meinen Anorak vom Haken. Ich zog ihn an, band meine Schuhe, hängte mir meine Brottasche um und winkte den Puppen.

Wortlos liefen wir nebeneinander zur Straßenbahn, und ich wünschte mir, dass sie meine Hand nehmen würde. Dann hätten wir wenigstens ausgesehen wie Mutter und Kind.

Im Wohnzimmer von Frau Richter gab es eine Schrankwand. Krüge und dazu passende Becher aus Kupfer waren über zwei Fächer verteilt, in allen Fächern standen Bücher. Hinter Glasscheiben das Geschirr, das nicht einstauben durfte. Sammeltassen, jede anders, und Reihen von geschliffenen Gläsern, viele mit Goldrand.

An der Wand hing der *Mann mit dem Goldhelm*. Von dem schien es viele Bilder zu geben. Zwischen den rustikalen Krügen und Bechern waren kleine Figuren aus Porzellan zu Grüppchen angeordnet, und an der Rückwand lehnten gerahmte Fotos. Auf manchen erkannte ich Frau Richter und einen Mann mit einer schönen Frisur. Auf manchen nur Frau Richter, auf manchen nur den Mann. So schön, wie sie war, war das bestimmt ihr Ehemann, dachte ich und wartete gespannt, was nun passieren würde.

Frau Richter klappte ein Fach der Schrankwand auf. Darin war alles verspiegelt, und eine Neonröhre sprang an. Sie nahm ein Kristallglas heraus und schenkte sich einen dunklen Likör ein.

»Meine Mutter trinkt so was auch immer«, sagte ich fröhlich, denn nun fühlte ich mich so richtig wie zu Hause.

Frau Richter schaute mich nur mitleidig an und dann auf ihre Armbanduhr: ein feingliedriges Band aus Gold, das ihr schmales Handgelenk umspielte.

»Ich rufe deine Mutter gleich mal an.«

»Die ist nicht da. Die geht heute mit den Mädels einen heben.«

»Dann rufe ich bei den Nachbarn von deinen Großeltern an.«

»Ja. Beim Schladoht. Der kann ja dem Minister sagen, dass der Häuptling nicht gekommen ist.«

Frau Richter schaute von einem Zettel auf, von dem sie gerade die Telefonnummer der Schladohts ablesen wollte.

»Schladoht heißen die? Die hießen doch letztes Mal noch Brückner. Und das ist auch die einzige Nummer, die ich als Notnummer von deiner Mutter bekommen habe.«

Ich überlegte kurz.

»Ich glaube, der heißt nur so, weil er seine Frau immer haut.«

Frau Richter drehte mit dem rotlackierten Nagel ihres Zeigefingers die Wählscheibe.

Beim letzten Mal hatte mich mein Vater bei Frau Richter abgeholt. Er war so schnell und noch in Malerklamotten hier gewesen, dass ich beim Betrachten ihres Wohnzimmers nur bis zur Hälfte gekommen war. Während ich nun auf den Minister wartete, nahm ich mir die andere Hälfte vor und begann bei den Büchern in der Schrankwand, die so wohlgeordnet und gleich ausgerichtet da standen wie bei uns zu Hause. Buchrücken aus Leinen, goldgeprägt und nach der Größe sortiert. Nie hätte ich es gewagt, ein Buch aus dieser Ordnung herauszulösen, unter Frau Richters strengem Blick schon gar nicht. Weder meine Eltern noch meine Großeltern, noch meine Erzieherin hatte ich je dabei beobachtet, dass sie Bücher herausnahmen und darin lasen. Bücher wurden geschrieben und gebunden, damit wir Menschen uns in unseren Wohnungen geborgen fühlten, umgeben vom Wissen der Welt und nur eine Armlänge davon entfernt.

Es klingelte an Frau Richters Tür. Ich hörte die Stimme meiner Großmutter und lief hin.

Ihre verkrümmten Finger umklammerten die Gehstöcke. An einem baumelte wie immer ein Faltbeutel. Darin wusste ich ihr dunkelbraunes Portemonnaie aus Rindsleder, das an den abgegriffenen Stellen glänzte, ihre leicht fettige Brille, der ein Bügel fehlte und die in einer mit Samt ausgeschlagenen Hülle lag, und einen bestickten Taschentuchbehälter mit einem frischen Stofftaschentuch darin. Das benutzte sie meist nur zum Tupfen. Aus der Nase meiner Großmutter tröpfelte es eigentlich immer. Sie hatte eine Nase jener Form, die man gemeinhin einen Zinken nannte. Wenn meine Großmutter nieste, dann zuckte alles Lebende im Umkreis von hundert Metern zusammen. Nieste sie in ihrer Stube und die Balkontür stand auf, hallte es vielstimmig im Hof ›Gesundheit!‹ und manchmal ›Schnauze!‹. Und auch dann tupfte meine Großmutter lediglich ein paar Tröpfchen von ihrem Zinken. Ihn zu putzen, wagte sie wohl nicht.

Auf dem Heimweg war der Minister schweigsam. Ihre Wut auf den Häuptling, der sich zu Hause bei Radiomusik wahrscheinlich gerade ein Spiegelei briet und sich fragte, wo der Minister blieb – diese Wut tief in ihr war greifbar in der kalten Luft dieses Abends.

Wir stiegen in die Straßenbahn. Ich starrte auf die Holzplanken. In der Kurve der Kaßbergauffahrt das vertraute ohrenbetäubende Quietschen. Vorne drehte der Fahrer wie ein Schiffskapitän an einem riesigen Steuerrad aus Holz. Noch zwei Haltestellen. Dann wären wir da, und ein Schweigen würde das nächste ablösen.

Um diese Zeit war die Straßenbahn fast leer. Nur Herr Tischendorf fuhr noch mit. Den kannte ich schon von den Fahrten mit meiner Mutter. Als er uns erblickte, schwenkte er wie immer freudig seinen Schweber. Dann brüllte er durch die Straßenbahn meinen Namen. Und fragte, ob denn meine Mutter »wieder frei« wäre.

»Aber Mutti war doch gar nicht im Gefängnis!«, raunte ich meiner Großmutter zu.

Der Minister thronte auf der Holzbank gegenüber.

»Das meint er auch nicht. Ob sie wieder zu haben ist, will er wissen.«

»Aber wie kommt er denn darauf?«

»Weil der nicht mehr ganz dicht ist.«

»Ist das die gleiche Krankheit wie beim Häuptling?«

»Genau.«

Wie ein dichtes Netz lag der Urwald über der Stadt, auf Kaßbergen und ringsum im Tal.

»Auch in Kleinolbersdorf?«

Mein Großvater erinnerte sich nicht, ob er gefrühstückt hatte, aber aus der Zeit vor tausend Jahren wusste er viel zu erzählen.

»Auch in Kleinolbersdorf.«

In dem dichten, schwer durchdringlichen Wald rauschten plötzlich Flüsse, und Felder formten sich aus dickem, saftigem Moos. Sie waren Brutstätten für Mythen und Sagen, aus denen manche Grausamkeit des Menschen wie auch seine Kriege erwuchsen. Tiere folgten den Flüssen, Menschen den Pfaden der Tiere. Salzpfade flussaufwärts waren bald von Burgen gesäumt. Die Burgen boten Anreiz für Raub und für Mord. Zweihundert Pfade waren zweihundert Versprechen, endlich anzukommen, zu siedeln, zu leben, bis der Tod einen holte und die Nächstgeborenen übernahmen und weiterzogen, immer weiter.

»Bis nach Kaßbergen?«

»Bis nach Kaßbergen.«

Die Pfade flankiert von gegrabenen Gängen in den Fuß des Berges, dort, wo er am wenigsten verletzlich war. Ein ganzes ungarisches Heer verschlang dieser Wald. Die Ungarn zu Pferd, bewaffnet mit Pfeil und Bogen, und dann im Gänsemarsch verloren gegangen auf den wild bewachsenen Wegen des Waldes. Was nützten dem Ungarn, hoch zu Ross, der Pfeil und der Bogen, wo der flinke Sachse aus den Kriechgängen schnellte und nur ein Messer brauchte, um dem Gegner den Garaus zu machen.

»Die Sachsen haben die Ungarn hier in diesem Wald einfach verschwinden lassen. Keiner hat jemals wieder von ihrem Heer gehört.«

In der einen Hand hielt ich die Hand meines Großvaters, mit der anderen berührte ich die versteinerte Rinde eines Baumstamms. Fragte mich, wie viele Ungarn wohl hier drin waren.

»Ein Weltwunder hast du da in der Hand. Was ich dir alles biete.«

Es hatte Hunderte von Millionen Jahren gebraucht. Von vulkanischem Aschenschlamm ins Gedächtnis der Erde eingebrannt, war es von einem Edelsteininspektor vor nur einhundert Jahren freigelegt worden. Was dann in der Königsstadt zu Schmuck veredelt wurde, war in der Arbeiterstadt noch in seiner Ursprünglichkeit zu betrachten: der Versteinerte Wald.

Mein Großvater lachte und drückte meine Hand.

»Und ich hab auch ein echtes Wunder mit dir.«

Ich sah die Züge meines Vaters in seinem Gesicht, dabei war der Häuptling der Vater meiner Mutter.

Die Menschen dieses Landstrichs sahen sich ähnlich. Mittlerweile hatte sogar ich einen Blick dafür, wer von hier kam und wer hergezogen war. Wobei es Letztere kaum gab, denn angeblich zog keiner freiwillig in unsere Stadt.

Redeten die Leute über Kaßbergen, dann nicht von zwitschernden Amseln auf den Hinterhöfen, dem Glockengeläut am Sonntagmorgen; sie redeten nicht von den ausladenden Linden an der Rudolf-Harlaß-Straße und ihrem klebrigsüßen Duft, nicht von den Katzen auf den Schieferdächern und schon gar nicht von den sorglos polternden Feiern in der Eckkneipe. Immer ging es um das Wochenende, das endlich kommen sollte und leider nur von Sonnabendmittag bis Sonntagabend dauerte. Und um alles, was es nicht zu kaufen gab. Und um die Jugendweihe oder die Hochzeit, für die man nichts anzuziehen hatte. Und um den Scheißstaat, und dann sollte ich immer weghören.

Als ob man weghören konnte. Die Erwachsenen redeten in der gleichen Lautstärke weiter, aber ich musste weghören. Nur weil es das Wort zuhören gab, gab es nicht auch automatisch das Wort weghören. Wegzuhören war schon rein technisch nicht möglich. Weghören war wie wegschauen im Wald mit lauter Bäumen.

Weil die Leute so schlecht von ihrer Gegend redeten, war, wer von hier kam, schon am Gesichtsausdruck zu erkennen. Bei meinem Vater hießen sie alle »die Holzgschnitztn«, bei denen das Messer des Schnitzers am Mund abgerutscht war. Und dann sagte er noch, in Kaßbergen sähe der eine aus, wie der andere heißt und dass Unfälle in den besten Familien vorkämen. Dabei war es in meiner Familie noch zu keinem nennenswerten Unfall gekommen, aber vielleicht gehörten wir ja auch nicht zu den besten Familien. Mein Vater hatte mal den Trabant in die Garage fahren wollen, als die Tür noch geschlossen war, und ich selbst hatte, die Schlittenfahrt mit dem Häuptling ausgenommen, auch noch keinen Unfall gehabt. Die Schlittenfahrt, bei der ich fast meine Schneidezähne verlor, ging für den Häuptling viel schlimmer aus als für mich. Trotzdem war dieser Satz mit dem Unfall so etwas wie ein täglicher Gruß in unserer Familie.

Im Herbst ging mein Vater mit mir im Zeisigwald spazieren, um dort in die Schänke einzukehren. Im Winter zog mich der Häuptling auf meinem Holzschlitten mit dem gleichen Ziel durch den Wald. Alles war mir lieber als endlose Sonntagsspaziergänge mit meiner Mutter dort. Ich musste Strumpfhose, Rock und geputzte Halbschuhe anziehen, und sie nahm gerne eine ihrer geschiedenen Freundinnen mit, von denen die meisten auch eine Tochter hatten und mitbrachten. Wir Kinder liefen wortlos nebeneinander her, während die Mütter herumschnatterten und aus dem Lachen gar nicht mehr herauskamen. Immer liefen wir genau die Wege, die irgendwo in weiter Ferne in einer Kurve mündeten, hinter der sich ein weiterer endloser Weg auftat. Diese Sonntage bestanden für mich aus vielen kleinen Unendlichkeiten schweigenden Trottens.

Die Ausflüge mit den Männern meiner Familie verliefen viel abenteuerlicher.

An einem Sonntag im Advent zog mich der Häuptling wieder auf meinem Schlitten im Zeisigwald hinter sich her. Ich blickte auf einen stattlichen Mann mit schlohweißem Haar und schmal geschnittenem Wettermantel. Der Häuptling lief nicht einfach, sondern er schritt aus, die Fußspitzen nach außen, die Hände mit der Schlittenschnur auf dem Rücken. Von vorn sah er aus wie ein Gutsherr, der vor seinem Anwesen den Gästen entgegenlief, um sie zu begrüßen.

Ein Lächeln im Gesicht, von dem man nie wusste, ob es einem galt oder irgendetwas in seinem Kopf spukte, blickte er sich nach mir um, zeigte auf die Bäume, pries den schweren weißen Schnee, dem der Ruß dieser Stadt nichts anhaben konnte, und endete mit: »Was ich dir alles biete!«

Dann kehrten wir in die Zeisigwaldschänke ein, stellten uns an den Tisch, den ich schon von den Besuchen mit meinem Vater kannte, und der Häuptling hob mich, wie auch mein Vater es immer tat, auf einen Barhocker.

»Sonst sieht dä Gleene ja garnischt!«

Er sagte es zu einem der zahnlosen Männer, die auch mein Vater dort traf. An diesem Tisch schien immer einer von ihnen auf meinen Vater oder meinen Opa zu warten. Die Haut dieser Männer war so gelb wie das funzelige Licht aus der Hängelampe. Mit ihren faltigen Gesichtern sahen sie aus wie Landkarten aus Gegenden, in denen kein Leben möglich war und in denen nichts passierte.

Auf dem Rückweg aus der Schänke war der Häuptling wie immer viel beschwipster als mein Vater. Dabei trank mein Vater große Gläser leer und blieb nüchtern, wohingegen der Häuptling von vielen winzigen Gläsern richtig einen sitzen hatte.

Ich mochte betrunkene Menschen, war ja von ihnen umgeben. Ich mochte ihren Gesang, wie sie mir übers Haar strichen und meinen Namen aussprachen. Betrunkene Menschen waren meistens Männer. Sie schienen sorglos und immer fröhlich. Und am Ende einer Keilerei fielen sie sich in die Arme.

Bier und auch Schnaps hatte ich schon mal gekostet. Es standen immer genug Flaschen und Gläser bei uns herum. Aber nichts davon hatte mir geschmeckt. Wenn ich erst groß war, nahm ich mir vor, würde ich trinken wie die Großen, wie die Sorglosen.

Oben am Waldrand setzte sich der Häuptling hinter mich auf den Schlitten, und wir bretterten auf dem Fußweg an der Zeisigwaldstraße runter in Richtung Stadt. Der Häuptling hielt abwechselnd den linken und rechten Fuß heraus, mal, um zu bremsen, leider auch einmal, um zu lenken, wo es nicht nötig war. Wir schlugen links ein, und mein Kopf landete am Torpfosten des Bethanienheimes, in dem der Minister sich immer die Knochen richten ließ, wie sie sagte.

»Dasch isch doch dasch Krankenhausch von Oma?«, fragte ich, als ich nach dem Aufprall die Augen öffnete. Das Blut, das mir aus dem Mund übers Kinn in den Kragen des Anoraks lief, bemerkte ich gar nicht.

»Herrjemineh!«

Mein Großvater stand neben mir und schlug die Hände vors Gesicht. Er nahm seinen Schal vom Hals und band ihn mir um den Mund.

»Jetzt sagste mal 'ne Weile nischt, bis wir zu Hause sind.«

Schweigend zog er mich auf dem Schlitten bis in die Stadt hinunter. Ich musste ihn enttäuscht haben und suchte nach einer Entschuldigung dafür, nicht besser auf meinen Kopf aufgepasst zu haben.

Die Straßenbahn quietschte die Kaßbergauffahrt hinauf. Der Häuptling saß mir gegenüber. Auf dem glitschigen Holzboden wackelte mein Schlitten hin und her. Die Leute stiegen darüber hinweg und schauten mich dabei mitleidig an. Ich kniff die Augen zusammen und ertastete zum ersten Mal den Schaden in meinem Mund.

Der Häuptling nahm mir den Schal ab, zog meine Lippen auseinander, wie er es manchmal bei den Pferden vor der Schlächterei tat, um mir zu zeigen, was die bei all dem Zucker noch für schöne Zähne hatten. Beim Anblick meiner ineinander verkeilten Schneidezähne sagte er tröstend: »Sind ja noch die ersten.«

Meine Mutter sah das ganz anders.

»Das darf doch wohl nicht wahr sein!«, brüllte sie mich und ihren Vater zugleich an.

Sie zog mich in die Wohnung und schob den Häuptling hinaus.

»Mach's gut und herzlichen Dank!«

Mein Großvater tippte kurz zum Gruß an die Stirn und ging.

»Zeig mal!«

Nun zerrte meine Mutter an meinen Lippen herum, aber nicht halb so sanft, wie der Häuptling das durch die Übung an den Pferden konnte.

»Dasch schind noch die erschten, schagt Opa«, gab ich ihr zu verstehen.

Ich sah Tränen in ihren Augen.

»Nein, mein Kind. Das sind schon die zweiten! Besser gesagt, das waren deine zweiten! Kann der nicht auf dich aufpassen?«

Der war mein Opa, und er war einfach nur ein bisschen zu sorglos gewesen. Weil meine Mutter nicht so aussah, als wäre dieser Satz jetzt die richtige Erklärung, behielt ich ihn für mich.

Einen Vorteil hatte das Ganze für meine Mutter. Fortan musste ich zweimal im Monat zum Kieferorthopäden auf dem Rosenhof. In dem Haus am Springbrunnen neben dem Rosenbeet versah Doktor Marschke seinen Dienst. Ein flotter, dunkelhaariger Mann. Ich war verwundert, wie oft meine

Mutter sich tagsüber freinehmen konnte, nur um mit mir bei Doktor Marschke zu sitzen. Und während der seine Hände in meinem Mund vergrub, galt sein Blick immer meiner Mutter und ihrer dem seinen. Das bekam ich mit, ohne hinzuschauen.

»Mit einer Zahnspange kriegen wir das schnell wieder in den Griff. Länger dauert es mit einem Holzstab, den Ihr Kind dreimal am Tag eine halbe Stunde von hinten gegen die Schneidezähne drücken muss.«

»Dann den Holzstab«, sagte meine Mutter.

War ja klar, dachte ich.

Der Kriegsheimkehrer

In jener Novembernacht, als der letzte Nachtwächter Kaßbergens seine letzte Runde machte, erblickte in Kleinolbersdorf ein Junge die Welt, in der er als neuer Ordnungshüter agieren würde. Bis es so weit war, dauerte es noch Jahre.

Erst einmal ging Emil Uhlig in den Krieg statt in die Lehre. Von dort kehrte er zwar unversehrt, aber innerlich aufgewühlt zurück. Gefangenschaft konnte man nicht nennen, was er bei französischen Bauern erlebt hatte. Gefangen war er in seinem Kopf gewesen, zusammen mit seinem Heimweh und den zahllosen Fragen. War viel zu jung gewesen für die ständige Nähe zum Tod und als Bote für die Begegnung im Lazarett mit Amputierten und Zitterern.

Was würde aus diesen Männern werden? Wie sollten sie je wieder in ein normales Leben kommen?

Bei seiner Rückkehr fand er die Heimat verändert vor. Hier wurden Körperteile produziert. Ganze und halbe Arme mit Werkzeugen daran. Dem Einarmigen wurde der Hammer an den Stumpf geschraubt oder die Zange. In den Wanderer-Werken wurde die erste Schreibmaschine für Einarmige gefertigt.

Emil pfiff auf das Land der Dichter und Denker und schwor auf die Tüftler und Schrauber. Seinen Glauben hatte er im Krieg gelassen, und in die Kirche ging er nur für eine Hochzeit oder eine Taufe, und auch nur, wenn es sich nicht vermeiden ließ. An eines aber glaubte er, daran nämlich, dass die Menschheit nun kuriert war und dass sie sich kein zweites Mal auf einen Krieg einlassen würde. Der Kaiser hatte diesen Krieg nie gewollt, die Generäle hatten ihm das Heft aus der Hand genommen. Auch die, glaubte Emil, hatten daraus gelernt.

Auch sie hatten die Schlachtfelder gesehen, die nur Opfer als gemeinsamen Nenner hatten.

Emil sah seinen Kirchturm wieder und den Hof mit dem Walnussbaum. Der Vater verdiente das Brot noch immer bei Strumpfhosen Esche. Und Stiefmutter Clara kochte noch immer so gut. Abends stand warmes Essen auf dem Tisch, freitags wurde gebadet und das Bett frisch bezogen, und vor dem Fenster seiner Dachkammer rauschten die Wipfel der Tannen. Emils Leben fing genau da wieder an, wo es aufgehört hatte.

So hätte es lange weitergehen können, wäre die Stadt mit dem Berg nicht so nah gewesen, von dem man sich mit glänzenden Augen erzählte, wie anderswo von Berlin und Paris.

Was Emil im Krieg gelernt hatte, reichte im Frieden nicht für einen Beruf. Der Vater spürte die Unruhe seines Sohnes und schickte ihn zur Polizei. Als ehemaliger Kurier zwischen den Schützengräben eigne er sich gut für den Streifendienst, gab er dem Jungen noch mit, als der sich beim Vorsteher bewarb. Außerdem seien dort ausgediente Militärangehörige willkommen wie nirgendwo sonst.

Es brauchte nicht mal eine Stunde, Emil zum Hilfspolizisten zu machen. Und schon einen Tag darauf trug er erneut eine graugrüne Uniform, eine abgelegte aus Heeresbeständen. Er bekam seine Schulterstücke für einen Anwärter der Hilfspolizei und seine Abteilungsnummer an den Kragenspiegel.

In der Sternmühle suchten sie just zur selben Zeit junge Männer wie ihn, um die durstigen Kehlen im Biergarten zu versorgen, bevor das große Brüllen begann, und bald spielte sich der junge Polizeianwärter Uhlig dort auf, als gehöre ihm die Schankwirtschaft.

Mit dem Lohn aus seinen beiden Diensten konnte er nun jeden Sonntagabend in die Stadt. Schwang sich zum Kutscher auf den Bock, der zwei der vorgespannten Pferde für Montagfrüh zur Schlächterei Hofmann in der Augustusburger Straße brachte, und sprang dort ab. Ging den Rest des Weges zu Fuß, streifte durch Kaßbergen, am Schlossteich vorbei und zur Schankwirtschaft Kellerhaus. Ließ sich im Nebengelass beim Barbier vom Rasier- und Haarschneide-Salon, der sich auch am Sonntag hinter den Markisen die eine oder andere Mark dazuverdiente, die Haare stutzen.

In die Kneipe verirrten sich auch immer ein paar, die malten und schrieben und sich ausstellten und lautstark rezitierten. Diese Seite des Lebens war nach Emils Geschmack, bereicherte sie doch sein provinzielles Leben um eine weltmännische Facette.

Hier traf er eines Abends auf Frollein Leopold, die Freundin eines Malers aus Rottluff. Die junge Frau stammte aus Garmisch. Und die Industriestadt hatte ihrer reinen, frischen Haut noch nichts anhaben können. Alles an dem Frollein Leopold war erfrischend. Ihre Stimme und wie sie das dunkle Haar nach oben steckte, das hatte er noch bei keiner anderen Frau gesehen, jedenfalls nicht in Kleinolbersdorf. Bei jeder Kopfbewegung fiel ihr ein Löckchen ins Gesicht, das sie zurückstrich oder aus der Stirn blies. Als er den Reflex unterdrücken musste, ihr die Strähne zurück ins Haar zu schieben, wusste er, dass er zum ersten Mal verliebt war.

In Liebe entbrannt, begann er, Geld für eine Reise nach Garmisch beiseitezulegen und trotzdem noch die *Berliner Illustrirte* für zwanzig Pfennig zu kaufen. Mit seinem Wissen aus den *Mitteilungen des Vereins für Stadtgeschichte* und der *Volksstimme*, dem Organ für das arbeitende Volk, würde er bei Frollein Leopold keinen Eindruck schinden.

Sein Vater kaute schmunzelnd auf dem Mundstück seiner Pfeife. War stolz auf den Sohn, von dem nur eine aufgeschlagene Zeitung zu sehen war mit zwei Hosenbeinen drunter und blanken Füßen. Als ein Mann aus dem Krieg gekommen und nun wie ein Junge in die nächste Schlacht ziehend. Der Kerl war von Amors Pfeil getroffen, und am anderen Ende des steinigen Weges wartete eine Frau auf ihn.

Emil war ein schmucker Bursche. Hatte die Gesichtszüge

seines Vaters geerbt, markant wie die von Winnetou. Der Vater würde ihm das *Puppchen* mitgeben für seine kommenden Ausflüge in die Stadt. Das war der Sonntagswagen, und sonntags war Emil auf Freiersfüßen, die ihn nun schon seit ein paar Wochen in immer die gleiche Gasse führten.

Etwas einfältig kam er noch daher. Erzählte rum, die Sternmühle sei Familienbesitz der Uhligs, und war doch selbst nur Aushilfskellner dort. Blieb nur zu wünschen, dass er seine Phantasie weder in der Schreibstube noch bei seiner Auserwählten Blüten treiben ließe.

Womit auch immer es ihm gelungen war: Der junge Emil und das etwas ältere Frollein Leopold wurden ein Paar, ein schönes noch dazu, und bei dem ersten Besuch der Dame war es, als käme der Duft der großen Welt auf das Pflaster von Kleinolbersdorf. Die Nachbarn begannen endlich wieder zu tuscheln, wo es doch so lange nichts zum Tuscheln gegeben hatte.

Die Welt schien in Ordnung, doch Emil träumte weiter. Wollte zur Revierpolizei in die Stadt wechseln und eines der prächtigen Mietshäuser in Kaßbergen bewohnen. Mit Nachbarn, die Kaufleute und Anwälte waren, die sonntags über die Weststraße zum Kaiserplatz flanierten und mit dem Knauf des Spazierstocks zum Gruß an die Hutkrempe tippten. Und mit seinem schönen Frollein Leopold. Sie würden Reisen unternehmen nach Abessinien zu den Straßenbarbieren, Getreidedreschern und Geflügelhändlern, zu den Baumwollbasaren Teherans, zum Berliner Stadtschloss und zur Messe nach Leipzig und dort auf ein Bier ins Baarmann am Markt. Endlich alles erleben, wovon er in der Illustrierten las, wo sich zwischen Chlorodontwerbung und Pelzmode der Aufruf zur Deutschwehr gegen den Bolschewismus formierte. Emil glaubte fest an ein Leben, in dem die Menschen eine Wahl haben würden, und seine hatte er bereits getroffen.

Sie waren kein Jahr beisammen, da wurde das Frollein Leopold immer schmaler und zerbrechlicher und gab sogar ihre geliebten Zigaretten auf. Als ihre schönen, schwingenden Kleider nur noch Haut und Knochen umschlossen, ging sie nicht mehr aus dem Haus. Vom Bett in ihrer Dachkammer schauten sie nun gemeinsam in die Wolken, lauschten dem Kinderkreischen im Hof. Dann schlief sie ein für immer. Das Kreischen blieb im Hof. Die Wolken blieben am Himmel.

Emil hatte so viele Tote gesehen, doch die eigene Endlichkeit begriff er erst im Angesicht der verblichenen Freundin.

Er öffnete das Dachfenster, auf dass ihr letzter Atem die arme Seele in den Himmel trüge und fühlte sich allein wie noch nie zuvor in seinem Leben.

Kennst du den Mann dort am Zaun?«, fragte mich die schönste Klassenlehrerin der Welt.

Der Mann am Zaun unseres Schulhofes trug ein hochgeschlossenes weißes Hemd ohne Binder, darüber ein gestreiftes Jackett zu einer weiten Hose, winkte freudig, als er sah, dass ich ihn sah.

»Ja. Das ist der Häuptling.«

Frau Sassi schaute mich ratlos an.

»Ein Verwandter von dir?«

»Ja. Mein Opa. Der Vater von meiner Mutti. Die haben sich gestritten. Weil er mit mir auf dem Schlitten gegen einen Pfosten geknallt und meine Zähne …«, ich schob zwei Finger zwischen meine Lippen und wollte meiner Lieblingslehrerin gerade etwas Mitleid abringen, als sie bereits zum Zaun lief und ich allein dastand wie ein Pferd vor der Schlächterei Franklin Hofmann.

Ich sah die beiden reden, dann kam sie zurück.

»Dein Opa möchte dich abholen. Nun hast du dich aber gerade für den Ordnungsdienst im Hort gemeldet. Es wäre schön, wenn du dir das in Zukunft vorher überlegen würdest, mein Frollein. Jetzt muss jemand anderer aus der Klasse den Dienst übernehmen.«

Das waren ganz schön viele strenge Worte, die mein mangelndes Pflichtbewusstsein beschrieben und meine Zukunft in ein Dunkel rissen.

Ich ging meinen Schulweg immer allein. Der Häuptling dachte wohl, ich wäre noch im Kindergarten und er mit dem Abholen dran.

»Auf Wiedersehen, Frau Sassi.«

»Auf Wiedersehen. Und denk mal drüber nach.«

Schuldbewusst schlich ich davon. Nahm Turnbeutel und Schulranzen vom Haken und trat vor das Schulportal, wo mich der Häuptling in die Arme nahm, ein paar Drehungen vollführte und mich schließlich wieder absetzte.

»Heute besuchen wir mal deine Mutter auf der Arbeit.«

Meine Mutter ging gerne zur Arbeit in ihren Textilbetrieb. Ein paar ihrer geschiedenen Freundinnen arbeiteten auch dort. Wahrscheinlich ging sie vor allem deshalb gerne dahin, weil sie sich so auch tagsüber sehen und quatschen und lachen und Kaffee trinken konnten.

Die Wiratex lag unten im Tal am Bahnhof, hatte den Artikel »die« wie die Wismut, war aber kein Staat im Staat, was man sich von der Wismut erzählte.

»Mein Vater, was dein Urgroßvater ist, marschierte jeden Tag von Kleinolbersdorf zu Esches Strumpfwarenfabrik nach Kaßbergen. Sein Auto nahm er nur für Ausfahrten am Sonntag. Er wollte nicht, dass die anderen Arbeiter neidisch würden. Reichtum zeigt man nämlich nicht durch Güter, Reichtum zeigt man durch Haltung. Das kannste dir schon mal merken.«

Mein Großvater musste ein sehr reicher Mann sein, so aufrecht wie er ging.

»Und hätte es Esche nicht gegeben, gäbe es heute keine Wiratex, und deine Mutter würde im Gemüseladen stehen und verschrumpelte Kartoffeln verkaufen.«

Als wir aus der Straßenbahn stiegen, zeigte der Häuptling auf den Bahnhof.

»Früher fuhren die Züge von Dresden nach München noch hier durch und ganz dicht vorbei an der Weltfirma deines Urgroßvaters. So manche der reisenden Damen war eine glühende Anhängerin von Esches ›Gloriastrumpf‹. Auf dem Schienenweg nach München erspähte sie aus dem Zugfenster den Ort der Herstellung ihres Bekleidungsstückes.«

Ich traute mich nicht zu fragen, ob es immer so war, dass

einem der Betrieb gehörte, in dem man arbeitete. Vielleicht war es eine frühe Form des Volkseigentums, von der mir der Häuptling so oft erzählte. Seiner Meinung nach war eigentlich auch die Sternmühle in Kleinolbersdorf Familienbesitz, weil er als junger Mann dort gekellnert und zum Umsatz beigetragen hatte. Nur das Wörtchen »eigentlich«, das er in jede Beschreibung unserer familiären Besitzverhältnisse einflocht, ließ mich zögern, damit anzugeben. Außerdem würde man mich nicht bei den Jungen Pionieren aufnehmen, wenn wir tatsächlich Kapitalisten waren.

Durch ein großes Portal betraten wir den dunklen Korridor der Wiratex. Zwischen holzgetäfelten Wänden hing Kaffeeduft. Der Marmorboden sah aus wie frisch poliert. Frauen in hübschen Kleidern liefen geschäftig mit Papieren von Tür zu Tür oder balancierten ein Tablett mit Kaffeekännchen und Tasse.

Mein Opa lief einen halben Meter vor mir, die Hände hinter dem Rücken wie ein kapitalistischer Fabrikbesitzer, der seine sich schindenden Arbeiter überwachte.

Im Unterschied zu einer Textilfabrik standen in einem Textilbetrieb nur Schreibtische. Die einzigen Textilien, die es dort gab, wurden getragen oder waren in Schaukästen ausgestellt. Ich lugte in jedes einzelne Büro. Der Häuptling schritt weiter voran. Erst als ich »Ach du lieber Gott! Mein Vater!« aus einem Büro hörte, wusste ich, wir hatten meine Mutter gefunden.

Vom Vorzimmer ging es durch eine gepolsterte Tür in ein großes Büro mit dunklen Wohnzimmermöbeln. Meine Mutter saß am Schreibtisch, auf der anderen Seite ein Mann, mit dem sie gerade ein Glas Cognac trank. Er sah aus wie Professor Dr. Dr. Dathe, der Direktor des Berliner Tierparks, den ich aus dem Fernsehen kannte.

Mein Großvater stand da, die Fäuste in die Hüfte gestemmt, und schaute sich um, als inspiziere er sein künftiges Büro und registriere alle zu behebenden Mängel.

»Das ist der Chef von deiner Mutter«, sagte der Häuptling

und winkte mich heran wie an einen Käfig, in dem ein besonders seltenes Exemplar einer Papageienspezies zu sehen war.

»Treten Sie doch ein«, sagte der Mann am Schreibtisch höflich, obwohl wir beide schon drin waren, links und rechts von meiner Mutter, die sich eine Hand vors Gesicht hielt und immer tiefer in ihrem Sessel versank.

»Guten Tag, Mutti.«

Meine Mutter versuchte, sich zu freuen, aber es gelang ihr nicht.

Sie stellte ihr Glas ab, sagte »Entschuldigung« zu dem Mann am Schreibtisch und schob den Häuptling und mich in das Vorzimmer, wo sie schnell die gepolsterte Tür hinter sich schloss.

Mir war klar, warum sie so ärgerlich war. Immerhin war mein Urgroßvater aus Kleinolbersdorf der Inhaber einer Strumpfdynastie gewesen, und meine Mutter wurde hier mit dem entsprechenden Respekt behandelt. Sie musste ihrem Chef keinen Kaffee bringen, sondern durfte Cognac mit ihm trinken. Und nun kamen wir einfach so zu ihr ins Büro und sahen aus wie ganz normale Menschen.

Mein Großvater hatte mir erzählt, dass die Wiratex auch im Westen eine Chefin hatte. Sie hieß Frau Schickedanz, aber keiner hatte sie je gesehen. Ich stellte sie mir vor wie den Zauberer der Smaragdenstadt. Jeder hatte Angst vor ihm. Niemand hatte ihn je zu Gesicht bekommen. Am Ende entpuppte er sich als kleines, unscheinbares Männchen, dessen Füße nicht mal den Boden berührten, wenn es auf seinem Thron saß. Mit dem sichtbaren Chef meiner Mutter konnte ich schon viel mehr anfangen, zumal er aussah wie ein Tierparkdirektor und auch tagsüber Alkohol trank, wie es in meiner Familie üblich war.

Hinter dem Schreibtisch meiner Mutter entdeckte ich an der Wand meine selbstgebastelte Blume der Weltfestspiele. Ich hatte die Blütenblätter mit einem Zirkel gezogen und dann mit Buntstiften ausgemalt. Man sah natürlich, dass ich das nicht freihändig gezeichnet hatte. Aber für meine Mutter hatte die Zeichnung offenbar einen Wert. Sie hatte sie mit Stecknadeln auf die Tapete gesteckt.

Ich bekam Gänsehaut, als ich das Blatt da so hängen sah. Ich rückte das Bild gerade, was meine Mutter mit einem Kichern quittierte. Zum Glück hatte sie wieder etwas bessere Laune, während der Häuptling nun *ihr* Büro gründlich auf Mängel inspizierte.

Neben die Weltfestspielblume steckte ich eine rote Nelke aus sehr dünnem Buntpapier, das bei jeder Berührung knisterte.

Die Miene meiner Mutter hellte sich noch mehr auf.

»Die ist aber schön!«

»Hab ich in der Schule gebastelt. Du kannst dich am 1. Mai damit schmücken.«

Vielleicht war ihr der Cognac nicht bekommen, denn ganz plötzlich bekam sie einen komischen Zug um den Mund. Oder sie kannte noch nicht die ganze Geschichte.

»Die Demonstration am 1. Mai führt doch an unserem Opernhaus vorbei. Von dort hat Ernst Thälmann zu den Arbeitern gesprochen. Dabei stand er auf einer kleinen Plattform auf dem Dach. So konnten ihn alle gut sehen und vor allem hören. Einer konnte ihn besonders gut sehen. Das war der Attentäter. Ernst Thälmann trug an diesem 1. Mai eine weiße Nelke im Knopfloch. Der Attentäter schoss genau drüber. Das Blut floss über die Nelke und färbte sie rot. Die Nelke war getränkt vom Blut unseres Arbeiterführers. Und deshalb müssen alle Werktätigen am Kampf- und Feiertag der Arbeiterklasse die Nelke tragen.«

»Soso«, sagte meine Mutter.

Vielleicht hatte ich da auch etwas verwechselt. Vielleicht war meine Mutter von der Idee nicht so begeistert wie ich, weil sie mir die abenteuerliche Geschichte mit Ernst Thälmann nicht abnahm. Meine Mutter ging am 1. Mai sowieso immer nur zur Demonstration, weil sie an dem Tag nicht arbeiten musste und danach mit ihren geschiedenen Freundinnen einen Sekt im Café Moskau trinken konnte.

Mein Vater ging gleich gar nicht zur Maidemonstration.

»Diese Bonzenpolonaise kann von mir aus bis nach Warschau ziehen!«, sagte er immer. »Mich kriegt da keiner hin. Am Ende trifft man da noch jemanden, der einen kennt.«

Warum mein Vater da keinen treffen wollte, meine Mutter aber hinging, um mit ihren Mädels einen zu heben, hatte wahrscheinlich mit den Gegensätzen zu tun, die sich anzogen.

Das Büro meiner Mutter war gemütlich eingerichtet. Mit meinem Großvater auf einem Stuhl am Fenster sah es sogar aus wie ein Wohnzimmer. Gerahmte Bilder mit schönen Frauen in Blumenkleidern an der Wand. Ein Strauß Strohblumen auf dem Tisch neben der Schreibmaschine. Ein Tablett mit Kaffeekännchen, Tassen und Untertassen auf einem Beistelltisch. Ein Radio im Regal, aus dem leise Schlagermusik klang. Und dazwischen meine Mutter mit rosigen Wangen.

Hier verdiente meine Mutter sechshundertzwanzig Mark im Monat, mein Vater in der Gießerei »Rudolf Harlaß« am Ofen mit Schichtzulage neunhundert. Bei siebenundzwanzig Mark Miete für unsere Zweizimmerwohnung in Kaßbergen war das eine ganze Menge Geld. Nur einmal gab es richtig Ärger, und mein Vater redete eine ganze Woche lang kein einziges Wort mit meiner Mutter. Sie hatte sich von ihrem Geld ein paar Schuhe im Exquisit gekauft. Buchstäblich von ihrem Gehalt. Die Dinger kosteten nämlich sechshundert Mark. Dabei waren sie garantiert nicht aus Krokodilleder oder ähnlich teurem Tier.

Die gepolsterte Tür wurde leise geöffnet. Der Mann, der aussah wie ein Tierparkdirektor, steckte den Kopf durch den Türspalt.

»Dürfte ich Sie zum Diktat bitten, Frau Umlauf?«

Meine Mutter sprang auf, »natürlich!«, und wandte sich erst dem Häuptling, dann mir zu wie Fremden.

»Ihr müsstet jetzt wieder gehen, bitte, wir müssen hier weitermachen.«

Ihr Chef hatte sich mittlerweile breitbeinig vor der Blume der Weltfestspiele aufgebaut. Vorsichtig strich er über die Knisternelke.

»Sehr schön, liebe Frau Umlauf. Sie haben eine wirklich begabte Tochter.«

Endlich konnte meine Mutter mal wirklich stolz auf mich sein. Und was sie noch gar nicht wusste, gab ich sogleich zum Besten: Mit meinen Zeichnungen und selbstgebastelten Blumen gelang mir nämlich noch viel mehr als nur ihr Büro zu schmücken.

»In der Schule machen wir gerade eine Unterschriftensammlung für die Befreiung aller eingekerkerter Freiheitskämpfer der Welt!«

Jeden Abend hörte ich beim Einschlafen das Rasseln der Ketten an ihren Armen und Beinen.

»Ich habe die Liste einstecken, möchten Sie auch unterschreiben?«

Ich zog den Zettel aus dem Schulranzen und hätte ihn am liebsten sofort wieder reingestopft. Eine Unterschrift darauf hatte ich gefälscht, fiel mir ein. Wenn das unser ABV herausfände, käme ich auch ins Gefängnis. Und als schäbige Betrügerin hätte mich wahrscheinlich niemand freigekämpft.

Der Minister hatte sich geweigert zu unterschreiben, weil ihren Bruder nach dem Krieg auch niemand aus der Gefangenschaft befreit hatte. Dummerweise bekam nun meine Mutter die Liste als Erste in die Hände. Sie schüttelte den Kopf, als sie Omas Namen in krakeliger Schrift las, die sie als meine Schrift erkannte.

»Na, du bist mir eine!«

»Aber es ist doch für die Sache!«

Den Chef meiner Mutter schien das sehr zu amüsieren.

»Die kleine Überzeugte!«

Als er dann auch noch meinen Kopf tätschelte, war ich enttäuscht. Er hätte mich Kämpferin nennen können. Das andere Wort hörte ich immer nur, wenn mein Vater von einem als einem »ganz Überzeugten« sprach. Der Rest der Person kam dabei überhaupt nicht gut weg.

Die Erwachsenen wussten wirklich gar nichts davon, was wir Kinder leisteten.

»Schon im Kindergarten haben wir Angela Davis aus dem imperialistischen Joch in Amerika befreit, und als Nächstes befreien wir Luis Corvalán aus den Fängen der Krieg treibenden Militärjunta in Chile!«

Mein Großvater rief »Venceremos!« und erhob sich ächzend vom Stuhl, um zu gehen.

»Natürlich unterschreibe ich«, sagte der Chef meiner Mutter und setzte seinen Namen auf die Liste.

Bereits zweimal im Leben hatte ich mich selbstlos für die Unterdrückten dieser Welt eingesetzt, hatte Blumen gebastelt und Unterschriften gesammelt, woraufhin menschenverachtende Systeme gar nicht anders konnten, als unseren Forderungen nachzugeben. Und nun stand sogar ein Betriebsdirektor auf meiner Unterschriftenliste. Es würde nicht mehr lange dauern, bis auch Louis Corvalán und seine Kompatrioten weltweit wieder zu ihren Familien zurückkehren könnten.

Der Nachtwächter

Finster war es, wie zur Geisterstunde. Dabei hatte die Uhr von Sankt Jakobi gerade erst sieben geschlagen.

Nachtwächter Thieme zog die Kappe auf und ruckelte so lange, bis der Schirm auf dem Nasenansatz saß. Knöpfte den Uniformmantel zu, hängte das Signalhorn wie eine Schärpe über die Schulter, entzündete das Licht in der abschließbaren Laterne, nahm den Gehstock in die Rechte und steckte zum ersten Mal an diesem Tag den Kopf aus der Tür. Von der Erde aus betrachtet, sah der Himmel friedlich aus, und er fragte sich, ob es sich andersherum genauso verhielt.

Nieselschwarzer November. Und nach dreiunddreißig Jahren sein letzter Gang.

Der finstere Blick war sein Schutz, wie es die Finsternis war. Die tiefen Grübchen, vor denen nur die Zugezogenen in Kaßbergen bei ihrer ersten Begegnung zusammenzuckten, waren mit den Falten gekommen, und die Falten mit den Sorgen um sein Auskommen, denn die Stadt wollte sich seinen Rundgang nicht mehr leisten. Er musste sein Muttel versorgen, nur dafür brauchte er Arbeit. Er selbst brauchte nichts außer einer gewissen Regelmäßigkeit in den Dingen.

Er spuckte auf die Schuhe, wienerte sie mit dem Taschentuch blank und schlug ein Kreuz über seiner Brust. Wie immer vor dem Gang durch die Gemeinde, deren Frieden nur ihm und seinen Amtsbrüdern zu verdanken war.

Thieme trat hinaus auf die Straße. Ließ ein Automobil passieren, das auf die Bierbrücke einbog. Passanten blieben stehen. Auch Thieme schaute dem Wagen nach. Benz hatte eine Kutsche gebaut, die von selbst und ohne Pferde vorankam, und unweit in Schönau bastelten die Ingenieure der Wanderer-Werke noch immer an einem selbstfahrenden Drahtesel.

Ruckartig fuhr das Automobil die Kurve hinauf, als wäre der Fahrer sich dessen nicht sicher, was er da tat. Kaßbergen war die eine Seite. Das große Rad der Geschichte drehte sich auf der anderen. Im Tal erstreckten sich die Fabriken des lang verblichenen Richard Hartmann. Waren über den Fluss hinweg an der stark befahrenen Poststraße entlang in den Hang des Berges hineingetrieben worden. Am Fuße des Berges war der Pulsschlag im Lärm von Fuhrwerken und der Hartmannschen Lokomotiven zu hören. Und der Benz hier oben wie ein verlorenes Schaf auf der Suche nach der Herde im Tal. Nachtwächter Thieme liebte die Ruhe auf dem Berg und dessen Überlegenheit gegenüber der Stadt.

Die beiden Zimmer in der Theaterstraße waren spärlich möbliert. Der Mittelpunkt der Stube war das Bett, in dem das Muttel lag mit dem Blick aus dem Fenster zur Kaßbergauffahrt. Muttel lag seit Weihnachten fest, fast schon ein Jahr, und würde wohl auch nie mehr aufstehen. Nicht mal mehr zum Gottesdienst in Sankt Jakobi, der ihr immer so heilig wie der ganze Sonntag gewesen war. Nur das Treiben auf der Bierbrücke brachte ihr noch etwas Abwechslung, und das nahm von Tag zu Tag zu.

Thieme sorgte dafür, dass Muttel es warm hatte, und er sorgte auch für ihre drei Mahlzeiten am Tag. Ansonsten war er für sich. Einer wie er wurde gern für bedröppelt gehalten. Keine Frau außer der Mutter an seiner Seite. Sein Gesicht kannte man nur aus der Nacht, und selbst dann verweilte kein Blick länger als nötig darauf. Tagsüber graugesichtig und graugekleidet nahezu unsichtbar auf dem Markt unterwegs. Nachts als der vermummte Laternenmann auf dem Berg. Diese stumme Übereinkunft mit sich selbst sorgte für Ruhe in seinem Leben. Für sich auf der Suche nach einer Struktur, fand der junge Thieme sie in den Straßen Kaßbergens.

Der Sohn eines Schaustellers hatte Architekt werden wollen, aber das hatte er sich nicht einmal zu sagen gewagt. Als sein Vater zerquetscht unter der Postkutsche des Karussells endete, war der Junge zu alt für das Studium. Die Mutter verkaufte das Karussell, zog mit ihm in die Theaterstraße und dort in die Nachbarschaft von Herrn Spiegel. Der alte Mann mit Mondgesicht und braungelocktem Haarkranz betrieb ein Wollwarengeschäft. Bekannt aber war er als Rollschuhläufer in den Varietés der Stadt und im Umland. Er war der letzte Mensch, der vor ihrer Tür gestanden hatte. Die Mutter hatte Herrn Spiegel mit seinem Blumenstrauß in der Hand recht barsch weggeschickt. Sie war des Zirkuslebens überdrüssig, und ihrem Sohn war das recht. Seitdem hatte Mutter und Sohn niemand mehr besucht. Ihr Leben kam in Ordnung.

Warum sein Rundgang nicht mehr gebraucht wurde, lag auf der Hand. Der Berg war in den Nächten einer der friedlichsten Flecken der Stadt. Auf dem Sonnenberg und am Johannisplatz ging es viel gottloser zu. In Kaßbergen fanden sich keine Übeltäter, die der Nachtwächter hätte überraschen können. Aber sie waren da. Nur überlegte der feige Dieb zweimal, bevor er des Nachts auf dem Berg Baustellen plünderte und Damen überfiel. Jeden Moment konnte Nachtwächter Thieme aus der Finsternis hervortreten und Alarm schlagen mit seinem Signalhorn.

Er ging über die Bierbrücke und im Licht der Gaslaternen die Auffahrt hinauf. Die Mutter schaute ihm nach. Er drehte sich um und winkte hin zum schwarzen Viereck im Mauerwerk. Pferdekutschen kamen ihm entgegen und ein Paar, das sich bei diesem Wind und Wetter noch aufmachte hinunter in die Stadt zum Spaziergang um den Markt.

Immer mehr Volk zog es auf den Berg, ein menschliches Panoptikum aus Arrivierten und Hasardeuren. Für eine solche Melange brauchte es eine besondere Art von Sicherheit. Diese Verantwortung konnte man nicht jedem Dahergelaufenen übertragen, der in einem Polizei-Amt angestellt war und dort Karteien mit Verbrechern füllte, die draußen frei herumliefen. Polizisten waren ausgemusterte Soldaten, Männer mit geringem Bildungsstand, die zu keinem ordentlichen Handwerk taugten. Etwa drei Dutzend von ihnen gab es in der Stadt. Thieme hatte keine hohe Meinung von diesen Männern. Und der Dämlack auf Einzelstreife, der ihm abends begegnete, der schaute auch noch auf ihn herab. Als Thieme zu Allerheiligen vor dreiunddreißig Jahren seinen ersten Rundgang machte, rannte der noch mit der Trommel um den Christbaum. Damals standen ganze sechs Häuser auf dem Gipfel. Seitdem waren zahllose hinzugekommen. Was war er glücklich, wenn er keinem Menschen begegnete, der ihm den Blick auf die Häuser verstellte.

Sein letzter Gang als Nachtwächter. Zukünftig ginge er hier als Mensch entlang. Ohne Uniform. Ohne Bedeutung.

Thieme wischte die Gedanken beiseite und bog erhobenen Hauptes in die Hohe Straße ein. Den Bau des Königlichen Gymnasiums hatte er noch vom ersten Stein an verfolgt. War sogar tagsüber auf den Berg gegangen, um sich seine Vollendung anzuschauen. Innerhalb dieser Wände wurden die Knaben der betuchten Bürger unterrichtet. Und jeder Einzelne von ihnen barg in sich eine neue Möglichkeit.

Thiemes Optimismus war verflogen, als er mit ansehen musste, wie das älteste Haus Kaßbergens für den Bau von Gericht und Gefängnis abgebrochen wurde. Es war nicht nur das älteste Haus gewesen. Es war das erste Haus überhaupt. Vom Kantor Stahlknecht, und der war ein Mann Gottes. Nur seinem starken Glauben war es zuzurechnen, sich einst als Erster in die Wildnis des Berges getraut zu haben.

Und nun stand hier das Gericht. Drei Flügel in Neorenaissance, in denen Gefangene in Disziplinarklassen nach Maßgabe ihres sittlichen Zustands und ihres Verhaltens eingeteilt wurden. Häuser galt es zu verstehen. Sie umgaben einen ein Leben lang. Von fremder Hand mit einer Idee gebaut, die sich der Mensch erschließen musste. Thieme musste seine Zeit nicht mit seinen Mitmenschen verschwenden. Er ersparte sich

Enttäuschungen und widmete sich dem, was blieb und ihn überdauern würde. Selbst dem Gefängnis aus kubischen Baukörpern konnte er mittlerweile etwas abgewinnen.

Als er zum Stephanplatz einbog, sah er die Synagoge schon von Weitem. Sie war im Frühling eröffnet worden, als die Ulmen nach zwei Jahren wieder blühten. Er wusste nicht, was die Juden trieben, denn er kannte keinen, der einer war. Wusste nur von ihrer Heimatlosigkeit, die auch er empfunden hatte in der Schaustellerei des Vaters. Also stand die Synagoge wohl für eine Hoffnung. Und ein besonders zuversichtlicher Mensch hatte zwei Pyramideneichen daneben gepflanzt.

Alle redeten über das, was nicht mehr zu übersehen war. Dass nach den Betuchten nun auch ihre Angestellten nachzogen. Mietshäuser mit Vorgarten und Einfriedungsmauer prägten das Bild bis in die Kaiserstraße. Über den kaiserlichen Namen hatte ein Gymnasiallehrer im Tageblatt klug geschwafelt, wie es Lehrern nun einmal lag. Mit der Liebe zur engeren Heimat, schrieb er da, und dem angestammten Fürstenhaus sei auch die Liebe zum Kaiser verbunden.

Gaslaternen beleuchteten Mauerwerk mit markanten Loggienmotiven. Nur noch vereinzelt brannte ein Licht hinter den Fenstern. Der Berg lag still in seiner Schönheit. Wer hier wohnte, nahm sie nicht wahr. Wie die Rundungen einer Skulptur auf den Betrachter wirkten, so erschien auch die Schönheit des Berges nur dem, der sich die Zeit dafür nahm. Ihre Weitsicht bewiesen die Hausbesitzer beim Kaiserplatz. Das übriggebliebene Fleckchen Erde, für das sich keiner so recht entscheiden wollte, schenkten sie schließlich der Stadt mit der Auflage, für alle Bewohner Grün anzulegen. Kastanien, Ulmen, Akazien und Ahorn wuchsen hier an einem geschwungen verlaufenden Wegesystem, einen Steinwurf entfernt von der Weststraße.

Keine andere Straße war so üppig bebaut wie diese. Zum Scheitel des Berges zog es all jene, die nicht nur komfortabel wohnen, sondern das Erreichte zeigen wollten. Hier standen

Villen mit ausgefallenen und barockisierenden Formen. Dazwischen komfortable Etagenwohnbauten mit markanten Pilastermotiven, reichem Bauschmuck und Kachelverkleidung, Ausdruck der Industrialisierung.

Über die Andréstraße mit ihren Formmotiven der Spätgotik bog Thieme in die Helenenstraße ab, deren Gründerzeit-Mietshäuser mit keinem einzigen Klinker an vergangene Stile erinnerten. Das letzte Drittel brachte Thieme etwas zügiger hinter sich, bog von der Reichsstraße in die Henriettenstraße und machte von da noch einen Abstecher in die Kaßbergstraße, um noch einen letzten Blick auf die Villa zu werfen, die ihm eine Kirche war. An dem Haus mit Remise, Garten, Einfriedung und Blick auf seine Fabriken hatte Lokomotivenkönig Hartmann nicht lange Freude gehabt. An einem Weihnachtstag, gerade neunundsechzig geworden, war er einem Gehirnschlag erlegen.

Nachdenklich schaute Nachtwächter Thieme zu Boden und sprach ein kurzes Gebet.

Der Nieselregen war zu Schnee geworden. Nun legte er den Kopf in den Nacken. Weiche Flocken schmolzen auf seinem Gesicht. Er sah die Kaßbergauffahrt hinunter zu dem schwarzen Viereck im Mauerwerk, hinter dem sein Muttel im schummrigen Licht einer Gaslaterne lag.

Er hätte gern ein paar mehr Spuren hinterlassen als die im Schnee auf seinem letzten Gang durch Kaßbergen.

Meine Mutter war eine schöne Frau. Das stellte ich zum ersten Mal fest, als sie mich von der Zeugnisausgabe in der Schule abholte.

Neben den anderen Müttern und Vätern fiel meine Mutter auf, obwohl sie genau wie die Eltern meiner Klassenkameraden zu den Menschen gehörte, die für uns Kinder nicht nur Erwachsene, sondern ältere Leute waren. Nur schienen die Eltern der anderen Kinder in einem Centrum-Warenhaus mit einer Abteilung für Elternbekleidung einzukaufen. Meine schöne Mutter hingegen hatte sogar eine eigene Schneiderin.

Sie stand da auf der anderen Straßenseite, wippte aufgeregt auf den Spitzen ihrer Stöckelschuhe, während ihre Augen das bunte Beet an Köpfen unter dem Portal der Schule absuchten.

»Ul-rie-kee!«, rief sie aufgeregt meinen Namen, der über eine Ballung ausgerechnet jener Selbstlaute verfügte, die ohne viel Zutun aus jedem Lärm herauszuhören waren.

Ich winkte ihr zu.

Neben mir stand Frau Sassi, meine Klassenlehrerin. Hätte ich nicht schon eine Mutter gehabt, ich hätte Frau Sassi gefragt, ob sie meine Mutter sein wollte. Sie war jung, fast immer lieb zu mir, und sie war direkt von der Hochschule an unsere Schule gekommen. Wir ABC-Schützen der Klasse 1a waren ihre ersten Schüler.

Ich winkte meiner Mutter noch mal, rührte mich aber nicht vom Fleck. Ich wollte, dass Frau Sassi meine bezaubernde Mutter sah. Dass die beiden Frauen sich erblickten, sich anlächelten, sich die Hände reichten, dass sie Freundinnen wurden und sich gegenseitig zu mir gratulierten. Zu der lieben

Schülerin mit Einsen in allen Kopfnoten. Zu der lieben Tochter, die den ganzen Tag nur Freude machte. Meine Achtlosigkeit gegenüber dem Ordnungsdienst hatte Frau Sassi mir verziehen.

»Na looos, Ul-rie-keee! Was mährste denn so?«

Da stand sie, meine Mutter, mit offenem, kastanienbraunem Haar, in einem geblümten Kleid und roten Stöckelschuhen, sah aus wie Renate Blume und brüllte wie ein Kutscher vor der Pferdeschlächterei Franklin Hofmann.

Meine Mutter trug nie Hosen, immer nur Kleider. Sie hätte mich nie auf einem Wandertag begleiten können oder sich als Elternpatin für die Fahrt ins Ferienlager gemeldet. Für solche Anlässe hatte meine Mutter einfach nichts anzuziehen. Leider hatte sie genügend Kleidung für sterbenslangweilige Spaziergänge durch Kaßbergens Gartenanlage und den Zeisigwald.

»Ich wünsche dir schöne Sommerferien, Ulrike. Komm gesund wieder, dann sehen wir uns in der zweiten Klasse.«

Frau Sassi. Sie umarmte mich kurz.

»Und geh vorsichtig über die Straße!«

Ihre Haut war weich und warm, und ich glaubte, noch etwas von der Honigmilch zu schmecken, in der sie morgens badete. Sie war keine Lehrerin, schon gar keine Frau. Frau Sassi war ein Wesen, und ich liebte sie.

»Auf Wiedersehen, Frau Sassi.«

Ich winkte ihr schüchtern, schaute sie ein letztes Mal an, schloss dann kurz die Augen und versiegelte so den Anblick, damit er acht Wochen lang blieb.

Ich hielt das erste Schuljahreszeugnis meines Lebens in der Hand, aber meine Familie war unvollständig vor der Schule angetreten: Ein paar Meter hinter meiner Mutter warteten der Minister und der Häuptling. Meine Großmutter trug das olivgrüne Ensemble, das nur »für gut« war, wie sie immer sagte, und dieser Tag war ein guter. Dazu eine Perlenkette und ihre Gehstöcke, auf denen sie in eleganter Pose lehnte. Daneben der Häuptling, der alle überragte und mir ebenfalls aufgeregt zuwinkte. Er trug ein weißes Hemd zu seinem schwarzen Anzug mit der weiten Hose. Der Minister erinnerte ihn zwar immer daran, etwas zu essen, was mein Großvater, ebenso wie seine Aufgaben, zu vergessen begann. Und nun wurden ihm die Hosen zu weit.

Mein Vater war nicht dabei. Ihn hatten sie noch mal zur Armee geholt, und ich war sehr froh, dass die Demokratische Republik Vietnam bereits die Sowjetarmee zur Unterstützung im Krieg an ihrer Seite hatte und meinen Vater und die NVA nicht brauchte.

Der Häuptling sah von allen dreien am fröhlichsten aus. Ich hatte ihn überhaupt noch nie anders als fröhlich gesehen. Meine Großmutter war mit einem so fröhlichen Mann verheiratet, dass sie sich der Frau vom Schladoht gegenüber eigentlich hätte glücklich schätzen müssen. Aber so fröhlich wie den Häuptling sah ich sie nie. Wie meine Eltern waren auch meine Großeltern Gegensätze, die sich anzogen. Schon wegen dieses Widerspruchs würde ich niemals heiraten. Ich sah an meinem Zeugnis, dass ich zu den Klugen gehörte, und mit einem dummen Mann an meiner Seite würde dieses Leben zu einer Zeugnisausgabe ohne Eis-Essen werden. Viel Arbeit und keine Belohnung. Da würde ich lieber allein bleiben.

»Darf ich jetzt mal aus meinem Zeugnis vorlesen?«

»Komm doch erst mal her!«

Meine Mutter gab mir einen Kuss. Dafür schob sie die Sonnenbrille hoch, spitzte den Mund, und ich erhaschte einen Blick auf ihre Augen, die rote Ränder hatten. Sogleich rubbelte sie wie verrückt auf meiner Wange herum, um den Lippenstift wieder wegzukriegen, und setzte die Sonnenbrille wieder auf.

Der Minister tätschelte meinen Arm, sagte: »Fein, mein kleiner Wurzelwerkindianer!«, schien aber in Gedanken ganz woanders zu sein.

»Gehen wir trotzdem noch Eis essen?«

Ich fragte lieber, denn irgendjemand von den dreien hatte

gerade gestritten, und Erwachsene trafen manchmal Entscheidungen, die wir Kinder nicht verstanden. Zum Beispiel, nach einem Streit das versprochene Eis-Essen in der Jalta-Bar zu verschieben auf einen Tag, der immer nur »bald« hieß.

»Hier geht alles seinen sozialistischen Gang, und wir gehn vorneweg«, sagte mein Opa und nahm mich an die Hand.

Meine Mutter und der Minister liefen hinter uns her. So gingen wir schweigend die Andréstraße hinauf bis zur Straßenbahnhaltestelle in der Weststraße.

Ich drehte mich noch einmal um. Das Licht der Mittagssonne fiel auf die Schule, einen Hort der Fröhlichkeit. Gern wäre ich mit einem der lachenden Elternpaare nach Hause gegangen, auch wenn diese Mütter nicht so schön waren wie meine Mutter. Das strafende Schweigen, in dem ich mich wiederfand und an dem ich nicht schuld war, kannte ich zur Genüge. Jeden Fritzchen-Witz, der mir in solchen Momenten einfiel, hatte ich schon mal erzählt, und jede Frage, die mir in den Sinn kam, war mir mindestens schon einmal beantwortet worden. Also hielt ich den Mund, schaute erst hoch zu den Fenstern im Eckhaus, wo Häuptling und Minister wohnten, dann zum Häuptling und sah wenigstens dort ein fröhliches Gesicht, auch wenn es seine eigene Welt war, in die er hineinlächelte.

Wir fuhren mit der Straßenbahn die Kaßbergauffahrt runter und dann mit dem Fahrstuhl in die sechsundzwanzigste Etage des Interhotels Kongreß.

Als ich dort aus dem Fahrstuhl stieg, hatte ich eine Vorstellung davon, wie Juri Gagarin die Schwerelosigkeit geübt hatte. Noch nie war ich so schnell so weit nach oben gefahren.

Auch der Häuptling war sehr beeindruckt.

»Donnerlittchen! Und außen alles echter Schwedenputz!«

Das Interhotel Kongreß war das, was die Leute in Kaßbergen einen Wolkenkratzer nannten, und es war von Kaßbergen aus unten im Tal gut zu sehen. Man erzählte sich, der weiße Putz sei extra aus Stockholm geliefert worden, um diesem

Haus den Glanz zu verleihen, den auch die Besucher aus dem kapitalistischen Ausland zu schätzen wüssten. Doch auch diesen strahlenden Wolkenkratzer überragte noch der eine oder andere graue Schlot am Horizont der Stadt. Ein gutes Dutzend kriegsversehrter Wahrzeichen wies aus einer vergangenen Zeit in die neue, frischverputzte.

Häuptling und Minister tasteten sich ehrfürchtig bis an ein Schild, das den Eingang zur Hotelbar versperrte.

»Sie werr-den plaaa-tz-ierr-t«, las ich langsam und laut vor und schaute in den lichtdurchfluteten Raum, in dem nur leere Tische standen.

Im Gegensatz zu meinen Großeltern schritt meine Mutter forsch voran, als wäre sie hier zu Hause, und trommelte mit den Fingernägeln an die offen stehende Flügeltür.

Ein Kellner mit Haarkranz kam tänzelnd auf uns zu. Mit einer wirbelnden Handbewegung eilte er uns voraus, als hätte er noch mehr zu tun.

Wir bekamen einen Tisch am Fenster.

»Einmal Panoramablick. Vier Personen. Bitte schön.«

Wir setzten uns. Nur der Häuptling blieb stehen, die Arme in die Hüfte gestemmt.

»Der ist doch annerschrum!«

»Höstduaufdasdarfdochwohlnichwahrsein!«

Meine Mutter war ein einziges Zischen.

Der Häuptling setzte sich und murmelte: »Schwedenputz.«

Hier lag etwas in der Luft, dass ein flambierter Eisbecher genügt hätte, den Nachmittag explodieren zu lassen. Also sparte ich mir lieber die Frage, was es bedeutete, wenn ein Kellner andersrum war.

Ich genoss den Panoramablick. Zu meinen Füßen der Rote Turm und die Stadthalle mit ihren tausend Augenschlitzen aus feingeschliffenem Beton. Weiter drüben die Zentralhaltestelle, an der sich alle Busse und Bahnen trafen, damit jeder seinen Anschluss zur Arbeit, zur Schule und wieder nach Hause bekam. Auf den modernen Bürohäusern an der Straße der Nationen entzifferte ich die Schriftzüge *Narva taghell*, *Neues Deutschland*, *RFT* und *Konsum*. Ich hielt es für an der Zeit, nun auch mein Zeugnis vorzulesen.

»Ulrike ist ein lieh-bes, auf-geh-schlos-sen-es …«

»Die Damen und der Herr wünschen?«

Der Kellner war freundlicher als der Platzanweiser, und er guckte meine Mutter an, als hätte er sie schon mal gesehen. Oder weil sie ihm so gut gefiel. Ich konnte es nicht leiden, wenn Männer meine Mutter anguckten, denn dafür gab es schließlich meinen Vater.

»… Mäd-chen«, fuhr ich fort. »Sie hat ei-ne gu-te Auf-fass-uh-ngs-ga-be, er-kee-nn-t schsch-nell Zu-sah-m-men-hää-ng-eh …«

»Einen unserer Rumänen vielleicht? Fruchtig leicht und mit feiner Säure?«

Ich las etwas lauter.

»… und ist in der Lah-gee, in gut for-muh-lieh-rt-en Säh-tz-en zu spre-chch …«

»Ulrike!«

Wieder zischte meine Mutter.

Der Minister kicherte hinter vorgehaltener Hand.

Der Häuptling war bereits in die Speisekarte vertieft und schaute nun auf.

»Der is rischtischrum.«

»Wir wollten Kaffee trinken und Eis essen«, sagte meine Mutter schnell.

»Vielleicht ein Sektchen dazu? Rotkäppchen, süß?«

Der Kellner war ein einziges Säuseln.

Meine Mutter errötete.

»Na gut.«

»Wie immer also. Wusst ich's doch.«

Der Kellner wurde mir immer unheimlicher. Der wusste schon vorher, was meine Mutter trinken wollte.

»Ich bring mal drei Sektchen. Und für unsere fleißige Schülerin hier?«

»Eisbecher mit Apfelmus!«

Meine Mutter fasste mich am Unterarm.

»Das kannst du aber höflicher sagen! Außerdem gibt's erst mal Limonade, Eis bestellen wir dann.«

»Limonade. Bitte!«

Ich schenkte dem schmierigen Mann einen grimmigen Blick. Damit hatte ich ihn offensichtlich verjagt, denn er verschwand und blieb eine ganze Weile weg.

Ich schaute wieder hinaus auf das Panorama unserer modernen Stadt. In Schutt und Asche hatten sie die Imperialisten gelegt. Aber mit der Kraft der Jugend und der Trümmerfrauen war alles wieder aufgebaut worden. Aus freigeklopften Abbruchziegeln war entstanden, was mir nun hier zu Füßen lag. Moderne Häuser, in denen die Menschen in hellen Büros saßen und den Sozialismus aufbauten. In der Mitte ein Springbrunnen, umgeben von einem Park, wo man in Frieden an runden Steintischen sitzen konnte. Und Gaststätten, in denen es immer zu essen und zu trinken gab. Alles war gebaut für Menschen und Familien, bei denen alles in Ordnung war. Und zu denen ich und meine Familie leider nicht gehörten.

»Recht hat die Kleene«, sagte der Minister nach einer weiteren Weile des Schweigens. »Musst dir ja nun nicht gleich den Nächsten anlachen.«

Meine Mutter wollte sich einen anlachen? Den Kellner? Das Panoramabild vor meinen Augen verschwamm zu einer grauen Masse.

»Das müssen wir jetzt nicht hier besprechen, Mutter.«

Ich wollte aber, dass sie, was immer es war, es jetzt und hier besprachen.

»Was is'n los?«

»Rotkäppchen süß und eine Limonade. Haben die Herrschaften schon etwas zu essen gewählt?«

Nein. Ich wollte doch nicht wissen, was sie zu besprechen hatten.

Der Kellner stellte die Getränke vor uns hin und blieb abwartend stehen. Die Sektschalen kannte ich aus der Schrankwand meiner Mutter. Deshalb also kannte sie der Kellner: Meine Mutter war öfter hier.

Es war Zeit, die Spannung am Tisch etwas aufzuheben. Und zum Kellner wollte ich auch etwas höflicher sein, falls der vielleicht doch eines Tages mein neuer Vater würde.

»Genau die gleichen Sektschalen haben wir auch. Aber nur fünf. Meine Mutti sagt immer, sie muss nur noch einmal Sekt trinken gehen, dann hat sie sechs. Weil man ja von allen Gläsern sechs haben muss.«

Meine Mutter hatte ihr Gesicht in den Händen vergraben, als dächte sie angestrengt über irgendetwas nach.

Meine Großmutter lachte in ihre Sektschale hinein und verschluckte sich.

»Lach nicht ins Glas, das macht betrunken«, sagte der Häuptling und kniff meine Oma in den Arm. Er hob sein Glas und stieß mit mir an.

»Auf dein Zeugnis. Und auf dass deine Kinder lange Hälse kriegen. Prost.«

Mit einem Zug hatte er das Glas geleert, und ich wusste, dass es kein zweites geben würde, denn Sekt war teuer und nur für Anlässe.

Der Kellner stand immer noch da und lächelte süßlich.

»Viermal Schwedenputz«, sagte der Häuptling.

»Er meint, viermal Schwedeneisbecher«, korrigierte meine Mutter und schaute streng zu ihrem Vater.

»Fürs Kind ohne Alkohol, nehme ich an?«

»Natürlich. Aber bringen Sie den Eierlikör extra. Wir bezahlen den schließlich mit. Danke.«

»Und mir kein Eis, sondern ein Schnitzel«, sagte der Häuptling. »Und dazu ein Bier.«

»Schnitzel ist leider aus. Aber ein Mastkalbsteak au four kann ich Ihnen anbieten.«

»Macht nichts. Hauptsache Schnitzel und Bier.«

Der Kellner verzog sich. Wieder herrschte Ruhe am Tisch.

Ich schob meiner Mutter das Zeugnisheft rüber.

»Alle Kopfnoten eins, Mutti.«

Meine Mutter setzte ihre Sonnenbrille ab und legte ihren Arm um mich.

»Das hast du gut gemacht.«

»Und noch ein Lob in Sport. Sechzig Meter in zwölfkommafünf Sekunden.«

Meine Mutter schaute mich an, als hätte ich ihr beiläufig etwas zugerufen. Sie war mir fremd in diesem Moment. Wie alle hier am Tisch. Außer meinem Großvater vielleicht, der das Lob aus dem Sportunterricht in seinen Händen hielt und las und las und lächelte und wieder etwas in seine eigene Welt hineindachte, ohne die lächelnden Lippen zu bewegen.

Meine Mutter strich mir über den Kopf, als würde sie sich freuen. Aber sie sah nicht so aus. Und dann begann sie zu weinen.

Ein Mann in einem weißen, glänzenden Anzug nahm hinter einem Keyboard Platz und spielte Musik, wie ich sie aus DEFA-Filmen kannte. Lieder, die in großschlaufigen Melodien ineinander übergingen und alle gleich klangen.

Der Häuptling horchte auf.

»Das Gedudel ist ja unerträglich. Woll'n wir dem mal den Flohwalzer beibringen? Vierhändig?«

Er war dabei, aufzustehen, wollte sich vor irgendwas davonstehlen. Er hatte mich schon am Ärmel, als meine Großmutter ihn zurückhielt.

»Setz dich!«

Der Minister nippte vorsichtig am Glas und schaute über den Brillenrand hinweg abwechselnd zu meiner Mutter und mir.

Ich hatte meine Mutter zwar noch nie weinen sehen, aber in letzter Zeit oft mit geröteten Augen. Und das immer, wenn mein Vater kurz nach Hause gekommen und gleich wieder gegangen war.

»Mutti?«

»Ja?«

»Lasst ihr euch scheiden?«

Auf dem Tisch landeten in Windeseile ein Teller, Besteck und drei Eisbecher.

»Ein Schnitzel à la Mastkalbsteak au four, der Herr, dazu ein Bier und dreimal Schwedenputz, plus ein Eierlikör extra«, säuselte der Kellner, nahm die verweinten Augenränder meiner Mutter wahr und reichte ihr das Schnapsglas.

4 cl, entzifferte ich. Was immer das bedeutete, es würde sie beruhigen, und mehr fiel dem Kellner wohl auch nicht ein.

Meine Mutter nahm das Glas und goss den Eierlikör über ihren bereits gelb schimmernden Schwedeneisbecher.

»Papa und ich wohnen ab jetzt einfach nur in verschiedenen Wohnungen. Davon wirst du gar nichts merken«, sagte sie noch, gab mir einen Kuss auf die Stirn und rubbelte die Lippenstiftspuren sogleich wieder weg.

Die Höhle

Rosemarie Uhlig trug noch ihren Schlafanzug. Hatte bereits im großen Bett der Eltern gelegen und an die Decke gestarrt. War die Tür geschlossen, durfte sie nicht mehr reden, nicht singen. Also blieb nur noch das Denken bis zum Einschlafen.

Märchen machten ihr Angst. Jeden Abend bekam sie ein anderes vorgelesen von der Mutter und manchmal vom Vater, der zur Bettgehzeit meistens auf der Arbeit war. War er doch zu Hause und las ihr vor, dann mit dröhnender Stimme und mit lustigen Fratzen im Gesicht.

Rosemarie gruselte sich vor einem, der auszog, das Fürchten zu lernen, und begriff, dass böse Kinder in den Wald geschickt wurden und der böse Wolf hinter jedem Baum lauern konnte. Märchen machten ihr Angst, und doch konnte sie nicht einschlafen, ohne eine der grausamen Geschichten mit in ihre Träume zu nehmen. Warm und geborgen schlief sie jede Nacht zwischen den Eltern und wusste sich aufgehoben.

Draußen spielte sich ab, was kein Märchen war. Es begann mit einem Geräusch und der Schlafzimmertür, die sich öffnete, obwohl noch Nacht war. Was folgte, war kein sanftes Wecken, sondern der herzhafte Griff der Mutter nach dem Arm von Rosemarie, die schnell noch ihren Teddybären schnappte. Schuhe geschnürt. Jacke an und Mütze auf und raus aus dem Haus. Von dort zog die Mutter Rosemarie an der Hand, mit der anderen Hand trug sie den speckigen Aktenkoffer, der prall gefüllt tagein, tagaus im Vorsaal neben der Wohnungstür stand. Ließ sich Rosemarie zurückfallen, schnellte der Arm der Mutter nach vorn, und das Mädchen stolperte. Damit sie nicht hinfiel, zog die Mutter ihren Arm nach oben. Rosemarie hing kurz in der Luft, ihre Schuhspitzen berührten den Asphalt. Dann stand sie wieder auf dem Boden. Lief zügig mit und drehte sich doch noch einmal um.

Die beiden Pferde unter der erloschenen Gaslaterne schienen ihr nachzuschauen. Waren am Fuhrwerk festgeschnallt. Der Kutscher war abgesprungen und weggelaufen. Und die Pferde blieben stehen, wie sie immer stehen blieben, nachdem er abgesprungen und mit Paketen in der Hand in einem Hauseingang verschwunden war, weil er jedes Mal wiederkam, auf den Bock stieg und sie dann gemeinsam den Weg fortsetzten. Nur war der Kutscher gerade an ihnen vorbeigerannt. War hineingerannt in den Höhleneingang, auf den auch sie zusteuerten. Immer wieder drehte sich Rosemarie nach den Pferden um.

»Nun mach schon! Bummel nicht so!«

Wieder musste sie rennen. Immer rennen, dachte Rosemarie, während sie rannte. Nicht dorthin, wo etwas Schönes auf sie wartete, nicht in den Schnee, den Frau Holle in dicken Flocken aus ihrem Kissen auf sie fallen ließ, und nicht nach einem Ball, mit dem sie spielen konnte in der Langeweile, die nun vor ihr lag.

Über den Flocken schwebten am gewölbten Nachthimmel Leuchtpunkte langsam zu Boden, die aussahen wie Christbäume. Um Rosemarie und die Mutter und den Teddybären und die Aktentasche herum nur rennende Leute. Manche gejagt von Jungen in Uniform, die den Weg aufzeigten, den sie schon kannte. Den Weg zu dem dunklen, feuchten Verlies im Berg. Die Menschen wurden im Gedränge reingeschoben in das schwarze Loch. Die Mutter hielt sie, fasste immer nach, und Rosemarie hielt den Teddybären fest im Arm, der nur eine gestrickte Hose trug, das Jäckchen hatte sie in der Eile vergessen. Sie drückte den Bären noch fester an sich, damit er nicht fror.

In dem schwarzen Loch Bänke aus Holz in langen verwinkelten Reihen. Alte Leute hockten nebeneinander wie die dunklen Gestalten aus den Märchen: der Küster, der nachts als Gespenst erschien, schwarze Katzen mit Feuer in den Augen, todbringende Greise mit Rauschebärten und halbe, aus dem Schatten ins spärliche Höhlenlicht ragende Menschenleiber. Der Berg sog sie alle in sich hinein, breitete seine Dunkelheit über ihnen aus, die nur hier und da von drahtbespannten Deckenleuchten durchbrochen war. Vom Dach der Höhle ein ständiges Poltern wie von rollenden Schädeln auf dem Tanzboden des Geisterschlosses.

»Was pfeift so?«, fragte Rosemarie.

»Hörst du das Pfeifen, dann sind sie weit weg«, sagte eine Stimme in der Dunkelheit.

»Was ist dann weit weg?«, fragte Rosemarie in die Dunkelheit.

»Die Bomben. Und nun sei ruhig!«, sagte die Mutter.

Immer musste sie ruhig sein, während die anderen Kinder schreien durften. Vielleicht waren sie noch nie hier gewesen, dachte Rosemarie, spürte etwas Stolz und gehorchte. Sie lauschte dem Schreien der verängstigten Kinder, das begleitet wurde vom Jammern der vielen alten Menschen, die nicht mehr stehen, aber im Gedränge auch nicht umfallen konnten. Rosemarie stand, noch immer an der Hand der Mutter, schaute nach oben in ein dunkles Gebirge aus Schultern und Köpfen, atmete mit im schwerfälligen Takt der Körper, bis auch unten die Luft immer dünner wurde.

Ein lautes Zischen erschütterte die Höhle, und Sand rieselte aus den Wänden. Ein Mann drängte sich nach vorn, die winzig kleine Tür zu öffnen. Drei Frauen mussten ihn festhalten, so sehr wehrte er sich. Draußen sei auch keine Luft, schrie die eine, wegen des Luftdrucks der Bomben. Rosemarie begriff nicht, was sie sagte, nur, dass nun wieder Ruhe herrschte vorn, als neben ihr eine Frau nach Luft zu schnappen und zu schreien begann.

Die Mutter schob Rosemarie bis an die Wand und drückte ihren Kopf ans feuchte Mauerwerk.

»Atme das!«, sagte sie, und Rosemarie tat, wie befohlen. Drückte auch den Kopf ihres Teddybären an die Wand, und so atmeten sie durch alle Erschütterungen hindurch die Feuchtigkeit der Tunnelwand.

Die Tür sprang auf. Wieder rannten die Mutter und Rosemarie, nun aus dem Berg heraus, und diesmal musste die Mutter nicht ziehen und drängeln. Rosemarie rannte auf gleicher Höhe mit ihr den Berg hinauf und manchmal ein Stück voraus und riss sich los von der Hand und schwenkte den Teddybären durch die Luft.

Die stockfinstere Nacht war vom Schnee erhellt, in dem Rosemarie ihre Spuren hinterließ, sich immer wieder umdrehte und in den Spuren zurückstapfte bis zur Mutter, die ihr lächelnd dabei zusah.

Es war nur noch ein kurzes Stück bis zum Haus, dessen Umrisse sie in der Dunkelheit ausmachen konnten, als die Mutter stehen blieb, die Tasche zu Boden fallen ließ und sich beide Hände vors Gesicht schlug. Auf der anderen Straßenseite erblickte Rosemarie einen Trümmerhaufen, auf dem ein zerbrochenes Dach lag. Einige Leute blieben neben der Mutter stehen. Niemand sagte ein Wort. Auf dem Fußweg lagen Ziegelsteine im Schnee und dazwischen etwas Glänzendes. Bevor die Mutter sie zurückhalten konnte, rannte Rosemarie über die Straße.

»Bleib hier!«, brüllte die Mutter und fasste ins Leere.

Rosemarie hob das Buch vom Boden auf. Auf dem goldfarbenen Umschlag Blumenranken und Schrift, die sie noch nicht lesen konnte. Das war bestimmt ein Märchenbuch von einem anderen Kind, das es jetzt nicht mehr haben wollte, dachte sie und klopfte den Staub ab. Flecken, weiß von Schnee und rot von Blut, verliefen ineinander.

Die Mutter war ihr hinterher gerannt und riss ihr nun das Buch aus der Hand, blätterte darin und drückte es dann an die Brust wie bei einem Gebet. Sie legte das Buch auf das winzige Stück Mauer, das vom Vorgarten noch stand. In ihren Augen waren Tränen, und Rosemarie wagte nicht zu fragen, ob sie das Buch mit nach Hause nehmen dürfte.

»Dass du dich nicht schämst!«

Rosemarie drückte den Teddybären an sich und versuchte, jetzt noch nicht zu denken, sondern erst vor dem Einschlafen, bei dem es in jener Nacht bestimmt kein Märchen mehr geben würde.

Dann kam ihnen der Vater entgegen. Er hob seine Tochter hoch an den Hüften, drehte sich so lange mit ihr, bis beiden schwindlig wurde.

»Mein Wurzelwerkindianer ist wieder da!«

Für die Mutter hatte er einen flüchtigen Kuss, nahm ihr die Tasche aus der Hand und hakte sich bei ihr ein. Die Mutter schluckte noch immer vor Tränen und schaute starr geradeaus. Rosemarie erkannte von Weitem das Fuhrwerk mit den beiden Pferden. Wieder riss sie sich los, diesmal vom Vater.

»Hottehü, hotteh …«

Der fröhliche Ruf blieb ihr in der Kehle stecken. Ein Pferd lag zusammengesunken auf dem Boden und hing noch im Zaumzeug. Das andere Pferd blutete aus klaffenden Wunden am Hals und der Flanke. Der Vater trat von hinten an Rosemarie und schob sie sanft zur Mutter, die sie an der Hand zur Haustür zog.

Wieder drehte sich Rosemarie nach den beiden Pferden um; sah, wie der Vater die Pistole aus dem Halfter nahm und jedem Pferd einmal in den Kopf schoss.

Sie riss die Augen auf und schrie.

»Aber die müssen doch ins Krankenhaus!«

Die Mutter trocknete ihr mit dem Mantelärmel die Tränen, dann ging sie voraus die Treppe zur Wohnung hinauf.

»Für das Mädchen mit dem Märchenbuch gab es auch kein Krankenhaus. Und nun komm endlich!«

Auf der Wiese hinterm Haus hörte ich den Minister brüllen.

»Macht euch weg da! Das ist kein Fußballplatz!«

Ich rannte schnell nach oben, stellte den Schulranzen vor ihrer Wohnungstür ab, rannte wieder runter und nach draußen in den Hof.

Mit sichtlicher Mühe hob der Minister die weißen Bettlaken auf, die sie zum Bleichen auf die Wiese gelegt hatte.

»Gut, dass du kommst. Wir gehen gleich mangeln.«

Sie legte mir einen riesigen Berg Wäsche auf die Arme, und wir gingen los.

An ihren Gehstöcken konnte sie nur langsam laufen. Ich mühte mich, auf gleicher Höhe mit ihr zu bleiben. Allmählich bekam ich weiche Knie.

Ich fürchtete diesen dunklen, engen Raum der Mangel. Die Metalltür fiel hinter uns ins Schloss, laut wie ein Donner. Dann war es still um uns herum und finster.

Der Minister schaltete das Licht an. Ich breitete das erste Laken auf dem Band aus und zog es glatt unter dem aufmerksamen Blick meiner Oma. Dann legte sie den Schalter um. Die Mangel dröhnte wie ein Panzer.

Ich sah zu, wie die Bettlaken durch die Mangel gedreht wurden. Ihr Motor war so altersschwach wie die ganze scheppernde Vorrichtung. Es dauerte ewig. Und es war wieder Zeit für meinen Spruch.

»Was für eine elende Mangelwirtschaft.«

Der Minister neben mir auf der Bank lachte rasselnd.

»Sag das bloß nicht in der Schule.«

»Und nicht laut auf der Straße.«

»Genau.«

Ausgerechnet in dieser dröhnenden Enge kam der Minister wieder auf den Krieg zu sprechen.

Erzählte der Minister vom Krieg, dann immer nur von ihren beiden gefallenen Brüdern. Eigentlich bestand der Krieg immer nur aus den beiden Brüdern meiner Oma. Gleich in den ersten Tagen an der Front hatte es den Ersten erwischt. Albert war der Liebling seiner Mutter gewesen. Lag im Schützengraben mit abgerissenem Bein und rief noch bis zum letzten Moment nach ihr. Sein Korporal überbrachte der Mutter die Nachricht. Hatte sich extra den Weg bis zum Theaterplatz in die Museumsstraße gemacht. Der Zweite war Otto und in Kriegsgefangenschaft gekommen. Sie verwendete das Wort »Kriegsgefangenschaft« immer so selbstverständlich, dass ich selbst schon zu wissen glaubte, was es bedeutete. Nur von der immer gleichen Schilderung, wie sehr ihr Bruder gehungert hatte, er nachts auf einem Kornfeld rohe Ähren aß, danach aus Durst einen halben Eimer Wasser trank und es ihn auseinandertrieb, verstand ich leider jedes Wort.

Der Minister erzählte monoton, mit immer dem gleich dumpfen Klang. Die Worte gingen bei mir zu einem Ohr hinein und ohne Halt zum anderen hinaus. Zu fragen, warum ihr Bruder denn nicht weggelaufen war, wenn er es schon bis auf das Kornfeld geschafft hatte, hätte einen Halt im Kopf gebraucht.

Aber das Einweckglas fiel mir ein, in dem Weizenkörner in Wasser vor sich hin goren und bereits schimmelten. Als ich nach Hause kam, schüttete ich sie ins Klo.

Wenn mein Vater abends nicht nach Hause gekommen war, dann war er nicht jedes Mal bei älteren Damen zum Vorrichten gewesen, sondern bei einer gewissen Brigitte. Der lautstarke Streit, der dieser Enthüllung gefolgt war, war der einzige Streit meiner Eltern, den ich jemals hatte miterleben müssen.

Vater und Mutter waren leise Streiter gewesen. Meistens hatte es Minuten nach einem Streit bei uns zu Hause erst mal nach Kaffee geduftet. Mein Vater trank den einfach zu gerne. Egal aus welchem »Kehricht«, wie er das hellbraune, grobe Pulver nannte, er gemacht war. Er liebte diesen Geruch, der bei uns zu Hause immer dann in der Luft gelegen hatte, wenn sich das Gewitter eines Streits verzog.

Mir fiel auf, dass der Fahrlehrer meiner Mutter neuerdings recht oft in aufgebügelten Popelinehosen und abwechselnd mit Nelken oder Gerbera vor unserer Tür stand. Ich konnte nicht glauben, dass sie sich für den interessierte. Mit seinen gekräuselten Haaren sah er meinem Vater überhaupt nicht ähnlich. Die Fahrprüfung hatte sie längst bestanden. Vielleicht wollte sie meinen Vater mit seiner Brigitte nur eifersüchtig machen.

Als meine Mutter mal nicht mit dem Fahrlehrer im Wohnzimmer saß, sondern mit den geschiedenen Frauen, zu denen sie nun auch gehörte, einen heben ging, brachte mich der Minister ins Bett.

»Jetzt lernste beten.«

Die Finger meiner Oma waren krumm wie Krabbenbeine. Damit strich sie mir über die Stirn. »Lieber Gott, mach mich fromm, dass ich in den Himmel komm. Amen.«

»Amen«, antwortete ich und beobachtete, wie sich ihre Perlenkette auf dem Pulloverkragen bewegte. Behutsam berührte ich die Kugeln an der Kette. Vor lauter Liebe wusste ich nichts anderes zu meiner Großmutter zu sagen als: »Perlen«.

»Nee. Muranoglas.«

»Meeraneglas?«

»So ähnlich. Paris, Meerane, Madrid. Die Strecke fahren wir mal.«

»Ja, das machen wir mal.«

»Und nun bet schön, schlaf schön, träum schön, pups schön.«

»Gebetet und gepupst hab ich schon.«

»Amen, mein Herzlferzlberzl.«

»Amen, Oma.«

Die Zimmertür schloss sich. Öffnete sich noch ein paarmal leise. Bald hörte ich die Wohnungstür ins Schloss fallen.

Ich stand auf und ging ans Fenster.

Der Minister hatte den Faltbeutel mit dem Portemonnaie und dem Brillenetui an einen der Gehstöcke gehängt. Ich blieb so lange am Fenster, wie ich sie mit dem baumelnden Beutel im Licht der Laternen die Weststraße entlanglaufen und die Kreuzung überqueren sah, wartete, bis sie im Eckhaus an der Straßenecke verschwand.

Eine Weile hatte ich die Wohnung nun noch für mich. Meine Mutter und ihre Freundinnen nahmen immer den letzten Anschluss nach Hause.

Mein Vater war zusammen mit seinem klapprigen Fahrrad und seinem Krimskrams in drei Kartons bei uns ausgezogen. Nun wohnte er in einer kleinen Wohnung mit Klo auf halber Treppe in der Erich-Mühsam-Straße, nur einen Fußweg von fünf Minuten entfernt. Bücher hatte er keine mitgenommen. Er war der einzige Mensch, den ich kannte, der klug war und alles erklären konnte, ohne je ein Buch gelesen zu haben. Den Hochofen, in dem das Erz zu Stahl schmolz, und auch eine Dampfmaschine konnte er mir erklären. Einen Elektromotor und das Planetensystem konnte er mir aufmalen. Alles aus dem Kopf und ohne in ein Buch zu schauen.

Die Bücher in der Schrankwand bei uns zu Hause gehörten meiner Mutter. Silitoe, *Samstagnacht und Sonntagmorgen*. Heyerdahl, *KonTiki*. Feuchtwanger, *Erfolg*. Sie standen da wie ins Regal gemeißelt, waren nach keinem erkennbaren System geordnet. Weder nach Farbe noch nach Größe, auch nicht nach dem Alphabet. Silitoe – Heyerdahl – Feuchtwanger. Ich dachte, das waren Geschwister oder anderswie Verwandte. Im Bücherregal meiner Mutter waren sie aneinandergeschweißt.

War ich allein in unserer Wohnung, dann brauchte ich nichts. Nur den Anblick der Bücher meiner Mutter. Sie schienen von einer verborgenen Sehnsucht in ihr zu sprechen und machten meine Mutter noch liebenswerter, als sie es sowieso schon für mich war.

Ich ließ das Licht aus, falls sie doch etwas früher um die Ecke biegen würde. Stattdessen schaltete ich den Fernseher an.

Die alten Filme waren mir die liebsten. Die wirklich alten, in denen tote Augen von London, ein grüner Bogenschütze und ein Frosch mit Maske Morde begingen. Ich hatte Angst vor dem Tod, aber keine Angst vor diesen Filmen. Nur am Wochenende durfte ich sowas gucken. Dabei machte *sowas* an einem Mittwoch nicht mehr Angst als an einem Sonnabend. Schlafen konnte ich sowieso nicht, wenn ich allein war. In den knisternden Stunden, wenn der Minister dachte, ich schlafe, und meine Mutter dachte, der Minister passe auf mich auf, fühlte ich mich erwachsen. Ich saß im dunklen Wohnzimmer bei offenem Fenster, auch im Winter. So hörte ich es, als die Straßenbahn vorbeifuhr und Schritte auf den Gehwegplatten folgten. Mir blieb Zeit, den Fernseher auszumachen und mich im Bett schlafend zu stellen.

»Schlaf schön«, hörte ich meine Mutter sagen.

Unter ihrer Hand auf meinem Kopf blinzelte ich in die Finsternis, die das Licht vom Türspalt zerschnitt. Und dann fielen mir die warmen Röhren des Fernsehers ein, die nicht genug Zeit gehabt hatten, abzukühlen. Wie immer wusste sie alles, ging raus und schloss die Tür.

Durch meinen Kopf spukte ein indisches Tuch in der Hand einer seltsamen Gräfin. Dieses Bild hielt mich wach bis zum Morgen. Erst als ich Amsel und Sperlinge im Hof zwitschern hörte, schlief ich ein. Nicht für lange. Dann riss mich ein Geräusch aus dem Schlaf.

Das Geräusch von einem Schlüsselbund, das krachend über die Flurgarderobe schlitterte und klirrend auf dem Boden landete.

Der Großvater, 2

Emil Uhlig starb, nachdem er sich aus dem Klofenster seiner Wohnung auf die Straße abgeseilt hatte. Hatte den falschen Ausgang aus der Gefängniszelle gewählt, in der er sich gerade wähnte. Zwischen dem Fenstersims und dem rettenden Boden lag ein Stockwerk.

Er nahm ein Bettlaken aus dem Regal und knotete es ans Fensterkreuz. Das hatte er gelernt. Irgendwo und irgendwann im Krieg. Und weil er sich viel genauer an Gedankenstrandgut wie dieses erinnerte als an den Tag, der hinter ihm lag, ging ihm der Knoten wie von allein von der Hand. Mit der Verve eines Jungen, aber dem Körper eines Greises verließen ihn die Kräfte, als er über dem Klofenster der Nachbarn hing.

Vielleicht hatte er wieder die Lüfte heulen und wimmern hören wie von tausend Geistern geplagt. Waren ihm wieder die Bilder erschienen, wie zuletzt mit sechzehn. War er wieder Laufjunge gewesen zwischen den Schützengräben. Erinnerte er, wie er raus musste und wie er dort draußen um sein Leben rannte, das weniger zählte als das von Verheirateten. Hatte er wieder diese ständige Nähe zum Tod gespürt und die gesehen, die der Tod sich geholt hatte, mancher von ihnen getötet von einem danach Getöteten. Wie er verschüttet wurde und mit anderen Verschütteten in ein Lazarett gerettet wurde, wo ihm die Zitterer auf dem Gang begegneten und das bisschen Leben nur noch schrie und winselte und kroch. Dabei hatte er als Junge doch nur die Luft der Front atmen wollen. So einen Krieg wie diesen hatte es seit Menschengedenken nicht gegeben. Das Kaiserreich war das Herz Europas, und das war in Gefahr, hieß es, wenn den Kindern der Krieg erklärt wurde, während das eigene Land den Russen und den Franzosen den Krieg erklärte. Weder sein Vater noch Clara hatten Emil zurückgehalten. Wer erst demonstriert hatte, saß nun wieder zu Hause. Nur in den Kneipen von Kaßbergen bis Kleinolbersdorf erhob noch der eine oder andere das Wort und ertränkte es dann im Bierglas.

Emil hatte sich schließlich selbst nur noch als wimmernden Menschenrest in ein Feld gehockt und den wunden Arsch in die Sonne gehalten, damit wenigstens Sitzen und Liegen wieder ging. Hatte nicht fliehen müssen, weil ein Franzmann den Jungen von seinem vollgeschissenen Acker holte, als Gefangenen mitnahm zu französischen Bauern in die Champagne. Die brauchten einen so muskulösen Kerl, der kein verdorbener *Boche* zu sein schien. Hätten ihn glatt dabehalten, den schmucken Burschen mit Manieren wie aus der Zeit gefallen. Doch der Junge wollte seine Kirchturmspitze von Kleinolbersdorf wiedersehen. Und so ging er, wie er gekommen war, barfuß, und lebte sein Leben schweigsam und machte auch diese Geschichte zu einer, die man sich nicht erzählte.

Zwei Nachtschwärmer entdeckten ihn auf der Wiese im Vorgarten des Hauses. Die Hilfe kam zu spät für den alten Mann. Er hatte sein Leben bereits ausgehaucht, neben der Haustür, durch die er jahrein, jahraus gegangen und gekommen war auf seinen wichtigen Erledigungen in und um Kaßbergen.

Ich hatte mein eigenes Zimmer. Es roch noch ein bisschen nach Farbe. Mein Vater schraubte das letzte Bücherregal an der Wand fest. Mit einer geöffneten Bierflasche in der Hand betrachtete er sein Werk.

»Viel gemütlicher als bei mir.«

Was ich bereits von Ordnung verstand, würde ich nun in mein Leben bringen. Sah mich schon die Schränke einräumen. Der Minister hatte mir die Schreibtischgarnitur aus Marmor vom Häuptling geschenkt.

»Dann ist er immer ein bisschen bei dir.«

Wir waren über den Friedhof gelaufen, und ich hatte sein Grab sehen wollen.

»Hier irgendwo«, hatte der Minister gesagt und mit einem ihrer Gehstöcke in der Luft rumgewedelt, wo eine Wiese lag mit einer Eiche darauf. Jeder hier hatte einen Grabstein, mein Großvater eine ganze Wiese für sich.

»Und wo leg ich meine Blume hin?«

»Einfach hier irgendwo hin. Platz is ja genug. Hat immer Platz zum Laufen gebraucht. Nun hat er ihn ooch zum Liegen.«

Ich dachte an die Nelke zurück, die ich für eine Mark im Blumenladen gekauft hatte. Welkend lag sie am Fuße der Eiche, und mein Großvater wusste nicht mal, dass ich bei ihm gewesen war. Hätte er ausgestreckt in einem ordentlichen Grab gelegen, hätte er meinen Besuch wenigstens mitbekommen. Nun lag die Blume vielleicht auf einem, den ich gar nicht kannte.

Ich strich über das Tintenfass aus schwarzem, geädertem

Marmor. Dazu gehörten ein Briefständer, ein Aschenbecher, in den ich Büroklammern legte, die meine Mutter mir aus der Wiratex mitgebracht hatte, und ein Tintenlöscher. Ein Buch aus sauber abgehefteten Notizzetteln und eine Rolle Gänsehaut lagen in der äußeren Ecke der Schreibtischschublade. Ich wienerte die rissigen Seitenbretter des Tisches, an denen noch ein paar Spinnweben vom Dachboden hingen. Stellte einen Becher mit gespitzten Bleistiften und einem Tintenfüller auf den Tisch. Mit gut gespitzten Stiften konnte ich klare Linien auf glattem Papier malen. Ich konnte wegradieren, was ich mir anders überlegt hatte, mit den glänzenden Büroklammern konnte ich es zusammenheften. Die Schreibtischlampe beleuchtete den Platz, an dem ich Bilder malen würde. Ich würde Geschichten schreiben, wenn ich alle Worte schreiben konnte. Mit dem Klebestreifen aus Gänsehaut würde ich sie als Buch binden. Schriftstellerin wollte ich werden. Sowas wie Alexander Wolkow konnte ich auch. Landschaften erfinden und Menschen darin leben lassen, das stellte ich mir schön vor.

In meinem neuen Zimmer waren Ruhe und Frieden, was auch immer sich gerade in der Welt vor der Tür abspielte.

Ich begann, die in Geschenkpapier eingeschlagenen Schulbücher in ein Regal zu stellen. In der Kommode war nicht mehr die Unterwäsche meiner Mutter. Jetzt stapelten sich dort Schreibhefte und Zeichenpapier, an den Kanten ausgerichtet, ein Blatt exakt auf dem anderen. Darauf mein Herbarium mit gepressten Gräsern.

Mein Vater klopfte mit der Faust das Holz des Schreibtischs ab.

»An dem Tisch habe schon ich meine Hausaufgaben gemacht. Wenn ich mal welche gemacht habe.«

»Und dein Vater auch?«

Mein Vater fuhr sich durchs Haar, und eine widerspenstige Strähne fiel zurück in seine Stirn. In seinen fransigen Koteletten hingen Krümel vom Putz. Er trug ein Jeanshemd und eine Arbeitshose mit Schlaufen, in denen Zimmermannsbleistifte und eine Zange steckten. Vielleicht sah er ja aus wie sein Vater, von dem ich nicht mal ein Foto kannte.

Jeder Mensch hatte zwei Paar Großeltern. Ich hatte nur Häuptling und Minister gehabt. Dabei waren zwei Paar Großeltern die natürliche Voraussetzung für ein Paar Eltern.

»Ich weiß nicht, ob mein Vater auch schon an diesem Schreibtisch saß«, sagte mein Vater und klang dabei, als bedaure er das.

Einmal hatte ich mich getraut, nach meinen Großeltern zu fragen. Da war ich sechs und erfuhr, sie seien gestorben, als ich noch nicht auf der Welt war. Warum sie gestorben waren, fragte ich noch, und ich meinte damit, woran. Ob im Krieg oder weil sie krank gewesen waren. Andere Gründe, jung zu sterben, fielen mir nicht ein. Mein Vater erzählte mir damals etwas von einem Verkehrsunfall. Seitdem hatte sich das Bild einer weißen Autokarosserie an einem schwarzen Baum unter nachtblauem Himmel in mir eingegraben. Darin meine Großeltern, die auf dem Bild auch wie Großeltern aussahen, mit weißem Haar und Falten in ihren blutigen Gesichtern.

»Hast du auch immer was gekriegt für gute Zensuren?«

»Ja. Von meinen Großeltern.«

»Und nichts von deinen Eltern?«

»Ich habe dir doch erzählt, dass ich keine Eltern hatte.«

»Aber das geht doch technisch gar nicht.«

»Das heißt erstens nicht technisch, sondern biologisch, und zweitens sind meine Eltern verunglückt, da war ich sechs. Meine Großeltern haben mich aufgenommen. Eltern hatte ich dann keine mehr. Das habe ich dir aber schon mal erzählt.«

»Ich weiß.«

»Und auch, dass dein Uropa Bürgermeister dieser Stadt war und deine Uroma aus lebendigen Karpfen tote machen konnte.«

Hatte er nicht. Jedenfalls nicht direkt. Er hatte es den Zahnlosen bei einer seiner Schnapsrunden im Versorgungszentrum erzählt, als er schon einen sitzen hatte. Ich hatte es aufgeschnappt und nicht weiter gefragt. Wenn ich es weiterzählte, hieß es immer nur, mein Vater und seine Freunde seien doch betrunken gewesen, und ich sollte nicht alles glauben, was sich da erzählt wurde.

Ich saß in meinem Zimmer auf meinem Schreibtisch und beobachtete meinen Vater. Er wedelte mit der Hand vor seiner Nase herum, als wollte er Fliegen verjagen, doch da waren keine. Dann drückte er zwei Finger auf seine Augen. Also doch. Mein Vater konnte weinen. Wegen meiner Urgroßeltern.

Ur-groß-eltern waren Menschen, von denen auf Geburtstagsfeiern und Hochzeiten erzählt wurde, die man aber nicht kannte, weil sie in Urzeiten gelebt hatten und lange tot waren. Ich konnte mir schon nicht vorstellen, dass mein Vater und meine Mutter mal ein Kind gemacht hatten, geschweige denn, alle anderen alten Leute vor ihnen auch.

»Bei Oma und Opa zu wohnen, stelle ich mir schön vor. Bestimmt durftest du lange fernsehen, Oma hat dir eine Honigschnitte zum Abendbrot geschmiert und dein Opa zum Einschlafen Gruselgeschichten erzählt.«

Mein Vater stand auf. Dann strich er mir über den Kopf. »Gruselgeschichten. Ja.«

Der Bürgermeister, 1

Kurt Umlauf schlug den Kragen hoch und blieb stehen. Blickte zur Kreuzkirche. Eine dünne Schicht aus Schnee lag auf den Hügeln, die im Herbst noch aufgeschüttet worden waren. Nun ruhte alles bis zum Frühjahr. Der gefrorene Boden verschlossen für jeden Spatenstich.

Noch Anfang November hatten grauhäutige Bauarbeiter am neuen Kirchturm gemauert, als gälte es, Gottes Plan ebenfalls überzuerfüllen. Alles sollte an die alte Kirche erinnern. Dabei würde nichts wieder werden, wie es gewesen war. Zu dicht die Einschläge hier oben auf dem Gipfel von Kaßbergen, dachte er, das wird nicht wieder. Da machen wir uns was vor.

Eine weiße Wolke am Nachthimmel umhüllte die Ruine wie ein Heiligenschein. Eiskörner knirschten unter seinen Sohlen, während er sich langsam drehte und hinüberschaute zur kriegsversehrten Fassade seines Hauses. Hinter jedem Fenster eine andere Geschichte. Und seine mittendrin.

Er hatte seine Handschuhe vergessen, ließ den Blick nach oben wandern. Hinter Gardinen das warme Licht, in dem er gerade noch am Schachtisch gesessen hatte. Im Cognacschwenker eine Neige. Der Zigarrenstummel im Aschenbecher sicher noch warm. Im Radio Johann Sebastian Bach. *Lobe den Herrn, meine Seele.* Ein so kraftvolles Stück Gesang zum Jahreswechsel. Er hatte sich kaum trennen können, während Gertrud in der Küche den Karpfen schlachtete.

Er musste nicht dabei sein, um zu sehen, wie sich das abspielte.

Es war das erste Weihnachten mit Dieter, seinem Enkel. Und trotzdem glichen sich die Rituale wie jedes Jahr, wie graue

Tage sich glichen, an denen sich rein gar nichts tat. In denen der Herbst nicht verging und der Winter nicht kam. In denen der eine Tag so grau und öde wie der andere war. In denen rein gar nichts außer Kohlegestank in der Luft lag. Verbranntes. Verkohltes. Schon lange erinnerte ihn dieser Geruch nicht mehr an Vertrautes wie ein Lagerfeuer. Nicht mehr seit dem großen Brennen in der Stadt. Nicht mehr seit dem Krieg. Der Geruch erinnerte ihn nur noch daran, wie leer sein Herz und wie müde sein Kopf waren und daran, dass sich auch seine Magenschmerzen nicht mehr mit Medikamenten lindern ließen.

Sein Sohn Klaus und dessen Frau Karola waren tot. Hatten den Krieg überlebt, um freiwillig aus dem Leben zu scheiden. Wie erbärmlich.

Der kurze Stich der Erinnerung hielt ihn nicht auf. Einmal noch runter den Berg und rüber ins Amt. Die beschaulichen Feiertage waren ihm noch nie heilig gewesen. Dafür war er zu gern Kommunist. Und auch jetzt, am Silvesterabend, lockte ihn die Aussicht auf einige Stunden im menschenleeren Rathaus bei konzentrierter Arbeit mehr als jene mit seiner Frau und seinem Enkelsohn.

Er nahm den Weg über die Henriettenstraße zur Dr. Richard-Sorge-Straße, die für ihn noch immer die Hohe Straße hieß und im Sprachgebrauch der Kaßbergener ebenso. Nicht nur wegen des Hohen Gerichts an ihrer Flanke. Von hier ließ sich das Tal überblicken mit seinem Neuanfang, in Beton gegossen über die Seele der Stadt, die schon immer Vergleichen mit anderen standhalten musste und dabei immer nur verlor.

Auf unwegsamen Gehwegplatten eine schmale Spur aus Kohlestückchen die Kaßbergauffahrt hinab. Für ihn würde sie zur Kaßbergabfahrt werden, wenn er sich nicht ordentlich am Geländer festhielte.

In der Kurve zur Hohen Straße blieb er stehen. Sein Blick fiel auf das verwilderte Stück Grün, das eine kniehohe Umrandung zum Park adeln sollte. Viele Jahre hatte hier eine bronzene Jägerin jeden Morgen und Abend seinen Blick erfreut. Die Skulptur eines grazilen nackten Mädchens, vom Betrachter weggedreht, die rechte Hand an der Stirn. Der Verschönerungsverein hatte seinem Namen alle Ehre gemacht und sie noch vor dem Ersten Weltkrieg hier aufstellen lassen. Der Anblick hatte Bewohner und Besucher Kaßbergens eingestimmt auf den hochherrschaftlichen Berg, den sie erklommen. Als dann im Zweiten Weltkrieg auch Bronze für Waffen herhalten musste, fiel die Jägerin der Metallspende zum Opfer.

Die ganze Stadt und das Leben in ihr war ein einziges Lecken von Wunden, ein Reparieren und Übertünchen, und das alles so freudlos, als wäre den Menschen jeglicher Sinn für Ästhetik und Schwelgen abhandengekommen.

Dieses vermaledeite Jahr, es hatte noch sechs Stunden zu leben. Mit dem Blick auf die marmorne Schreibtischgarnitur, das gerahmte Bildnis des Stählernen an der Wand und den Schlag der Rathausuhr im Ohr wollte er dem Vergangenen, das ihn ritt wie der Teufel, wenn er nur an ihn glauben könnte, den Gnadenstoß versetzen.

Das neue Jahr, es deutete sich an auf seinem Schreibtisch. In den Glückwunschkarten zum Jahreswechsel. In Schnapspräsenten, Weinbrand und Sekt mit roten Schleifen um den Hals und der wortlosen Botschaft, so ertrüge sich das alles besser.

Er hängte Hut und Mantel an den Garderobenständer. Schenkte sich einen Cognac ein. Genoss den brennenden Moment auf Gaumen, Zunge und im Rachen. Nahm den Füller zur Hand und machte sich erneut an die Einladungen zur bevorstehenden Umbenennung der Stadt. Warum nur hatte es ihn getroffen, warum seine Stadt als einzige in der ganzen Republik? Und was waren das für rhetorische Fragen.

In achthundert Jahren war der Gründungsfunke für den *Locus Kamenizdictus* zu einem Leuchtfeuer geworden, das bis nach England zu sehen war. In diesem Feuer waren Hirn und Muskelkraft geschmiedet worden, die Webstuhl, Spinnmaschine und Dieselmotor hervorbrachten, als der Engländer noch mit Hand und Fuß die Kurbel trat. Immer hatte die Kraft der Chemnitz die Wirtschaft und das Werden in Gang gehalten. An ihren Ufern gedrängte Fabrikbauten und schwitzende Leiber der Weber, Kattundrucker, Spinner und Maschinenbauer, der malochenden Männer, Frauen und Kinder. Deren Armut gipfelte in Streik, Verbrüderung und Bildungsverein. Mühelos scharte August Bebel Tausende Arbeiter um sich und saß dafür ein im Roten Turm. Fritz Heckert gewann Kommunisten zum Kampf und bekam von der SA auf die Schnauze. Rudolf Harlaß und Ernst Enge widersetzten sich dem Rüstungsbau und wurden in ihren Gefängniszellen erdrosselt. Die Weltgeschichte aus Kaßbergen in den Namen dieser Stadt zu gießen, war schier unmöglich. Zu bescheiden wirkte dagegen wohl der Name des Flusses für einen so vor Leidenschaft sprühenden Ort. Und nun? Jeder Name wäre besser gewesen als der des Arbeiterpropheten, der hier nie einen Fuß auf das Pflaster gesetzt hatte. Wer hier lebte und sich abrackerte, wollte Belohnung und wenigstens den Hauch einer Identität in der grauen Masse des Volkseigentums an Gedanken. Doch alles, was ihnen geboten wurde, war die Umbenennung ihrer Stadt in einen Namen, der inflationär auf den Bannern der Fabrikhallen und Parteischulen stand.

Nun galt es, Einladungen in einem persönlichen Ton zu schreiben, was Kurt Umlauf zuwider war. Er durfte keinen vergessen und keinen zu viel einladen, und mit zu viel war zu falsch und zu kritisch gemeint. Das war der Spagat, und das wusste Kurt. Was ihm bevorstand, waren Korrekturen, wenn er wieder etwas zu technisch formuliert hatte. Waren die bewährten Erpressungen, wenn er sich in seiner Verantwortlichkeit zu frei fühlte und Verantwortung übernehmen wollte. Das kleinere Übel war die Tatsache, dass Gretchen, seine Sekretärin, Grotewohl permanent mit dem h an der falschen Stelle schrieb. Aber Fehler machte ja keiner mehr selbst. Sie schlichen sich ein, waren durchgerutscht oder wurden sogar verniedlichend zu Fehlerteufeln, damit nur der Mensch selbst nicht zur Verantwortung gezogen werden konnte. So lief das neuerdings. Das Passiv regierte die Welt, das Aktiv stand an den Wänden geschrieben.

Noch drei Monate als Kommissarischer, dann wäre er Oberbürgermeister dieser Stadt mit ihrem neuen Namen, und alles Drumherum wäre für ihn nur noch Puderzucker, der ihm in den Arsch geblasen würde. Ein Leben, das eine Zumutung war, seit sich Kurt Umlaufs Sohn das Leben genommen hatte.

Brigitte Kempe hatte meinen Vater geheiratet, er war aus seiner winzigen Wohnung in der Erich-Mühsam-Straße in eine große mit zwei Balkonen und eingebautem Bad und Toilette in die Rudolf-Harlaß-Straße gezogen. Und das war gut so, denn nun war er weg von der Straße. So jedenfalls sah meine Mutter die Sache. Nur dass sie und ich weiterhin den Namen Umlauf trugen, während mein Vater sich mit dem einer Fleischersfamilie schmückte, seit er von Dieter Umlauf zu Dieter Kempe geworden war.

Kempe hießen alle Fleischer in der Stadt. Hörte ich den Namen »Kempe«, dann roch ich frisch gekochte Blutwurst und Schinken, obwohl in den Läden unter den Fleischerhaken mehr alte Kacheln zu sehen waren als geräucherte Würste. Wegen des ganzen Durcheinanders gab es in meiner Familie nun mehr Nachnamen als in anderen Familien.

Und auch meine Mutter stand angeblich kurz vor ihrer nächsten Hochzeit. Auf zahllose Papierschnipsel, die in unserer Wohnung verteilt herumlagen, hatte sie in schwungvollen Lettern den Namen »Gustloff« geschrieben.

»Deine Mutter wird bald wie ein Kriegsschiff heißen«, sagte der Minister, als sie mich eines Abends ins Bett brachte, »ein gesunkenes noch dazu.«

»Warum wird sie denn so heißen?«

»Weil sie heiratet. Wirst schon sehen.«

Meine Mutter hatte mir kein Wort davon gesagt. Der Fahrlehrer, der Kellner in der Jalta-Bar und Herr Tischendorf aus der Straßenbahn fielen mir ein, und ich erstarrte.

»Aber woher weißt du das denn?«

Sie besuchten sich nie, redeten nie, wann also sollte meine Mutter etwas so Wichtiges an mir vorbei mit dem Minister besprochen haben, fragte ich mich und hoffte, das alles stelle sich als einer ihrer merkwürdigen Scherze heraus. Ich sollte erst sehr viel später verstehen, dass meine Mutter die typische Biografie eines Menschen dieser Gegend hatte, wo man kein großes Theater um Konflikte und Entscheidungen machte. Man ließ sie unterschwellig geschehen in der Hoffnung, sie erledigten sich von selbst.

Meine Mutter war Sekretärin in einem Textilbetrieb. Ihr Großvater war ein Strumpfwirker gewesen. Ihre Mutter war eine gelernte Näherin, meine Mutter hingegen *hatte* eine Näherin. Die eigene Tochter ließ sich die Kleider von einer anderen nähen. Das wirkte vornehm in einem proletarischen Umfeld und sorgte für Unmut beim Minister.

Hier, am Scheitel Kaßbergens, war meine Mutter aufgewachsen. Auf dem samtroten Sofa in der Küche hatte sie als Kind nur zu besonderen Anlässen sitzen dürfen. Seit meine Oma nicht mehr arbeiten konnte, saß sie zu Hause. Hatte ein Leben lang die Launen des Häuptlings ertragen und ertrug nun die Trauer um ihn. Und nun, da jeder Besuch ihrer Tochter ein besonderer Anlass gewesen wäre, kam sie kaum noch. Es waren kleine Unwuchten wie diese, die ihre Verbindung nach und nach aus dem Gleichgewicht brachten.

Auf dem Tisch in der Küche meiner Großeltern lag, seit ich mich erinnern konnte, ein Stollenbrett. In der stollenfreien Zeit darauf eine Glasvase mit Maikätzchenzweigen. Über dem Sofa das Bild vom röhrenden Hirsch, das der Häuptling als seine »Mitgift« aus Kleinolbersdorf bezeichnet hatte. Das giftige Wort war ein Begriff, den ich von meiner Kindheit an mit dem Wort »Heirat« verband. Unter der röhrenden Mitgift meines Großvaters hing ein gerahmtes Foto. Darauf meine Mutter als junge Frau, links von ihr mein Großvater, rechts von ihr meine Großmutter. Der Häuptling schnitt gerade ein Stück Stollen ab. Meine Mutter schaute zum Fotografen, der wohl ein Nachbar oder Verwandter war. Meine Großmutter hatte die Hände auf dem Tisch übereinandergelegt und schaute mit hochgezogenen Schultern stolz und glücklich zu meiner Mutter.

Das musste lange her sein.

»Warum hat mir Mutti nicht gesagt, dass sie heiratet? Und wen? Wer wird denn mein neuer Papa?«

Meine Großmutter schaute mich wieder so an, wie sie es immer tat, wenn sie *mich* meinte. In all ihren Erzählungen meinte sie meistens irgendwen oder sich selbst, manchmal meine Mutter, manchmal den Häuptling, der ihr vom Himmel aus zuhörte, wie sie sagte, manchmal einfach die Leute in der Straße, mit denen sie nicht redete, manchmal Menschen aus ihrer Vergangenheit, die lange gestorben waren wie die schönen Häuser Kaßbergens, von denen man sagte, die gäbe es nicht mehr seit März fünfundvierzig.

»Deine Mutter wird dir irgendwann alles erzählen. Und dein Papa bleibt immer dein Papa.«

Ich strich mit den Fingern über das Stollenbrett und schaute hoch zum röhrenden Hirsch.

Der Minister saß auf demselben Stuhl wie auf dem Foto. Der Platz des Häuptlings war leer.

Meiner Großmutter schien der Häuptling genauso zu fehlen wie mir. Und meine Angst vor dem, was meine Mutter mir irgendwann erzählen würde, spürte sie wohl auch, als sie sagte: »Treffen sich zwei Rosinen. Die eine trägt einen Helm und sagt: ›Ich muss noch in den Stollen.‹«

Falls das ein Witz gewesen war, verstand ich ihn nicht, deshalb lenkte ich schnell ab in die heile Welt des Bücherschranks meiner Oma.

»Hast du noch einen Trotzkopf oder ein Nesthäkchen für mich?«

»Hab ich.«

Der Minister ging in die Stube und kam mit zwei Büchern zurück.

»Und frag mal deine Mutter, ob sie Ganghofer kennt und Courths-Mahler.«

Ich packte die beiden Bücher ein, machte mich auf den Heimweg und wusste, dass ich wieder diesen seltsamen Blick meiner Mutter einfangen würde.

Nachdem der Häuptling gestorben war, wurde der Minister seltsam. Sie wurde nicht ganz so seltsam, wie es mein Großvater gewesen war, aber sie verwirrte ihre Mitmenschen ebenso.

Die beiden hatten sich nie gut vertragen, zumindest nicht, wenn ich dabei war. Für mich waren sie deshalb ein Ehepaar, wie ich mir ein Ehepaar vorstellte. Sie waren verheiratet gewesen, weil sie ein Kind hatten, und sie hatten ihr Leben bis zum Ende miteinander verbracht, weil sie verheiratet waren.

Verwandte wie Großeltern oder Eltern konnten wir uns als Kinder nicht beim Sex vorstellen, weil sich das für die Älteren sowieso nicht gehörte und weil Sex mit Leidenschaft und Liebe in den Ehen, die ich als Kind kannte, nichts zu tun hatte. Nur bei meinem Vater und Brigitte sah das etwas anders aus. Die neckten sich auch noch, nachdem sie geheiratet hatten, und bei einer bestimmten Art von Geräuschen, die ich durch die Wand des Schlafzimmers hörte, wenn ich mal ein Wochenende bei ihnen verbrachte, ahnte ich, sie könnten etwas anderes zusammen machen als sich unterhalten.

Meine Mutter und mein Vater lebten zwar getrennt, waren sich aber darin einig, dass ich nicht nur bei meiner Großmutter sein, sondern hin und wieder auch bei ihr übernachten sollte. Damit sie sich nicht so allein fühlt, sagten sie.

Ich lag neben ihr im Ehebett. Mein kurzer Körper versank in der Kuhle, die mein großer, schlanker Großvater dort über Jahrzehnte hineingeschlafen hatte. Meine Großmutter hatte gerade das Licht ausgeknipst, und ich konnte mal wieder nicht einschlafen.

»Was bedeutet das, wenn es in meinem Bein immer so kribbelt?«

»Im linken?«

»Ja.«

»Dann kommt das vom Herz.«

Hätte sie »von Herzen« gesagt, es hätte mich beruhigt, aber auch gewundert, denn so weich redete der Minister normalerweise nicht.

»Und was heißt das?«

»Na, dass du ein schwaches Herz hast.«

Ganz langsam und in Schockstarre drehte ich mich zur Wand.

»Sterbe ich bald?«

»Kinder sterben nicht so schnell.«

Ich hatte keine Angst vor dem Tod, weil ich keine Vorstellung davon hatte. Auch mein Großvater war für mich nicht tot, sondern saß vor sich hin lächelnd auf einer Wolke über Kaßbergen. Trotzdem war ich erleichtert. Bis sie fortfuhr: »Aber mit jedem Tag, der zu Ende geht, sind wir einen Schritt näher dran am Grabeloch. Und nun bet schön, schlaf schön, träum schön, pups schön.«

»Gebetet und gepupst hab ich schon.«

»Amen.«

»Amen.«

Die Großmutter

Gicht in den Knien, in den Händen und vielleicht auch schon im Kopf, dachte Elli Uhlig und schaltete den Kassettenrekorder an. Freddy Quinn. Der mit den weiten Hosen. *Junge, komm bald wieder, bald wieder nach Haus …*

Der Häuptling hatte diese weiten Hosen doch nur getragen, weil sie immer nur von Freddy schwärmte. Und sie hatte immer nur von Freddy geschwärmt, weil ihr Mann in Gedanken immer noch bei seinem Frollein Leopold war. Sie wollte ihn genauso eifersüchtig sehen, wie sie es selber war. Er sollte ruhig denken, sie könnte sich jederzeit in einen verlieben, der um die Ecke kam und aussah wie Freddy Quinn. Der mit seinem italienischen Einschlag, dem fordernden Blick aus dunklen stechenden Augen. Der mit seinen kussweichen Lippen und dem Grübchen am Kinn. Ein Leben lang hatte sie mit dem Follein Leopold und ihrem Häuptling in einem Bett schlafen müssen und sich schließlich Freddy Quinn dazugeholt.

Da waren wir nun sieben Jahre verlobt gewesen und hatten trotzdem nicht gemerkt, wie wenig wir zueinander passten. Spätestens auf der Hochzeitsreise hätte ich stutzig werden müssen. Ausgerechnet nach Garmisch-Partenkirchen. Männer taten manchmal seltsame Sachen in ihrer Gedankenlosigkeit. Er hätte eben nicht bei jeder Gelegenheit erwähnen dürfen, dass sein Frollein Leopold aus Garmisch kam und er es nicht mehr geschafft hatte, sie dahin zu entführen. Wie weh es mir tat, anstelle einer anderen, noch dazu einer Verblichenen, an den Ort seiner Sehnsucht zu fahren, davon hatte er doch keine Ahnung. Schon die Strapazen der Hinreise hätte er seiner Flamme niemals zugemutet.

Die Hochzeitsfeier in der Sternmühle lag gerade ein paar Stunden hinter uns, und er hatte außer dem Ziel unserer Reise nichts geplant. Wie Wandergesellen erkundigten wir uns am Bahnhof nach dem nächsten Zug. Der hatte eine Viertelstunde Verspätung und noch nicht mal einen Platz frei. Bis nach Zwickau mussten wir stehen, konnten dann wenigstens auf den Rucksäcken sitzen. Dann wegen Maschinendefekt bis Augsburg drei Stunden Verspätung. Dort ausgestiegen und gerade noch den Zug nach Weilheim erreicht. Zuerst am Ammersee, dann am Staffelsee vorbei. In Weilheim umgestiegen und dann nach Garmisch. Dort gleich zur Kurverwaltung, die dem Bahnhof gegenüberliegt und Quartier im Fremdenheim bezogen. Ein Zimmer mit einem Doppelbett für sieben Reichsmark die Nacht. Erst mal frisch gemacht, weil der Häuptling nach der Fahrt und mit seinem schweren Kater aussah wie ein Frontschwein. Dann in die Stadt und noch einiges eingekauft. Schon um sieben Uhr schlafen gegangen, als die stundenlange Reise ihr Recht verlangte.

Am nächsten Morgen die Loisach entlang, ein Stück den Berg hinauf und mitten durch den Wald, an den Kasernen vorbei wieder zurück ins Quartier. Sahen uns nach einem Mittagessen um und landeten schließlich im Bahnhofsrestaurant dritter Klasse. Das Essen war etwas knapp, aber satt wurden wir schließlich. Am Nachmittag gingen wir dann noch zur Partnachklamm. Am Olympiaskistadion vorbei, sahen wir die Sprungschanzen. Das Stadion wurde gerade erneuert. Über den Eingängen Reliefs von Skiläufern, und rechts und links der Haupteingänge je eine weibliche und männliche Plastik.

Nach einer Dreiviertelstunde endlich am Eingang der Partnachklamm. Neben uns ragten Felsen senkrecht empor. Zu unseren Füßen rauschte mit mächtigem Getöse die Partnach. Das helle klare Wasser wusch dort mit großer Kraft die riesigen Felsblöcke. Wir gingen den Weg entlang, der in den Fels gehauen war, liefen durch Tunnel, und je weiter wir reinkamen, desto größer wurde das Getöse des Wassers, so dass wir von den wenigen Worten kein einziges mehr verstanden.

Wie musste es hier im tiefsten Winter aussehen, wenn noch riesige Eiszapfen von den Bergen herunterhingen?, fragte ich mich in meiner Einsamkeit neben dem Mann, den ich liebte.

Alles machte plötzlich einen großen Eindruck auf mich, als wenn ich in einer großen Kirche wäre und ehrfürchtig die großen Säulen hinaufsah bis zum Bogen. Das Licht war dämmrig, ich fühlte mich ganz allein, da begann ich mich wirklich etwas zu fürchten. Wir gingen bis zum Ende der Klamm und denselben Weg, den wir gekommen waren, zurück und kamen halb sechs wieder im Quartier an. Redeten nur Nützliches. Gingen auch gleich schlafen.

Am nächsten Tag verschliefen wir die nächste Tour, schrieben Postkarten und gingen zur Post. Jeder schrieb seine Karte und unterschrieb bei dem anderen. Familie und Freunde und Kollegen aus der Polizei und vom Tietz, die uns auf unserer Hochzeitsreise wussten.

Das Bahnhofsrestaurant war geschlossen, und die anderen hatten alle fleischlos, also aßen wir im Quartier unser Brot und die Wurst und wurden grade so satt.

Dann an der Loisach Richtung Stadt entlang, einen schönen Waldweg den Berg hinauf und Garmisch unter uns. Oben in den Bergen war noch großer Nebel. Wir kletterten den Hang hinauf, soweit es ging, und sahen nun erst einmal Garmisch-Partenkirchen so richtig von oben. Gingen wieder zurück, kauften ein und gingen wieder zeitig schlafen.

Am nächsten Morgen gleich viertel sieben über die Brücken hinter unserem Haus die Zugspitzstraße hinauf an den Kasernen vorbei. Durch den Schnee hindurch zweigten wir ab und hätten uns beinahe verlaufen. Über einen Feldhang nach Hammersbach und von da auf einem steilen Weg zur Höllentalklamm. Auf einer Bank machten wir Rast, und wieder wartete ich auf einen Kuss. Nicht den, der immer bedeutete, er wollte sich im Bett mit mir vereinen, sondern eine Geste zwischendurch, wie ich sie auch aus Filmen kannte. Nichts.

Sind dann weiter den steilen Hang hinauf. Vor uns die steilen Felsen noch in dickem Nebel. Endlich waren wir an der Schutzhütte angelangt, aber keine Menschenseele war zu erblicken, und es war mir unheimlich zumute. Nur der Häuptling hatte immer dieses verdammte zufriedene Lächeln um den Mund. Und zu wissen, aus welchen Gedanken es kam, schmerzte am meisten.

Das Tal lag tief unter uns, und die Felsen fielen nun steil hinab. Wir gingen den schmalen Steig in die Höllentalklamm weiter. Hier war es noch viel wilder und zerklüfteter als an der Partnach. Das Wasser hatte sich in Jahrtausenden tief in die Felsen eingeschnitten und sie ausgewaschen. Liefen über einen morschen Holzsteg, dessen Geländer abgebrochen war.

Er nahm meine Hand, und spätestens hier hätte ich sie doch spüren müssen, die Sicherheit und Festigkeit, die der Mann an meiner Seite mir nun ein Leben lang geben würde. So, wie er sie genommen hatte, ließ er meine Hand auch wieder los, als wieder fester Boden unter unseren Füßen war. Die Stufen und Felssteine waren schon vereist, und er meinte, es sei besser, umzukehren.

Gingen ein Stück zurück und bogen ein in einen schönen Waldweg, der über Ober-Grainau schließlich in eine Landstraße überging, die uns zum Eibsee brachte. Viel Nebel, und wir konnten kaum etwas sehen. Ich war enttäuscht.

Nicht einmal die Natur schien für gut zu halten, für wen ich mich entschieden hatte. Was wir beim Standesbeamten unterschrieben hatten, war doch für ein Leben gemacht, und Gottes Segen drückte von oben.

Das große Eibseehotel war nun ein Lazarett für unsere Luftwaffe. In einem kleinen Gasthaus aßen wir etwas Suppe und unser Brot mit Käse. Dort trafen wir eine Frau aus Kaßbergen, die ihren Mann im Lazarett besuchte.

Wir brachen bald wieder auf, marschierten einen großen

Teil des Weges zurück. Inzwischen war auch die Sonne etwas herausgekommen und verdrängte die Nebel. So bekamen wir eine gute Aussicht, und es wurde noch ein schöner Tag. Gegen drei Uhr im Quartier war der Häuptling sehr müde. In letzter Hoffnung nahm ich ihn mir im Kurpark zur Seite, beschrieb ihm die Bäume, so kahl sie auch waren, und malte mit meinen Worten Blätter an jeden, doch nichts bewegte sich in meinem Mann zu mir. Gingen dann zeitig ins Bett.

Ich hatte einen Witwer geheiratet.

Bekam mit meinem Polizistenmann die Mietwohnung für Offiziersfamilien in der Weststraße. Das war nicht nur beste Lage, das war Kaßbergen. Siebenundvierzig Mark und fünfzig Pfenning Miete, die wir immer am Ersten des Monats bar im Mietbuch zu Hollers, Ecke Kaßbergstraße und Henriettenstraße, brachten. Und an den Wochenenden ging's mit dem Bus nach Kleinolbersdorf.

Auf meine Schwiegermutter Clara war ich immer eifersüchtig. War sie doch noch nicht mal die richtige Mutter des Häuptlings. Hatte sich dem Vater angedient als zweite Frau, nachdem die richtige Mutter gestorben war. Und hatte Weltmännisches mitgebracht ins Dorf. Am wenigsten konnte ich ihr verzeihen, dass noch immer ein Foto von meinem Häuptling und seinem Frollein Leopold auf der Anrichte stand. Auch Frauen fügten einem manchmal Schmerz zu in ihrer Gedankenlosigkeit. Dass es der Vater sein könnte, der das Foto dort wollte, kam mir nie in den Sinn.

Mit … eins, zwei, drei! … Schwüngen aus dem Sessel stand Elli auf. Wollte sich noch einmal vergewissern. Sie zog die Kiste mit den Fotos unter dem Bett hervor. Der Hof mit dem Walnussbaum. 1936. Der Häuptling auf dem Fahrrad. Weißes Hemd über muskulösem Oberkörper. Gescheiteltes Haar und ein freches Lächeln, das ihr galt. Hatten sie sich doch gerade erst in der Sternmühle kennengelernt, als ihm als ungelerntem Kellner das Bier vom Tablett direkt in ihren Schoß gefallen war. Auf der Rückseite ihre Schrift: »1936. Lachendes Glück«. Ein Foto von ihr mit dem Fahrrad. Auf der Rückseite stand nichts. Ein Foto vom Vater und Clara und dem Häuptling am Holztisch vor der Scheune sitzend, die Verlobte betrachtend, die das Foto aufnahm. Und kein einziges Foto aus Garmisch-Partenkirchen.

Junge, fahr nie wieder, nie wieder hinaus … Sie schaltete den Kassettenrekorder aus und legte sich mit ihren Kamelhaarlatschen ins Bett.

Meine Großmutter griff nach ihrer Wolljacke.

»Wir gehen Wiener kaufen. Den Faltbeutel trägst du.«

Darin waren Portemonnaie und Brillenetui.

»Und auf dem Rückweg kannst du dir bei Köhlers was raussuchen.«

»Da darfst du wieder hin?«

Ich hatte noch gut in Erinnerung, dass der Häuptling mit allen Tante-Emma-Läden im Umkreis einiger hundert Meter verkracht war. Einen Tag hatte er mir noch Lakritzstangen bei Köhlers geholt, und schon eine Woche später hatte er mich fest an der Hand gehalten und am Laden vorbeigezerrt. So musste auch der Minister immer weitere Wege zum Einholen gehen. Diese Tradition hatte sie noch eine Weile nach seinem Tod beibehalten, nun aber offensichtlich damit gebrochen.

Bei Köhlers im Laden war es schön. Im Gegensatz zum Intershop, wo der Geruch ein Duft war, hing hier eine Mischung aus Alhoholfahnen, Spee-Waschmittel und Holzkisten, in denen schrumpliges Gemüse lag, in der Luft, die ich als anheimelnd empfand.

Der Laden lag an der Ecke Walter-Oertel-Straße und Rudolf-Harlaß-Straße. Wenn ich freitags zu Brigitte und meinem Vater ging, um das Wochenende bei ihnen zu verbringen, war es Brigitte, die mich mit zu Köhlers nahm und mir den Einkaufszettel in die Hand drückte. Darauf stand alles, was wir zum Kochen brauchten, denn mir das beizubringen, hatte sich Brigitte vorgenommen.

Frau Köhler füllte den Senftopf aus Keramik, den ich ihr reichte. Und sie legte noch Petersilie, Schnittlauch, Butter,

Milch, Backpulver und alles andere daneben, was ich ihr vom Zettel vorlas.

Ging ich freitags mit meinem Vater dorthin, wurde die ganze Sache interessanter. In der Schlange vor dem Laden drückte Herr Köhler allen Männern eine Flasche Bier in die Hand, die er öffnete und dann mit auf die Rechnung schrieb. Und während ich so neben meinem Vater stand, bemerkte ich, wie verbindend diese Flaschen für die Männer waren. Sie prosteten sich zu, wechselten zwei, drei Worte und standen dann schweigend hintereinander in einer spürbaren Verbindung, in der sie wie die Pinguine in kleinen Schritten voranrückten, wenn vorne wieder einer den Laden verließ.

Nun ging also auch der Minister wieder zu Köhlers und der kleinen verschworenen Gemeinde.

»Und wenn wir wieder zu Hause sind, bringe ich dir Kochen bei.«

»Das macht schon Brigitte.«

Eine Stirnfalte grub sich in die Stirn des Ministers.

»Davon habe ich aber noch nichts gemerkt!«

Eine Stunde später saß sie auf ihrem Küchenstuhl am Fenster und gab mir Befehle.

»Mit den Wienern fangen wir an. Wasser kochen, bis es sprudelt.«

Ich hantierte mit dem Gasanzünder und dem Topf.

»Und jetzt Gas abstellen, ein Paar Wiener rein. Auf die Uhr gucken, fünf Minuten.«

Ich konzentrierte mich auf die Zeiger der Küchenuhr, als wäre am Ende der fünf Minuten eine Explosion zu befürchten, wenn ich die Wiener dann nicht sofort und unverzüglich aus dem Wasser nähme. Ob sie auch dann noch essbare Wiener wären, wenn sie nur vier Minuten oder gar sechs Minuten im heißen Wasser liegen würden, fragte ich gar nicht erst. Ich würde mich fortan und für mein ganzes Leben an die Fünfminutenregel halten.

Ich mochte Regeln. Sie gaben einem Leben Struktur. In

meiner Philosophie musste sich die ganze Welt an dieselben Regeln halten. Die Zehn Gebote der Kirche sollten zu den Zehn Geboten der Internationalen Verständigung werden, von einer weltlichen Zentralgewalt verteidigt, wenn nötig mit der Waffe in der Hand.

»Die Wiener dann rausnehmen, in Senf ditschen und essen. Genauso gehen Eier. Nun kannst du schon zwei Sachen.«

»Drei Sachen«, entgegnete ich. »Wasser nämlich auch.«

»Richtig. Kannste deiner Mutter erzählen. Und natürlich Brigitte.«

Meine Mutter war auf Reisen, mein Vater und Brigitte hatten wohl vergessen, dass ich das Wochenende bei ihnen verbringen sollte und waren nicht zu Hause, also musste ich mich beim Minister auf die neue Schulwoche vorbereiten.

»Kannste mir auch bei der Wandzeitung helfen?«

Ausgerechnet ich war am Montag damit dran. Für dieses Wochenende war die Hausaufgabe klar. »NBI« und »Freie Presse« kaufen und ausschneiden, was über die Kommunistische Partei der Sowjetunion drinstand.

Mein Vater hatte mal technischer Zeichner werden wollen. Von seinem Traum war nur das Zeichenzeug übriggeblieben. Ein paar überdimensionale kyrillische Buchstaben auf Karton gemalt, am besten dreidimensional, würden Eindruck machen und wenige Rückfragen aufwerfen. Trotzdem wollte ich mich vorsorglich noch mal beim Minister erkundigen, was den Genossen Leonid Breschnew und seine Partei betraf. Sie erzählte so oft von den Russen, dass sie bestimmt noch einige abwechslungsreiche Geschichten auf Vorrat hatte.

Meine Großmutter wusste auch sofort Bescheid.

»In deine Wandzeitungsgeschichte muss auch der Stalin mit rein. Der hat die Partei immerhin über dreißig Jahre geleitet.«

Ich schrieb den Namen auf einen Zettel. Stah-lin.

»Ohne h.«

»Nicht wie der Stahl gehärtet wurde?«

»Nee. Ohne h.«

Wir gingen in die Stube. Der Minister zeigte auf den Bücherschrank. Mit der Fingerkuppe fuhr ich so lange über die Buchrücken, bis sie »Das da!« sagte.

Ich reichte ihr das Buch. Sie blätterte mit ihren arthritischen Händen darin, als sähe sie es zum ersten Mal.

»Und das da ist der Stalin.«

Als ich die Bilder des Mannes sah, der anstelle eines Vornamens einen Artikel trug, wunderte ich mich, dass sie uns in der Schule von dem noch gar nichts erzählt hatten. Er sah viel gesünder aus als Genosse Leonid Breschnew. Ein flotter Mann.

»Wer war das denn?«

»Der hat die Rote Armee durch den Zweiten Weltkrieg geführt, aus der sie siegreich hervorgegangen ist.«

»Ich dachte, das war Lenin.«

»Lenin ist schon 1924 gestorben und war nicht mal bei der Armee. Der hat nur den Startschuss zur Oktoberrevolution gegeben.«

»Und den Stalin hat es wirklich gegeben?«

»Na klar hat es ihn gegeben.«

»Aber den haben wir noch gar nicht behandelt.«

»Und weil ihr den nicht behandelt habt, hat es den nicht gegeben? Frag mal deine Mutter.«

Natürlich waren die seltsamen Fragen an meine Mutter verschlüsselte Botschaften einer Mutter an ihre Tochter, die in derselben Straße wohnte und trotzdem nur selten zu Besuch kam.

Ich steckte das Buch ein.

»Ich geh erst mal nach Hause. Später guck ich nach, ob Papa und Brigitte endlich da sind.«

»Machste. Und wenn nicht, kommste hierher zum Schlafen.«

Es war schön, mal allein zu Hause zu sein. Ich setzte mich an meinen aufgeräumten Schreibtisch. Schnitt dort die Bilder von dem Stalin aus, nachdem ich weder in der »Freien Presse« noch in den »NBI«-Ausgaben, die gestapelt in einer Wohnzimmerecke lagen, einen Hinweis auf irgendeinen von Leonid Breschnews Vorgängern gefunden hatte.

Ich löste die Bilder säuberlich mit einer Nagelschere aus den Buchseiten und wollte sie nach der Woche an der Wandzeitung mit durchsichtigem Klebefilm wieder einfügen.

Die Frage, ob wir den Stalin noch drannehmen würden, notierte ich in meinem Hausaufgabenheft für den Unterricht bei Herrn Hegewald. Der freute sich immer, wenn man aktiv daran teilnahm.

Ich kam von der Schule nach Hause und drehte den Schlüssel im Schloss. Bis meine Mutter von der Arbeit käme, waren noch zwei Stunden Zeit. Bis dahin musste ich mir einfallen lassen, wie ich ihre Unterschrift unter das Donnerwetter von Herrn Hegewald in meinem Hausaufgabenheft bekommen würde.

Meine Schuhe pfefferte ich in die dafür vorgesehene Ecke, wo sie an einen Lederkoffer knallten, den jemand dort abgestellt haben musste. Meiner Mutter gehörte er nicht.

Ich schaute aus dem Fenster, eine Straßenbahn fuhr vorbei, drin stand Herr Tischendorf, der mich entdeckte und aufgeregt seinen Schweber schwenkte. Nun wusste er auch noch, wo ich und damit seine Angebetete, die meine Mutter war, wohnten.

Ich wollte sichergehen, dass meine Mutter nicht ausgestiegen war und unvermutet früher nach Hause kam. Aber der Fußweg war menschenleer.

Ich schloss das Fenster und legte den Lederkoffer aufs Sofa. An einem Schloss war ein Rädchen mit Zahlen angebracht. Die Schnalle sprang auf, der Koffer war nicht abgeschlossen. Ich wusste nicht, was ich darin zu finden hoffte, war mir aber sicher, dass ich den Geruch kannte, der mir entgegenkam, als ich die beiden Hälften auseinanderklappte: Intershopduft aus Parfüm, Apfelseife und Bohnenkaffee.

In der einen Hälfte des Koffers lagen gebügelte Hemden, zusammengerollte Socken und mehrere Unterhosen akkurat übereinander, in der anderen hielt ein Netz jede Menge Konservendosen zusammen: Dorschleber, Früchtemix und Ananasringe; dazwischen zwei Gläser Nutella, fünf Tafeln Sarotti-Schokolade, Parfüm von CD, Seifenstücke Grüner Apfel und ein Päckchen Jacobs Krönung. Selbst wenn meine Mutter das alles von ihrem Westgeld im Intershop gekauft hätte, wäre sie nie mit einem Lederkoffer zum Einkaufen gegangen.

Ich nahm eins der Hemden heraus, faltete es auseinander und hielt es mir vor den Körper, als ich hörte, wie sich ein Schlüssel in der Tür drehte.

Ich erschrak so sehr, dass ich mich nicht bewegen konnte.

Der Mann in der Tür erschrak genauso wie ich.

»Was machst du denn hier?«, fragte mich der Fremde, als er die Wohnung betrat, in der ich wohnte.

»Ich wohne hier. Und wer sind Sie?«

»Der, dem das Hemd gehört.«

Mit einem Kopfnicken zeigte er auf das Kleidungsstück, das ich immer noch vor meinen Körper hielt, wo es mir vom Hals bis über die Knie reichte. Der Mann war riesig.

»Entschuldigung.«

Ich rollte es schnell zusammen und legte es zurück in den Koffer.

Der Mann schloss wie unter Schmerzen kurz die Augen, lächelte dann und nahm das Hemd wieder heraus. Er legte es auf eine Stuhllehne, als wohnte er schon hier, dann erst reichte er mir die Hand.

»Ich bin Heinz.«

Den Namen hatte ich auf einer Ketchupflasche in seinem Koffer gelesen.

»Ulrike. Guten Tag. Und wie heißen Sie noch?«

Ich kannte die Antwort.

»Gustloff.«

Das war er.

»Und was machen Sie hier?«

Er wollte meine Mutter haben. Aber meine Mutter gab es nicht ohne mich. Meinen Vater hatte ich bereits an Brigitte verloren. Wenn jetzt auch noch meine Mutter mit jemandem wegging von mir, bliebe mir nur noch der Minister. Nach der Standpauke von Herrn Hegewald, die mir der Minister und ihr Stalin eingebrockt hatten, war das keine schöne Aussicht.

»Ich packe jetzt meinen Koffer aus und warte zusammen mit dir auf deine Mutter.«

Das konnte dauern.

»Manchmal geht sie nach der Arbeit einen heben.«

»Ich weiß«, sagte Heinz Gustloff und lachte.

Er hängte sein Jackett an den Garderobenhaken. Strich seine Hosen glatt und setzte sich in den Sessel, in dem mein Vater immer gesessen hatte.

»Hier sitzt immer mein Papa. Sie können ja aufs Sofa gehen.«

Sein Gesicht lächelte weiter, aber nicht mehr ganz so herzlich. Er erhob sich, legte den aufgeklappten Koffer auf den Boden und setzte sich aufs Sofa.

»Ist er denn oft hier, dein Vater?«

»Sehr oft. Er wohnt ja drüben in der Harlaßstraße.«

»Mhm.«

Heinz Gustloff schien sich die Sache mit meiner Mutter noch mal zu überlegen. Das gefiel mir. Also wurde ich etwas freundlicher.

»Kennen Sie meine Mutter schon lange?«

»Wir sind Arbeitskollegen.«

Das war eine komische Antwort. Also hakte ich nach.

»Arbeiten Sie schon lange zusammen?«

»Ja. Aber ich bin ja meistens in Schleswig und nur auf Dienstreise hier.«

Der Mann, der freundlich lächelnd auf unserem Sofa saß, musste viel Westgeld haben. Er holte die Konserven aus dem Koffer und verteilte sie auf dem Tisch.

»Habe ich für euch mitgebracht. Und eine Packung Räucherfisch liegt schon im Kühlschrank.«

»Liegt Schleswig an der Ostsee?«

»Fast. An einer Meeresbucht namens Schlei.«

»Aber an der Ostsee?«, hakte ich nach, denn ich wollte sichergehen, dass der Zukünftige meiner Mutter nicht von drüben war. Sonst wäre sie bald weg, und ich müsste beim Minister bleiben oder käme ins Kinderheim in der Kaßbergstraße. Obwohl es die ehemalige Villa vom Eisenbahnpionier Hartmann war, lag dieses Haus im Halbschatten meiner Kindheit. Sie hatten mir, oft im Spaß, zu oft damit gedroht.

Und weil die Ostsee nicht die Nordsee war, ging ich davon aus, sie reichte nur von Heringsdorf bis Warnemünde. Und das war Osten, das war DDR.

»Ja, an der Ostsee. Du kennst dich aus!«, sagte Heinz Gustloff erleichtert.

Dann war es ja gut.

Er nahm die Hemden aus dem Koffer und legte sie über die Sessellehne.

»Wenn dein Vater nichts dagegen hat.«

Ich schätzte Heinz Gustloff auf vierzig, und mir gefiel, dass er Humor hatte.

Meine Familie mit ihrem seltsamen Humor zog automatisch die richtigen Menschen an. Jeder war mir lieber als die Kandidaten, die sich außer Heinz Gustloff um meine Mutter bemühten.

Er hatte ein interessantes Gesicht, fand ich und wusste, dass ich es mir noch mal genauer anschauen würde, sollte er es ernst meinen mit meiner Mutter. Er roch gut, trug ein gepunktetes Hemd zu einem dunkelblauen Anzug und hellblaue Mokassins aus Wildleder. Sein schwarzes Haar war raspelkurz und an den Schläfen grau. Er trug eine Brille mit geschwungenem Rahmen aus dunkelbraunem Horn. So wie er sahen die Männer aus, die im Westfernsehen in Städten wie Paris, London oder Tokio mit einem ARD-Mikrophon in der Hand vor der Kamera standen und aus dem Weltgeschehen berichteten.

»Stimmt es, dass Sie meine Mutter heiraten werden?«

Er hatte sich gerade eine Zigarette anzünden wollen, ließ die Hände sinken und lehnte sich zurück.

»Wer hat dir das erzählt?«

»Der Minister.«

Heinz Gustloff stopfte die Zigarette zurück in eine Schachtel mit der Aufschrift *Lord*. Lord Knut fiel mir ein, und wie gern meine Mutter sonnabends beim Saubermachen seinen Witzen auf dem RIAS zuhörte.

»Welcher Minister?«, fragte er und klang verwirrt.

»In meiner Familie gibt es nur einen. *Den* Minister halt.«

»Das wusste ich gar nicht.«

Heinz Gustloff stand auf und lief im Zimmer hin und her.

»Und wo arbeitet dieser ...«, er schaute mich wieder an, diesmal fragend, als könne er gar nicht glauben, was er da eben gehört hatte, »dieser Minister?«

»Gar nicht mehr. Ist doch schon lange in Rente.«

»Hm.« Die Antwort schien ihn nicht zu beruhigen. »Weiß aber gut Bescheid, euer Minister.«

»Na klar. Weil dem Minister ja jeder alles erzählt.«

Ich hatte gar nicht gehört, dass meine Mutter hereingekommen war.

»Worum geht's?«

Frisch und erholt sah sie aus. Trug ein Strickkleid, das ich noch nie an ihr gesehen hatte. Rotweiß gestreift wie ein enges Fußballnicki, nur dass es kurz oberhalb der Knie endete.

»Wer hat dem Minister was erzählt?«

»Rosemarie!«

Heinz Gustloff sah meine Mutter an wie früher mein Vater, wenn sie wieder etwas Schönes anhatte.

»Ihr habt euch ja schon kennengelernt«, sagte meine Mutter, gab Heinz Gustloff einen flüchtigen Kuss auf den Mund und mir einen leichten Klaps auf den Hinterkopf, den ich als liebevoll empfand.

»Was erzählst du denn schon wieder, Ulrike?«

Nun war eh alles zu spät, also konnte ich mit der Tür ins Haus fallen.

»Der Minister hat erzählt, dass du Herrn Gustloff heiratest und …«

»Und ich …«, mischte sich Heinz Gustloff ein, »wollte nur sichergehen, dass dir …«, er suchte nach Worten, »also, dass *uns* dieser Minister keine Schwierigkeiten macht, Rosemarie!«

Er hatte Schweißperlen auf der Stirn.

Warum war das mit dem Heiraten so kompliziert, und welche Schwierigkeiten sollte der Minister dabei machen?

Ich verstand kein Wort.

Meine Mutter holte drei Likörgläser aus dem Schrank und Heinz Gustloff eine Flasche *Echte Kroatzbeere*-Likör aus den Tiefen seines Koffers.

»Jetzt setzen wir uns erst mal. Kannst mal kosten.«

Meine Mutter schenkte mir ein halbes Glas ein und füllte dann die anderen beiden Gläser. Heinz Gustloff zündete sich seine Zigarette an.

»Heinz und ich kennen uns schon lange. Und woher das deine Großmutter weiß, ist mir ein Rätsel. Ich hätte es dir jedenfalls gerne selbst erzählt.«

Wieder eine Unwucht, die mich schnell zum Glas greifen ließ. Süß war der Likör, klebrig und mit einem scharfen Nachgeschmack.

»Was hat denn die Großmutter damit zu tun?«, fragte Heinz Gustloff, der noch immer leicht verwirrt wirkte.

Ich leckte noch ein wenig im Glas herum und stellte es dann wieder ab.

»Jede Menge«, sagte meine Mutter. »Sie ist nämlich schlimmer als die Stasi, vor der du solche Angst zu haben scheinst.«

Der vorwurfsvolle Ton galt ihrem Zukünftigen. Heinz Gustloff tat mir leid. Verwöhnte uns hier mit Feinkostartikeln und wurde von einer komischen Situation in die nächste gebracht.

»Stimmt es, dass ihr heiraten wollt?«

»Ja«, sagten beide zugleich.

»Wir *müssen*«, fügte meine Mutter hinzu.

»Bekommst du ein Baby?«

Egal, ob Bruder oder Schwester. Ich würde weder meine Großmutter noch mein Zimmer mit jemandem teilen. Sollten sie sehen, wie sie zurechtkamen.

»Natürlich nicht! Mit über dreißig! Will doch nicht wie eine Oma mit ihrem Enkel aussehen, wenn ich den Kinderwagen schiebe.«

Auch diesen Satz richtete sie, nicht weniger vorwurfsvoll, an Heinz Gustloff, den Mann, den sie heiraten wollte.

»Warum könnt ihr nicht zusammenbleiben, ohne zu heiraten?«

»Mein Kind«, sagte meine Mutter, »ich werde wahrscheinlich dorthin ziehen, wo Heinz wohnt.«

»An die Ostsee nach Schleswig an die Meeresbucht namens Schlei.«

Meine Mutter schluckte.

»Dann weißt du ja schon Bescheid.«

»Aber ich will nicht von hier wegziehen.«

Alles fühlte sich richtig an. Ich konnte zur Schule gehen und alle besuchen, ohne auch nur ein einziges Mal die Straßenbahn nehmen zu müssen. Ich konnte Blumen zur Wiese meines Großvaters bringen, wann immer ich mit ihm reden wollte, und war bei Köhlers wieder gern gesehen, seit auch meine Großmutter wieder dort einkaufte. Ich wollte im tiefen Schnee waten, wenn Winter war und mit meinem Vater im Bernsdorfer Bad die Arschbombe machen, wenn Sommer war. Aber ich wollte nicht an einer Meeresbucht unter fremden Menschen leben, die den ganzen Tag Räucherfisch aßen und mir sagten, dass es dort mindestens genauso schön war wie in Kaßbergen.

Meine Mutter strich mir über den Kopf, streichelte mein Ohr und dann meine Wange.

»Überleg doch mal, ob du zu deinem Vater ziehen willst. Brigitte ist doch nett. Und ich bin nicht weit weg …«, sie schaute zu Heinz Gustloff, der an seiner Zigarette zog und dem noch eine offene Frage ins Gesicht geschrieben stand, »jedenfalls noch nicht.«

Drum war mein Vater in letzter Zeit so oft zum Biertrinken hier gewesen. Sie hatten über mich geredet und alles geplant. Brigittes Nähzimmer, das er in der Harlaßstraße vorrichtete, sollte ich bekommen. Wenigstens zeigte es zum Hinterhof und hatte ein schräges Dachfenster. Dort war es heller als hier im Erdgeschoss. Die Aussicht gefiel mir.

»Wann kann ich umziehen?«

Meine Mutter wurde blass.

»Das ging ja schnell.«

Sie schenkte sich nach und trank das Glas in einem Schluck aus.

»Du darfst mit niemandem drüber reden, Ulrike. Jedenfalls jetzt noch nicht.«

»Darüber, dass ich umziehe?«

»Nein. Von Heinz und mir. Sag einfach, du ziehst zu deinem Vater, und gut isses.«

»Aber mindestens *ein* Minister weiß ja sowieso schon Bescheid. Was machen wir mit dem?«, gab Heinz Gustloff zu bedenken und hatte die offene Frage nun endlich gestellt, die ihn die ganze Zeit schon Kette rauchen ließ.

Ich nutzte den Moment, in dem meine Mutter vor Lachen zu platzen drohte, und schob ihr Herrn Hegewalds Eintrag im Hausaufgabenheft unter.

Meine Mutter hatte schon mit dem Unterschreiben begonnen, als sie den Stift wieder absetzte.

»Du wolltest eine Wandzeitung über *Stalin* machen? *Den* Stalin?«

»Herr Hegewald hat das auch nicht verstanden, dabei habe ich doch nur …«

»Bist du denn noch bei Trost?«

»Zur Geschichte der KPdSU gehört auch der Stalin, sagt der Minister.«

Heinz Gustloff schüttelte den Kopf.

»Dieser Minister ist ja für so ziemlich alles zuständig, scheint es mir.«

Meine Mutter ließ ihren vorwurfsvollen Blick auf mir ruhen.

»Der Minister ist meine Mutter.«

»Meine Schwiegermutter!« Heinz Gustloff klang erleichtert. »Du bekommst auch eine von mir.«

So richtig glücklich sah meine Mutter nicht aus, als sie mit ihrem Zukünftigen anstieß. Aber ich war es.

Namen wie Schnakenberg, Uhlig, Kremer und Krumbiegel standen am Klingelschild der Haustür. Ganz oben links stand Kempe.

Als ich bei meinem Vater einzog, klebte er einen Pflasterstreifen mit meinem Namen auf das viel zu kleine Klingelschild. Neben Kempe stand nun auch Umlauf.

»Mit Kugelschreiber!«, sagte Brigitte und räumte kopfschüttelnd die Kartons mit meinen Sachen aus. »Mit dem Pflaster auf dem Klingelschild sieht's bei uns ja schon von außen aus wie bei der Bucht drinne! Was sollen denn die Leute denken.«

Die Bucht wohnte gegenüber. Zu denen hätte ich gerne gehört. Wann immer ich konnte, beobachtete ich sie. Dafür schob ich einen Stuhl an die Balkonbrüstung, legte ein Kissen darauf, kniete mich hin und legte ein zweites Kissen unter meine Arme. Alte Frauen und Männer konnten stundenlang so aus dem Fenster schauen. Immer mit einem Kissen unter den Armen.

Ich hatte die Bucht bisher nur an den Wochenenden beobachten können. Nun, da ich bei meinem Vater und Brigitte eingezogen war, nahm ich jeden Tag meinen Beobachtungsposten ein. Brigitte schüttelte den Kopf. Mein Vater nannte mich einen Spanner. Ich verstand nicht, was er meinte, und schaute weiter rüber zur Bucht.

Bei schönem Wetter kamen sie nach und nach alle mal raus auf den Balkon, dann konnte ich sie durchzählen. Vater, Mutter und zehn Kinder, das machte zwölf. Allmählich kam ich dahinter. Sie waren eine Großfamilie.

Begegnete mir eine Großfamilie auf der Straße, auf dem

Rummelplatz oder so wie jetzt hier in der Nachbarschaft, dann bekam ich warme, feuchte Hände. Weil ich dazugehören wollte.

»Die bekommen das Geld vorne und hinten reingesteckt, damit sie viele Kinder kriegen.« Das sagte Michi Krumbiegel, der einen Stock unter uns wohnte und in der Schule eine Klasse über mir war.

Was mich so an Michi Krumbiegel faszinierte, war, dass er zu jedem Thema sofort eine Meinung hatte, während ich mir immer erst eine zurechtdenken musste.

Michi Krumbiegel war ein Einzelkind wie ich. Bei den Krumbiegels wäre auch gar kein Platz für ein weiteres Kind gewesen. Wie im Märchen vom süßen Brei ergoss sich alles an Krempel, Aufgehobenem, Ausgeschnittenem und auf unbestimmte Zeit Verwahrtem hinein in Michis Zimmer. Hutschachteln seiner Mutter, die ich zwar immer elegant gekleidet, aber nie mit Hut sah, stapelweise Notenhefte seines Vaters, der schon lange nicht mehr am Opernhaus dirigierte. Und irgendwo dazwischen stand Michis Bett, darüber ein Regal mit Matchboxautos, Bilder von Verwandten an der Wand, die lange tot waren und die Michi auch nie kennengelernt hatte, weil man zur Verwandtschaft nicht fuhr und die Verbindung nicht pflegte. Irgendwann ging Michi nur noch zum Schlafen in sein Zimmer.

Zuerst war die Dachkammer sein Refugium gewesen. Als auch dort hineingestopft wurde, was seine Eltern nie wiedersehen, aber aus unerfindlichen Gründen aufheben wollten, war er auf den Dachboden geflohen. Dort hatte er Mäuse in einem Aquarium gehalten und dann vergessen. Seitdem roch es da oben streng. Aber auch da wurde es allmählich eng. Deshalb sehnte sich Michi nicht halb so sehr wie ich nach einer großen Familie. Er nannte Großfamilien »Assis«.

»Was issn das, ein Assi?«, fragte ich Brigitte, als sie mich vom Balkon an den Tisch holen wollte.

»Wer hat dir denn das Wort beigebracht?«

»Michi.«

Ich lenkte meinen Blick wieder rüber zur Bucht. Vater Bucht saß in einem Polstersessel auf dem Balkon. Die Mutter auf einem Stuhl daneben.

Als Mutter Bucht einen Scheuerhader über den Schrubber in ihrer Hand warf, hatte auch Brigitte den Abendbrottisch vergessen. Ich hörte, wie sie erst die Luft anhielt und dann ausatmete.

»Das darf doch nicht wahr sein!«

Frau Bucht putzte ihre Fenster im Sitzen. Schön den Schrubber mit dem Lappen drüber von oben nach unten über die Scheibe schiebend. Von Zeit zu Zeit griff sie zur Bierflasche von Herrn Bucht, dann putzte sie weiter.

Brigitte schüttelte nur den Kopf.

»Das da!«, sagte sie, »das sind Assis.«

»Sagt Michi auch. Aber was machen die so?«

Mein Vater kam grad vom Pfuschen heim.

»Nischt machen die. Siehste doch. Und nun komm essen. Ich hab Knast.«

Er drückte mich kurz.

Kam mein Vater nach der Arbeit in der Gießerei vom Vorrichten, sah ich ihn manchmal abends in seiner zerschlissenen Nietenhose die Harlaßstraße hochlaufen. Fuhr gerade kein Auto vorbei, dann konnte ich ihn sogar hören. Das Geräusch seiner Clogs auf den holprigen Gehwegplatten zeigte an, in welcher Stimmung er war. Mal ein flottes Klippklappklippklapp, mal ein drömeliges Klipp Klapp.

An einem Herbstabend konnte es passieren, dass er etwas langsamer lief, sich hin und wieder umschaute, stehen blieb, die Hände in den Hosentaschen vergrub und in das schmale Stück Himmel über den Dächern blickte. Der erste Kohlenduft lag in der Luft. Er atmete ihn tief ein. Diese Jahreszeit hier in Kaßbergen, sie war ihm die liebste. Dann wurde er richtig poetisch. Sprach von der drückenden Last des Sommers, die sich in den frischen Winden des Herbstes auflöste, von den

Vorgärten, die wieder das Grau der Fassaden und Gehwege annahmen, von der Zeit, in der alles trostlos schien für einen, der keinen Trost bekam, aber pures Glück für den, der ein Zuhause hatte und Menschen, die dort auf ihn warteten. Einmal sah ich, wie er es wieder etwas hinauszögerte, das Nachhausekommen, und wie er sich doch noch einmal umdrehte zur Kneipe auf der anderen Straßenseite.

Für einen Moment schien es, als begrüßte sie ihn mit Gesang, als die Tür geöffnet wurde. Zwei kamen heraus, und gelber Lichtschein lag auf ihren Schultern. Ich hörte sie ein paar Worte mit meinem Vater wechseln und verstand so was wie »Ablösung«. Dann der Umriss meines Vaters im gelben Licht der offenstehenden Tür. »Kalt! Mach's Loch zu!«-Rufe von drinnen. Noch ein Lachen, Schulterklopfen. Dann ging von den zweien der eine dahin, der andere dorthin, und mein Vater ging rein.

Bei Brigitte hatte ich gelernt, belegte Brote mit Messer und Gabel zu essen. Ich stellte mich ganz gut damit an. So war ich schnell mit dem Essen fertig und konnte wieder raus auf den Balkon. Die Bucht hatte sich nach drinnen verzogen. Durch ihre Gardine konnte ich den flimmernden Fernseher erkennen.

Ich ging in mein Zimmer und legte mich auf mein neues Bett. Vor dem Dachfenster zogen weiße Wolken am Nachthimmel vorbei. Bald schlief ich ein mit dem Gedanken an die Bucht. Wie sie zu zwölft vor dem Fernseher saßen und es gemütlich hatten.

Nicht dass es bei uns nicht gemütlich war. Zu Weihnachten raste das Christuskind in der Wiege auf der Pyramide im Kreis, und Brigitte brachte mir das Basteln bei. Zu Ostern wackelten ausgeblasene Eier bemalt an Zweigen in der Bodenvase. Im Herbst stand ein stattlicher Zoo aus Kastanientieren auf Streichholzbeinen in der Schrankwand.

Mit mir Kastanien zu sammeln, übernahm mein Vater, ohne zu murren. Das war vor Brigitte schon seine Welt gewesen. Das war sie nun auch mit Brigitte.

Jedes Jahr war ich ein Jahr älter auf unserem Spaziergang. Mein Vater auch, aber für mich spielte das keine Rolle. Er war alt, seit er mein Vater war, weil er mein Vater war.

Um die Kastanien ging es uns längst nicht mehr. Es ging uns um den Spaziergang durch die Stadt, mal raus aus Kaßbergen bis rüber zum Zeisigwald. Dort standen zwar nur Buchen, Eichen, Fichten, Lärchen und Kiefern, aber wir fanden immer genug Kastanien auf dem Weg, die dann in meinem Zimmer eine Weile vor sich hingammelten und schließlich im Müll landeten.

Wieder einmal hielten wir an der Zeisigwaldschänke an. Er gab mir den Faltbeutel mit der Handvoll Kastanien und meinte, wir sollten erst mal Pause machen und hier einkehren.

Drinnen dichter Qualm und in einer Ecke ein runder Tisch, auf den mein Vater zusteuerte.

Er zog mich hinter sich her, während er den einen oder anderen im Vorbeigehen grüßte.

An dem runden Tisch blieb er stehen. Darauf ein riesiger Aschenbecher, über dem ein Messingschild schaukelte.

»Guten Tag, Herr Stammtisch!«, sagte ich zu dem zerknitterten Mann, dem der Tisch als Stütze diente.

Ein lautes Lachen kam aus einem zahnlosen Mund.

»Süß, deine Große!«

Ich hörte, wie mein Vater »Zwei Halbe und zwei Korn und 'ne Limo!« bestellte.

»Willste 'ne Bockwurst?«

Klar wollte ich eine.

»Und zwei Bockwürste!«

Der Zahnlose freute sich über das Bier und den Schnaps. Er klopfte meinem Vater auf die Schulter.

»Wann willst'n studieren?«

»Der Zug ist abgedampft. Hundertneunzig Mark Stipendium oder neunhundert in der Gießerei. Für zwanzig Mark zwölf Pfund Gulasch kaufen können oder bleiben lassen. Rate mal.«

»Gulasch kaufen.«

»Genau.«

»Prost.«

»Prost.«

Und dann wurde auch schon wieder für Weihnachten gebastelt. Handtuchgroße Wandteppiche geknüpft. Mit glühenden Rouladennadeln Ornamente auf Holzklammern, Kochlöffel und Holzbrettchen gebrannt. Den Minister schienen diese Art Geschenke zu freuen. Sie hängte sich alles an die Wand, was sie in den verschnürten Päckchen fand, auf denen »Oma« stand. Ihre Küche war der Altar meines Bastelwahns. Dort sammelte sich Wollenes neben Hölzernem und hing eine kleine Blumenvase über dem samtroten Sofa, die ich aus einer Kondensmilchflasche gefertigt, mit Bast umwickelt und einer Halterung aus Draht versehen hatte. Darin immer frische Vogelmiere für Wellensittich Moritz.

»Zum Pflücken komme ich Gott sei Dank jeden Tag mal an die Luft.«

»Auf den Hof, meinst du!«, sagte ich, den latenten Vorwurf meiner Mutter imitierend. Die ließ sich zwar immer noch viel zu selten blicken, machte sich aber Sorgen. Die Knochen meiner Großmutter schienen sich immer mehr zu verformen, weil sie immer nur zu Hause saß.

Mit »Hof ist auch Luft!« war das Thema für den Minister beendet.

Bei meinem Vater und Brigitte zu leben, bedeutete für mich, dass es das ganze Jahr über sonnabends und sonntags gedeckten Tisch gab, vom Frühstück bis zum Abendbrot und am Sonntag auch nachmittags noch mal fürs Kaffeetrinken. Ich hatte nichts zu beklagen. Aber die Bucht war interessanter.

Die Bucht hieß eigentlich Familie Wächtler. Das erfuhr ich, als ich meinen Schlüssel vergessen hatte. Ich stand eine Weile vor unserer Wohnungstür. Keiner da, weil alle auf der Arbeit waren. Ich schaute durch den Briefschlitz. Steckte meine Nase rein, um wenigstens ein bisschen zu Hause zu sein. Ich sah Sonnenstrahlen auf dem Maisstroh im Flur. Und in der Schale vor dem goldgerahmten Spiegel meinen Wohnungsschlüssel. An dem bunten, mit dem »Strickliesl« selbstgemachten Band. Damit der Schlüssel nicht mehr im Schulranzen rumflog, sondern nett anzusehen an meinem Hals hing.

Ich schaute auf meine Armbanduhr. Es war um vier. In einer

Stunde käme Brigitte nach Hause. Noch eine Stunde später mein Vater.

Ich stellte meinen Ranzen vor die Tür und ging die Treppen runter.

Ein paar Minuten stand ich ratlos auf der Straße. Auf der gegenüberliegenden Seite sah ich Frau Bucht. Mit einem prall gefüllten Faltbeutel an jeder Hand lief sie schnaufend die Harlaßstraße hoch und bog dann in ihren Hauseingang.

Ich schaute nach links und nach rechts und überquerte die Straße. Ich beeilte mich und erreichte sie noch auf den Stufen zur Haustür.

»Guten Tag, Frau Bucht. Darf ich Ihnen Ihre Taschen hochtragen?«

»Hä?«

Ihre Stimme war so tief, dass ich stutzte. Aber es war nicht Herr Bucht. Sie trug einen Plisseerock.

»Darf ich Ihnen die Taschen hochtragen? Wir machen doch wieder Timurhilfe.«

»Wer bist'n du?«

»Ulrike Umlauf. Von da drüben.«

Frau Bucht ließ ihren Blick über die verwitterten Schnörkel der Hauswand bis unters Dach der Nummer 64 gleiten und von da wieder zurück. Sie schaute sich um. Nach links die Straße runter. Nach rechts die Straße hoch. Dann drückte sie mir die beiden Beutel in die Hand.

Die Henkel schnitten tief ein. Bei jeder Stufe knallten die Beutel klirrend gegen meine Beine.

An der Tür im ersten Stock drehte sie sich um und sagte: »Danke!«

Ich wollte noch einen Blick in die Wohnung werfen. Wollte mir ein Bild in den Kopf holen, an dem ich beim Einschlafen weitermalen konnte. Also wartete ich noch, bis sie den Schlüssel hervorgekramt hatte. Dann traute ich mich.

»Ich habe meinen Schlüssel vergessen, bei mir ist noch keiner zu Hause, und ich wollte fragen, ob Sie oder Herr Bucht vielleicht eine Zange für mich haben. Dann kann ich unsere Wohnungstür aufmachen.«

Das hatte ich von meinem Vater gelernt, als er mal seinen Schlüssel vergessen, sich Werkzeug von Krumbiegels geholt und unsere Tür aufgebrochen hatte.

»Mein Mann ist Herr Wächtler, und ich bin Frau Wächtler!«, sagte Frau Bucht streng und zeigte auf das Klingelschild, auf dem tatsächlich »Wächtler« stand.

Manche Jungs an der Schule waren Haribojungs. Komischerweise kannte ich nur Haribojungs und keine Haribomädchen. Immer waren es Jungs, die das Bild der bunten glatten Gummibärchen aus dem Westen in meinem Kopf entstehen ließen. Bei denen zu Hause gab es meist ein Klavier. Der Vater arbeitete an der Technischen Hochschule oder im Forschungszentrum »Fritz Heckert«. Die Mutter machte irgendetwas mit Mode oder Kunst. »Pramo« und »Sibylle« waren abonniert. »Das Magazin« lag gestapelt in einem wie zufällig stehen gelassenen Einkaufskorb auf dem Klo. In den Wohnungen roch es nach Fußbodenpflege Marke *Dor* aus dem Intershop. Und an die Haut ließ man nur Wasser und *CD*, während keine einzige Tasse *Jacobs*-Kaffee halb voll stehen gelassen wurde. Die Werbung aus dem Westfernsehen hatte bei den Haribojungs zu Hause plötzlich einen Sinn. Das war nicht gespielt, sondern das gab es wirklich, dieses Westgefühl.

Ging ich raus, dann nur, um von unten in ihre Fenster zu schauen, wenn es dämmerte. Die Decken der Wohnungen waren hoch, an einigen hingen Kronleuchter und an anderen große weiße Papierbälle, die der letzte Schrei waren und die man sich aus Zeitungspapier und Tapetenleim selber basteln konnte. Ich tastete mich über die Weststraße und ging weiter zum Gerhart-Hauptmann-Platz. Für den Minister war das immer noch der Kaiserplatz wie auch die Harlaßstraße für sie noch Barbarossastraße hieß. Bald hatte ich mich daran gewöhnt, mir für jede Straße – wie ja auch für fast jeden Menschen, den wir kannten –, zwei Namen merken zu müssen.

»Das weitet dein Wissen!«, sagte meine Großmutter, wenn ich mich darüber beschwerte.

Die Leute in meiner Familie hatten die merkwürdige Angewohnheit, sich selbst und anderen Spitznamen zu geben, aber sie lachten nie dabei. Für mich war es entsprechend schwierig, aus dem Kauderwelsch der Erwachsenen die Brosamen herauszufischen, die ich als Scherz verwenden konnte.

Den Nachbarn, der einmal betrunken seine Frau vermöbelt hatte, nannten sie Schladoht. Der Schladoht war an der Ostsee. Der Schladoht putzte seinen Wartburg. Der Schladoht war ein feiner Kerl. Immer redeten sie vom Schladoht. Und gut aussehen tat er auch, der Schladoht.

Vom Hausmeister, der in unserem Hof den Garten pflegte, dachte ich, er hieße Herr Glockenbach. Wie sich herausstellte, war auch dieser Name wieder nur eine seltsame Erfindung meiner seltsamen Familie.

Herr Glockenbach war für so ziemlich alles zuständig im Haus: kaputte Glühbirnen, Stolperfallen im Treppenbelag, lockere Geländersprossen, verkantete Türschlösser.

Sein eigentliches Reich war der Hof. Dort gab es Garagen, eine kleine Wiese, davor einen gepflasterten Platz mit Klopfstange und gespannten Plastikleinen. Irgendwann war die kleine Wiese neben den Garagen umzäunt und verwandelte sich in eine Landschaft aus Beeten. Auf Frühjahrsblüher folgten Erdbeeren, dann Kürbisse, im Winter deckten Tannenzweige die Beete zu.

Ich wohnte noch nicht lange bei meinem Vater, als ich Herrn Glockenbach zum ersten Mal im Hausflur traf. Er stand auf einer Holzleiter und schraubte schnaufend eine Glühbirne in die Deckenleuchte am Eingang. Eine weiße Strähne seines schütteren Haares, das er auf seiner Glatze drapiert hatte, rutschte ihm immer wieder ins Gesicht. Mit einer Hand schob er sie wieder zurück, mit der anderen schraubte er die Birne in die Fassung. Als wollte er gleich danach ins Konzert, trug er ein weißes Hemd, aber dazu eine ausgeleierte weinrote Turnhose aus Baumwolle.

Als ich unter der Leiter entlangging, sah ich, dass Herr Glockenbach unter seiner Turnhose keinen Schlüpfer trug. Ich hatte meinen Vater schon nackig gesehen. Aber so etwas hatte ich noch nie gesehen.

»Guten Tag, Herr Glockenbach.«

Ich hatte es leise gesagt, fast unhörbar. Aber laut genug für ihn.

»Hä?«

Ich blieb stehen und zog meinen Kopf ganz unwillkürlich zwischen meine Schultern. Zögernd drehte ich mich zu ihm um. Das konnte doch nicht sein. Es durfte doch nicht wahr sein, dass ich jedes Mal ein »Hä?« erntete, wenn ich Erwachsene grüßte, wie es von mir verlangt wurde.

»Guten Tag, Herr …«

Er stand auf seiner Leiter. Einen Arm in die Hüfte gestemmt. Mit der anderen Hand legte er die verrutschte Strähne zurück auf den Kopf.

»Winkler heiße ich. Du bist die Neue von ganz oben?«

»Ja.«

»Na denn, viel Spaß.«

Was das nun wieder zu bedeuten hatte, wollte ich mir gar nicht ausmalen und schon gar nicht fragen.

»Unser Hausmeister heißt ja gar nicht Herr Glockenbach.«

Mein Vater schaute erst auf Brigitte, dann auf mich, dann wieder auf Brigitte.

»Warum nennt ihr ihn so?«

Mein Vater war eigentlich immer schnell mit den Antworten. Jetzt aber dachte er nach. Also erfand er irgendwas. Das sah ich ihm an.

»Wir nennen ihn nicht Herr Glockenbach. Sondern bei uns heißt er einfach nur *der Glockenbach.*«

»*Der* ist ein Artikel. Aber es ist keine höfliche Anrede.«

Sowohl Brigitte als auch mein Vater schienen auf einmal ziemlich verwirrt.

Brigitte verbarg ihr Gesicht in den Händen, also übernahm mein Vater weiterhin das Reden.

»Sag dem Glockenbach doch einfach nur ›Guten Tag‹. Das reicht. Der ist ein bisschen seltsam.«

Brigitte hielt sich immer noch die Hände vor das Gesicht. Ihr Körper zuckte. Sie riss sich so weit zusammen, dass sie etwas sagen konnte.

»Warum wir ihn Glockenbach nennen? Willst du das wirklich wissen?«

»Äh, ja.«

»Sagst du es auch wirklich nicht dem Glockenbach?«

»Brigitte!«

Mein Vater sah aus, als müsste er sich die ganze Sache mit Brigitte noch einmal überlegen. Doch sie war nicht mehr zu bremsen.

»Haste den schon mal von hinten gesehen, wenn der sich über sein Erdbeerbeet beugt?«

Mein Vater schaute gebannt auf den Teppich, als gäbe es da Unglaubliches zu finden.

Unser Hausbesitzer Schnakenberg wohnte im selben Haus wie wir in einer Wohnung mit neun Zimmern.

Jedes Jahr zum dritten Advent lud er die Hausgemeinschaft zum Weihnachtsessen ein. Echtes Porzellan stand auf dem Tisch. Es wurde getafelt.

Zum Nachtisch gab es Stollen, und auch die Kinder am Tisch bekamen Bohnenkaffee.

Ich jubelte meiner Tasse entgegen, als Frau Schnakenberg mir eine reichte.

»Doppelschwerterkaffee!«

Sie schaute mich verunsichert an.

»Hat der Häuptling immer gesagt, wenn der Minister den Kaffee gemacht hat.«

Frau Schnakenberg schaute nun zu meinem Vater und versuchte dabei ein Lächeln.

»Hat Ihre reizende Tochter an Ihrem Likör genippt?«

Es wurde Zeit, Frau Schnakenberg aufzuklären.

»Meißner Porzellan. Wo bei dünnem Kaffee die Schwerter der Tasse durchscheinen.«

Frau Schnakenberg zog die Augenbrauen hoch.

»Oha!«

Mein Vater stieß mir mit dem Ellenbogen in die Seite. Wollte mich wohl ermuntern, auch den Rest zu erzählen.

»Und bei heißem Wasser, durch das nur eine Kaffeebohne geschwommen ist, sieht man auch die Schwerter der Untertasse durch. Doppelschwerterkaffee.«

»Gut jetzt!«, zischte mein Vater.

Frau Schnakenberg lächelte süßlich und schaute mitleidig

auf Brigitte. Die schüttelte den Kopf, und ich wusste plötzlich, dass ich mir hier gerade ein Nachspiel eingehandelt hatte.

Das Nachspiel folgte in dem Moment, als Brigitte die Wohnungstür hinter uns schloss.

»Was war denn das für ein Benehmen?«

Mir fiel nichts Besseres ein, als zu fragen: »Dem Herrn Schnakenberg gehört das ganze Haus?«

»Ja. Lenk nicht ab!«

»Ich dachte, es gibt nur Volkseigentum.«

Jetzt hängte sich mein Vater rein.

»Der Herr Schnakenberg ist ja auch das Volk.«

»Aber ich bin auch das Volk. Und du und Brigitte seid auch das Volk.«

»Darum dürfen wir ja auch in seinem Haus wohnen.«

Damit schien die Sache für meinen Vater erledigt. Nur an seiner Stirnfalte sah ich, dass sie ihn noch weiter beschäftigte.

Krumbiegels vollgestopfte Bodenkammer lag neben unserer Wohnung. An der Decke der Kammer verlief ein dünner Draht.

»Hier hing früher ein Glöckchen dran.«

Manchmal redete Michi Krumbiegel so, als hätte er selbst in dem Früher gelebt, von dem er immer erzählte.

»Da musste der Kapitalist unten in seiner Wohnung nur einmal am Puschel ziehen, und hier oben fiel das Dienstmädchen vor Schreck aus dem Bett. Dann ist sie runtergerannt und hat den Kapitalisten bedient.«

Michi war in der Sechsten. Wahrscheinlich hatten sie gerade den Kapitalismus durchgenommen. Wir waren noch beim Römischen Reich.

Es war der Abend vor dem Heiligabend. Überall, wo ich hinhörte, sprachen die Menschen vom härtesten Winter, den sie je erlebt hätten. Und davon, wie langsam die Kohleproduktion wieder anlief, nachdem reihenweise Kraftwerke abgeschaltet worden waren. Dass der Sozialismus für Schönwetter gemacht war und auf dem Schlachtfeld der Natur stumpfe Waffen hatte. Väterchen Frost scheiße wie auch der Teufel immer auf den größten Haufen: Im Westen würden bei 27 Grad unter Null die Getriebe wenigstens mit Öl geschmiert, im Osten nur mit leblosen Parolen. Im Wald seien die Rehe im Stehen erfroren und von den Förstern regelrecht geerntet worden. Wenigstens gebe es beim Fleischer nun Wildgulasch zu kaufen und das Weihnachtsfest sei gerettet.

Ich lag im Bett und betete, dass bei uns zu Weihnachten wieder eine Gans auf dem Tisch war und keins der erfrorenen Rehe.

Das Fenster war angekippt. In der Ritze sammelte sich Schnee wie in einer kleinen Verwehung. Ich hörte Glockenläuten und schaute in den nachtschwarzen Himmel, aus dem große Flocken fielen, kniete mich ans Fensterbrett und sah weiße Dächer und Zweige, alles ringsum verschneit, bedeckt von unschuldigem Weiß. In dieses leise Fallen drang ein Rumoren vor unserer Wohnungstür.

Michi stand, die Hände in den Hosentaschen, vor der Bodenkammer. Um ihn herum über den ganzen Flur verteilt Kisten, Kästchen, Tüten und Kartons.

»Wo sind denn deine Eltern?«

Michi nickte nur in Richtung der Kammer, aus der ein Schnaufen nach draußen drang.

»Irgendwo da drinne.«

»Und was machen die da?«

»Die suchen mein Weihnachtsgeschenk.«

Ich erinnerte mich. Brigitte hatte es ganz begeistert am Abendbrottisch erzählt. Mitten im Sommer war Michi Krumbiegels Mutter dazugekommen, zu dem hellblauen Anzug für die Jugendweihe in zwei Jahren, den sie extra größer gekauft hatte.

Und nun fand sie ihn nicht mehr.

Michi stand immer noch bewegungslos da. Die Hände in den Hosentaschen. Längst hatte er herausgehört, um was es seinen fiebrig suchenden Eltern da ging. Und er hoffte inständig, sie fänden es nicht, das ganz sicher hässliche Teil für in zwei Jahren. Oder dass es sich wenigstens in grau, am liebsten schwarz verfärbt hätte in der Bodenkammer.

Aber die Chancen standen schlecht.

Mein Vater kam die Treppe rauf, drei verkrüppelte Nadelbäume im Arm.

»Was issn hier los?«

»Michis Eltern suchen Weihnachtsgeschenke.«

Herr Krumbiegel kam aus der Kammer gekrochen und wischte sich den Schweiß von der Stirn. Er stand auf und reichte meinem Vater die Hand.

»Haste noch welche gekriegt?«

»Leider nur Krüppel.«

Mein Vater lehnte die drei Weihnachtsbäume an die Wand. Zwei Tannen und eine Kiefer. Ein erbärmliches Bild.

Ich wusste nicht, wer mir mehr leidtat. Die Bäume, mein Vater oder Michi Krumbiegels Papa, der sich immer so auf seinen Baum und das Anputzen freute.

»Für wen issn der dritte?«

Mein Vater kratzte sich verlegen am Kopf.

»Ich dachte, einer für euch, einer für uns und mit dem dritten machen wir fifftififfti.«

Herr Krumbiegel legte den Kopf schräg.

»Hm.«

»Die Astlöcher kriegen wir doch mit dem Handbohrer rein. Haste einen?«

Herrn Krumbiegels Zeigefinger schnippte in die Luft.

»Warte!«

Damit verschwand er wieder.

Mein Vater schob sich an mir vorbei und ging in die Küche.

»Ich hol mal zwei Bier.«

Familie Kupferberg

Hier war die Mitte von Sachsen. Hier war Kaßbergen, unser Haus in der prächtigen Weststraße. Im Erdgeschoss Elektroinstallateur Müller und seine Frau Maria, die Hebamme. Daneben ständiger Wechsel mit viel Gerumms. Der Häuptling und ich im ersten Stock neben Herrn Doktor Kremer. Der war alleinstehend, praktischer Arzt, und vermietete an eine Witwe unter, was ganz schön für Gerede sorgte. Es war ja sonst nicht viel los.

An unsere Rosemarie war noch nicht zu denken. Emil war zehn Jahre älter als ich und in Gedanken noch bei seinem Frollein Leopold. Da konnte das ja nichts werden mit unserer eigenen Brut.

Dann zwei Stockwerke die Kanzlei eines russischen Anwalts, den die Streitereien der Fabrikherren im Tal in unsere Nachbarschaft gespült hatten. Der hatte gut zu tun, wenn ich das Treppauftreppab frühmorgens und spät am Abend richtig deutete. Nur am Wochenende war dort Ruhe. Ich hinterher gebohnert wie bedeppert. Je weiter unten, umso mehr Dreck. Wie im wahren Leben.

Ganz oben dann die Kupferbergs, natürlich übers ganze Stockwerk. Das waren schon eher Arrivierte, nur dass sie sich keine Villa wie die anderen leisten konnten.

Der Frau Kupferberg wünschte ich im Vorbeigehen genau einmal Frohe Weihnachten und dann nie wieder, so seltsam wie sie diesen Gruß erwiderte. Aber woran sollte unsereins denn erkennen, wer aus welchem Stall kam in diesem Haus? Ein süffisanter Zug um den Mund der Frau jedes Mal, wenn wir uns im Treppenhaus begegneten. Vielleicht bildete ich ihn mir nur ein, denn auch für Herablassung brauchte es eine persönliche Nähe, und eigentlich kannten wir die doch gar nicht.

Von den drei Twinsets, die ich hatte, trug ich zwei immer abwechselnd bei der Arbeit im Kaufhaus Tietz, das dritte für gut. Fein gewirkter Stoff und groß in Mode, die leichtfallenden Röcke mit ihrer bescheidenen Eleganz, aber beim Anblick von Frau Kupferberg doch immer schäbig. Wenn sie mir mit einem kurzen gnädigen Nicken zu verstehen gab, dass ich in den ersten Stock, geradeso überm Erdgeschoss, gehörte und sie nun an mir vorbei noch höher steigen würde, ganz nach oben nämlich. In eine Wohnung, die man tatsächlich als Palast bezeichnen konnte.

Von dort hallte schon mal Musik durch das Treppenhaus. Spielte Heinrich Kupferberg oben am Klavier seinen Mendelssohn-Bartholdy und meinen Johann Sebastian Bach, dann war ich ihm unten für beide fast ein wenig dankbar. Hatte Mendelssohn doch als Kapellmeister in Leipzig die *Matthäus Passion* von unserem Bach wiederentdeckt. Ein bissel kannte sich unsereins schon aus. Mit dem Häuptling konnte man über so was nicht reden. Bei einem Strumpfwirker auf dem Dorf hatte die Quetschkommode die Musik gemacht. Mein Geburtshaus hingegen stand im Schatten unseres Opernhauses. Die Kindheit des Häuptlings war von Kirchenglocken und dem Krach des Sägewerks begleitet. Meine von Bachkantaten, die aus der Petrikirche auf den Theaterplatz drangen. Der Durchgang zum Museum in der Theaterstraße war mein Spielplatz gewesen, und nun war es der jüdische Kaufmann Heinrich Kupferberg, der mir mit fliegenden Händen am Klavier den Klang meiner Kindheit zurückbrachte.

Bog der Häuptling abends um sieben in die Weststraße ein, dann winkte er erst nach ganz oben zur vornehmen Frau Kupferberg. Dafür, zur gleichen Zeit wie ich auf ein Kissen gelehnt aus dem Fenster zu schauen, war sie sich nie zu fein. Bei mir aber stand das Essen auf dem Tisch. Und ich hätte die Suppe warmstellen müssen, wenn der Häuptling nicht pünktlich erschienen wäre. Aber der war immer pünktlich. War ja nicht bei der Geheimpolizei. War bei der ganz normalen, die unten in der Hartmannstraße am Schreibtisch dem normalen Diebstahl und dem normalen Mord nachging. Brauchte keine Aktentasche, konnte immer alles in seiner Schreibstube lassen und hatte beide Hände frei. Die Hände für die schöne Frau Kupferberg nämlich, der er – das glaubte nur ich zu sehen, wie auch nur ich meine Twinsets als schäbig empfand – einen Handkuss andeutete. War sein Blick dann die Fassade runter bei mir gelandet, hob der Häuptling beide Arme und malte einen Mond in die Luft. ›Der Mond ist aufgegangen‹, war es ihm nicht zu lächerlich zu rufen, und Frau Kupferberg ganz oben lachte auf mich herab. Ich wusste wohl um mein Mondgesicht, und der Häuptling wusste, wie unglücklich ich damit war. Hauptsache, die beiden hatten etwas zu lachen, während sich ein weiterer anstrengender Tag als ermüdender Abend über Kaßbergen legte.

Woran diese Menschen glaubten, die Kupferbergs oder die Salgos aus der Villa gegenüber von unserem Haus, das hat man sich damals gar nicht gefragt. Nur, wovon sie lebten und warum so viel besser als unsereins. Ansonsten war das Interesse aneinander nicht groß. Begafft haben wir sie. Zu den Feiertagen kamen sie festlich gekleidet aus der Stadt und dem Umland zur Synagoge am Stephanplatz. Die Frauen, mit Schmuck und Hüten der neusten Pariser Mode, hielten ihre Kinder an der Hand. Die Männer mit schwarzen Gehröcken, Zylinder auf dem Kopf, trugen das Gebetsbuch. Ihre edlen Karossen waren etwas weiter entfernt in der Heinrich-Beck-Straße geparkt. Es war ihnen nicht erlaubt, an einem solchen Tag ein Fahrzeug zu benutzen; es in der Nähe abzustellen und die letzten Meter zu Fuß zu gehen, wohl aber schon.

Wir Gaffer waren neidisch, verunsichert und im besten Falle neugierig, aber nicht interessiert.

Ganz anders beim Fürstenheim, unserem Warenhausdirektor im Tietz. Der war jüdisch geworden wegen seiner Frau. Ein sehr netter, gebildeter Mann mit Manieren. Der rannte dann halt immer in die Synagoge, lud uns aber trotzdem noch einmal im Jahr zum Weihnachtsessen ein, und ich war auch immer dabei. Ich, ›das Ledermännl‹, wie der Häuptling mich mal vor der ganzen Belegschaft nannte. Den Namen hatte ich dann natürlich weg.

Das Ledermännl verkaufte ordentlich. Lederhandschuhe für den Herrn und für die Dame. Ich bediente sie nicht nur, ich kümmerte mich um meine Kunden, um die Herrschaften, die feinstes Leder an den Händen haben wollten.

Beim Fürstenheim zu Hause war es außergewöhnlich schön, alles voller Stuck, silberner Kerzenständer, Gemälde an den Wänden, die nach echter Kunst aussahen, und jeder Raum mit Flügeltüren zum nächsten. Doch eines Tages war seine Frau weg. Wir wunderten uns, sie hatten sich doch gut vertragen, sie waren immer das gewesen, was man ein schönes Paar nannte. Er war ja so ein bisschen feist, das machte die grazile Frau aber wett. Und bei aller Feistigkeit hatte er immer ein freundliches Lächeln im Gesicht, war immer ausnehmend gut gekleidet, selbst wenn er den ganzen Tag nur im Kontor saß und Papierstapel durchsah. An dem hätteste nie Ärmelschoner gesehen. Der war ein Mann aufn Punkt, durch und durch elegant und weltmännisch irgendwie. Und nun hieß es, er hätte seine Frau nach Berlin geschickt, die beiden Söhne waren schon dort bei seiner Schwester. Dabei waren die Jungs doch noch mitten in der Schule. Aber in solchen Kreisen ging das wohl einfach, und die Hauptstadt lockte, gerade wenn man aus einer rußigen Stadt wie unserer dahin blickte.

Dann war Kristallnacht. Ich erinnere genau, wie ich am nächsten Tag fassungslos vor den demolierten Auslagen stand, mit den Füßen in der roten Farbe, die überall ausgekippt war. Und meine ganzen schönen Handschuhe steckten in Fässern mit Fleischsalat. Wir räumten alles schnell auf, damit der Schock für den Fürstenheim nicht ganz so groß werden würde.

Doch der Fürstenheim kam nicht. War auch mittags noch nicht da. Abends ging dann einer von uns hin. Und am nächsten Tag wussten wir's.

Fürstenheim war in seinem Keller erschossen worden. Grade mal ein paar Meter von uns die Weststraße runter, ich konnte seine Villa vom Küchenfenster aus sehen. Jeden folgenden Tag sprach sich etwas Neues herum. Die Frau war für einige Erledigungen aus Berlin gekommen, die Eheleute abends gemeinsam zu Bett gegangen. Morgens um fünf holten zwei SA- und zwei SS-Männer den Hausmeister aus dem Bett. Zwei gingen mit ihm rauf bis zur verschlossenen Schlafzimmertür. Zwei andere nahmen sich eine Leiter, um über die Veranda ins Haus zu kommen. Die Frau Fürstenberg hat um ihrer beider Leben geschrien, doch sie wollten nur ihren Mann. Trieben ihn im Schlafanzug runter in den Waschhauskeller. Erschossen ihn dort. Ida Fürstenheim konnte zu Nachbarn fliehen und am selben Tag zurück nach Berlin. Seine Leiche holte die Gestapo später ab. Er wurde verbrannt und die Asche an seine Frau nach Berlin geschickt.

Von der Nacht an saßen diese Familien nur noch auf ihren Koffern. Immer auf dem Absprung nach wohin auch immer. Palästina. Die Schweiz. New York. Waren ja alle ganz anders gebildet als wir. Die offenen Fenster, wenn sie gegangen waren. Wer gegenüber wohnte, sah, dass etwas nicht stimmte. Dass etwas anders war als am Tag zuvor. Dass dort niemand mehr in der Küche stand und keiner am Fenster saß und Zeitung las. Eine einzige Nacht hatte wie ein Schwert die Zeit zerschlagen und sie in davor und danach geteilt. Da waren die Fenster, die offen gelassen und die Fenster, die nicht geschlossen worden waren. Die einen aus einer Unachtsamkeit heraus, die nach einem kräftigen Regen das Parkett in der Stube aufwellte. Die anderen waren so gemeint.

Die Ehepaare, ganze Familien, sie gingen gemeinsam, wie sie auch gemeinsam am Tisch gesessen hatten. Und unsereins konnte wieder nur gaffen, aber was hätten wir denn tun sollen. Später wussten alle so gut Bescheid, wer wann warum wohin gegangen oder geholt worden war. Und warum die Möbel geblieben und auf dem Judenmarkt verkauft wurden.

Wer konnte denn ahnen, dass der gesenkte Blick die Todesangst in ihren Augen verbarg?

Diese Angst in jedem von uns vor dem, was kommt, weil es unweigerlich kommt und sich nicht abwenden lässt. Erst viel später die Erkenntnis, dass diese Angst sogar noch eine grausamere Stufe kannte in dem Moment, als sie im Lager ankamen. Da gab es ein Nach links!, und da gab es ein Nach rechts!, und auf der gerade in diesem Moment falschen Seite war Todesangst die Angst, die alle vereinte, die auf der falschen Seite standen. Mir brauchte keiner mehr was von Todesangst zu erzählen, so ruhig wie wir anderen aufs Grabeloch zuschreiten. Dabei hatten sie es ebenso verdient, die Loesers aus der Heinrich-Beck-Straße, neben dem Herrenausstatter unten am Markt die ersten Juden in Kaßbergen. Beobachteten aus dem Fenster, wie die Glaubensbrüder ihre großen und schweren Karossen vor dem Gang in die Synagoge hier abstellten, und erschienen immer als Letzte in der Synagoge. Schlicht gekleidet und Hand in Hand.

Ich kannte die Frau aus dem Tietz. Anni Loeser kaufte bei mir ein und war immer gesprächig. Zwischen feinstem Leder in Handschuhen und Brieftaschen erfuhr ich ein wenig vom Zwiespalt, der die Alteingesessenen von den ständig Hinzuziehenden entfernte. Sie und ihr Mann Alfred waren als einfache Leute, als kinderloses Ehepaar, Hausfrau und Textilhändler, aus Pommerellen von der Weichsel an die Chemnitz gekommen. Hatten als Erste ihrer Glaubensgemeinde eine Wohnung in Kaßbergen bezogen. Wer sonst noch aus dem Osten zuwanderte, wohnte in den proletarischen Vierteln um die Zschopauer Straße. Dann wurden sie reich, und auch diese Familien zogen auf den Berg, von wo sie fortan auf die Stadt und auf ihre jüdischen Nachbarn herabblickten. Ihren Status unterstrichen sie, indem sie das Bethaus in der Theaterstraße der Synagoge am Stephanplatz vorzogen, welche den Eroberern, so die werte Frau Loeser, zu liberal erschien.

Es war an einem Wintertag 1941 und das Tietz nur noch Marinelager, als ich die Frau nach Jahren wiedersah. Hörte das Wimmern von Weitem und sah erst beim Einbiegen in ihre Straße, dass sie es war, die hilflos auf den vereisten Gehwegplatten lag, unfähig, allein wieder auf die Beine zu kommen. Ich half ihr hoch. Sie sei ausgerutscht, nichts sonst. Sie hatte dabei diesen wirren, angsterfüllten Blick, wie ich ihn im Leben nicht wieder sah. Es war noch früh am Abend und trotz der grauen Zeit noch einige Eingemummte unterwegs neben denen in Militärmänteln. Ob ich denn noch in der Weststraße wohnte, fragte sie mich. Von dort, Nummer 73, sei die Frau Mühlfelder in das jüdische Altersheim verbracht worden. Ihr Mann hatte die Synagoge am Stephanplatz geweiht. Die Witwe des Rabbiners sei blind und taub und schon 90 Jahre alt.

Aber wenn sie denn nun im Altersheim sei, noch dazu einem jüdischen, dann sei doch für sie gesorgt, sagte ich in meiner Ahnungslosigkeit. Kannte ich diese Frau doch ebenso wenig wie mich irgendwer kannte von denen.

Gesorgt hätten ihre Kinder Amon und Therese für die Dame, aber die hatten ins Judenhaus gemusst, sagte Frau Loeser mehr zu sich als zu mir und klopfte sich die Eisklümpchen vom Mantel. Was familiäre Fürsorge und Verbindungen waren, bestimmte längst eine andere Macht, fügte sie mit deutlich schärferem Ton hinzu, und ob ich denn nicht wüsste, wo ich lebte. Auf Wiedersehen, sagte sie noch, und der böse Zug um ihren Mund schien diesen Wunsch nicht zu meinen.

Im Mai 1942 dann auch Familie Kupferberg. Wieder Gestapo, das dritte Mal in einer Woche. Wir hatten vom Bombenangriff auf Köln gehört, die Zerstörungen der Domstadt hielten uns in Atem. Ich gerade schwanger, hatte keine Vorstellung, in was für eine Welt ich dieses Kind in wenigen Monaten hineingebären würde. Die Stimmung über Nacht verändert. Auch ich nicht frei von dem Gedanken, Leute wie die Kupferbergs könnten sich freuen über das Inferno, das nun der Feind über uns brachte.

Doktor Kremer raunte von Fußtritten, die der alte Kupferberg bei ihm behandeln lassen musste, weil eine Rippe angebrochen war. Und dass die Gestapo jedes Mal das gleiche Chaos wie beim letzten Überfall hinterließ und Kupferbergs eigentlich nur noch am Räumen waren. Das Gebrüll aus Schwein, Judenschwein, Judenhure, Säue, Miststück, es hallte so laut ins Treppenhaus, dass ich mir die Ohren zuhielt. Und dann der Tag, an dem die Kupferbergs, und auch die sechzehnjährige Ilse-Lotte, eigenhändig die schweren Gemälde abhängen und durch das ganze Treppenhaus nach unten in ein Militärfahrzeug tragen mussten. Auf dem Trottoir noch hielt Kupferberg ein Bild in der Hand, ein Porträt seiner Tochter, von Liebermann gemalt, wie ich später in unserem Kunsthütten-Verein erfuhr. Er schaute es ein letztes Mal an, dann riss es ihm einer aus den Händen, haute es ihm über den Schädel, bis der Rahmen wie eine Halskrause auf den Schultern saß. Schön siehst du aus!, hörte ich noch, bevor ich meinen Kopf aus dem Fenster zurückzog. Ich vernahm Ohrfeigen und Tritte, mit denen der Mann zurück ins Haus gestoßen wurde. Der Chauffeur des Gestapoautos wartete, bis auch der Letzte aufgesprungen war, dann fuhren sie davon.

Nun sollte es mir egal sein, ob mein Twinset zu schäbig und des Häuptlings Avancen einer Frau Kupferberg gegenüber zu offensichtlich waren, und ich ging nach oben in den vierten Stock.

Die Wohnungstür stand offen, und Frau Kupferberg saß ganz ruhig auf einem Stuhl am Fenster; der Mann und die Tochter sich gegenseitig haltend auf dem Sofa. Keinen störte, dass ich ungefragt eintrat in das Durcheinander aus Büchern, zerbrochenem Geschirr, Stoffen und Essensresten.

Frau Kupferberg war leichenblass. Ihre Gesichtszüge wie eingefroren.

»Nur wenn wir uns umbringen, sehen wir sie nie wieder«, sagte sie sehr ruhig und wissend, dass sowohl ihre Tochter als auch ich die Worte hören konnten.

Denken Sie an ihre Tochter, dachte ich nur und sagte es nicht. Ich hatte doch keine Ahnung.

Der Vorrat an Veronal bei Doktor Kremer hatte sich im ganzen Viertel herumgesprochen. Er selbst sagte, dieser Absatz rette ihn über die magere Zeit.

Am nächsten Tag um sechs Uhr rasierte der Häuptling wie immer seinen Bart, während ich ihm Kaffee brühte. Nebenan bei Kremer so ein Lärm, dass ich die Tür einen Spalt weit öffnete. Ilse-Lotte aufgebracht und erregt. Ihre Mutter schlafe sehr tief und atme sehr schwer. Der Doktor solle mitkommen. Er ging schließlich mit, wohl wissend, wieviel Veronal er in den letzten Tagen allein dieser Frau verkauft hatte.

Die Gestapo kam später, da war Frau Kupferberg wohl übern Berg. Brüllten was von Tarnung und Sabotage, als die Kupferbergs gerade auf der Höhe unserer Tür waren und nach unten, raus aus dem Haus, geschubst und in ein Auto verfrachtet wurden. Frau Kupferberg noch immer mit der Haltung, vor der ich mich klein und schäbig fühlte und die ich von diesem Tag an nie wieder an einer Frau erlebte, so wie ich auch die Kupferbergs von diesem Tag an nie wieder sah. Auch nicht die Loesers, auch nicht Frau Mühlfelder, und bei den Salgos gegenüber hatten im selben Mai 1942 wochenlang die Fenster offen gestanden.

Die Synagoge hatte gebrannt in der Nacht, in der Hermann Fürstenheim erschossen wurde. Warum heute nicht ein einziger Stein daran erinnert, fragt komischerweise keiner.

Wir kannten diese Menschen eigentlich gar nicht. Und wenn schon. Manchmal stehst du eben nur da, wenn du dich bewegen solltest. Weil dich jeder falsche Schritt in den Abgrund fallen lässt, der die anderen schon verschlungen hat.

Bei Herrn Hegewald war immer noch das Europa der Aufklärung dran, aber wer klärte uns denn endlich über das Land auf, das unser Land war?

Ich war Thälmannpionier und verabschiedete mich von meiner abenteuerlichen Geschichte mit dem Attentat auf Thälmann, als er auf unserem Opernhaus stand. Thälmann war wohl doch in Buchenwald ermordet worden, wie zahllose Kommunisten, Sowjetsoldaten und Juden.

Wenn es überall im Land Juden gegeben hatte, die deportiert und ermordet worden waren, dann doch ganz bestimmt auch in Kaßbergen. Wo hatten sie gewohnt, wie sahen sie aus, was unterschied sie von den anderen so, dass die Nazis einen Ariernachweis verlangten, damit sich die anderen als wertvollere Menschen fühlten?

Kein Straßenname erinnerte an sie, die gehörten den Antifaschisten.

Hatten Juden überlebt und waren neue gekommen? Wohin gingen sie zum Gottesdienst? Gab es eine Synagoge in Kaßbergen?

Die einst hochherrschaftlichen Häuser in der Harlaßstraße mit ihren verwitterten Fassaden waren gesprächiger als meine Großmutter. So reich dekoriert waren sie nicht für Arbeiter wie meinen Vater gebaut worden, auch nicht für Sekretärinnen wie meine Mutter oder Polizisten wie meinen Großvater. Und erst recht waren diese Häuser mit ihren stuckverzierten Wohnungen nicht gebaut worden für die mir so liebgewordenen Assis der Bucht.

Bei der Bucht gab es um diese Uhrzeit noch nichts zu sehen. Die schliefen wohl noch, eng aneinander gekuschelt, nur noch zu zehnt in ihrem Großfamilienbett – zwei Mädchen hatten geheiratet und waren ausgezogen. Also ging ich in mein Zimmer und setzte mich an mein Fenster zum Hof. Unsere Lehrer hatten eine Ausfahrt, deshalb hatten wir keine Schule.

Das Wetter richtete sich nach dem Abreißkalender, auf dem der Frühlingsanfang vermerkt war. Brigitte und mein Vater schauten sich einen Garten an. Wollten diesen und alle kommenden Sommer außerhalb von Kaßbergen im Küchwald verbringen.

Die Wohnung war angenehm leer und still an diesem Sonnabendvormittag. Aus einem offenen Fenster bei Krumbiegels klang Chatschaturjans *Säbeltanz* in den Hof. Jetzt war bestimmt auch Michi wach.

Aus einem Küchenfenster roch es nach gebratenen Klopsen, und mein Mittagessen stand in einem Topf zum Aufwärmen auf dem Herd. Soljanka. Je öfter warmgemacht, umso leckerer, hatte mein Vater noch gesagt und ein bisschen neidisch geguckt, weil Brigitte ihn in der letzten Zeit öfter mit Salat versorgte.

»Wenn wir erst unseren Garten haben, dann bauen wir all das Gemüse, das es nicht zu kaufen gibt, selber an. Und dann mach ich uns bulgarischen Schopskasalat mit frischen Tomaten und Gurken, es gibt doch nichts Nahrhafteres und Gesünderes, das obendrein noch schmeckt.«

Der Gesichtsausdruck meines Vaters hatte mir gesagt, dass er sich die Idee mit dem Garten gerade noch mal durch den Kopf gehen ließ. Aber der Termin beim Kleingartenspartenvorsitzenden war für diesen Sonnabend bereits gemacht.

»Und das mit den Tabakpflanzen kannste vergessen, denn mit dem Rauchen wird aufgehört.«

Soweit käm's noch, dachte ich.

»Soweit kommt's noch.«

Das war mein Vater. Für Brigitte tat er wirklich alles. Aber aufgeben würde er das Rauchen *nie*. Zum Termin mit dem Gartenfritzen war er trotzdem brav mitgefahren.

Wer vorne raus keinen Balkon hatte, der hatte einen nach hinten. Eifrige Betriebsamkeit in jeder Luke. In ihren Küchen sah ich Leute mit Kaffeekannen hantieren, bei allen die gleiche Radiomusik, Bayern Drei, daaada – daaadaa – daaadiii – daaa …, Verkehrsmeldungen nach dieser Melodie, die mein Vater immer mit »Ein Auuuto kommmmt, ich huuuuupe!« nachsang. Dann bekam er jedes Mal feuchte Augen und lauschte weggetreten den Staumeldungen auf der A8 von Augsburg nach Bamberg an der Anschlussstelle Richtung Ingolstadt und ebenso nach Salzburg am Autobahnkreuz Dreieck Inntal an der Anschlussstelle zur A93 in Richtung Verona und Brenner mit den Wartezeiten an der Grenze zu Italien. Stau war eine Erfindung des kapitalistischen Westens und mein Vater ganz bestimmt keiner, der unserer Republik den Rücken kehren wollte. Aber in so einem Stau hätte er gern mal gestanden, das sagte er auch. Dieses Freiheitsgefühl. Die Luftmatratzen hinten drinne auf dem Weg zum Gardasee unter Gleichgesinnten, mit Badelatschen auf dem weichen Teer der Autobahn an den Wagen gelehnt eine rauchen, bis es weiterging in den Urlaub.

Das schönste Geschenk neben all den Krawatten, Hemden für gut und Socken, die Brigitte liebevoll für ihn aussuchte, hatte ihm ein Arbeitskollege gemacht. Der wusste mit dem Autoatlas seiner Westverwandtschaft nichts anzufangen und gab ihn meinem Vater. Obendrauf noch einen abgelaufenen Quellekatalog für Brigitte. Oft sah ich die beiden abends auf dem Sofa so vertieft blättern, dass sie sogar vergaßen, den Fernseher einzuschalten. Der eine schaute sich Städte an, in die er nicht fahren durfte, die andere Anziehsachen, die es nicht zu kaufen gab.

Die Geschäftigkeit in den Küchen und auf den Balkonen in unserem Hinterhof beobachtete ich genauso interessiert wie sonst vorneraus das Treiben der Bucht. Wie Insassen in Einzelhaft retteten sich die Leute aus ihren Zellen in die drei Quadratmeter Grün, das sie sich mit Höckerchen, Tischlein und Blumentöpfen zupflasterten. Ein solcher Auftakt des Frühlings ließ sie das graunasse Halbjahr vergessen, das hinter ihnen lag.

Ich schaute gern aus dem Fenster oder vom Balkon. Das war so richtig meine Welt. In dem Mikrokosmos unseres Hinterhofs gab es keine Schilder, die einen jeden Tag mit ihren Aufforderungen *Auf zum …, Vorwärts zum …* vor sich her trieben.

Hier herrschte eine andere Betriebsamkeit. Hier schienen völlig andere Menschen zu leben als jene, welche die Banner aufhängten und darunter strammstanden. Hier duftete und roch es, hier schimpfte, liebte, furzte und rülpste es, das Leben. Und auf einem Balkon gegenüber säte es und topfte es um, raus aus der Keramik, rein in den Blumenkasten mit den Pelargonien.

Das Gekreische der Kinder würde anhalten, bis sie zum Essen raufmussten, dann Mittagsschlaf, dann ging es mit neu geschöpfter Kraft noch mal richtig von vorne los. Sie hüpften von der Mauer über die Mülltonne aufs Erdbeerbeet von Herrn Glockenbach. Das musste man erst mal schaffen. Und waren dumm genug, dabei so laut zu schreien, dass der natürlich auf den Hof gerannt kam und dort noch lauter brüllte als sie.

Im Biounterricht bei Frau Nebel hatte ich etwas über Osmose gelernt. Osmose gefiel mir gut, da ging ohne Ecken und Kanten und Zacken und Haken das eine ins andere über.

Ich entwarf mir eine osmotische Welt, die wie ein Perpetuum Mobile funktionierte, das wir gerade im ersten Jahr Physikunterricht durchnahmen. Meine Welt ernährte und reinigte sich selber und hielte sich selbst am Leben. Es gäbe weder Überfluss noch Mangel. Jedes Ehepaar hätte genau ein Kind, damit es keine Streitereien gab. Weil die Kinder keine Geschwister hätten, freundeten sie sich untereinander an, wie die Kinder unten im Hof. Die erste friedliche Generation wäre geschaffen. Jede Familie hätte ein Auto. Das Kind würde damit morgens zum Kindergarten oder zur Schule gefahren, und die

Eltern brächten sich damit gegenseitig zur Arbeit. So würde das Fahrzeug maximal ausgelastet. Alles Notwendige für den Tag, die Woche, das Jahr würde auf dem Weg im Auto besprochen. Benzin für das Auto gäbe es immer. Es sprudelte aus den sozialistischen Bruderländern Rumänien und Sowjetunion. Als Beilagen zum Essen wären Kartoffeln, Reis und Eierteigwaren vorgesehen. So würden die Leute geschult, sich beim Kochen etwas einfallen zu lassen und mit reichhaltig vorhandenen Gewürzen zu experimentieren, die zudem die Verdauung förderten. Nur Kühe und Schweine dürften geschlachtet werden. Alle anderen Tiere würden für Zoos gezüchtet und dort regelmäßig besucht. Haustiere wären verboten. Wellensittich Moritz wäre bis dahin sowieso gestorben, da er niemals so alt würde wie der Papagei von Humboldt. Ohne Haustiere kämen weder Schmutz noch Keime in die Wohnung. Als Alkohol gäbe es nur Wein und Bier und keine harten Schnäpse und somit auch weniger Keilereien in den Gaststätten. Jeder Betrieb würde von einem Betriebsleiter geleitet. Die Arbeiter wechselten turnusmäßig einmal im Jahr ihre Arbeitsstelle von einer Abteilung in die nächste. Alle bekämen das gleiche Gehalt. Jeder lernte alles. So entstünde kein Neid. Nur der Betriebsleiter bekäme pro Jahr ein Monatsgehalt mehr als die Arbeiter. Wenn er in Rente ging, rutschte ein erfahrener Arbeiter nach und leitete fortan den Betrieb, den er schon lange kannte. Kindergärten, Schulen und Betriebe hätten die gleichen Öffnungszeiten, dann erst öffneten die Läden. Wer einmal knapp bei Kasse war oder sich ein Haus bauen wollte, könnte tagsüber in einem Betrieb und abends in einem Laden arbeiten. Die Schule ginge für alle von der ersten bis zur zehnten Klasse. Es gab nur die Noten »gut« und »schlecht«. Und was es über Menschen zu lernen gab, die aus unserer Mitte verschwunden und nicht wieder aufgetaucht waren, das würde in der Schule unterrichtet werden.

Ohne es zu wissen, war ich ideologisch ziemlich nah dran am Kommunismus, der auf den Wänden geschrieben stand.

Helmut

Vom Kaiserplatz sollte es in die Hoffmannstraße gehen. Eine Anschrift mit einem so glanzvollen Namen wollten die Eltern hergeben für einen Hoffmann, der klang wie jeder Dritte hier, der nicht eben Löffler oder Schumann hieß. So dachte Helmut Flieg, bis der Vater ihn einmal mitnahm die Straße runter zu dem Doppelhaus mit den zwei mächtigen Portalen und halbrunden Türmen oberhalb der Fassade.

Die Wohnung, noch ganz ohne Möbel, machte was her, und sie machte dem Jungen Angst. Er würde sich verlaufen und die Eltern aus den Augen verlieren jeden Morgen und am Abend. Ehrfürchtig ging Helmut an der Hand des Vaters durch die Räumlichkeiten. Auf das holzgetäfelte Herrenzimmer folgte der Salon mit blausilberner Tapete, dahinter das Speisezimmer mit Schiebetür und gleich daneben Helmuts Zimmer, das an den Wintergarten grenzte. Im zweiten Trakt dann die Küche, ein paar Kammern und eine weitere Toilette neben dem Dienstmädchenzimmer. Das Zimmer des kleinen Bruders grenzte ans elterliche Schlafzimmer, von wo man einen herrlichen Blick in den Garten hatte.

Trotzdem fürchtete Helmut den Umzug. Ihm war langweilig ohne seinen Freund Rudolf Leder, mit dem er die Aufregung nicht teilen konnte, um sie kleiner zu machen. Jedes Jahr in dieser klebrigen Frühlingszeit kurierte der seine Lunge im Sanatorium. Reinigte sie vom Auswurf platzender Samen und vom Rauch der vierhundert Schlote. An denen gemessen, müsste *diese* Stadt Essen heißen und nicht die im westlichen Revier, sagte der Vater gern.

Auf seinen Spaziergängen mit dem Vater durch Kaßbergen

blieben sie oft stehen an der Hohen Straße für den weitgreifenden Ausblick ins Tal. Neben den Kirchtürmen, die in den Himmel ragten, zeigten die Schlote den Menschen an, woher der Wind wehte.

Bevor sein Freund Rudolf abreiste in sein Sanatorium, hatte er Helmut noch einen Schatz gezeigt. Hatte ein metallenes Ding aus der Hosentasche gezogen und ziemlich damit angegeben, weil's angeblich ein Orden war vom Vater aus dem Krieg.

Warum brachte der so etwas von dort mit?, fragte Daniel Flieg seinen Sohn Helmut und haute mit der Faust auf den Tisch. Und dann durfte Helmut wieder raus zum Spielen, aber nicht Krieg, wenn es denn, bitte schön, ginge, gab ihm der Vater noch mit.

Rudolf war abgereist und keiner da zum Spielen. Weder ein Räuber noch ein Gendarm. Nur die ungleichen Gehwegplatten, über die er hüpfte, damit die Zeit verging hier draußen.

Ausgerechnet Flieg musste er heißen. Einen so meschuggen Namen vor sich her tragen zu müssen öffnete sein Ohr für den Spott, den sie sangen, sobald er aus der Tür trat.

»*Wenn ich ein Vöglein wär und auch zwei Flügel hätt, flög ich zu dir …*«

Er solle sich nicht necken lassen von den Goyim. Die wüssten es halt nicht besser.

Das sagte sich für den Vater so leichthin, weil es ihn nicht selbst betraf. Der hatte gut reden von den Zores seines Sohnes wie der Blinde von den Farben.

Der Vater war ein stattlicher Mann, das schwarze, glänzende Haar mit exaktem Scheitel. Das Gesicht mit dem tiefen Grübchen auf dem Kinn, das mit der Zornesfalte auf der Stirn im ständigen Wechselspiel schien. Die Stirn gewann die Oberhand seit ein paar Wochen. Genau genommen, seit der Vater aus Wien zurückgekommen war.

Im Esszimmer standen für den Umzug bereits alle Bücher verstaut in Kisten aus Holz und Karton. In der Mitte blieb wie ein Heiligtum unangetastet der Tisch mit den sechs Stühlen, an dem sie jeden Abend zu viert gegessen, aber immer noch Platz und Speise und ein Gedeck für einen unangemeldeten, hungrigen Gast bereitet hatten. Was der Goy nur an seinem Heiligen Abend zelebrierte, war in Helmuts Zuhause die Moral der Geschichte eines jeden Tages.

So stand auch an jenem Abend das Essen für fünf bereit. Als es an der Wohnungstür klingelte, wurden sie vier. Der Vater war zurück. Stellte seinen Koffer in die Ecke, schaute bedrückt, bevor sich für einen Moment seine Gesichtszüge erhellten. Allein vom Duft und dem Klang des Nachhausekommens.

Wie nebenbei war ein Abendessen aus Kischkes entstanden. Hatte die Mutter ihre vom Packen der Bücher staubigen Hände gewaschen und dann aus Kartoffeln, Zwiebeln, Mehl, schwarzem Pfeffer, Salz, Gänseschmalz und Petersiliengrün Gebratenes gezaubert.

Für Helmut war es immer wieder Magie: wie sich die Mutter in eine andere verwandelte, wenn der Vater auf Vertreterreise war. Eben noch schaffte sie Ordnung in der Wohnung und in den Schulranzen ihrer Jungen. Fand sogar noch einen Blumenstrauß in den wenigen Minuten, für die sie zum Einkaufen die Wohnung verließ. War alles arrangiert, verschwand sie im Schlafzimmer, von wo sie zurückkam in einem schwarzen Kleid aus weichem Kammgarn. Es hatte keine Ärmel und endete an den Knien, und sie lief darin immer barfuß herum.

Oft blieb Helmut im Türrahmen stehen und beobachtete seine Mutter in ihrer kleinen Küche, die um sie herum gebaut schien. Wie sie sich einen Schemel an den Herd schob. Ihre Füße waren groß, und sie fingen auf den Holzstreben des Schemels die Bewegungen ab, die die Mutter gedankenverloren machte. Eine Schüssel auf dem Schoß schälte sie Kartoffeln, Möhren, allerlei, was da zum Schälen lag. Vom Herd ging das blecherne Ofenrohr hinauf und im Bogen hinein in die Wand. Davor die Mutter, den Kopf gesenkt, das dunkle Haar zum Knoten, aus dem ein paar Strähnen herausgerutscht waren, die sie sich aus dem Gesicht blies in der Hitze vom köchelnden Sud auf dem Herd und damit sie die Hände nicht abwischen musste vom Schleim der Kartoffeln und Möhren.

Das Essen dampfte aus den Schüsseln, drumherum die Teller. Das Besteck lag auf Stoffservietten, weil es ein besonderer Abend war. Er war besonders, was aber daran lag, dass an dem Vater etwas zu nagen schien.

Helmut war der größere und der Mann im Haus für die Mutter und den Kleinen, wenn der Vater nicht da war. Er wusste in jenem Moment, dass er nicht helfen konnte. Die Angst seines Vaters bedeutete etwas, das Helmut sich mit seinen elf Jahren nicht vorstellen konnte.

Nach dem Gebet fing der Vater an zu reden. Ganz ruhig zu Beginn, dann immer schneller und zum Schluss ziemlich laut, obwohl es keinen Einwurf, kein Widerwort gegeben hatte. Der kleine Bruder Werner war erst sechs. Den interessierten nur die dampfenden Kischkes. Er schob auf seine Gabel, was die Mutter aus dem Kalbsdarm gelöst und ihm mundgerecht auf dem Teller aufbereitet hatte. Die Mutter schwieg, wie sie es von ihrer Mutter gelernt hatte und nun in der eigenen Ehe befolgte. Helmut war zu starr, ein Wort zu sagen, denn er hatte ein Ohr dafür, ob sein Vater etwas einfach nur erzählte oder etwas Bestimmtes damit sagte.

Er habe einen Film gesehen in Wien, sagte der Vater.

Über eine Stadt ohne Juden.

Wie erst alles gut war. Wie sich dann aber zwischen Angst vor Verlust und revolutionärer Erregung ein weiteres Gefühl einschlich und zum Ressentiment wurde. Wie die Ausweisung der Juden folgte und darauf ein kurzer Aufschwung. Der aber gebremst wurde von der Verdorfung der Stadt und ihrem kulturellen Verfall. Wo nur noch Werke von Ganghofer aufgeführt und Kaffeehäuser zu Stehbierhallen gemacht wurden. Er habe im Kino gesessen wie lebendig begraben. Und seit er wieder da war, spüre er es auch hier. Es sei, wie in einer Holzkiste zu liegen, und dann kommt einer daher und legt einfach die Hand auf das Loch, das dir Atemluft lässt.

Die Mutter hatte die beiden Jungen schnell ins Bett geschickt. Ihre Teller waren noch nicht leer gegessen.

Das waren noch unbeschwerte Zeiten gewesen im Vergleich. Regen trieb erdigen Geruch aus der Erde. Aus Baumringen stieg der Geruch von Wald und lebendem Boden. Wurzeln stießen an Gehwegplatten. Gaben dem ganzen Großen da oben Halt für die nächsten hundert Jahre.

Was würde in hundert Jahren sein, fragte sich Helmut Flieg, während er, wie schon als Junge, die Schrittlänge den Gehwegplatten anpasste. Von Weitem sah er aus wie ein verlorenes Kind. Von Nahem erst sah man die strenge Falte auf seiner Stirn und auch, dass er längst kein Kind mehr war.

Der Junge vom Kaiserplatz schrieb Gedichte, wie andere Kreuzworträtsel lösten. Und für eines davon war er heute von der Schule geflogen.

»Gehen Sie, Flieg, verlassen Sie die Schule!«, hatte im befehlenden Ton der Rektor gesagt, was im Schreiben an die Eltern sanfter klang mit den Worten: »Das Lehrerkollegium des Staatsgymnasiums erteilt dem Primaner Flieg das *consilium abeundi*, den Rat, die Schule zu verlassen.«

Dabei war es noch nicht mal sein bestes Gedicht gewesen. Hätte doch *Die Melancholie vom 5. Stock* genauso viel an Aufmerksamkeit bekommen oder mehr; den Versen wär's zu wünschen gewesen. Das umstrittene hingegen war aus einem Reim heraus geschrieben, »exportieren – Offizieren«, den hatte er sich doch nicht entgehen lassen können. Die restlichen Zeilen hatten sich gefunden, ineinandergefügt und sich und ihn nicht mehr losgelassen.

Was tun wir denn Böses? Wir vertreten doch nur – die deutsche Kultur …

Was er als Triumph ein bisschen auch vor dem Vater herbeigesehnt hatte, wurde von bleierner Schwere erschlagen. Die Mutter ein einziges Häuflein bebender Angst.

Der Vater mit verständnislosem Blick, »Was hast du angerichtet? Weißt du nicht, was so etwas auch anderen von uns tun?«, und der Befürchtung, dass dieses Kind aus dem Brunnen nicht mehr rauszuholen war.

Auf dem Dachboden der Krumbiegels sah es aus wie in *Willi Schwabes Rumpelkammer.* Ein altes Sofa mit herausragenden Sprungfedern an drei Stellen, Stapel alter Zeitungen, mit Bindfaden festgezurrt. Ein Flaschenschiff. Ein Segelschiffmodell. Zwei Flugzeugmodelle, eins ohne Flügel. Ein Schaukelpferd. Ein Gitterbett, gefüllt mit Federkissen und alten Sofadecken, darauf tote Fliegen. Und das leere Aquarium, das noch immer nach verwesten Mäusen stank.

Michi hatte gehört, wie seine Eltern darüber dachten, dass Erich Honecker durch Afrika reiste und denen alles hinten reinschob, wo wir doch selber nichts hatten.

»Das Land musst du dir vorstellen wie eine einzige Anhäufung von Großfamilien.«

Wie eine einzige Bucht also. Alles voller Assis.

»Afrika ist ein Kontinent und kein Land«, korrigierte ich ihn.

»Kontinent oder Land ist dort das gleiche. Südafrika. Nordafrika. Westafrika. Ostafrika. Dort wird nur nach Himmelsrichtungen unterschieden.«

»In der Schule machen wir das auch, aber politisch.«

»Dort machen die das nur geographisch«, sagte Michi, erhob sich und ging los.

Von Michi lernen hieß, echt was lernen. Ich trödelte hinter ihm her runter zu seiner Wohnung. Mutter Kaßbergen hatte viele bekannte Menschen geboren, Schriftsteller beispielsweise und auch den Erfinder der Thermoskanne. Michi Krumbiegels Papa war Dirigent am Opernhaus gewesen.

Durch die Wohnungstür drang Musik.

Michi legte den Zeigefinger auf den Mund und sein Ohr an die Tür. Mit zusammengekniffenen Augen lauschte er kurz. Dann stieß er mit dem Finger in die Luft.

»Eindeutig *Zauberflöte*. Die Luft ist rein.«

Ich kam mir vor wie Benny aus der Olsenbande, der immer blöde lächelnd neben dem klugen Egon stand und nichts kapierte.

Herr Krumbiegel saß auf dem Sofa vor einem Multifunktionstisch, wie ihn mein Vater gern gehabt und Brigitte in unserer Wohnung verboten hatte. Er trug graue Unterwäsche, darüber ein Jackett und an den Füßen dicke Socken in Riemchensandalen.

Ich war erst einmal hier gewesen, als wir in Michis vollgestopftem Zimmer vergeblich seine Zahnspange suchten. Nun entfaltete sich das Wohnzimmer vor meinen Augen in seiner ganzen Pracht.

An der Wand waren zwölf Bilderrahmen mit Gemälden exakt aufeinander ausgerichtet. Eins davon war wieder der *Mann mit dem Goldhelm*. Von der Decke über dem Couchtisch hing ein Wagenrad herab, mit Glühlampen zum Kronleuchter umfunktioniert. Eine Hängepflanze, von Nägeln an der Tapete gehalten, erstreckte sich über die ganze Wand. Auf jeder freien Fläche im Zimmer stand irgendein Gegenstand auf einem Spitzendeckchen.

Hier gefiel es mir.

Eine hohe Männerstimme hallte zwischen den Wänden wider. Flehender Gesang, der Herrn Krumbiegel zu verzaubern schien.

»Guten Tag, Herr Krumbiegel.«

»Komm«, sagte Michi und wollte mich in sein Zimmer ziehen.

Ich konnte mich nicht bewegen. War fasziniert davon, wie selbstverständlich Michis Vater klassische Musik in Unterhosen hörte. So wollte ich auch sein. Ohne all das Gewese mit Abendkleid und goldener Handtasche war so eine Oper doch auch nichts weiter als wunderbare Musik, die aus dem Radio kam.

»Toll.«

Ich wusste nichts anderes zu sagen und stand nur so da. Michi zog mich am Ärmel.

Die Musik nahm Fahrt auf, ein Orchester war unter dem Rauschen kaum zu vernehmen, nur die hohe Männerstimme stach immer wieder durch.

Herr Krumbiegel zeigte auf die Kommode mit dem Röhrenradio.

»Aufnahme von 1922. *Tamino. Dies Bildnis ist bezaubernd schön.*«

»Ja«, sagte ich, immer noch gebannt auf Herrn Krumbiegels Feingeripptes starrend, »ist es wirklich.«

»Fast hätte ich noch Richard Tauber dirigieren können.«

»Knapp an der Weltkarriere vorbeigerasselt«, raunte Michi mir zu.

»Knapp an der Weltkarriere vorbeigerasselt«, sagte Herr Krumbiegel tatsächlich.

Ich wollte höflich sein.

»Das ist ja interessant. Wann war denn dieser Herr Tauber in unserer Stadt?«

»Neunzehndreizehn.«

»So viel zum Thema *knapp*«, raunte Michi.

Herr Krumbiegel überging die Bemerkungen seines Sohnes.

»Der Vater des Belcanto Tauber wurde hier in Kaßbergen geboren. Als Theaterdirektor hat er seinen singenden Sohn natürlich gleich als *Tamino* in Mozarts *Zauberflöte* debütieren lassen. An meinem Opernhaus.«

Ich sparte mir die Bemerkung, dass auch das Opernhaus Volkseigentum und damit unser aller Opernhaus war. Vor mir saß ein echter Dirigent, der nicht mehr arbeitete, aber beinah einen Richard Tauber dirigiert hätte. Das wollte ich dem Minister erzählen. Meine Oma kannte alle Schlagersänger von früher, also bestimmt auch den.

Michi zog mich in sein Zimmer.

»Du hast ja einen interessanten Vater!«

»Ja. So interessant wie Geographieunterricht.«

Der war tatsächlich interessant. Unser Geographielehrer Herr Löß sah zwar immer etwas verwittert aus, lächelte dabei aber über das ganze Gesicht, behielt das Lächeln auch gleich da und schien sich wirklich zu freuen, wenn er uns sah. Sehr anschaulich nahmen wir bei ihm gerade die kapitalistischen Länder Europas durch.

»Als was arbeitet deine Mutti?«

»Im Krankenhaus als Krankenschwester.«

Ich fragte mich, ob sie als eine arbeitete oder sich vielleicht zu Hause als eine verkleidete und ganz woandershin zur Arbeit ging. Ich hatte Michis Mutter erst zwei, drei Mal im Haus gesehen und sie jedes Mal sehr höflich gegrüßt. Sie war eine adrette Frau, bei der alle Sachen zusammenpassten. Handtasche, Halstuch, Armreifen, Ohrringe, Schuhe. Eine ganze Ausstattung in allen Grundfarben. Meine Höflichkeit hatte sie immer nur kurz und mit einem harten Zug um den Mund beantwortet. Ich konnte mir gar nicht vorstellen, dass sie sich um kranke Menschen kümmerte und sie pflegte.

»Und dein Vati hat in unserem Opernhaus dirigiert?«

»Ja.«

»Und warum dirigiert er jetzt nicht mehr?«

»Rückenschmerzen.«

Seitdem säße er nur noch zu Hause, dirigiere und schneide alles aus der Zeitung aus, was mit Musik zu tun hatte, um es irgendwann, wenn er mal alt ist, fürs Stadtarchiv zu archivieren.

»Wenn er mal alt ist, sagt mein Vater immer. Aber er hat auch schon lange nicht mehr in den Spiegel geguckt.«

Im Unterricht bei Herrn Hegewald verschmolzen die Geschichte des Menschen und der Teil der Welt, den ich nie sehen würde, zu einer grauen Front aus Grausamkeiten. Mit ungerührtem Gesichtsausdruck deklinierte er die Verbrechen an der Menschheit von Nazideutschland bis zur Diktatur in Chile durch. Zur Vorbereitung auf unseren Wandertag zum KZ Buchenwald erzählte er uns Geschichten von dort. Auch die von der jungen Mutter, die ihren Säugling nicht stillen durfte. Die mit verbundenen Brüsten das Kind im Arm hielt und ihm beim Verhungern zusehen musste. Oder er erzählte von Chile. Von Victor Jara, den Pinochets grausame Schergen ermordet hatten.

In der Pause auf dem Schulhof wusste es dann jeder besser und musste noch eins draufsetzen. Hasen-Siggi vorneweg. Sein Vater hätte ihm erzählt, Victor Jara habe im Stadion in Santiago de Chile weiter mutig sein Lied gesungen. Also schnitten sie ihm die Zunge ab. Und auch ohne Zunge habe er noch weiter gesungen.

Michi hatte mir die Geschichte anders erzählt. Damit konnte ich jetzt punkten.

»Nee. Die Imperialisten haben Victor Jara die Hände abgehackt. Und trotzdem hat er weiter Gitarre gespielt.«

»Was für eine Schweinerei.«

Ich wusste nicht, ob Hasen-Siggi die Schweinerei im Großen meinte oder die auf der Gitarre im Kleinen, oder ob er einfach sauer war, weil ich es besser wusste.

»Ich glaube, es war die Zunge. Vielleicht ja auch noch die Hände. Werd mal meinen Vater fragen, wer von uns beiden recht hat.«

Generationen von Schülern gaben sie diese grausamen Geschichten mit. Geschichte war grausam, lernten wir daraus.

Aber auch unser Werkunterricht war grausam. Bei den einfachsten Feilübungen am Schraubstock schilderte uns Herr Stückl die übelsten Unfälle, die uns passieren konnten. Bald nannten wir ihn nur noch »das Krankenhaus am Rande der Stadt«. Seine Schilderungen wurden nur von dem wandernden Granatsplitter in seinem Kopf unterbrochen. Hitzig feilten wir weiter, um den Moment seiner Schmerzstarre mit Geräuschen zu überbrücken.

Abends konnte ich stundenlang nicht einschlafen. Zum Geräusch der rasselnden Ketten eingekerkerter Freiheitskämpfer kamen das kribbelnde linke Bein und der drohende Herzinfarkt, die junge Mutter in Buchenwald, Victor Jaras Armstümpfe und das schmerzverzerrte Gesicht meines Werklehrers, während sein Granatsplitter wanderte.

Nur selten erreichten uns gute Nachrichten aus der schlechten Hälfte der Welt. Und die hatten natürlich mit uns Schülern und unseren Lehrern zu tun. Meine Unterschriftensammlung mit der des Betriebsdirektors hatte eines Tages tatsächlich bewirkt, den Generalsekretär der Kommunistischen Partei Chiles, Luis Corvalán, aus dem imperialistischen Joch und den Händen seiner Schergen zu befreien, wie auch die Postkarten voller Rosen Angela Davis aus dem Gefängnis befreit hatten. Mit Blumen und Unterschriften die Welt zu retten, machte Spaß. Bis zu dem Tag, an dem unser Schuldirektor Herr Buchheim geext wurde. Am letzten Schultag vor den Sommerferien hatte er in einer zehnten Klasse ein paar Schwerter und Pflugscharen auf ein paar Jacken übersehen. Das war ihm zum Verhängnis geworden. Der Bruder unseres Direktors Buchheim hatte im Krieg Bilder gezeichnet und danach einen Roman über ein U-Boot geschrieben, der im Westen gerade ins Kino kam. Und unser Herr Buchheim war nun wieder Deutschlehrer in Flöha.

Viele unserer Lehrer trugen den Krieg noch mit sich herum. Unser Russischlehrer hatte eine Metallplatte im Kopf. Herr Stückl ebenda einen wandernden Granatsplitter.

Und Herr Buchheim musste gehen, weil er für den Frieden war.

An dem Schminktisch mit dem dreiteiligen Spiegel hatte ich meine Oma nicht ein einziges Mal sitzen sehen. Die Schubfächer dienten ihr zur Aufbewahrung von aussortierten Lockenwicklern, Schnipsgummis, Wollresten und leeren Plastiktüten.

Ich klappte die beiden Flügel des Spiegels auseinander und betrachtete meine zwei Dutzend dicken Körper, von denen ich mir wünschte, kein einziger gehöre zu mir.

Vor mir lag aufgeschlagen das »nl« und darin der Artikel unserer Eisprinzessin. Sie hieß Katarina und wohnte im Beimlergebiet. Sie atmete dieselbe Luft in derselben Stadt wie ich. Ich vertiefte mich in die Fotos. Die Prinzessin trug eine Latzhose und zeigte dem Fotografen stolz ihren Schreibtisch mit Hochbett. So ein Zimmer wollte ich auch. Und genauso eine Latzhose. Mit so einem Zimmer und so einer Hose würde ich mich ihr näher und mich selbst weniger schlecht fühlen.

Ich nahm immer mehr zu, weil ich nicht aß, sondern fraß. Nicht mal von meinen Schulbroten wurde ich satt. Meist hatte ich sie schon auf dem Schulweg verschlungen und aß dann auch die meiner Mitschülerinnen; jener Mitschülerinnen, die schlank waren und ihre Nickis hauteng trugen. Gelassen gaben sie meinen hungrigen Blicken nach und dann eins ihrer Brote.

Ich klappte den Spiegel zu und ging in die Küche.

Der Minister stellte eine Emailleschüssel auf den Tisch, in der sich frische Brötchen türmten. »Frag mal deine Mutter, ob sie Emma Ihle kennt.«

Dann holte sie ein Paket mit frischer Wurst aus dem Kühlschrank.

»Warum soll ich ihr immer so komische Grüße von dir sagen?«

Meine Großmutter griff zu einem Messer und schnitt ein Brötchen auf.

»Das kannst du deine Mutter auch gleich mal fragen.«

Je mehr Brötchen der Minister für mich schmierte, umso länger würde ich bleiben. Verführerisch dufteten Brötchen und frische Wurst aus dem Papier.

»Aber *du* kannst sie ja auch mal besuchen.«

Der Minister klappte ein Mettwurstbrötchen zu und schnitt das nächste Brötchen auf.

»Ich kann so schlecht fort mit den Beinen. Da kann sie ihre schon mal herschwingen. Hab ich dir schon mal die Geschichte vom Rübezahl erzählt?«

Natürlich hatte sie. Der Geist aus dem Riesengebirge suchte mich regelmäßig in meinen Träumen heim, wenn drohender Herzinfarkt, die rasselnden Ketten der Eingekerkerten und mein eigenes Grabeloch gerade mal Pause hatten.

Eigentlich hatte ich meine Oma fragen wollen, in welchem der Kriege ihre Brüder so grausam gestorben waren. Immerhin hatte sie beide Brüder und beide Kriege erlebt. In der Schule hatte uns Herr Hegewald schon wieder den Zweiten Weltkrieg erklärt. Hatte die ruhmreiche Rolle der Rotarmisten in ihrem Großen Vaterländischen Krieg hervorgehoben und Stalin weggelassen. Mein Blick war zur Landkarte auf der Wand gewandert zu dem großen rosa Fleck, auf dem *Union der Sozialistischen Sowjetrepubliken* stand. Mit zusammengekniffenen Augen hatte ich die Stadt namens *Stalingrad* gesucht. Immer, wenn jemand von Soldaten erzählte, die im Zweiten Weltkrieg gefallen waren, dann hörte ich am Ende des Satzes »in Stalingrad«. Sie waren dort gefallen oder dort geblieben, was das Gleiche bedeutete. Auf Rübezahl hatte ich heute keine Lust.

»Es gab ja zwei Kriege. In welchem sind denn deine Brüder geblieben?«

Der Mettwurstzipfel war leergekratzt. Der Minister griff zur Leberwurst und schmierte das nächste Brötchen.

»Jeder Krieg hat einen Bruder von mir abgekriegt. Der erste den ersten. Der zweite den zweiten.«

Der erste war Albert. Und er war der Liebling der Mutter gewesen.

»Albert. Er war der Liebling meiner Mutter.«

Ihn hatte es gleich in den ersten Tagen an der Front erwischt.

»Gleich in den ersten Tagen an der Front hat es ihn erwischt.«

Der Minister hielt mit dem Schmieren inne.

Ich hob den Kopf. Schaute in ihre Augen. Glasklar und blau, kein bisschen trübe. Ein kleines Lächeln in den Fältchen ringsum.

Zum ersten Mal wurden mir die Zerbrechlichkeit und Kraft meiner Großmutter bewusst. Und was sie ausgehalten hatte in zwei Kriegen. Wie viele Tränen sie vergossen haben musste. Und dass sie zwischen Bombeneinschlägen ein Mädchen aus sich herausgepresst hatte, das zweiundzwanzig Jahre später meine Mutter geworden war.

Jetzt würde der Minister auf den Korporal zu sprechen kommen.

»Die ganz jungen, die hatten meist einen in der Kompagnie, der noch ein bisschen auf sie aufpasste. Bei meinem Bruder war es ein Korporal. Und dieser Korporal war es auch, der meiner Mutter die Nachricht überbrachte. Zusammen mit der zusammengelegten Uniform und dem Eisernen Kreuz vom Kaiser.«

Sie zerquetschte einen großen Batzen Butter und Leberwurst zwischen zwei Brötchenhälften und ging über zur Salami.

»Und wo starb der zweite?«

Das fragte ich sie zum ersten Mal. Immer hatte der Minister drauflos erzählt, und ich hatte sie erzählen lassen. Von

Wasser und rohen Getreidekörnern im Magen ihres Bruders. Ich hatte ihre Worte durchgewunken wie ein Verkehrspolizist Autos an einer Kreuzung.

»In Bautzen.«

»Hier in unserem Land?«

»Klar hier in unserem Land. Nicht weit weg von Kaßbergen.«

»Und das war im zweiten Krieg?«

»*Nach* dem zweiten Krieg.«

»Dein Bruder hat den Krieg überlebt und ist dann trotzdem gestorben?«

»Ist nicht gestorben, sondern wurde von den Russen umgebracht.«

»Von den ruhmreichen Rotarmisten?«

»Genau von denen.«

Ich war entsetzt. Es konnte doch nicht sein, dass meine Großmutter einen Faschisten zum Bruder gehabt hatte, ich sogar mit einem verwandt war.

»Aber die Sowjetarmee hat doch nur Faschisten ermordet!«

Sie hatte das letzte Brötchen geschmiert, zugeklappt und schob mir nun den Teller mit fünf Brötchen rüber.

»Iss. Du hast lange Seiten.«

Gierig griff ich zu.

»Also ist keiner deiner Brüder in Stalingrad geblieben?«

»Bis dahin ist keiner von ihnen gekommen. War ihnen wohl nicht vergönnt.«

Der Minister lachte knarzend, ohne wirklich zu lachen. Sie knarzte nur wie eine alte windschiefe Tür, die der Wind in den Rahmen presste.

»Stalingrad heißt jetzt Wolgograd. Da hätte ich ja noch lange suchen können auf der Landkarte.«

»Natürlich!«, sagte meine Großmutter streng, »Stalin ließ sich am besten mit der Wolga, einem harmlosen Fluss, ersetzen, bevor man wieder auf das falsche Pferd setzt mit einem Heldennamen.«

»Da haben wir ja Glück mit Karl Marx. Hat sich für die Arbeiterklasse eingesetzt.«

Meine Oma schaute mich an wie eine Fremde.

»Eine Stadt voller Arbeiter nach einem Schreibtischhengst zu benennen! Oder war der einmal am Ofen oder im Schacht? Hat der überhaupt 'n Beruf gehabt?«

Sie sah nicht aus, als erwartete sie eine Antwort von mir.

»Hat sich sein Schreibtischleben von einem Kapitalisten namens Engels bezahlen lassen. Aber auch das durfteste nie laut sagen. Wurde schön mit Transparenten vorm Nischl weggewedelt.«

Drei von fünf Brötchen hatte ich schon verdrückt. Aß ich noch schneller, würde sie gnadenlos nachschmieren. Also lehnte ich mich erst mal zurück.

»Jedenfalls haben die uns damals nicht mal gefragt. Aber als der Grotewohl zur Umbenennung kam, hamse alle gejubelt. Zwölf Uhr mittag am Stalinplatz hat er den Abordnungen zugewinkt. Von überall kamense her. Stahlwerk Riesa, die Pionierleiter aus Bautzen, die Deutsch-Sowjetische Freundschaft, die Kampfgruppen. Und zu was hamse sich nicht alles verpflichtet. Regelmäßige Hausversammlungen zu machen und freiwillige Normerhöhung. Sogar gedichtet hamse: *So werden wir würdig des größten Sohns, den Deutschland der Welt gegeben. Trotz Geifer und Spott, trotz des Spießers Hohn: Der Sozialismus wird leben!* Und dein Uropa mittendrin.«

Ich griff mir das vorletzte Brötchen.

»Mein Uropa, der Bürgermeister?«

Der Minister seufzte.

»Ach Mensch! Das ist ja der, von dem hier keiner redet.«

Sie drückte meine Hand, als ob sie das Gesagte bedauerte.

»Dann ging's weiter mit dem Umbenennen, bis aus Barbarossa schließlich Rudolf Harlaß wurde. Nur aus dem Rübezahl haben sie noch keinen Adolf Hennecke gemacht. Kommt aber auch noch. Wart's nur ab. Der und Frida Hockauf waren die *ersten* Aktivisten der Stunde.« Der Minister hielt den Kopf schief. Wellensittich Moritz machte es ihr nach.

»Nee, warte mal. *Aktivisten* der ersten Stunde waren das. Die Hockauf war Weberin. Hat den Plan mit meterweise Stoff übererfüllt. Nach dem Motto: Wie wir heute arbeiten, leben wir morgen. Musste dir nicht merken. Stimmt eh nicht. Oder hätte ich sonst etwa jetzt zur Rente so krumme Knochen?«

Sie hob ihre Hände, die vom Brötchenschmieren schmerzten, und betrachtete sie, als gehörten sie nicht zu ihr.

»War Hennecke der Mann von der Hockauf?«

»Nee, der hatte mit ihr nichts zu tun. Aber wo ein Mann ist, muss auch eine Frau hin, so ist das auch bei den Aktivisten.«

»Und bei Rosa Luxemburg und Karl Liebknecht.«

»Und bei Adam und Eva.«

»Al Bano und Romina Power.«

»Quasimodo und Esmeralda.«

»Maja und Willy.«

»Tristan und Isolde.«

»Tarzan und Jane.«

»Und jetzt ist gut. Iss, dassde wirst.«

Ich griff zum letzten Brötchen.

»Hennecke«, nun hatte meine Oma den Faden wieder. »Der hat ’ne Sonderschicht gefahren. Steinkohle aus dem Schacht geholt. Mehr als je einer zuvor. Arbeitsnorm mit dreihundertsiebenundachzig Prozent übererfüllt.«

Unvermittelt legte mir der Minister die Hand auf den Kopf. Ich fühlte mich aufgehoben, hätte keine Mutter gebraucht, keinen Vater, keinen Michi Krumbiegel, schon gar keinen Heinz Gustloff, sondern nur den Minister. Mein Leben hatte schon gut angefangen. Mit dem richtigen Menschen an meiner Seite. Das spürte ich in diesem Moment, der sich zu einer kleinen Ewigkeit dehnte. Trotzdem war mir ihre Berührung nicht ganz geheuer.

»Was ist denn?«

»Ich hab dich lieb.«

Das hatte sie noch nie zu mir gesagt. In unserer Familie

wussten wir alle, dass wir uns gegenseitig liebhatten. Das mussten wir uns nicht noch sagen. Ich konnte mir auch nicht vorstellen, dass Herr Krumbiegel so was zu seiner Frau oder seinem Sohn sagte. Trotzdem waren sie eine Familie und hatten sich wahrscheinlich lieb. Die Worte des Ministers klangen, als spräche sie eine Filmszene nach. Aber ich freute mich darüber.

»Ich dich auch, Oma.«

Der Brötchenteller war leer, und draußen war es dunkel geworden.

»Diese Aktivisten hießen Normbrecher. Erst besser arbeiten, dann besser leben, flöteten sie. Und wenn sie dann in Rente gingen, sindse an ihrem wunderbaren Leben gestorben. Der Hennecke hat in Berlin ein hundertprozentiges Begräbnis gekriegt. Mit allen Hundertprozentigen ums Grabeloch und roten Nelken als letztes Geleit.«

Der Minister hatte mir eigentlich von Rübezahl erzählen wollen. Und bei den Aktivisten der ersten Stunde waren wir gelandet. Bei ihr wusste ich nie, wohin ihre Geschichten führen würden. Ich wusste nur, dass sie mir nicht alle erzählte.

Iss auf. Die hungernden Kinder in Afrika hätten gern so etwas zu essen wie du.«

»Diese Assis?«

Meinem Vater fiel beinah das Besteck aus der Hand.

»Wie bitte?«

»Na, die afrikanischen Assis!«

»Woher hast du das?«

»Von Michi.«

»Das darfst du aber nicht laut auf der Straße sagen!«

Dabei wollte ich es doch gar nicht laut auf der Straße sagen. Was hätte ich denn für einen Grund, runter zu gehen und es laut auf der Straße zu sagen. Immer hieß es von irgendetwas, ich dürfte das und das nicht laut auf der Straße sagen.

»Weil die Afrikaner doch auch so viele Kinder kriegen wie die Bucht. Und die Bucht sind doch Assis. Sagt Brigitte auch.«

Mein Vater schaute zu Brigitte, dann wieder zu mir.

»Aber in Afrika ist das doch ganz was anderes!«

Wie immer war meine Geschichte ganz was anderes.

»Die afrikanischen Assis kriegen das Kinderkriegen doch auch bezahlt!«

»Was kriegen die?«

Ich wusste nicht, wann mein Vater das letzte Mal gebrüllt hatte und war mir plötzlich nicht mehr so sicher, ob alles wahr war, was Michi erst aufschnappte und dann erzählte.

Ich senkte den Blick. Redete leise.

»Na vom Genossen Erich Honecker. Der ist doch grade in Afrika. Und der Michi sagt, da steckt er denen alles hinten rein, wo wir doch hier selber nichts haben.«

Mein Vater hatte sich wieder beruhigt. Er klang nicht mehr wütend. Er klang nur noch traurig.

»Was führst du denn für schlechte Reden?«

Nun klang er wie der Minister, wenn sie schimpfte. Bei ihr ging es immer um schlechte Reden und neue Moden. Und wie schädlich das alles war.

»Ich geh runter zu Michi.«

»Mach mal«, sagte mein Vater betrübt. »Vielleicht lernste ja noch mehr.«

Aus der Wohnung drang Musik.

Frau Krumbiegel stand in der offenen Tür. Sie hatte mich noch nicht gesehen, geschweige denn, gehört. Ich blieb auf der Treppe stehen und schaute übers Geländer zu ihr hinab.

Sie trug hochhackige Lederstiefel, dazu eine passende bordeauxrote Handtasche und in der anderen Hand einen Faltbeutel. Beides stellte sie auf dem Boden ab und griff sich unter den Rock. Dort zog sie mit sanften, ruckartigen Bewegungen ihre Feinstrumpfhose straff bis zum Zwickel.

Mein Vater hatte mich früher am Strumpfhosenbund hochgehoben und reinsacken lassen, bis die Dinger richtig saßen. Das konnte ich Frau Krumbiegel natürlich nicht anbieten.

Die Chöre im Wohnzimmer erklommen gerade den Höhepunkt ihrer Darbietung, als Frau Krumbiegel sich auch noch den Busen richtete. Dafür griff sie in den Ausschnitt ihres taillierten Regenmantels, einmal links, zackhoch, einmal rechts, zackhoch, dann das Seidentuch aufgeschüttelt, umgelegt, Enden vorne reingestopft, und fertig war die elegante Frau.

Ich tat, als wäre ich gerade erst rausgekommen und trampelte die Treppe runter.

»Guten Abend, Frau Krumbiegel. Ich wollt zu Michi.«

»Ulrike? Ach! Äh, ja! Schön!«

Sie winkte mich ran und dann an sich vorbei.

Die Chöre im Flur klangen besänftigt.

»Wo gehen Sie denn hin?«

»Ich?«

Bei Erwachsenen ging das Schwindeln nicht mehr so flott von der Hand. Deshalb mussten sie immer erst mal eine blöde Frage stellen, um Zeit zum Überlegen zu haben. Natürlich meinte ich sie und nicht Siegmund Jähn auf seinem Weg zu seiner Raumkapsel.

»Ja, Sie, Frau Krumbiegel.«

»Zur Arbeit, natürlich, zur Nachtschicht. Und nun geh rein.«

Nun war auch das Orchester aufgewacht und begleitete die Chöre wie in einer einzigen lautstarken, langgezogenen Welle monumentaler Töne, die alle Wut dieser Welt in sich vereinte.

»Und ich störe auch nicht?«

»Nee, sieht gut aus heute. *Carmina Burana*.«

»*Carmina Burana*«, entgegnete ich brav, hielt ich es doch für einen ihrer christlichen Grüße. Von den Krumbiegels hieß es, sie gingen manchmal in eine komische Kirche. Komische Kirchen waren die, die nichts mit dem Krippenspiel am Heiligabend zu tun hatten. Aber ich hatte mich noch nicht getraut, Michi danach zu fragen, denn manchmal ging er mit.

Ich selbst war nur kurz in der Christenlehre gewesen. Allerdings in einer ordentlichen Kirche, der evangelischen Kreuzkirche nämlich. Brav hatte ich den Geschichten gelauscht und dabei immer vergeblich auf die Pointe gewartet. Dabei begannen viele Geschichten der Bibel mit einer Spannung verheißenden Überschrift. Wie Jakob den Esau überlistet. Wie Joseph ins Gefängnis kommt und wie die zehnte Plage angekündigt wird. Doch schon nach den ersten Sätzen hatte ich dem verschachtelten Gerede über unglaublich viel an Personal nicht mehr folgen können und war irgendwann nicht mehr hingegangen. Der Minister hatte eine Woche lang nicht mit mir geredet. Im Rückblick vermutete ich, sie war in Pfarrer Zinzer verschossen, dem sie mich als Lamm darbrachte. Aber das *Agnus Dei* machte sich vom Gottesacker.

Im Wohnzimmer saß Vater Krumbiegel in seinem Ohrensessel und dirigierte den Plattenspieler.

»*Carmina Burana*!«, rief ich ihm zu, um ihn meiner Aufgeschlossenheit für seinen komischen Glauben zu versichern.

Er hielt mitten in der Bewegung inne, die Arme in der Luft wie Johannes der Täufer, den ich in der Christenlehre gemalt hatte.

»Carl Orff!«

Die beiden Worte hatte er nicht gesagt, sondern mir zu Füßen gelegt.

Das wurde ja immer komplizierter, aber ich würde mich bemühen, mir auch diesen Gruß zu merken. Wahrscheinlich war es so etwas wie »Einen schönen guten Abend« auf Gläubisch.

Herr Krumbiegel wurde gar nicht wieder.

»Jetzt bin ich aber baff!«

Er schaute mich an, schien mich zum ersten Mal überhaupt richtig wahrzunehmen und wirkte innerlich wie verzückt. Was der Glaube mit einem anrichten konnte, sah man ja an den Gospelkirchen. Dort tanzte sonntags alles durcheinander, das wurde manchmal im Fernsehen gezeigt. Erwachsene Menschen warfen ihre Arme in die Höhe zu ihrem Gott und jauchzten dabei verzückt.

»Ursprünglich sollte das ein Liederbuch werden, für den einstimmigen Gesang und ganz ohne Orchester, natürlich. Aber es wurde ein Werk! Ein Werk, wie es die Welt bis dato noch nicht gehört hatte! Da steckt alles drinne! Wirklich alles!«

Herr Krumbiegel hielt mir eine Plattenhülle vor die Nase und tippte ungestüm mit dem Zeigefinger drauf. Ich erkannte nur eine Art Holzschnitt in Orange und Schwarz, darin eine Frau mit Brüsten und gespreizten Beinen und dahinter einen Mann. Genauso gut konnten das aber auch Gewitterwolken an einem glutroten Himmel sein.

»Rundfunksinfonieorchester und Dresdner Kapellknaben in der Versöhnungskirche Leipzig! Dirigiert von Herbert Kegel!«

Er redete und schnappte gleichzeitig nach Luft, und der Chor im Hintergrund nahm gerade wieder Anlauf, so dass ich mich anstrengen musste, überhaupt etwas zu verstehen.

»Auf Fortunas Herrscherstuhl saß ich, hoch erhoben, mit dem bunten Blumenkranz des Erfolgs gekrönt …«

Michi kam aus seinem Zimmer und tippte mir auf die Schulter. »Wollmer hochgehen?«

»Tschüss, Herr Krumbiegel! Und einen schönen Carl Orff noch!«

Herr Krumbiegel stand immer noch völlig aufgelöst und atemlos vor mir. Er trug eine Anzughose, deren Säume in dicken Wollsocken steckten und die wiederum in braunen Rindsledersandalen. Obenrum ein geripptes Unterhemd und einen weißen Schal, den er sich wie Herbert von Karajan, den ich von den Platten meiner Oma kannte, um den Hals gelegt hatte. Damit wischte er sich jetzt über die schweißige Stirn.

»Die Ulrike, die Ulrike, wer hätte das mal gedacht.«

Der Bürgermeister, 2

Das Stechen im Magen machte Kurt Umlauf Angst, über die er mit niemandem sprach. Gertrud merkte sehr wohl, was mit ihrem Mann los war. Wie sie ihn anschaute, ihm die widerspenstige Haarsträhne aus der Stirn strich, sagte ihm, dass sie Bescheid wusste.

»Du musst zum Arzt.«

»Erst mal geh ich spazieren. Dann sehe ich weiter.«

Ein Spaziergang erweiterte den Horizont und jeder Umweg die Ortskenntnis. Jedes Mal war sein Blick wieder geweitet, wenn er im Treppenhaus die Stufen nach oben erklomm, die frische Luft noch in der Nase und in den Falten des Mantels. Erst die beengende Wohnung mit den dicken Gardinen und dunkelbraunen Möbeln brachten ihm die Dunkelheit wieder, der er kurz entflohen war.

»Dann sehen *wir* weiter«, sagte Gertrud.

Immer hatte es ein *Wir* gegeben. Und von dem Wir hatte er sich das größere Stück genommen. Auch jetzt, da er wieder allein für sich trauern ging. Dabei hatte auch Gertrud ihren Sohn verloren an diesem vermaledeiten Tag vor sieben Jahren.

Er strich ihr über die Wange und dachte so viel dabei und hoffte wieder, sie lese seine Gedanken. Das war ihm im Leben so manches Mal nicht gut bekommen, in den meisten Fällen aber hatte dieses weibische Talent ihm das verhasste Reden erspart. Dabei waren sie einst ein Paar gewesen, das andere genauso wie sich selbst unterhalten konnte. Nach und nach war das Reden zwischen ihnen verebbt.

In dieser Wohnung hatten sie einiges miteinander durch.

Hatten die dunklen Möbel seit dem Einzug nicht ausgetauscht. An jedem kleinen Schübchen, Türchen, Scheibchen hingen Erinnerungen. Wie diese, als Kurt nach dem ersten Besuch von der Gestapo weiterhin Flugblätter für die Roten verteilt hatte. Sogar unter dem Löwen am Eingangsportal des Polizeipräsidiums in der Hartmannstraße hatte er ein Bündel platzieren können. Ein Lufthauch unter dessen Mähne hatte die Blätter aufgebauscht und auf die Straße geweht.

Kurz darauf waren sie erneut in die Wohnung eingedrungen. Das ging ja mittlerweile schon ohne Vorzeigen eines Beschlusses. Drei Männer in den Zimmern, einer in der Tür zum Flur. Und er hatte sich noch gewundert, dass Gertrud hinter seinem Rücken seine Hand ergriff. Was gab es denn schon zu befürchten, hatte Kurt Umlauf gedacht und die Hand seiner Frau beruhigend gedrückt. Die machten doch nur ein Gewese, weil sie ahnten, dass da etwas war, was sie nicht beweisen konnten. So wenig wie beim ersten Mal.

Doch es sollte sich zeigen, wovor Gertrud Angst hatte. Zielsicher durchpflügten siegelberingte Finger ihre Handtasche, zerrten am Seidenfutter, als wüssten sie genau, wonach sie suchten. Und dann hatten sie ihn gefunden, den Aufruf, Walter Schmidt als Oberbürgermeister zu verhindern. Der Mann hielt das Flugblatt in die Höhe, berauscht von seinem Riecher, auf den Kurt ihm gern eine verpasst hätte, wäre dann nicht alles so schnell gegangen. In der Wohnung blieb kein Stück auf dem anderen, flogen sprichwörtlich die Fetzen aus Kissen, Decken, Gardinen; noch nicht mal der Teppich blieb liegen, wo er seit dem ersten Tag gelegen hatte. An Handgelenken gefesselt hatten sie zusehen müssen, wie in Minuten zu Bruch ging, was ein Jahrhundert überstanden hatte; musste er zusehen, wie einer seiner Frau die Daumen brach, lachend und ihn selbst nicht eines einzigen Blickes oder wenigstens Schlages würdigend.

Dann hatten sie Gertrud mitgenommen.

Im Oktober 1935 hieß es vor dem Oberlandesgericht in

Dresden 28 Monate Haft wegen Vorbereitung zum Hochverrat. Im Januar 1936 dann ebenda und ebenso für ihn selbst.

Wie zum Hohn ließen sie ihn »aus Mangel an Beweisen« frei, während Gertrud weiter im Gefängnis von Kaßbergen einsaß.

Polizeiaufsicht nannte sich, was sich fortan vor seiner Tür, auf seinem Weg zur Zimmerei und wieder zurück abspielte. Gertrud hatte ihm nichts davon gesagt, den Widerstand gegen Schmidt zu planen. Nicht einmal über dessen »Judenpranger« hatte sie zu Hause am Tisch ein Wort verloren und auch nicht, ob sie Mitstreiter hatte in ihrem Vorhaben. Waren sich einig gewesen in ihrem Rotsein. Das wahre Politische aber, das Handeln nämlich, war immer seins gewesen. Aus dem Gefängnis hatte Gertrud nur Schweigen mitgebracht. Und darin waren beide gut.

Dieses Weib!

Dieter schaute aus seiner Zimmertür, die Finger voller blauer Tinte. Der Junge war grad dreizehn geworden und kleckste mit dem Füller noch immer wie ein Schulanfänger.

»Ich bleib nicht lange«, sagte Kurt zu beiden, und fort war er durch die Tür, raus auf die Straße, hinein in den abnehmenden Lärm des Tages kurz vor Ladenschluss.

Vorm Fischladen Ecke Barbarossa- zur Weststraße noch drei Leute in der Schlange. Unterhielten sich und traten von einem Bein aufs andere. Drin war es genauso kalt wie draußen, nur pfiff dort wenigstens nicht dieser schneidende Wind. Dort pfiff nur die junge burschikose Verkäuferin durch die Zähne, wenn der Nächste dran und beim Warten in der Schlange eingeduselt war. Kurt schaute ihr gern dabei zu, wie sie mit bläulichen Händen im kalten Wasser nach einem Karpfen kescherte, das Tier auf den Holzblock krachen ließ, mit dem Holzhammer genau einmal gezielt auf seinen Kopf schlug und das Zucken aufhörte.

Der Kopf blieb dran am Fisch, die Augen waren das Edelste,

was er zu bieten hatte. Zeitungspapier drum, ins Einkaufsnetz, und dort ging das Zucken dann doch noch mal richtig los. Bis nach Hause auf den Küchentisch, wo Kurt zu Gertruds Belustigung schon so manchem Karpfen hinterhergehechtet war, was sie das »Weihnachtliche Fischballett« nannte, doch bis dahin war noch viel Zeit, denn es war November, der neunte, und sein Sohn war seit sieben Jahren tot.

Von seiner Stadt hieß es, sie verstelle sich so wenig wie ihre Einwohner. Nur der Blick auf die Stadt wurde verstellt von allerlei Neubau, dort, wo einst ihr Herz geschlagen hatte, im Zentrum. An dieser Stadt sei sehr gut nachzuweisen, wie viel Mehr ein Weniger war. Nur gäbe es von dem Wenigen ganz besonders wenig, fanden die Leute.

Damit hatten sie recht, dachte Kurt, während er in Trenchcoat und Hut wie ein Polizeiinspektor über den verschlafenen Marktplatz ging.

Die Innere Klosterstraße lag vor ihm wie ein Potjomkinsches Dorf. Kulissenhaft die Fassade in ihrem Stalinbarock. Ein Fremdkörper inmitten sozialistischer Moderne. Häuser ließen sich nicht so schnell wieder abreißen wie Plakate. Das Konterfei Stalins am Johannisplatz war mit dem Fewa-Mädchen übertüncht worden. Ausgerechnet in der Rußstadt hatte ein flinker Chemiker das erste Feinwaschmittel der Welt erfunden. Der Stählerne war entzaubert und durch die vollbusige Johanna ersetzt worden. Die aufgesetzte Herrlichkeit der Klosterstraße hingegen schien für Jahrhunderte in den Boden gemeißelt.

Von hier ging sein Blick hoch nach Kaßbergen. Da oben erinnerten verwundete Hausfassaden zwar noch immer an die Splitterbomben von vor fünfundzwanzig Jahren, trotzdem war es dort wohnlicher als im Zentrum. Hier, wo das Volk zu Hause sein sollte, hielt sich keiner lange auf.

Von insgesamt drei Kriegen in knapp hundert Jahren hatte keiner die industrielle Entwicklung lahmlegen können. Sechshundert Industriebetriebe, und auf jeden kamen hundert Arbeiter. Wenig Zeit und Sinn dazwischen für Kultur und Ästhetik. Menschen waren qualvoll gestorben unter den Trümmern der Aufbauleistung von drei Generationen. Die von den Angriffen Übriggebliebenen hatten Ziegel glattgeklopft und zu neuen Mauern verbaut. Die so aufgebauten Häuser brachten diesmal keine Bomben, sondern ein Streit unter Architekten zu Fall. Diese Planer hatten sich in zwei Lager aufgespalten: die Ringkämpfer, die um das Zentrum den Stadtring wollten, verloren gegen die Kreuzritter, die es mit einer Kreuzung zerteilten. Zwei Alleen kreuzten sich nun, wo zukünftig wieder Aufmärsche inszeniert werden sollten.

Diese drohende Wiederholung der Dinge war wie seine Magenschmerzen: Kurt Umlauf war klug genug, die Gefahr zu sehen, die hinter den Symptomen lauerte. Und doch hoffte er auf bessere Zeiten und schaute tatenlos zu. Dem Bauwesen fehle eine klare Perspektive und das notwendige Wachstum des sozialistischen Sektors, hatte Ulbricht auf dem V. Parteitag getönt und industrialisiertes Bauen gefordert.

Kurt bog ein auf den menschenleeren Rosenhof mit seinen nagelneuen Plattenbauten. In seiner Stadt mit dem verpflichtenden Namen sollte nichts an ihre bürgerliche Vergangenheit erinnern. In diesem Punkt hatten die streitenden Planer ihren gemeinsamen Nenner gefunden und sich eilig an die Vergangenheitsbewältigung gemacht. Nun zerstörte eine Abrissbirne, wo ein Meißel hätte formen können, und ihm als Oberbürgermeister war genau dieser Spruch in der Kehle steckengeblieben. Wieder mal. Keiner der jüngsten zwei Kriege hatte seine stürmische Entschlossenheit lahmlegen können. Erst der Freitod seines Sohnes.

Klaus Umlauf hatte es nicht ohne Karola gegeben, Karola nicht ohne Klaus. Die K- und K-Dynastie; jeden Sonnabendnachmittag hielten sie Hof in seinem Wohnzimmer, weil Gertrud das so wollte. Gehörten zu den Unangepassten und nannten sich selber so. Kurt hatte im Leben genug gesehen. Wegen des Martyriums der eigenen Mutter hätte Klaus wenigstens etwas Rücksicht nehmen können in seiner Unangepasstheit. Und kapieren, dass es eben nicht genügte, einfach nur dagegen zu sein; dass man sich etwas überlegen, sich organisieren und ja, im schlimmsten Fall sein Leben riskieren musste.

Kurt blieb stehen, lockerte die Krawatte. Schweißperlen traten auf seine Stirn. Nicht mal 'ne Kneipe gab es hier unten im neugebauten Zentrum der Arbeiterstadt, wo er sich ordentlich proletarisch besaufen könnte. Immer mischte sich Wut in die Trauer und dann dieses wohlige Ziehen beim Gedanken an einen Cognac. Die beste Kneipe war immer noch sein Büro, befand Kurt Umlauf und kramte den Schlüssel zum Rathaus hervor.

Die Rathausuhr schlug zehn, als er sich das dritte Glas einschenkte.

Weichgekochte Nachkömmlinge, denen nicht passte, dass Fehler gemacht wurden. Diese Unangepassten wussten doch gar nicht, wie es sich anfühlte, Neubeginn improvisieren zu müssen, weil es außer einer neuen Epoche nichts gab. Drohten immer nur damit, in den Westen zu gehen.

Und dort?

Saßen einige von denen, die Wohnzimmer zerlegt und Daumen gebrochen hatten, in der Regierung und auf dem Richterstuhl.

So endete jeder Sonnabend mit Klaus und Karola in einem Streit. Bis auf den letzten: Gertrud hatte saure Eier mit Senfsoße bereitet, dazu Salzkartoffeln und Erdbeerkompott. Der kleine Dieter kam die Treppe hochgerannt und stürmte durch die offenstehende Tür an Gertrud vorbei zu seinem Opa. Ob sie am nächsten Tag in der Pelzmühle die Tiere besuchen würden, hatte er aufgeregt gefragt und hinzugefügt, dass sein Vater ihm den Zoobesuch versprochen hätte. Dann soll der auch mit ihm gehen, dachte Kurt mürrisch, strich dem Jungen großväterlich über den Kopf und ließ sich nichts anmerken.

Das gemeinsame Essen verlief geradezu harmonisch. Karola wusste diesmal sogar etwas aus ihrem Alltag als Erzieherin in der Wochenkrippe zu erzählen. Überhaupt nahm Kurt die junge Frau zum ersten Mal als eigenständigen Menschen wahr. Und dass sie sich einem mittellosen jungen Maler hingab, der ihr ein Kind gemacht hatte und sie für alles zahlen ließ, sprach eigentlich auch für eine gewisse Stärke.

Dieter durfte zum Übernachten bei den Großeltern bleiben. Als sie am Sonntagnachmittag aus der Pelzmühle kamen, sahen sie das Polizeiauto vor ihrer Tür.

Auf die Nachricht folgte der Schock, auf den Schock die Sorge um Dieter, auf die Sorge um Dieter folgte aufgeregtes Handeln. Kurt bereitete die Adoption seines Enkels vor, Gertrud die Beerdigung ihres Sohnes. Als die Lähmung einsetzte, trauerte längst jeder für sich.

Nach der Lähmung kamen die Pillen. Gertrud kurz vor der Klapsmühle. Das hätte ihm damals gerade noch gefehlt. Die Frau des zukünftigen Oberbürgermeisters draußen in der Dresdner Straße. Hätte schneller die Runde gemacht als der neuste politische Witz.

Kurt verlegte sich aufs Spazierengehen. Gertrud widmete sich dem Enkel. Dann kamen die Sonnabende ohne Klaus. Und jedes Jahr wieder der neunte November. Der Unangepasste mit seinem Sinn für Symbolik. An einem neunten November wurde jene Republik ausgerufen, die keine Chance bekam. An einem neunten November stieg Hitler zum ersten Mal auf eine Hitsche, hob den Arm und wollte Führer sein. Von da an Totenfeiern für seine Märtyrer jener Nacht, immer am neunten November. An einem neunten November hatte es in der Zimmerei in einem Hinterhof der Heinrich-Beck-Straße plötzlich nach Qualm gestunken, und Kurt hatte panisch nach der glimmenden Zigarettenkippe im Müll gesucht. Es waren die Rauchschwaden aus der Synagoge an jenem Abend.

Aus jedem neunten November war er gestärkter hervorgegangen. Die Roten waren seine Partei und seine Sippe; Roter Frontkämpferbund, Proletarische Hundertschaften, Rote Hilfe.

Wirklich rot und stolz darauf, das war noch immer sein Lebensmotto, wo rot zu sein mit der Entzauberung Stalins aus der Mode gekommen war.

Erst der neunte November vor sieben Jahren hatte ihm das Genick gebrochen. Und Kurt Umlauf wollte sich gar nicht ausmalen, welche Variationen eines neunten Novembers das Leben noch für ihn bereithielt.

Ich traf Gonzo am Gerhart-Hauptmann-Platz. War jeden Tag an den Büschen entlanggelaufen und hatte nach ihm Ausschau gehalten, seit ich ihn dort zum ersten Mal auf einer Bank hatte sitzen sehen. Ich fasste mir ein Herz und sprach den großen Jungen mit der krummen Nase an.

Gonzo war ein Punker, der Burkhart hieß, nicht arbeiten ging und mittlerweile auch nicht mehr zur Arbeit geholt wurde. Er war in Kaßbergen bekannt. Hatte die Zeit, um in den Winkeln Kaßbergens Verborgenes aufzuspüren.

Gonzos rattiges Gesicht schien immer unter Spannung. Wenn er redete, wenn er nachdachte und auch, wenn er nichts dergleichen tat. Sein Gehör war scharf genug, das abfällige Gerede zu vernehmen, das über ihn im Umlauf war. Ich begann schon, mich nach ihm zu sehnen, bevor ich ihn überhaupt kennenlernte. Er war mein Freund, bevor er das überhaupt wusste. War mir Vertrauter, bevor wir überhaupt ein Wort gewechselt hatten. Wollte zu ihm gehören. Ich wollte immer zu irgendwas und irgendwem gehören, als wäre ich mir allein nicht genug. Und das trotz meiner schönen Familie, in der es aber eben ein großes Durcheinander gab. Ich wollte normal sein. Normal war für mich, zu jemandem zu gehören, der mich nicht nur erzog und ins Bett brachte. Zu einem Freund zu gehören, der wie ein Bruder war, oder einen Bruder zu haben, der wie ein Freund war.

Gonzo und ich saßen nebeneinander auf einer Bank. Wortlos, weil er überhaupt nicht wusste, was er mit mir anfangen sollte. Aber da ihn sowieso nicht interessierte, mit wem er redete, kam ich ihm gerade recht. Weil er allein war.

Beim zweiten Mal brachte ich ihm meine Gedichte mit.

Meine gereimten Kurzgeschichten. Ich las sie ihm vor auf unserer Bank am Gerhart-Hauptmann-Platz. Manchmal schaute ich auf und versuchte, Gonzos Stimmung zu erkennen. Er schien in Gedanken woanders zu sein.

Er sagte zu mir, ich müsste mal einen echten Schriftsteller treffen. Ich sollte mit zu seinem Schriftsteller kommen. Er betonte »meinem«.

Ich dachte immer, im Gegensatz zu Mutter, Vater, dem Zahnarzt, der Schneiderin und dem Friseur gehörten Schriftsteller niemandem. Aber Gonzo hatte einen eigenen. An Gonzo war Vieles besonders.

Bei seinem Schriftsteller traf man sich einmal im Monat. Er wohnte in einem Haus in der Hübschmannstraße, das alle nur die »Kyffhäuserburg« nannten mit seinen Türmchen, Säulen, Figürchen, Hunden, Eulen, Fabelwesen und speienden Drachenköpfen an den Fallrohren der Regenrinne.

Gonzo drückte den vergilbten Klingelknopf, und der Schriftsteller öffnete die Tür. In dem Moment veränderten sich Gonzos Gesichtsausdruck und seine Körperhaltung. Er wuchs noch einmal um einen Meter, und ich sah ihn zum ersten Mal lächeln.

Der Schriftsteller hieß Ronald Schaarschmidt. Er drückte erst Gonzo die Hand und dann mir mit derselben Kraft. Unauffällig testete ich, ob etwas gebrochen war.

Der Mann hatte große braune Augen und fettiges Haar, das ihm in Locken ins Gesicht und bis auf die Schulter fiel. Ein kariertes Hemd spannte über seinem Bauch. Er trug Nietenhosen und einen Ledergürtel. Seine Füße mit dicken gelben Fußnägeln steckten in Sandalen.

In der Wohnung roch es nach Zigarre. Aus dem Fenster am Ende des Flurs konnte ich die Türme der Kreuzkirche sehen.

Am Küchentisch saß ein Mann, der aussah wie ein Student und mich nicht beachtete. Ich hatte nicht bemerkt, dass es nach der Begrüßung um mich herum ruhig geworden war. Eingehend musterte ich den Schriftsteller.

»Noch nie einen Dinosaurier gesehen?«, fragte der und zeigte auf zwei leere Stühle am Tisch.

Ich kannte Schriftsteller nur von kleinen schwarzweißen Fotografien, die in jedem Buch hinten auf dem Umschlag abgedruckt waren. Sie sahen alle gleich aus. Sie sahen alle aus wie Ronald Schaarschmidt. Die meisten waren zuerst Zerspaner gewesen oder Kartenabreißer im Kino und Friedhofsgärtner, bevor sie am Literaturinstitut Johannes R. Becher studierten und dann anfingen zu schreiben.

Der Student am Tisch hatte eine grüne Kutte an mit einer Deutschlandflagge auf dem Ärmel. Obwohl die Scheite im Herd knisternd Feuer fingen und es in der Küche warm wurde, zog er die Kutte nicht aus. Er beachtete mich immer noch nicht, sondern redete mit Gonzo. Der nahm sich eine Bierflasche aus dem Kühlschrank und benahm sich, als wohnte er hier.

»Und du?«, fragte der Schriftsteller, »'ne Limo?«

»Ja.«

Ich setzte mich an den Tisch und packte Notizblock und Stift aus, die ich immer bei mir trug, um alle Bilder und Ideen aufzuschreiben, die im Kopf keinen Halt fanden.

»Was wird'n das, wenn's fertig ist?«

Der Schriftsteller schaute mich herausfordernd an. Ich merkte, wie ich rot wurde.

»Dachtest du, jetzt gibt's eine Deutschstunde?«

Ich schüttelte den Kopf und schaute hilfesuchend zu Gonzo.

Der Schriftsteller stellte mir ein Malzbier hin.

»Limo hab ich nicht.«

Gonzo nickte in meine Richtung.

»Die schreibt ganz gut.«

»Soso. Dann herzlich willkommen im Zirkel Schreibender Arbeiter.«

Das war ja einfach gewesen. Diese Zirkel waren bekannt dafür, dass echte Schriftsteller sich mit Anfängern wie uns etwas dazu verdienten. Ich hatte eine Eignungsprüfung erwartet. Aber hier hieß es einfach, wer am Tisch saß, war dabei.

Der Schriftsteller griff nach meinem Block.

»Zeig ma.«

Meine Hand knallte hart auf seine. Ihm fiel die Bierflasche aus der anderen Hand.

»Spinnst du?«, fragte Gonzo.

Ich wollte Gonzo gerade antworten, dass man so was nicht machte. Aber der Schriftsteller winkte nur ab.

»Richtig«, sagte er. »Immer schön aufpassen, was mit deinen Texten passiert.«

Er schaute in die Runde.

»Wer hat was?«

»Ich«, sagte ich.

»Dann leg los.«

Ich legte los.

»*Ich wünschte manchmal, ich könnt meine Wände sprengen und meinem Wandnachbarn dann Blumen schenken als Trost für die kaputtgegangne Vase.*«

Gonzo räusperte sich.

»Hättste lieber das mit dem Helden vorgelesen.«

»Nee«, unterbrach ihn der Schriftsteller. »Das ist gut. Das ist gut, weil es nischt dran zu kürzen gibt.«

Der Student am Tisch horchte auf.

»Und was genau ist daran gut?«

»Alles. Der Kreis, der sich mit der Vase schließt. Schöne Metapher.«

Ich traute mich nicht zu fragen, was eine Metapher war. Der Schriftsteller zeigte auf meinen Block.

»Kannste gleich hierlassen deinen Text. Der kommt mit ins Programmheft.«

Der Student konnte mich offenbar nicht leiden. Er sah aus, als müsste er brechen.

»Ins Programmheft vom Schauspielhaus etwa?«

»Genau. Matthias Günther als Mephisto, einwandfreie Sahne.

Und drunter ein paar Gedichte von ihr. Vielleicht hattse ja noch mehr.«

»Schreibste aber ihr Alter in Klammern daneben!«, nölte der Student.

»Klar wie Kloßbrühe. Und jetze du, Gonzo. Was dabei?«

Gonzo schüttelte den Kopf.

Er schrieb doch gar nicht. Das hätte ich gewusst.

»Ich schreib doch gar nicht. Das weeßte doch.«

»Dachte, ich hab dich endlich soweit gekriegt.«

»Sagste jedes Mal.«

»Du sagst ja auch jedes Mal, dassde nischt hast.«

Der Schriftsteller wandte sich dem Studenten zu.

»Und du?«

Der hatte nur auf den Moment gewartet und holte einen zusammengefalteten Zettel aus der Innentasche seiner Kutte.

Während der Student die Geschichte von etwas vorlas, das Golem hieß, schaute ich mich um. In Ronald Schaarschmidts Küche sah es aus wie bei Krumbiegels im Wohnzimmer. Wo Platz war, lagen Zeitungen, Bücher und hingen ausgefranste Zeitungsartikel an der Wand. Daneben vergilbte Eintrittskarten zu Konzerten und Theaterstücken. Nur dass sich dazwischen noch Brot und Gemüse und Aschenbecher befanden mit Zigarrenstummeln drin.

So ein Schriftsteller sammelte augenscheinlich alles an Zeitungen, was er für seine Geschichten, für seine Gedichte verwenden konnte. Aus den vollgestopften Bücherregalen schloss ich, dass dieser Schriftsteller nicht nur viel las, sondern sich vielleicht hier und da auch etwas abguckte.

Rudolf

Beim Anblick von Edvard Munchs Gemälde *Nacht in Saint Cloud* hatte der Schriftsteller S. H. die Vision von dem, was er fortan seine Erinnerung nennen und zu Papier bringen würde.

Das Bild hatte in der Wohnung über dem Schreibtisch des Vaters gehangen, als S. H. noch Rudolf Leder hieß. Sein Vater David Leder hatte zu den Arrivierten gehört, die in Kaßbergen in großbürgerlichen Kreisen zwischen Synagoge und »Chemnitzer Kunsthütte« verkehrten. Obwohl er der Sohn eines galizischen Einwanderers gewesen war, hatte sich David Leder vom Hausierer zum Kaufmann hochgearbeitet. War mit seiner Frau Lola nach Kaßbergen eingewandert und hatte dort mit ihr drei Kinder bekommen. Ihn, Rudolf, im Jahr des uneingeschränkten U-Boot-Krieges, in dem tausend Menschen an Bord der Lusitania starben. Bruder Alfred im Jahr der russischen Revolution. Schwester Ruth im Jahr des Waffenstillstands von Compiègne.

Mitten in der inflationären Geldvermehrung hatte David Leder ein Geschäft mit Woll- und Baumwollabfällen angekurbelt und die Einnahmen in Kunst umgesetzt. Neben den Sammlungen des Strumpffabrikanten Esche und Geheimrats Hermann Vogel gehörte auch Leders Kollektion aus Bildern von Odilon Renon, Lovis Corinth und Max Liebermann zum neuen Reichtum Kaßbergens. Wäre damals ein Stein aus dem Himmel über dem Berg gefallen, hätte er einen getroffen, in dessen Wohnung mindestens ein Pechstein hing.

Damals legte man sich Kunst nicht mehr als Rücklage zu, denn niemand dachte, die Zeiten könnten schlimmer werden als sie es zu Beginn des Jahrhunderts gewesen waren. Vom Ausgang der 1920er Jahre konnte keiner eine Vorstellung haben, dunkel genug, um als Warnung dienen zu können. Kunst war selbstverständlich geworden und bezahlbar. Liebermann hatte Rudolfs Mutter Lola gemalt und viele ihrer Freunde in Kaßbergen. Am Ende des Ersten Weltkriegs waren die großen Maler noch Dienstleister gewesen. Und von den Sammlern ihrer Werke musste keiner von der Wand in den Mund leben. Sich mit Gemälden zu umgeben zeugte von Bildung oder zumindest dem Anspruch, sie zu erwerben. Ließ auf eine nachfolgende Generation an Schöngeistern hoffen, die der letzten offensichtlich fehlten, wenn man die Gräuel betrachtete, die sie angerichtet hatte.

In der Villa des Geheimrats Vogel an der Kaßbergstraße hingen Zeichnungen Max Klingers, Gemälde von Ludwig Richter und Hans Thoma, standen Büsten von Auguste Rodin und Plastiken von George Minne. Das Ehepaar Esche hatte neben den Großeltern Leder in der Kastanienstraße gewohnt, inmitten der Fabrikbesitzer, Ärzte, Anwälte und im Dunstkreis der Bäckerei, aus der feiner süßer Duft in die Straße strömte. Der Strumpfgigant hatte sich die Möbel von Henry van de Velde bauen lassen und eine Villa gleich dazu, die er dann jenseits von Kaßbergen bezog. Dorthin war Edvard Munch ohne Gepäck und im zerknitterten Anzug gereist, hatte sich in die oberen Zimmer eingemietet, dort zwei Tage und Nächte durchgesoffen und keinen Pinselstrich getan. Erst nach Androhung seines Rauswurfs malte er die Esches schließlich mit all ihren Kindern in halbnüchternen Stunden.

Rudolf hatte ihnen zugehört, wenn die Eltern von den Abenden des Kunstvereins nach Hause kamen und erzählten. Sie hatten ihre drei Kinder mitgenommen an den Sonntagen zu den Nachbarn, bei denen Flügel, Biedermeier-Sekretär und Dienstmädchen zur Wohnungseinrichtung gehörten. Und wie es vielen von ihnen ergangen war nach dem Bombenangriff im März fünfundvierzig, das hatte ihm der andere S. H. in

Briefen geschrieben, sein Freund aus Kindertagen, mit dem er nicht nur einen neuen Namen und die gleichen Initialen, sondern sogar eine Herkunft gemeinsam hatte. So las er davon, wie es den Freunden in der Hohenzollernstraße ergangen war. Wo im Sekretär eine Phosphorbombe steckte, der Blüthner-Flügel in Flammen stand und ein Gemälde von Emil Nolde, der *Mann mit der Kiepe*, weiterbrannte, während die Mutter ihre Kinder unten vor der Tür im Handwagen ließ und im Schutt nach Federbetten und Wintermänteln suchte. Er selbst längst in der Schweiz, die Geschwister in Palästina, die Eltern in London, so hatte sie der Krieg verteilt.

Und nun stand er da vor dem Bild, das alles zurückholte und doch nur das Bild eines Bildes war, wie ihm auch sein eigenes Leben als ein Abbild erschien, als Kopie eines Meisterwerkes, eine Kopie eben nur.

Er war aus dem Westen übergesiedelt in das neue Land aus Widerstandskämpfern. Dort tat man, als wären die siebzig Prozent, die 1933 für Hitler gestimmt hatten, nun alle im Westen und die dreißig Prozent der Gegner im Osten gelandet. Auch die Juden waren eingemeindet in das Heer der Kommunisten, so dass erneut ein Antisemitismus aufkam, von dem wieder keiner etwas wissen wollte. Gerade erst war S. H. in der Akademie der Künste gewesen auf einem Symposium, auf dem Otto Gotsche gebrüllt hatte, was doch alles sagte: »Ich bin kein Antisemit! Ich habe sogar jüdische Freunde!«

Munchs *Nacht in Saint Cloud* zeigte einen Mann, der in einer kargen Wohnung am Fenster steht und ein vorbeifahrendes Schiff betrachtet. Seine Melancholie hatte in die Ledersche Wohnung gewirkt und in das Leben der Familie hinein, aus welchem Winkel man das Bild auch betrachtete. Selbst hier, in lichtdurchfluteter Weite des Osloer Nationalmuseums, verdunkelte es S. H. die Stimmung.

Zu dieser frühen Stunde war er fast allein im Saal. Er näherte sich, soweit es erlaubt war. Reckte den Kopf, um die Pinselstriche noch besser aufzuspüren und vielleicht sogar den

Kaßbergschen Geruch, der das Bild so lange umgeben hatte. Was eigentlich nicht möglich war, hing es doch seit 1917 an dieser Wand im Museum, dem Jahr, in dem sein Bruder Alfred geboren war. Und doch glich es dem aus der Kaßbergschen Wohnung wie ein Ei dem anderen.

Maler Munch war zeitlebens nicht nur ein permanent finanziell knapper Künstler gewesen, sondern hatte auch Freude an der Vervielfältigung seiner Werke gehabt. Weil *Der Schrei* in der Kunstwelt gehört worden war, hatte er ihn gleich mehrfach gemalt. Es wäre doch kein Problem – und einem Schriftsteller nur angemessen –, die Gunst dieses Umstandes zu nutzen und die Geschichte dieses Bildes zu seiner eigenen zu machen: Das Gemälde, zu dem S. H. als Rudolf Leder aufgeschaut hatte, hing nun für alle Welt zugänglich in einem der berühmtesten Museen. Kunst, die durch eine Säuberungsaktion und über einen weiteren Weltkrieg hinweg erhalten war, wurde heute in schwindelerregender Höhe gehandelt. Und auch für ihn war es Zeit, sein Werk zu betrachten und das, was davon übrig war. Ob es vielleicht doch ein bisschen höher gehandelt würde mit etwas mehr an Prosa, wie sie ihm doch zustand als Schriftsteller?

Eine Autobiographie zu verfassen bedeutete, einen Pakt mit dem Leser einzugehen und nichts als die Wahrheit über sein Leben zu schreiben. Er aber könnte das Buch *Abendlicht* nennen und *Roman*. Denn vom Abendlicht beleuchtet, sah auch sein Leben besser aus.

An der Kreuzung Harlaßstraße zur Weststraße stand ein dunkelgrüner Kiosk mit einem Fenster. Dahinter saß Frau Ullmann auf engstem Raum mit Stapeln von Zeitungen und Zeitschriften.

Machte ich mich zur nullten Stunde auf den Weg für den Schulbeginn um sieben Uhr, konnte ich beobachten, wie sie ihr Häuschen bezog. Im Winter war es manchmal so kalt, dass ihre Hände zitterten. Dann brauchte sie lange, um den Schlüssel in das Schloss zu stecken, setzte immer wieder ab und versuchte es aufs Neue. Wie gebannt schaute ich zu und fror dabei.

War die Tür dann offen, knipste sie das Licht an. Warmes Gelb ergoss sich auf das noch nachtschwarze Pflaster.

Nichts wünschte ich mir so sehr, wie für einige Stunden mit Frau Ullmann in ihrem warmen Kiosk zu sitzen. Ich sah, wie sie einen Hocker in die Tür stellte und sich draufsetzte. Wie sie ein Zeitungspaket zu ihren Füßen anhob und über die Schulter nach hinten warf. Eins nach dem anderen. Den Hocker schob sie in die verbleibende Lücke. Und dann war es soweit. Dann öffneten sich die Fensterläden, und Frau Ullmann schaute heraus. Stundenlang hätte ich sie anschauen können mit ihrer friedlichen Kioskwelt um sich herum.

Später würde ich auch so einen Kiosk haben, als Schriftstellerin darin sitzen und auf Papier sammeln, was mir der Tag ins Fenster spülte. Wollte für mich und trotzdem für die Leute mit ihren Geschichten da sein. Hier wurde sich was erzählt vom Tag, der vor einem lag, und von dem, der vergangen war. Hier wurde auch mal schlecht geredet. Wurde, was man nicht laut auf der Straße sagen durfte, in den Kiosk geflüstert.

Von Frau Ullmann lernte ich, was Bückware war. »Trommel« und »Frösi« hatte ich lange hinter mir gelassen. Für »Das Magazin« war ich noch nicht reif genug, auf jeden Fall aber für das »neue leben«, in dem Kurzgeschichten abgedruckt wurden, wie ich sie schreiben wollte. Fragte ich Frau Ullmann nach dem »nl«, dann bückte sie sich jedes Mal. Immer legte sie mir die Zeitschrift zurück, bevor sie ausverkauft war.

Der Schriftsteller Ronald Schaarschmidt erlaubte mir weiter, zu seinem Zirkel zu kommen. Und so saß ich einmal im Monat mit immer anderen Leuten und Gonzo neben mir an seinem Küchentisch.

Schon beim zweiten Treffen kürzte er mir eine ganze Seite Text auf drei oder vier Zeilen zusammen und sagte: »Du lernst jetzt Miniatur.«

Was der Golem war und wie und wofür man Metaphern verwendete, hatte ich mittlerweile verstanden. Miniatur war eine Literaturgattung, die Ronald Schaarschmidt erfunden zu haben schien. Kaum einer seiner Texte war länger als zehn Zeilen. Und am besten gefiel mir der über den Archäologen, dem man den Spaten nehmen müsste, stieße er unter den Faustkeilen noch auf Eierbecher.

Ronald Schaarschmidt drückte mir ein Buch von Daniil Charms in die Hand.

»Borg ich dir. Wiedersehen macht Freude.«

Gonzo guckte neidisch.

Zu Hause las ich die Miniaturen von Daniil Charms. Von einem Mann, der zur Arbeit ging, war da die Rede. Und wie er einem anderen Mann begegnete, der ein polnisches Weißbrot gekauft hatte und auf dem Heimweg war. Was das Weißbrot sollte und warum der eine dem anderen begegnete und was daran erzählenswert war, verstand ich nicht. Ich las es wieder und wieder und wusste, ich war in eine Welt geraten, die sich mir nicht so schnell erschließen würde. Und dass sie schön war, diese Welt.

Ich wollte genauso schreiben und mein Leben in verqualmten Küchen verbringen. Wollte mein Leben lang Zigaretten rauchend und Wein trinkend um runde Tische und in Bühneneingängen sitzen. Warten, bis ich dran war. Die Ruhe hören, die plötzlich herrschte, und dann das Rascheln der Blätter, von denen ich vorlesen würde. Von Mal zu Mal souveräner und irgendwann auf Augenhöhe und mit einem Selbstbewusstsein wie die anderen.

Stefan

Mit 66 Jahren begann S. H., seinen Nachruf zu schreiben, bevor sich ein anderer darüber hermachen würde.

Der zweite S. H. Kaßbergens – wobei der erste S. H. nie eine Rangfolge meinte, eher die Reihenfolge ihrer Geburt –, der lungenkranke Freund aus Kindertagen, hatte bereits vorgelegt mit einem Nachruf auf sich selbst und das, obwohl er zwei Jahre jünger war. Dieser zweite S. H. hatte einst Rudolf geheißen und sich ebenfalls in Stephan umbenannt, aber nicht mit schnödem f, sondern vornehmem ph. Sein Nachruf umfasste einhundertvierzig Seiten, die nun, in weißes Leinen gebunden, für zehn Mark dort im Laden lagen, wo sie nicht ausverkauft waren. Es war ein Werk, an dem sich der erste S. H. zu gern gemessen und gerieben hätte. Bei Tageslicht besehen, stand da ein Leben etwas prächtiger und gewichtiger aufgeschrieben, als es tatsächlich gewesen war.

Sie waren Spielkameraden gewesen, aber mit Jüngeren spielte es sich nicht so schön, dachte Helmut damals, und so dachte umgekehrt wohl auch Rudolf über den Älteren. Aber man hatte sich wahrgenommen, wie sich zwei Schiffe auf hoher See wahrnehmen mussten, um nicht zu kollidieren in ihrem Bestreben, weiterzukommen.

Es waren die beiden Orden, die Helmut im Nachhinein stutzig machten. Der Freund hatte sie ihm stolz gezeigt und gesagt, sein Vater hätte ihm die beiden Metallstücke aus dem ersten Krieg mitgebracht. Sein eigener Vater hatte mit Helmut mächtig Tacheles geredet. Nur weil er so ehrfürchtig von dem vermeintlichen Schatz seines Freundes erzählt hatte. Woher die Orden auch stammten, als Rumäne gehörte der so geehrte

Vater einem Feindstaat an und hatte bestimmt nicht in der ersten Reihe gestanden, als der deutsche Kaiser die Orden verteilte.

Der einzige Trost beim Gedanken an das Buch seines Freundes war, dass der es einen Roman genannt hatte und deshalb keiner sachlichen Prüfung standhalten musste.

Nachruf bedeutete Rückblick. Und seinen Nachruf ließ S. H., vor zwei Kriegen am Kaiserplatz 13 geborener Helmut Flieg, an genau jenem grünen Flecken mitten in Kaßbergen, auf dem er jetzt stand, beginnen.

Nach einer größenwahnsinnigen Phase als Hindenburgplatz trug der Ort den brauchbaren Namen des Dichters Gerhart Hauptmann. Vom schlafenden, mit Wiederkehr drohenden Rotbart des 12. Jahrhunderts über den Reichskanzler in Adolfs Gnaden war dieser Platz einer belanglos geschimpften Stadt zumindest dank seiner wechselnden Namen im Gespräch geblieben. Wie albern, dachte Stefan, und wie unverfänglich doch Pflanzen wären, nach denen man Orte benennen könnte, an denen Menschen lebten und starben.

Mit Ahornstraße und Ulmenstraße war genau zwei Straßen in Kaßbergen die Illusion einer Zeitlosigkeit gegönnt. Die Kastanienstraße hingegen hatte ihren Namen zuerst an Bürgermeister Heinrich Beck verloren, was verzeihlich war bei dessen Verdiensten um die Eingemeindung, um den Bau des Opernhauses und des Neuen Rathauses der Stadt. Die weniger verzeihliche war die Umbenennung zur Huldigung von Hans Robert Becher, einen einst expressionistischen Kollegen, der sein sprachliches Talent unter Obrigkeitshörigkeit verkommen ließ, die Hymne dieses Landes gedichtet hatte und den auch sonst keinerlei Bedenken über Parteifunktionen und Ministeramt im Staate umgetrieben hatten. Ebensowenig wie ihn Trotzkistenprozesse und die daraus gipfelnden Todesurteile schlaflos machten. Justiz sei immer ein Mittel der Politik, hatte der Kollege süffisant befunden.

Würde der Name dieses Mannes auf einem Straßenschild

und im Stadtplan auch in zwanzig Jahren noch was gelten, wenn wieder ein anderer Wind bliese, so schnell, wie sich in diesem Jahrhundert die Windrichtungen änderten und alle ihre Fahne hineinhängten?

Becher sei der größte tote Dichter bei Lebzeiten gewesen, befand ein anderer Kollege; er sei einer, den niemand hörte und las, aber der lebte und schrieb. Da lobte sich S. H. seinen Gerhart Hauptmann, dem der vielfältige Baumbestand gefallen hätte; dieser Ruhepunkt im Meer alter Häuser, von denen nicht alle den Krieg überlebt hatten, aber als Nachbauten davon zeugten.

Aus dem Platz des Kaisers war der eines Dichters geworden, und die Stadt, die einst nach ihrem Fluss benannt war, hieß nun wie der philosophische Revolutionär, der sie nie betreten hatte. Die Kaßbergen flankierende Hartmannstraße hatte den Namen des Eisenbahnpioniers dem Soldaten Helmut Just hergegeben, der mit 19 Jahren an der Sektorengrenze gefallen war. Die Schule, aus der Stefan noch als Helmut wegen des richtigen Gedichtes zur falschen Zeit verjagt worden war, hieß nicht mehr königlich. Sie war umbenannt worden nach dem zweiten Gesellschaftstheoretiker, der den Staat geprägt und weder das Gebäude, noch die Stadt je besucht hatte. Der Karzer war nun eine Besenkammer, hatte der zweite S. H. ihm lachend am Telefon erzählt. Ohne zu wissen, was der Karzer in ihm, dem Stefan mit f und verspotteten Flieg, hinterlassen hatte.

Sie hatten hier gemeinsam die Schulbank gedrückt, wie dreißig Jahre vor ihnen Karl Schmidt, der, und das war in seinen Biographien zu lesen, allen in seiner geistigen Entwicklung weit vorauseilte und ein berühmter Expressionist werden sollte. An Namen von Söhnen Kaßbergens hätte es für die Schule also nicht gemangelt. Doch nur der gewählte versprühte, was Zeitgeist darstellen sollte.

Namen waren nicht Schall und Rauch. Namen waren Zeugen ihrer Zeit, wie es Geschichtsbücher waren. Namen wurden vergeben und genommen, wurden gedruckt und eingestampft. Auch seiner.

Er hatte Helmut gegen Stefan eingetauscht und Flieg gegen Heym, als er in die Tschechoslowakei emigrierte, da war der Brand im Reichstag noch nicht gelöscht. Er war der jüngste literarische Flüchtling Deutschlands gewesen und als Journalist dem Ruf nach Amerika gefolgt. Mit ihm die *Continental Portable*, jene Schreibmaschine, die er sich für fünfunddreißig Reichsmark gekauft hatte. Sein Honorar für das Gedicht, das ihn vom Gymnasium katapultiert hatte, das jetzt den Namen von Friedrich Engels trug.

Namen waren zu Benennungen verkommen, zeichneten Landkarten der Geschichte und harrten ihrer Umbenennung. Vielleicht würde auch nach ihm eines Tages eine Straße benannt, nicht zu träumen von einem Platz. Dafür müsste er sich mit dem Sterben beeilen und vorher seinen Nachruf zu Ende bringen in einem Ton, der den Oberen gefiele. Da beides außerhalb seiner Möglichkeiten lag, fand S. H. sich ab mit der Eventualität, nicht als Straßenschild unsterblich zu werden. Zumal er sich einen Museumsplatz dafür gewünscht hätte. Und von denen gab es in seiner Heimatstadt zu wenige, als dass man mit deren Namen herumexperimentierte.

Vor seinem Geburtshaus blieb er stehen.

Wirkte da ein Heimweh? Nein, so schön war die Stadt nie.

Hier war den Seinen zu viel Böses widerfahren. Und so sehr man sich mit Ehrung und Wiedergutmachung abmühte, so sehr mühte man sich auch ums Vergessen. Vor allem derer, die hier gelebt und den Laden in Schwung gehalten hatten mit ihrem Ehrgeiz, Erfindergeist, ihrem Bedürfnis nach Kunst und Kultur, und, ja, ihrem Geld aus zweihundert jüdischen Textilbetrieben, die auch den Goyims das warme Essen auf den Tisch brachten.

An Simon und Salman Schocken erinnerte nichts im Centrum Warenhaus, ebensowenig an den Expressionisten seiner Zunft, den Architekten Erich Mendelsohn. Nur der Volksmund plapperte gedankenlos: »Lass uns ins Schocken gehen«, wenn man sich in dem modernen, stromlinienförmigen Bau zum Einkaufsbummel traf.

Genauso ahnungslos die Besucher des Tietz, das nun auch unter der Centrums-Marke lief und wo nichts mehr an jüdische Eigentümer, geschweige denn an den Direktor erinnerte, den SS und SA in der Pogromnacht im Keller seines Hauses in Kaßbergen erschossen.

Am Stephanplatz die gleiche Einöde verpasster Erinnerungskultur. Die abgebrannte Synagoge war vergessen, ihre Herkunft, Errungenschaft und Träume der Betenden nirgendwo nachzulesen. Die zigarettenrauchende Jugend am Stephanplatz ahnte nichts von dem geweihten Boden, noch nicht einmal von der verbrannten Erde, auf der sie ihre Kippen austrat. Auf dem Reißbrett eines tschechischen Architekten entstanden, hatten sich hier einst Romanik und Gotik zu einem jüdischen Tempel geformt, mit einem großen bunten Rundfenster über dem Portal, durch welches Sonnenlicht fiel und den Sakralraum noch heiliger wirken ließ. Darunter die Orgel, die es bei den Orthodoxen nie gegeben hätte.

Welch liberaler Geist an diesem Ort!

Im Zentrum ein beeindruckender Thoraschrein mit den Thorarollen und ihren silbernen Kronen und allerlei, in filigraner Arbeit gefertigter Zierde. Über dem Schrein mit Perlen und Edelsteinen bestickte Vorhänge mit den hebräischen Inschriften ihrer Stifter. Und ganz oben in goldenen Buchstaben »Wisse, vor wem du stehst«. Ein achtarmiger und mehrere große silberne Kerzenleuchter ließen die Pracht des Gotteshauses auf den ehrfürchtigen Besucher wirken.

Wohin all diese Pracht in der Pogromnacht verschwand, wurde nie geklärt, denn Klärung setzte Ermittlung voraus. Verbrieft wurde nur das Geschehen danach, und auch das lediglich, weil diese Nacht ihre Zeugen hatte, die es sich erzählten; die einen schenkelklopfend, die anderen weinend: Wie die Horde schon grölend auf der Kaßbergauffahrt zu hören war an jenem Novemberabend gegen sieben. Vor der Synagoge bereits ein Auflauf gaffender Menschen, das Spektakel erwartend, in dem der Tag gipfeln würde, an dem unten in der Stadt Schaufensterscheiben zertrümmert und Auslagen geplündert worden waren. Stimmung wie auf einem mittelalterlichen Markt mit Scheiterhaufen. Als wartete ein ganzes Volk auf die Bestrafung derer, die trotz des Verbotes weiterhin hierhergezogen waren. Hatte Oberbürgermeister Schmidt doch schon drei Jahre zuvor eine schärfere Gangart angekündigt und den Zuzug jüdischer Personen nach Kaßbergen als unerwünscht erklärt. Keiner von denen sollte überrascht sein, wenn ein von Fremden bedrängtes Volk seiner Wut endlich Luft machte.

Das Eisentor des Gotteshauses brach derjenige auf, der nach Dutzenden Tritten den stärksten Tritt und damit die Ehre des entscheidenden hatte. SA und ein paar Fanatisierte ohne Uniform stürmten den Vorgarten, schlugen auf das Hauptportal ein, bis es unter den Hieben aufsprang. Ein paar Männer in Zivil waren es wohl, ja, genau die Nachbarn, die sich gern die Tasse Mehl oder Zucker geliehen hatten, ohne dass sie je etwas davon wiedergaben, die nun Kanister mit Flüssigkeit in den Sakralraum schleppten. Während die Menge auf der Straße noch grölte, begannen aus der Synagoge die Flammen zu schlagen.

Das Grölen, es ließ sich natürlich noch steigern. Hatte man dem Rabbiner Fuchs bereits am Tage die Wohnung in der Markgrafenstraße und das Gesicht zerschlagen, karrte man ihn nun mit einigen Schicksalsgefährten auf einem Lastwagen heran, auf dass ihm auch nichts entgehe von der Vernichtung seines Gotteshauses. Die Fahrt ging weiter in das Polizeigefängnis in der Hohen Straße, von wo er noch einen letzten Blick auf die brennende Synagoge werfen durfte, bevor sich die Türen hinter dem geistigen Oberhaupt der Gemeinde schlossen.

Lächerliche vierzig Jahre hatte ein Haus überstanden, das drei Jahre lang gebaut und für Jahrhunderte geschaffen worden war; das mehr als siebenhundert Menschen Platz gab in ihrem Glauben und ihrer Gemeinschaft, deren Kraft sie durch den Alltag außerhalb seiner Mauern zu tragen vermochte.

Gemäß der Ordnung dieses Staates kam auch hier die Feuerwehr im angemessenen Zeitrahmen vorgefahren. Den Männern war eine gewisse Freude anzumerken, denn bevor es ans Löschen ging, ging es doch erst mal ans Betrachten des Brandes. Weil der Feuerschein in ganz Kaßbergen und der weiteren Umgebung zu sehen war, erblickte auch der Letzte unten in der Stadt dieses Leuchten, das wie ein Fanal in den Himmel strahlte.

Was nach diesem nicht verhinderten, geschweige denn gelöschten Brand noch übrig war, galt als öffentliches Ärgernis, das die jüdische Gemeinde selbst zu beräumen hatte, wie auch die Kosten von 35 000 Reichsmark von den Juden zu entrichten waren.

Wehret den Anfängen!, war eine Lehre, die man gern aus der Vergangenheit zog. Klangvoll warnte sie vor Entwicklungen, so unterschwellig wie leise Fürze, deren Gestank erst bemerkt wurde, wenn es zu spät war.

Wie viel eine Lehre kostete?

Mindestens ein Menschenleben.

Allein am 10. Mai des Jahres zweiundvierzig gingen sieben Familien aus Kaßbergen – und das waren nur die, von denen er wusste – in den Tod. Hatte sein Vater den eigenen Tod schon im Jahre fünfunddreißig gesucht und gefunden, waren diese Familien doch immer noch bekannt mit der Mutter gewesen. So auch die Witwe des Strumpffabrikanten Doerzbacher aus der Ahornstraße. Familie Abel aus der Andréstraße mit ihren fünf Kindern – Max, Erna, Ludwig, Alfred, Hannah –, für die es zunächst ins Judenhaus in der Apollostraße ging, bevor sie zum Bahnhof verbracht wurden. Am selben Tag wie das Ehepaar Loeser aus der Heinrich-Beck-Straße, die ersten Juden hier auf dem Hügel. Ludwig und Laura Salgo aus der Weststraße hatten ihrer Tochter Lilly die Überfahrt nach

New York finanziert und für ihre eigene Flucht gespart, für die ihnen nicht mehr die Zeit blieb. Im Haus gegenüber die Kupferbergs. Heinrich Kupferberg und der Vater waren bekannt gewesen für ihre hitzigen Diskussionen auf dem Podium der Kunsthütte im Museum am Opernplatz. Kupferberg wurde zusammen mit Frau und Tochter aus der Wohnung geholt und zum Bahnhof verbracht. Witwe Zuer und ihren Sohn Wolfgang, beide immer gut für eine Runde Skat mit dem Vater, hatte auch die Flucht nach Thüringen nicht vor dem Abtransport an jenem Maitag gerettet. Aus dem Schocken wurde Jette Tamler abgeführt, die am Morgen noch dachte, sie ginge zur Arbeit, und am Abend wusste, sie ging in den Tod.

Was ihnen allen durch den Kopf gegangen sein musste, konnte er nur erahnen, während er sich die Finger auf die geschlossenen Augen drückte, damit nicht auch noch Tränen kamen, die hier schon lange niemand mehr vergoss. Er konnte nur ahnen, nicht wissen, mit welchen Gedanken sie den Zug in Lublin verlassen hatten und auf das Ghetto in Belzyce zugetaumelt waren an jenem Tag im Mai. Wer von ihnen die folgenden vierzehn Tage überlebte, wurde ausgelöscht, als die SS das Ghetto dem Erdboden gleichmachte – und mit dem Ghetto auch fünftausend Seelen. Von keinem mehr ein Name irgendwo. Nur die ihrer lang verblichenen Vorgänger auf dem jüdischen Friedhof, gut versteckt hinter dem der Nichtjuden, am Ende von Kaßbergen.

Nein, kein Heimweh an diesem Ort.

Am Rande des Parks eine Bank, darauf ein ungleiches Pärchen. Zu viel Schriftsteller in ihm, um die beiden zu ignorieren. Jede noch so kleine Beobachtung hielt Einzug in seinem alten Kopf, der nur am Rande bewachsen war und sich doch kaum einen Einkaufszettel merken konnte.

Sie sahen aus wie großer Bruder und kleine Schwester. Sein Interesse galt ihnen nur für den Moment.

Der junge Mann bemerkte ihn. Das Misstrauen in seinem

Blick war S. H. nur zu vertraut. Das Misstrauen hatte seine Farbe nicht verändert, dieses Misstrauen unter den Menschen. Das Misstrauen war vor vierzig Jahren so verbreitet gewesen, wie es auch heute wieder verbreitet war, und es hatte zwischenzeitlich nichts von seiner nagenden Intensität verloren. War Vorsicht die Mutter der Porzellankiste, dann war das Misstrauen die Mutter der Zwietracht. Und beim Blick in das Gesicht des jungen Mannes mit seiner Punkerfrisur entdeckte S. H. die Menschen von damals, deren Misstrauen mit Todesangst einhergegangen war.

Er konnte die Blicke der beiden jungen Menschen auf der Bank im Rücken spüren. Kein Wunder, dachte er und tat nun richtig geheimnisvoll, denn ja, diesen Spaß wollte er sich gönnen. Sie sahen einen alten Mann vor dem Haus stehen. Sahen, wie er einen Schritt zurücktrat, sich umblickte, ob ein Auto kam, dann – immer weiter rückwärts – die Straße überquerte bis zum Trottoir gegenüber. Wie sie argwöhnisch das Treiben des alten Mannes beobachteten. Vielleicht wohnten sie genau da, in diesem Haus, Gerhart-Hauptmann-Platz 13, und vielleicht dachten sie, schon wieder so einer. Im Trench, mit dicker Brille, den Blick nach oben gewandt. Und als der alte Mann nun einen Fotoapparat hervorkramte, erlosch in den beiden wohl auch der letzte Funke Hoffnung, es möge sich um einen Touristen handeln, obwohl sich kaum ein Tourist in die Stadt, und schon gar keiner nach Kaßbergen, verirrte.

Nein, kein Heimweh an diesem Ort.

Sag mal, der Junge, mit dem du immer draußen bist. Der mit der Nase, wer ist das?«, fragte mich mein Vater eines Abends.

»Du meinst Gonzo.«

»Wahrscheinlich. Muss das denn sein, dass du immer mit dem gesehen wirst?«

Ich blieb stumm. Wusste gar nicht, was mein Vater von mir wollte.

»Mensch, das issn Punker!«

»Weißichdoch.«

»Und du willst doch Abitur machen, Mensch!«

»Ja. Und dann mal was studieren, vielleicht am Literaturinstitut.«

»Egal was, und wenn du die Krabbeltechnik der Käfer studierst! Eins ist klar! Nischt geht ohne Abi!«

»Das weiß ich!«

»Aber mit so einem Punker kriegst du kein Abi!«

»Was hat denn Gonzo mit meinem Abi zu tun?«

»Na, weil …, weil …«, mein Vater fuchtelte genervt mit Zigarette und Feuerzeug herum, »weil der politisch nicht ganz klar ist!«

»Politisch ganz klar bist du auch nicht! Ich höre es doch, wenn du mit Brigitte schimpfst über das Geld, das sie für Parteimarken ausgibt und wie viel Bier man dafür kaufen könnte!«

»Aber das ist doch was ganz anderes!«

Meine Geschichten waren immer genau das: was ganz anderes. Also stahl ich mich zu Gonzo.

Während Brigitte und mein Vater vor dem Fernseher saßen, nahm ich eine Weinflasche aus dem Küchenschrank, verstaute sie in einer Plastetüte, auf der »Marlboro« stand, und ging los.

Abends mit einer fetzigen Plastetüte in der Hand durch Kaßbergen zu laufen, war allein schon ein Abenteuer für mich. Die Läden hatten zu. Keiner ging mehr spazieren. Nur hier und da einer mit Hund. Aus Kneipenfenstern drang Gemütlichkeit durch dicke Gardinen nach draußen. Die quietschende Straßenbahn und das vertraute Bimmeln hielten die Menschen hier in der Spur. So kamen sie mal raus, auf ein paar Biere oder zum Fernsehen, wo die Antenne besseres Westbild zeigte als zu Hause. Mit der Bahn kamen sie auch wieder zurück, bevor die letzte ins Depot einfuhr und völlige Stille über dem Berg lag.

Die Harlaßstraße runter und bei Köhlers links rein in die Walter-Oertel-Straße.

Ratlos stand ich vor Gonzos Haustür. Gonzo hieß Stelzer mit Nachnamen und wohnte ganz oben links. Da sollte ich klingeln. Aber auf dem Klingelschild stand »Bell«.

Vielleicht hatte er einen Mitbewohner, auf den der Mietvertrag lief. Oben angekommen drückte ich auf den Klingelknopf und erschrak, als Kirchenglocken im Treppenhaus dröhnten.

Gonzo öffnete in Turnhose und Trainingsjacke die Tür und winkte mich rein.

Ich schaute mich um. Für einen wie Gonzo war diese Wohnung zu klein. Selbst sein Bett, das in dem einzigen Zimmer stand, schien zu kurz. Trotzdem stellte ich ihm die Frage.

»Wohnt hier noch jemand?«

»In dieser Keksdose? Ich hab ja schon alleine kaum Platz.«

»Und wer ist Bell?«

»Hä?«

»Der Name an deiner Klingel.«

»Haste noch kein Englisch in der Schule?«

»Doch. Seit der Fünften.«

»Dann weeßte, was *bell* heißt.«

»Ja, Klingel.«

»Na also. Willste 'ne Limo? Hab aber nur Malzbier.«

»Ich hab Wein mitgebracht.«

»Kriegst du den schon im Laden?«

»Nee. Aber zu Hause.«

»Deine Eltern haben nischt dagegen?«

»Sind nicht meine Eltern. Sind nur mein Papa und Brigitte.«

»Du hast Sorgen. Manche wären froh.«

»Bin ich auch. Aber meine Eltern sind nicht mehr zusammen. Und meine Mama heißt bald wie ein Kriegsschiff und zieht an die Ostsee.«

»Armada Umlauf?«

»Nee. Rosemarie Gustloff.«

Gonzo hatte aus zwei winzigen Zimmern ein kleines Zimmer gemacht. Hatte die Wand durchbrochen und den Türrahmen mitten im Zimmer stehen gelassen. Keine Gardinen am Fenster, die Scheiben bemalt.

»Ist Ronald Schaarschmidt eigentlich ein bekannter Schriftsteller?«

Mit dieser Frage wollte ich Gonzo ärgern und mich wichtigmachen.

Ich stand vor Gonzos Bücherregal, in dem die Romane seines Freundes eine Handbreit einnahmen. Flankiert von Joseph Roth und Anton Tschechow.

Weil Gonzo nur knurrte, statt etwas zu sagen, machte ich weiter.

»Du hast ja alle seine Bücher! Und wer sind Herr Roth und Herr Tschechow?«

»Der Schaarschmidt steht nur wegen dem Alphabet dazwischen!«

Es hatte geklappt. Gonzo war sauer.

»Nicht, dassde denkst, der ist was Besonderes. Der Schaarschmidt ist auch schon mal gescheitert. Sollte einen Entwicklungsroman junger Menschen schreiben, der von 1949 bis 1959 spielt. Hat er nicht gepackt. Sagt er selber. Kannst ihn fragen.«

Unvermittelt schloss Gonzo die Augen und schien den Moment festzuhalten.

»Stell dir mal vor, vier Milliarden Menschen erleben ihn gerade jetzt, diesen Moment. Schlafend, einsam oder zu zweit oder gefesselt und gequält oder ein Kind zeugend.«

Ich versuchte, mir vorzustellen, was Gonzo sah. Beneidete ihn um seine Welt, in der ihn niemand störte und in der er wie sein eigener König wandeln konnte. Was ein Ronald Schaarschmidt zu Papier brachte, hatte Gonzo längst im Kopf. Sicher waren sie deshalb so gute Freunde, weil sie zu denen gehörten, die sich von niemandem etwas sagen ließen. Gonzos Gedankengänge glitten über Stromschnellen, so dass er sie nicht mehr unter Kontrolle bekam. Er konnte nichts aufschreiben, wie sein Schriftsteller es vermochte. Er hatte nur seine Gedanken.

»Alles vorbei, sobald ich einen Stift in die Hand nehme.«

Er schob mich ans Fenster vor die bemalten Scheiben. Was aus der Entfernung noch ausgesehen hatte wie willkürlich verschmierte Farbe, formte sich in der Nähe zur Silhouette eines Kopfes, der vom Rahmen herunterhing.

»Meine Version von Baselitz. War aus der Ferne schöner, oder?«

Ich zuckte mit den Schultern. Baselitz also. Wieder einer, der mir nichts sagte. Die Tür zu meinem Leben schien sich immer weiter zu öffnen. Zum ersten Mal bekam ich eine Ahnung von dem, was in dieser Stadt, in dieser Welt auf mich wartete.

Gonzo drängte mich zur Seite und öffnete beide Fensterflügel.

»Die größte Überraschung ist immer die Wahrheit dahinter.«

Aus diesem Blickwinkel hatte ich Kaßbergen noch nie gesehen.

»Ist das da drüben der Schlossteich?«

»Mit ein bisschen Phantasie ist er das, ja.«

»Das sieht alles so nah aus. Mein Opa hat immer gesagt, einmal die Straße der Nationen entlang, dann an den Schornsteinen vorbei, die Schienen überqueren und dann …«

»… dann bist du in einer schönen Umgebung. Hoffentlich hat er dir auch gesagt, du sollst dich hüten vor der Stadt, die man für ihre schöne Umgebung lobt. Geh direkt in die Umgebung und lass die Stadt links liegen.«

Auch von unserer Stadt hieß es nur, in Adelsberg, Euba, Augustusburg und im Zeisigwald ging es sich gut spazieren. Familien machten sonntägliches Picknick. Selbst ich saß staunend über Kisten mit Fotos vom Häuptling in der Hand, wie er als schnittiger Mann im weißen Hemd auf einer Wiese saß. Im Hintergrund die Heideschänke. Dort im Biergarten Männer, die am runden Stammtisch einen Skat droschen. Der Sonntag war für die Erholung von der Woche gedacht und wurde mit einem Frühschoppen begonnen. Der Spaziergang am Nachmittag war eine feste Größe, war eine feste Disziplin nach dem Mittagessen. Nicht nur Beine vertreten, sondern laufen und Kinder an der Hand und im Freilauf durch den Wald jagen. Das alles in einer Luft, frei von dem Industriegestank im Tal.

Gonzo beugte sich aus dem Fenster.

»Lass uns den Ausblick genießen, bevor ihn uns die nächste Mauer verstellt.«

»Was denn für 'ne Mauer?«

»Am Fuße Kaßbergens gab es die Stadtmauer. Alles, was davon noch steht, ist der Rote Turm. Und weil hier auf dem Berg Leute wie *wir* wohnen, werden wir gleich zusammen mit unseren Spitzeln und dem Stasiknast eingemauert und überdacht. Wirst schon sehen. Sie begegnen mir ständig, die Leute mit Sandsäcken auf dem Rücken.«

Auf dem Tisch standen bereits vier leere Rotweinflaschen. Gonzo wirkte zwar nicht betrunken, aber ganz bei sich schien er auch nicht mehr zu sein. Ich kannte ihn noch nicht gut genug, um zu wissen, aus welcher seiner Untiefen dieser Gedanke in ihm nach oben gekrochen war. Also beließ ich es dabei, die Worte meines Vaters noch im Ohr.

Ich quetschte mich neben ihn ans Fenster. Jetzt fehlten nur noch zwei Kissen unter unseren Armen, und wir hätten wie ein Ehepaar ausgesehen. Eine dickliche junge Frau und neben ihr ein Mann mit Hahnenkamm betrachteten die Gaslaternen bei Nacht.

Die Straße lag ruhig. An der Straßenecke parkte ein Auto, bei dem der Besitzer vergessen hatte, das Licht auszuschalten.

Ich musste feixen, weil ich von meinem Vater wusste, wie schwer es war, schnell an eine neue Autobatterie zu kommen. Viel Rennerei wegen eines so dämlichen Fehlers.

»Der wird morgen früh wohl die Straßenbahn nehmen.«

Jetzt sah auch Gonzo den Wartburg.

»Wenn da man nicht einer drinne sitzt.«

Er reckte seinen Hals, den Blick nach unten, und wiegte argwöhnisch den Kopf.

»Kannst dich an den Alten erinnern kürzlich am Gerhart-Hauptmann-Platz?«

Grauer Mantel, Haarkranz, dicke Brille, Fotoapparat, zögernde Schritte.

»Ja. Und daran, dass er eine langweilige Hausfassade von allen Seiten fotografiert hat.«

»Genau. Alles abgekartet. Ein Spitzel. Die haben mich auf dem Schirm.«

»Wer?«

»Na, die Stasi!«

Also war Gonzo deshalb so einsilbig geworden, als der alte Mann aufgetaucht war.

»Und was meldet der denen, wenn er dich auf einer Bank sitzen sieht?«

»Einfach nur, dass ich dasaß. Um welche Uhrzeit und mit wem.«

Ich krallte meine Finger an den Fensterrahmen. Spürte kalten Schweiß auf meiner Stirn.

»Dann haben die mich auch im Visier?«

»Nee. Du bist viel zu jung und uninteressant.«

Das konnte ich so nicht auf mir sitzen lassen.

»Aber wir gucken jede Menge Westfernsehen, außerdem müsstest du mal hören, wie Michi über den Genossen Honecker und unsere Brudervölker in Afrika redet! Und meine Oma guckt Serien, in denen Karl Marx als Anarschist verulkt wird, außerdem bekommt meine Mutter immer Westgeld von ihrem …«

»Schnauze!« Gonzo hatte mich noch nie zuvor angebrüllt. Er schob mich weg und schloss das Fenster.

»Ich kann dir ja ein Megaphon besorgen, damit du noch ein bisschen lauter aus dem Fenster verkünden kannst, was der da unten hören will!«

Der Turm

Im Mauerbauen waren sie gut. Genetisch war der Mensch ein Maurer, schien es.

Kaum konnte er zählen und handeln, setzte er Gewonnenes in Steine um, die er aufeinandertürmte, gebrannten Kalk mit gemahlenen Ziegeln und vulkanischen Aschen verkittete und über sich selbst hinauswachsen ließ. Hinzu kam sein Streben, das ihm auch der sonntägliche Kirchgang mit den Zehn Geboten nicht austreiben konnte, und vor den Todsünden scheute er schon gar nicht zurück.

Der Mensch lebte die Gier des Höher, Schneller, Weiter, und er strebte beim Mauerbau das Höchste an. Das ganze Land war ein einziger Festungsbau.

Der eine grenzte sich vom anderen ab, während der Dritte den Sturm darauf probte. Burgen mit Gräben wurden gebaut und ummauert und geschliffen, um dann wieder alles von vorn zu beginnen.

Wie ein Furunkel wurzelte Kaßbergen am Rand der Stadt, die sich fernhielt von dem Berg und sich mit einer Mauer von ihm trennte. Im vierzehnten Jahrhundert hatte noch eine einzige – dafür stabile – Mauer genügt, verstärkt von einem Graben und Palisadenzaun. Und weil so wenig zu verteidigen war, konnten im Graben Karpfen gezüchtet werden.

Weil der Mensch aber nicht an sich halten konnte und weiter expandieren musste, nachdem er wieder übern Tellerrand geschaut hatte, landete auch dieser Gotteswinkel zwischen Kimme und Korn eines Schützen und brauchte eine zweite Mauer. Den Raum zwischen den Mauern nannten sie Zwinger, was Bilder von patrouillierenden Hunden oder gar Tigern und Löwen heraufbeschwor. Das Bauwerk verstärkt von fünfundzwanzig Türmen, aus denen fünfzig Paar Augen die Stadt im Blick behielten und damit all die Möglichkeiten, die sich hier verwirklichen könnten. Die ersten Brücken waren aus Holz, wurden abgerissen und neu gebaut aus Stein, wieder abgerissen und durch Zugbrücken ersetzt, als im siebzehnten Jahrhundert die Türken ins Land zu brechen drohten.

Nach und nach verfielen Mauern, Tore und Türme, weil dieser Landstrich nicht mal mehr den Feind anlockte. Nur noch sporadisch gewartet, zerbröckelte die Festung um Kaßbergen. Im Graben, verschlammt und verwuchert, versickerte das letzte Pfützchen Wasser. Gemüsegärten, Schützen- und Seilerplätze, auf denen Seilmacher ihre langen Bahnen zogen, hauchten den Mauern ein letztes Mal Leben ein, bevor an einem Apriltag des Jahres achtzehnhundertsechs ihre Überbleibsel den Stadtgraben füllten. Als Letztes fielen die Tore: Johannis, Nikolai und Kloster; und das Letzte, das Chemnitzer, hielt nur noch wenige Jahre, bis es einem Brand zum Opfer fiel.

Als Zeuge ragte ein einziger Turm aus der Stadt. Ein roter, wie es sich gehörte für eine Arbeiterstadt.

Wir saßen beim Schriftsteller, und wieder erzählte Gonzo, dass ihm so ein Sandsack begegnet war. In der Helmut-Just-Straße vor dem Polizeipräsidium. Er sprach von einer Häufung, die es dort gäbe. Sprach von einem großen geheimen Lager. Wusste es aber nicht genau. Wie so vieles, was er erst behauptete und dann in Zweifel zog.

Für eine Diskussion brauchte Gonzo kein Gegenüber. Nun waren wir aber da: Ronald Schaarschmidt, ein hageres Mädchen mit Nickelbrille, das Elvira hieß, und der Student vom ersten Mal in seiner Kutte.

Es war mir schon häufiger aufgefallen, dass Gonzo spätestens nach seinen ersten Ausführungen niemand mehr zuhörte. Und seit seiner Schrulle mit den Sandsäcken kam er oft gar nicht erst zu Wort. Gonzo schien das nicht zu stören. Er betrachtete den Himmel in seinem Bierglas und sah eine riesige Sanddüne, welche die Zwickauer Straße nordwärts verlief und sich die Reichsstraße entlang über Kaßbergen ergoss.

Ronald Schaarschmidt kannte Gonzo schon länger als alle am Tisch zusammengenommen. Deshalb traute er sich auch mal was bei ihm.

»Weißt du, wie du jetzt gerade wieder aussiehst?«

Gonzo schaute den Schriftsteller an und dann an sich herunter.

»So wie du sieht einer aus, der Großes vorhat und Kleines liefert.«

Was er als beleidigend empfand, feixte Gonzo einfach weg. Aber Ronald Schaarschmidt war noch nicht fertig.

»Der stadtbekannte Gonzo. Aber wofür biste denn bekannt?

Für'n Hahnenkamm und ein paar Sicherheitsnadeln im Ohr? Einen Namen macht man sich. Den frisiert man sich nicht.«

»Wie willst du namhaft werden im Leben, wenn schon deine Geburtsstadt im Lebenslauf provinziell sozialistisch klingt?«

Das Mädchen, das Elvira hieß, pflichtete Gonzo bei. Vielleicht war Elvira auch zu Höherem geboren und haderte mit dem Namen der Stadt.

Ronald Schaarschmidt winkte ab, holte noch zwei Bier und für mich ein Malzbier aus dem Fach unter dem Küchenfenster.

»Jede Stadt ist so provinziell wie der kleinste gemeinsame Nenner ihrer Einwohner. Und zu dem trägst auch du schon rein mathematisch erheblich bei.«

Gonzo reckte seine rattige Nase, als nähme er die Witterung der Dinge auf, die auf ihn zukamen.

»Du hältst mich also für dumm.«

»Nein, Gonzo. Du bist, was ich einen schlichten Menschen nennen würde. Doch in deiner Schlichtheit bist du konsequent.«

»Und so konsequent bin ich auch in meiner Ansicht, dass niemand das Recht hat, auch hier bei uns noch eine Mauer zu bauen.«

»Mach dir da mal keine Sorgen. So eine Mauer würde heutzutage schon am mangelnden Baumaterial scheitern. Recht hin oder her.«

»Aber ich sehe sie. Die Sandsäcke.«

Gonzo sprach von ihnen wie von Menschen.

»Spätabends. Nie vor elf. Tagsüber siehst du sie nicht. Die planen etwas, die Säcke.«

»Und selbst wenn sie das tun. Was ist denn ihr Plan?«

Über diese Frage musste Gonzo etwas länger nachdenken. Mehr noch. Sein dankbarer Blick auf Ronald zeigte an, dass der Schriftsteller ihm gerade eine ganz neue Möglichkeit aufgezeigt hatte, in die Gonzo sich nun zurückziehen wollte.

Wieder hatte ich auf zusammengefalteten Zetteln Neugeschriebenes dabei. Hatte mir abgewöhnt, meine Gedichte und Miniaturen, oder was ich dafür hielt, gelocht in einen Hefter zu legen. Wartete immer geduldig, bis ich an der Reihe war, genau wie die anderen am Tisch, die so viel älter und besser waren als ich. Tat dann überrascht und begann, in der Hosentasche zu kramen.

Dieser Moment, auf den ich mich jeden Monat vier Wochen lang freute – mehr als einmal im Monat konnte uns der Schriftsteller nicht ertragen –, der fiel diesmal flach, weil er gar nicht stattfand.

»Wir kriegen Besuch. Macht mal Platz da.«

Der Schriftsteller öffnete ein Kabuff, das ich aus anderen Küchen als Speisekammer kannte, und holte fünf Klappstühle heraus, die er um den Küchentisch drapierte.

»Ihr sitzt heute mal in der zweiten Reihe, sonst wird's zu eng«, sagte er zu uns allen und schob Gonzo und mich als Erstes zur Seite.

Es klingelte.

»Gestatten, Kljutsch!«, rief ein Langhaariger, der zusammen mit vier anderen die verrauchte Küche betrat.

»Ebenso, Kljutsch!«, sagten die anderen vier nacheinander und grüßten mit zwei gekreuzten Fingern in die Runde.

Ich kam mir veralbert vor, aber Gonzo winkte nur ab, als er die Ratlosigkeit in mir wahrnahm.

»*Kljutsch*. Russisch für Schlüssel.«

»Weiß ich doch!«

»Künstlergruppe«, sagte Gonzo leise, »stadtbekannt. Wusstest du nicht.«

Kljutsch, das waren schon richtige Männer. Mit Vollbart, Nickelbrille, Tramperschuhen. Einer hatte einen Fotoapparat dabei und fing an zu knipsen.

Der Schriftsteller schob ihnen die Stühle zurecht und verteilte noch ein Dutzend Bierflaschen auf dem Tisch.

»Bass off …«, der Fotografierer hatte meinen fragenden

Blick aufgeschnappt, »dassde nä glei an dor Wand hängst. Kann dir bei uns bassiern!«

»Und noch Schlimmeres«, raunte Gonzo mir zu, der nur noch raunte. Das war wohl seine Art zu reden, wenn er beim Schriftsteller in der zweiten Reihe saß. Bekam alles mit, doch seine Kommentare kamen in jener Art des Redens kurz vorm Flüstern, wo mir schon die Stimmlage mitteilte, das Gesagte war nicht für jeden gedacht, sondern in dem Fall nur für mich und gefährlich noch dazu.

Der Schriftsteller nahm ein Büchlein in die Hand und drückte es an seine Brust.

»Ich hab mir heute zu euch Nasen mal ein paar Künstler der bildenden Zunft dazugeholt.

Thema heute: Stefan Heym. *Die Schmähschrift oder Königin gegen Defoe.*«

»Da hat er wohl wieder was entdeckt«, raunte Gonzo. »Freigelegt im Volksbuchhandel. Der dem Volk genau das zu lesen zuteilt, was es verdient, und weniger das, wonach es verlangt.«

Ich kannte keine Volksbuchhändlerin, hatte nur mal gehört, dass dies ein begehrter Beruf war, kam man als Volksbuchhändlerin doch an den Goldstaub ran.

»War der Heym ein Antifaschist?«

Über Antifaschisten wusste ich Bescheid. Hätte es keine Antifaschisten gegeben, dann hätten wir keine Straßennamen gehabt. Den Namen Stefan Heym aber hatte ich noch auf keinem Schild gelesen. Was nichts zu bedeuten hatte, denn ich kam ja nie aus Kaßbergen raus.

»Auch. Aber von Beruf war er Schriftsteller. Ein richtiger, meine ich.«

Der einzige richtige Schriftsteller, den ich kannte, war Ronald Schaarschmidt.

»Lebt der noch?«

»Ja. Kommt aus Kaßbergen, wohnt jetzt aber in der Hauptstadt.«

»Da, wo alle aus Kaßbergen irgendwann hingehen.«

»Richtig. Außer uns. Drum kann aus uns nischt werden.«

Ich wusste nicht, ob Gonzo mit uns *uns* meinte oder das große Uns aus Leuten wie uns, wollte ihn aber auch nicht weiter ablenken, denn Ronald Schaarschmidt ließ gerade das Buch reihum gehen.

»Auf dem elften Plenum verboten und nun in eintausender Auflage für siebzehn Millionen Leute gedruckt. Goldstaub!«, raunte Gonzo, wog es in der Hand und gab das Buch weiter, bevor ich darin blättern konnte.

»Stefan Heym«, Ronald Schaarschmidt hielt das Büchlein in die Höhe, »hat sich Daniel Defoe zur Metapher genommen, den Mann, dem lange vor seinem Verfassen des Robinson Crusoe der Vorwurf der Blasphemie anhaftete. Wer hat's gelesen?«

»Ich«, sagte der eben noch fotoknipsende Kljutsch. »Und ich finde, daraus sollten wir was machen. Eine Kunstaktion.«

»Oder Aktionskunst«, sagte ein Kljutsch mit Nickelbrille.

»Oder eine Kunstinstallation«, ergänzte der Kljutsch mit den Tramperschuhen.

»Oder Installationskunst«, warf Gonzo ein und klang zynisch.

Nun redeten alle durcheinander, und der Schriftsteller musste sich lautstark Gehör verschaffen.

»Lasst mal den Kljutsch zu Wort kommen, der *Die Schmähschrift* gelesen hat.«

Der hatte sich vorbereitet.

»Eine Bücherverbrennung könnten wir machen. Auf dem Gerhart-Hauptmann-Platz. Alles abfackeln, was der Dietz-Verlag so hergibt.«

Der Schriftsteller beobachtete den Kljutsch mit zusammengekniffenen Augen. Ich schaute rüber zu Gonzo. Der wurde noch bleicher als die Wäsche auf der Bleiche des Ministers. Trotzdem wagte ich die Frage.

»Auf dem Gerhart-Hauptmann-Platz?«

Gonzo lehnte sich rüber zu mir.

»Ich glaube, der Platz ist hier das kleinere Problem. Aber ich weiß, warum er gerade dahin will. Stefan Heym ist dort geboren.«

»Der kommt von unserem Platz?«

»Ist nicht *unser* Platz. Dass wir zwei dort hin und wieder auf einer Bank sitzen und dumm quatschen, ist ja kein Verdienst und kann ja wohl jeder, der mit seiner Zeit nischt anzufangen weiß …«, Gonzo driftete kurz ab, »mit seiner Zeit …«, sagte er verträumt, »schönes Bild. Ich glaube auch, dass ich mit dieser meiner Zeit nischt anzufangen weiß.«

Gonzos Gedankenspielereien waren mir vertraut. Und da sie sich länger hinziehen konnten, wir aber gerade nicht auf der Parkbank, sondern im auserlesenen Kreis eines echten Schriftstellers saßen, der über einen noch echteren sprach, holte ich ihn mir zurück.

»Aber wenn Stefan Heym als Kind genau an dem Platz aufgewachsen ist, wo auch wir so oft sind, dann kann doch aus dir und mir auch so jemand werden wie er.«

»Von da kommen noch ganz andere Leute. Und eben auch Schriftsteller aller Art. Die einen sind die Heyms dieser Welt geworden. Die anderen, wie wir, bemühen sich aussichtslos, wie ein Heym zu schreiben. Und wieder andere schreiben ganz was anderes. Der eine fabuliert, der andere reimt sich was zusammen. Aber alle schreiben fleißig. Und ich befürchte, dass sich auch hier und heute wieder einer was zusammenreimt.«

Die Runde war bereits in die Planung der Bücherverbrennung vertieft.

Ronald Schaarschmidt schwieg zurückgelehnt und beobachtete den Kljutsch. Seit der sich vom Fotoknipsen aufs Reden verlegt hatte, baute sich etwas zwischen den beiden auf. Des Schriftstellers Blick verhieß nichts Gutes. Genau genommen hatte ich ihn noch nie so böse blicken sehen, egal, wie schlecht und mager ein Text war, der hier an seinem Tisch heruntergenuschelt wurde.

Irgendetwas war anders an diesem Abend. Das Wort »Misstrauen« war mir bereits einige Male begegnet, oder zumindest ein Gefühl davon, dass es hierzulande Menschen gab, denen man traute. Offenbar aber noch viel mehr von der Sorte, der man misstraute. Was sich zwischen dem Schriftsteller und dem Kljutsch abspielte, war eine Aufführung in Misstrauen. Nur wusste ich nicht, ob es die Generalprobe oder schon der Auftritt war.

Irgendwann hatte auch der letzte des Schriftstellers böses Schweigen bemerkt, und es herrschte Ruhe.

Ronald Schaarschmidt lehnte sich nach vorn und schaute dem Kljutsch in die Augen, mit einem Blick, von dem ich hoffte, dass ich ihn nie im Leben ernten würde.

»Bücherverbrennung. Du hast ja wohl den Arsch offen.«

»Warum?«, fragte der mit dem Büchlein vertraute Kljutsch trotzig.

Er versuchte zu überspielen, wie sehr ihn Ronald Schaarschmidts Worte trafen, setzte seine Brille ab und rieb sich die Augen.

»Ist doch alles nur eine Frage der richtigen Ankündigung. Die Bücher des Daniel Defoe wären mit ihm zusammen öffentlich verbrannt worden, wenn es nach der Königin gegangen wäre. Unser Heym hat nichts anderes gemacht, als sich an der vermaledeiten Vergangenheit zu bedienen, wo es ihm um die Gegenwart ging.«

Der Schriftsteller rülpste laut. Das machte er gern, wenn er eigentlich nur für Aufmerksamkeit sorgen wollte, und zwar für die, die ihm allein galt.

Doch der Kljutsch quälte sich weiter durch das, was nach einer Rechtfertigung klang.

»Wir nehmen eins der zahllosen Zitate aus dem Buch als Aufhänger. Das Buch – und damit das Zitat – ist hierzulande erschienen, ist dem Volk zugänglich gemacht worden, und wir tragen es für jene breit, die nicht das Glück hatten, im Volksbuchhandel eins der Exemplare zu ergattern.«

Ronald Schaarschmidt war es, der nun zum Büchlein griff und daraus zitierte.

»*Glauben Sie denn, Sir, daß es so einfach ist: Sie verbrennen die Bücher …, und die Gedanken verwehen im Wind wie die Asche?*«

Der Kljutsch wirkte erleichtert.

»Genau *das* nehmen wir, und dann geht die ganze Kacke in Flammen auf.«

»Du hast tatsächlich den Arsch offen.«

Die Stimme des Schriftstellers verhieß noch immer nichts Gutes, obwohl jegliche Wut aus ihr gewichen schien.

»Dein Vergleich hinkt nämlich an einer ganz entscheidenden Stelle.«

Der Kljutsch guckte eingeschnappt.

»Die da wäre?«

»Sag mal, willst du mich testen, du Pfeife?«, brüllte der Schriftsteller nun und hieb mit der flachen Hand auf den Tisch.

Diese Hand war in meinem Beisein schon so oft auf die Tischplatte geknallt, dass es mich gar nicht mehr hätte überraschen dürfen. Doch wir alle schraken zusammen, und für den langen Moment einer Ewigkeit herrschte Stille im Raum, nur unterbrochen vom immer tropfenden Wasserhahn.

»Dein Vergleich hinkt da, wo wieder Bücher brennen!«

Der Schriftsteller fiel ermattet in seinen Stuhl zurück.

»Hast du mir nicht zugehört?«, ereiferte sich der Kljutsch nun mächtig, »ich rede von der gequirlten Kacke, für die im Dietz-Verlag genau das Papier verschwendet wird, das angeblich für die Hesses und Wolfs und Heyms nicht reicht!«

Alles schaute gebannt auf Ronald Schaarschmidt, doch der winkte nur ab.

»Nun sagt ihr doch auch mal was!«, rief der Kljutsch dem Rest seiner Gruppe zu, doch die anderen Kljutsche schauten sich nur ratlos an.

»Bevor du fragst«, raunte mir Gonzo zu, »mit gequirlter Kacke meint er Marx und Lenin.«

Ich verstand, dass ich das mit der gequirlten Kacke nicht laut auf der Straße sagen durfte.

»Die beiden, die den Marxismus-Leninismus erfunden haben.«

»Erfunden. Nee!« Gonzo verdrehte die Augen. »Benannt ist der nach denen.«

Ronald Schaarschmidt wandte sich wieder dem Kljutsch zu.

»Du planst also mit deiner Künstlergruppe eine Bücherverbrennung von Marx, Lenin, Mao Tse Tung, Engels und Thälmann auf dem Gerhart-Hauptmann-Platz vor der Tür des Geburtshauses des Juden Stefan Heym. Als Kunstaktion.«

»Drehst mir alles im Mund rum!«, ereiferte sich der Kljutsch.

»Was genau habe ich dir denn im Mund rumgedreht?«

Der Kljutsch setzte zu einer Antwort an, doch er kam nicht weit.

Ein Spruch kam mir in den Sinn: *Erst Gehirn einschalten, dann Mundwerk bedienen.* Ein kleines, feines physikalisches Gesetz, das die Mechanik der gepflegten Kommunikation umreißt.

Der Kljutsch schien den Schalter im Gehirn in der Eile nicht zu finden, denn er gab nur ein Stöhnen von sich. Mit einem darauf folgenden »Dukannstmichmal!«, das uns allen galt, griff er zu seinem Fotoapparat und ging. Die anderen vier Kljutsche folgten ihm mit gesenktem Kopf, ohne dass noch einer von ihnen etwas sagte.

Das Knallen der Tür verhallte im Raum, und wir saßen stumm.

Gonzo rückte ohne mich an den Tisch und damit in die erste Reihe vor und mäanderte irgendwo zwischen Frage und Feststellung: »Aber der Typ ist doch eigentlich ganz in Ordnung.«

»Das Wort *eigentlich* ist das Problem«, entgegnete der Schriftsteller. »Wer hat was dabei?«

Im Vergleich zu Menschen, die in diesem Lande schon wieder Bücher verbrennen wollten, schien mir ein Gonzo, der vor einer weiteren Mauer warnte, fast normal.

»Hab euch heute wieder auf eurer Bank gesehen«, sagte mein Vater, der seit ein paar Tagen in einer Wohnung am Gerhart-Hauptmann-Platz pfuschte. »Was habt ihr denn ständig zu bequatschen?«

»Ach nix.«

»Für nix haste ganz schön geplappert. Kommt der eigentlich bei dir auch mal zu Wort?«

Sein Interesse an Gonzo beruhigte mich. Mein Vater schien in seinem Kampf gegen meinen Umgang die Waffen zu strecken.

»Es geht das Gerücht eines Mauerbaus um in Kaßbergen. Und Gonzo hat schon wieder einen mit einem Sandsack auf dem Rücken gesehen.«

Mein Vater hatte eine ganz praktische Erklärung dafür. Wie für alles, worüber er nicht länger nachdenken wollte.

»Vielleicht baut der Mann sich grad ein Haus und ist zu dem Sack gekommen.«

»Aber immer sieht Gonzo Menschen mit Sandsäcken. Er sagt, die bauen eine Mauer.«

»Hätte dein Gonzo eine ordentliche Lehre gemacht, dann wüsste er, dass man aus Sandsäcken keine Mauer baut, sondern höchstens einen Schutzwall.«

»Genau! Also bauen die auch hier noch einen antiimperialistischen Schutzwall!«

Mein Vater war genervt, das sah ich ihm an. Aber ich fand,

dass politische Bildung wichtig war in Zeiten, in denen jeder etwas anderes erzählte.

»Meinst du nicht?«

Ich musste ihn auf eine Art angestarrt haben, die ihm Sorge bereitete. Er fasste mir an die Stirn.

»Nun beruhige dich mal wieder. Wovor soll der uns denn schützen?«

Mit meinem Vater kam ich nicht weiter. Der würde gar nicht merken, ob er eingemauert wohnte oder nicht, da er nur vom Gießen zum Pfuschen pendelte und zumindest eine seiner Kneipen innerhalb des Kaßbergschen Radius' lag. In kurzer Hose und Badelatschen fläzte er auf dem Sofa und guckte Fernsehen, während er Brigitte mit einer Hand den Nacken massierte.

Brigitte sagte auch nichts, sondern starrte gebannt auf den Fernseher, in dem gerade eine Shampoo-Werbung lief, *»schönes Haar ist dir gegeben, lass es leben mit Gard«*, während sie sich mit dem Zeigefinger eine Locke drehte.

»Halt dich lieber an Michi«, sagte mein Vater, »der ist zwar nicht der Hellste, aber den nimmt dir dafür auch später mal keine weg.«

Brigitte und er kicherten erst mal schön eine Runde auf meine Kosten.

Hin und wieder machten wir uns den Spaß und rätselten, wie sich Herr und Frau Krumbiegel wohl kennengelernt hatten, um sich dann so lieb zu gewinnen, dass ein gemeinsames Kind daraus hatte entstehen können.

Sie war die mondäne Frau, schlank und gut einen Kopf größer als ihr Mann, immer schick gekleidet und ihr rotblondes Haar toupiert. Und er daneben, dicklich auf dem Weg zu dick, immer schwitzend und in Sachen, die sich zum Schlafen genauso gut wie zum Rumsitzen eigneten. Dabei trug Herr Krumbiegel jeden Tag Anzug. Zumindest immer einen Teil davon. Mal das Jackett zur Turnhose. Mal die Anzughose zum feingerippten Unterhemd. Eine Konstante durch alle Jahreszeiten hindurch waren lediglich die Wollsocken in den Sandalen. Er habe für seine Orchesteranzüge keine Verwendung mehr, erzählte er mal beim Bier meinem Vater, als ich danebenstand. Also müsse er sie nun zu Hause abtragen. Wär doch sonst schade drum.

Was in Gestalt von Michi Krumbiegel bei den beiden herausgekommen war, sei so ein bisschen mittelprächtig, würde sich aber bestimmt noch verwachsen, sagte mein Vater immer. Also hielt ich mich an Michi und nahm mein neustes Gerücht gleich mit.

»Gonzo sagt, wir werden eingemauert. Hast du so was auch schon gehört?«, fragte ich Michi, als wir auf dem Dachboden waren.

»Deinen Gonzo kenne ich doch gar nicht.«

Meinen Gonzo.

Meinen Schriftsteller kannte Michi auch nicht. Überhaupt kannte er kaum jemanden, den ich »meinen« nannte, außer meinen Vater.

Michi war ein bisschen eifersüchtig. Vielleicht weniger wegen Gonzo, sondern weil ich ihn gerade überflügelte, was unsere berufliche Entwicklung anging. Die Jungs wurden ja alle schon gefragt wegen Studium und wer dafür drei Jahre zur Fahne gehen würde. Ich hingegen hatte mich am Gerhart-Hauptmann-Platz einfach auf eine Bank gesetzt und war so unter die Fittiche eines echten Schriftstellers gekommen, der mich bis ans Literaturinstitut »Johannes R. Becher« bringen würde.

»Ich nehm dich gern mal mit in meinen Schreibzirkel.«

»Nee, danke.«

»Aber mir macht das schon Sorgen, was Gonzo da erzählt. Kannste dir so was vorstellen?«

Michi reckte sich etwas zum Dachfenster hinaus. Von gegenüber musste das aussehen wie ein Wischmop, der im Fenster ausgeschüttelt wurde.

»Vielleicht wollen die ja keine Mauer bauen, sondern einen Sperrbezirk, damit die Frauen nicht mehr in der ›bodega‹ rumstehen müssen, um Männer zu treffen, mit denen sie dann aufs Hotelzimmer gehen.«

»Meine Mutter ist gerne in die ›bodega‹ gegangen. Bis sie Herrn Gustloff kennengelernt hat.«

Michi horchte auf.

»Dann hat deine Mutter deinen neuen Vater in der ›bodega‹ kennengelernt.«

Zum kribbelnden Bein, meiner Angst vor einem Herzinfarkt und dem heimlichen Schutzwall kam nun auch noch der Gedanke, dass meine Mutter eine war, von der es hieß, sie hätte jemanden aufgegabelt.

»Du bist gemein.«

Das merkte Michi auch, und so kam er schnell wieder auf die Sandsäcke zu sprechen.

»Kann schon sein, dass du mit der Mauer recht hast. Sollte aber tatsächlich niemand eine bauen wollen, dann wird das eben die erste ihrer Art, die sich einfach so ergeben hat.«

Er redete mit mir, als wolle er mich nicht nur beruhigen, sondern ruhigstellen.

An seiner gerunzelten Stirn konnte ich erkennen, dass die Gedanken dahinter genau dorthin gingen, wo er mich nicht dabei haben wollte. Ich beobachtete eine Veränderung an ihm. Michi war immer der plüschige, vertraute Freund, der keine Launen kannte, weil er immer schlechte hatte, und der an sein Leben scheinbar nicht halb so viele Gedanken verschwendete wie ich an meines.

Er schloss das Fenster, hockte sich auf den Boden und drückte den Zigarillo aus.

»Die Idee mit der Mauer ist gar nicht so schlecht. Uns geht's doch gut hier oben. Das sollten wir uns bewahren.«

Auf seiner Stirn entstand eine Falte, die ich so tief bei ihm noch nie gesehen hatte.

»Haste mal gesehen, was alles so rumrennt? Unten in der Stadt? Da kannste doch abends kaum noch hin.«

»Ich schleich mich manchmal runter, wenn's dunkel ist«, was

komplett gelogen war, »ist aber immer tote Hose«, konnte ich nur vermuten.

»Dann fahr mal nachts zum Zuckerhut.«

»Meinst du das Hochhaus?«

»Genau. Alles voller Briketts da drinne.«

In so einem Neubau gab es bestimmt Fernheizung. Michi musste sich irren.

»Voller Briketts?«

»Kubaner.«

Wie hatten wir gemeinsam die Kohlen vom Fußweg ins Kellerfenster geschaufelt. Warste nicht rechtzeitig da, dann schütteten die Kohlefahrer den bestellten Wintervorrat einfach vors Kellerfenster auf den Fußweg. Und wer wollte, stopfte sich im Vorbeigehen ein paar in den Faltbeutel. Auch das eine Interpretation von Volkseigentum.

Jetzt nannte Michi in meinem Beisein einen Menschen »Brikett«. Ich erschrak nicht etwa, weil er es tat, sondern weil ich bisher die Zahnlosen an den Kneipentischen so hatte reden hören. Da wurden Kubaner zu den Afrikanern gezählt und der Volksgruppe der Briketts zugeordnet, wie eben auch alle Asiaten Vietnamesen waren und zur Volksgruppe der Fidschis gehörten. Michi so reden zu hören verunsicherte mich. Und so griff auch ich zu einem Zigarillo.

»Warum Zuckerhut?«

Michi verdrehte die Augen.

»Weil das ein Berg ist, auf dem die sonst wohnen.«

»In Kuba?«

Ich hustete mich durch die ersten Züge, dann gefiel meinem Hals das schmerzende Kratzen.

»Nee, nicht dort, aber irgendwo dort unten. Das Haus heißt eben so. Außerdem sagt man *auf* Kuba. Kuba ist eine Insel.«

»Und was hat die mit der Mauer zu tun?«

Gerne hätte ich eine Flasche Weinbrand aus unserer Schrankwand geholt, aber Brigitte und mein Vater lagen sicher noch auf dem Sofa.

»Die sind es gewöhnt, sich Ghettos zu bauen. Das machen die überall auf der Welt. Harlem. Brooklyn. Und so weiter. Wollen ja für sich sein.«

Regen trommelte aufs Dach, und ich stellte mir vor, wie die arme Frau Krumbiegel mit ihren hochhackigen Stiefeln am Zuckerhut vorbeilief und von dunkelhäutigen Männern beäugt wurde.

»Aber Gonzo hätte es bestimmt gesagt, wenn er Kubaner mit Sandsäcken beobachtet hätte. Das waren aber immer ganz normale, die er damit gesehen hat.«

»Dann bauen *unsere* halt das Ghetto. Vielleicht sind's sogar Genossen. So oder so …«, Michi steckte sich ein Zigarillo an meinem an, »isses gut. Dann sind wir für uns. Sollen die ihre Völkerverständigung in der Hauptstadt üben, aber nicht hier in Kaßbergen.«

Der Sammler

Sein Name klang auf Deutsch recht handfest – Johann. Er aber wollte, dass man seinen Namen auf Französisch aussprach. Schong. Und alle hielten sich daran.

Johann Müller-Rabenstein war zuerst nur ein Bildhauer, der mit Bleistift auf Karton zeichnete, was er von Knaben mit geschickten Fingern fertigen ließ. Keine Furche im Gesicht durfte in der Skulptur vergessen werden, kein Bauchmuskel unterschlagen, der den Jüngling zu einem begehrenswerten machte. Ein falscher Strich im Lehm bedeutete den Ausschluss aus dem Kreis von Müller-Rabenstein. Und dort wuchsen immer neue Jünglinge nach. Die aus Fleisch und Blut. Und die aus Ton.

Schong Müller-Rabenstein lebte in der griechischen Mythologie, und er lebte in Kaßbergen. Immer wach genug, ein Geschäft zu wittern, und mit der Geschichte des Berges vertraut, hatte er abgewartet, bis die Villa des lang verblichenen Stadtrats Oscar Otto zum Verkauf stand. Marode und verrottet, nach dem Krieg als Stützpunkt sowjetischer Militärs genutzt, war das Haus des einst mächtigen Kaufmanns eines Tages zum Abriss freigegeben worden. Da es in einer Mangelwirtschaft galt, Beziehungen zu haben, nutzte Müller-Rabenstein die seinen, um die Villa in der Agricolastraße zu erwerben.

Sein eher missratenes Aussehen kompensierte der Sechzigjährige mit einem enormen Wissensschatz um Kunst in jeglicher Form. Er wurde vom Bildhauer zum Kunstsammler und Mäzen, und er verstärkte den schwachen Allerweltsnamen »Müller« mit dem Zusatz »Rabenstein«. Den hatte er sich bei einem Stadtviertel südlich Kaßbergens geliehen, ähnlich wie Schmidt-Rottluff. Der hatte einst Maler und Bildhauer um sich geschart, hatte mit den Pechsteins und Kirchners die Künstlergruppe »Brücke« gebildet und Geschichte geschrieben.

Müller-Rabensteins Künstler waren weniger bedeutend. Bald zerfaserten die Treffen und zerfielen zu Saufgelagen, die Schong schließlich mit der Auflösung beendete. Von da an waren allein die Jünglinge seine Begleitung, und aus seiner Vorliebe für das männliche Geschlecht machten weder er selbst noch seine Admirateure einen Hehl.

Für den Sammler von Kunst gab es kaum einen Ort in dieser sächsischen Diaspora des Schönen, auf den er nicht mindestens einen Fuß gesetzt hatte; gab es kaum eine Laube mit ausrangiertem Jugendstil, die er nicht leergekauft hatte. Müller-Rabenstein trieb eine Wut, die aus der Missachtung für seine Stadt erwuchs, der Stadt der Moderne, deren Schätze ungehoben unter Beton verrotteten.

Was nur musste geschehen, fragte er sich, damit die Welt ein Auge warf auf das, was Generationen vor ihm und vor den großen Kriegen hierher gebracht und hier vermehrt hatten an Ästhetik, künstlerischem Goût und Gespür, an avantgardistischen Ideen, die sie mutig umsetzten, ob sie nun davon hatten leben können oder nicht?

Wer sprach noch vom Chemnitzer Museumsdirektor Schreiber-Weigand, der im Morgenlicht der Weimarer Republik eben hier aus einer unkuratierten Mischung eine europaweit bekannte Sammlung der Moderne gemacht hatte?

Es waren die Textilfabrikanten, welche die Daumiers und Toulouse-Lautrecs von ihren Messen in Paris mitbrachten. Hierzulande dann entdeckten sie – mutig für ihre Zeit – das Faszinierende der Skulpturen von Lehmbruck, das Aufrüttelnde des Expressionismus von Schmidt-Rottluff, den weltumspannenden Schrei der Kunst eines Edvard Munch.

Die bald »Städtische Kunstsammlungen« genannte Brillanz aus Entdeckung und Präsentation neuer Kunst fand ihr jähes Ende als »Entartete Kunst«.

Und danach?

Landeten Exponate in den Hallen, die zu einem Gemischtwarenladen aus Naturkunde- und Regionalmuseum verkamen.

Seine Künstlergruppe mochte es nicht mehr geben, doch blieb Schong Müller-Rabenstein unbeirrt dabei, den alten Geist heraufzubeschwören. Und wenn er diesem Geist auch die eine oder andere Moral opfern musste wie die Königin ihr Kind, so war ihm dieser Tanz zwischen den Fronten um einiges lieber als Stillstand.

Ich war bei Schong«, war ein Satz, der unter den Jünglingen in Kaßbergen für hochgezogene Augenbrauen sorgte und Gonzo regelmäßig in Wut versetzte.

Gonzo selbst taugte nicht zum Jüngling von Müller-Rabenstein. Er war schon über zwanzig, trug enganliegende Röhrenhosen, ein Fischernetz als Hemd über einem Rollkragenpullover mit Löchern, und er interessierte sich nicht für Kunst. Die Jünglinge um den Bildhauer waren Popper in Popelinehosen, hatten geföhnte Seitenscheitel und jede Menge Ahnung, wie Gonzo abschätzig bemerkte.

»Als Popper wüsste ich schon nach drei Tagen nicht mehr, was ich anziehen soll. Die sind so uniformiert wie der graue Rest. Nur dass sie sich dafür im ›Exquisit‹ verschulden.«

»Und warum sollen wir dann überhaupt zu dem Rabenstein hingehen, wo die ganzen Popper rumhängen?«

Gonzo zog die Augenbrauen hoch.

»Du redest ja schon wie ich.«

Das gefiel mir. Aber Sorge machte mir, wie ich meinem Vater und Brigitte klarmachen sollte, dass ich am kommenden Abend bis weit in die Nacht hinein weggehen wollte. Am nächsten Tag wäre Unterricht zur Nullten Stunde. Ich musste mir etwas einfallen lassen.

»Was ist denn so interessant bei diesen Treffen? Warum müssen wir da hin?«

»Wir gehen da hin, weil wir die unterwandern.«

Unterwandern. Ich würde einfach alles mitmachen, was Gonzo machte. Und am Ende hätte auch ich diesen Schong und seinen Künstlerkreis unterwandert, ohne mich vorher mit der Frage blamieren zu müssen, was das Wort eigentlich bedeutete.

»Außerdem gehen wir da hin, weil die uns da garantiert nicht haben wollen.«

»Das ist ein Widerspruch.«

So viel wusste ich.

Das Wort Widerspruch war ein gern genutztes in meiner Familie. Es einte alle vom Minister bis zu meinem Vater. Man duldete keinen Widerspruch. Schon gar nicht den von mir.

Dass dem Widerspruch eine zweite Bedeutung innewohnte, hatte ich vom Schriftsteller gelernt. Der hatte eine Miniatur geschrieben über zwei Menschen, die sich ständig widersprachen, und betonte immer, für diese Geschichte käme er eines Tages in den Knast. Gonzo hatte gesagt, dass der Schriftsteller mit dem sich ständig widersprechenden Paar unseren Staat und dessen Ideologie meinte.

Von der Wohnung des Schriftstellers war es nicht weit bis in die Hohe Straße zum Gefängnis auf unserem Berg. Wahrscheinlich hatte Ronald Schaarschmidt diesen Anblick im Kopf, wenn er seine gefährlich widersprüchlichen Geschichten schrieb. Hier die Kyffhäuserburg des Poeten, dort seine Zelle mit Wasser und Brot. Dazwischen ein falscher Satz.

Das Gefängnis übte eine Faszination auf mich aus. Verstand ich doch erst beim Anblick dieser Festung, dass es auch im Sozialismus das Böse gab, für das doch eigentlich nur der Kapitalismus bekannt war. Noch mehr faszinierte mich die Tatsache, dass den Gefängnishof nur eine Mauer vom Schulhof des ehemaligen Königlichen Gymnasiums trennte. Hier an der Friedrich-Engels-Schule würde ich Abitur machen. Einmal waren Michi und ich genau darüber in Streit geraten.

»Wo der Schulhof an den Knasthof grenzt. Prima.«

»Du bist ja nur neidisch!«

»Nicht auf Klassenzimmer mit Milchglasscheiben. So sieht's im letzten Stock deines Tempels nämlich aus.«

»Lieber Milchglas vor der Nase als gar keene Aussicht!«

Michis Aussichten waren wirklich nicht rosig. Um Musiker zu werden, wie sein Vater einer gewesen war, fehlten ihm einige Noten im Alphabet. Und um Kosmonaut wie Siegmund Jähn zu werden, war er zu schlecht in Russisch und außerdem nicht schwindelfrei. Ein Abitur würde er im Leben nie bekommen, denn sein Zensurendurchschnitt sprach eher für eine Lehre als Zerspaner.

Michi rang sich noch ein halbherziges »Streber!« ab, dann gingen wir wortlos nebeneinander her und redeten eine ganze Woche nicht miteinander.

Da war mir Gonzo schon lieber. Der hatte nicht mal die zehnte Klasse gemacht, sondern gleich nach der achten eine Berufsausbildung zum Facharbeiter für alkoholfreie Getränke.

Der Bau

Über den grauen Putzbau mit seinen sandfarbenen Fensterrahmen wurde in Kaßbergen kaum geredet. Er war da wie eine Warze am Kinn des Gegenübers; man starrte sie an, aber erwähnte sie nicht.

Das Gefängnis stand bedrohlich am Rande Kaßbergens. Eine hohe graue Mauer mit Stacheldraht ließ die wirkliche Größe des Ortes nur erahnen. Von einem zentralen Mittelbau erstreckten sich vier Zellenflügel in die vier Himmelsrichtungen. Am Schlagbaum davor schaute ein Polizist ebenso bedrohlich wie das ganze Gefüge, sobald man stehen blieb und vorgab, sich am Kopf zu kratzen, um heimlich einen Blick auf den Ort zu werfen, an dem einsaß, wer sich den Gesetzen dieses Staates widersetzt hatte. Schon beim Nichthinsehen zählte man um die dreißig Zellenfenster auf jeder Fassadenseite allein auf der Rückseite des Gefängnisses.

Im Lauf von hundert Jahren hatte hier eingesessen, wer unter den gerade herrschenden Regeln seine eigene Karte spielte. Zuhälter und Prostituierte. Fahnenflüchtige und Homosexuelle. Nazigegner und Widerstandskämpfer. Ehemalige Nazis und Verräter von Widerstandskämpfern. Antikommunisten und Kommunisten, die den Kommunismus falsch interpretierten.

Als spukende Geister gingen merkwürdige Geschichten um, die als wahre Erlebnisse von jedem anders und von jedem neu erzählt wurden, wie es Hörensagen eben so an sich hatte an einem solchen Un-Ort. Dass alle Fenster dieses Gebäudes vergittert waren, lag in der Natur der Sache. Dass die meisten Menschen, die hier einfuhren, zu ihnen unbekannten Zeiten an ihnen unbekannte Orte verbracht wurden, machte bald die Runde. Dass zu manchen Zeiten ein tausendstimmiger Gesang hinter den Gittern ertönte und sich auf den alten Häusern der Siedlung ein Wetterhahn bewegte, ohne von einem Windzug berührt zu sein, legte den Schleier des Mystischen über das Wissen. Dass aus Löchern im Boden seltsame Gerüche strömten, wurde geradezu beiläufig eingeflochten in die Beobachtung, die einen schier um den Verstand zu bringen drohte: Es hieß, zu gewissen Zeiten erschiene über dem Gebäude das Konterfei von Karl Marx. Ähnlich Ufo-Jägern rüsteten sich die Menschen mit Fotoapparaten und durften doch nur so tun, als kämen sie zufällig dort vorbei und seien Vogelkundler, die einen Habicht am Himmel entdeckten oder auch die Schwalbe, die mal wieder keinen Sommer machte, um zu fotografieren, was sie da oben für Karl Marx hielten.

War der nicht auch einer von denen gewesen, die jederzeit eine Fahne angezündet und ein Schild vor sich hergetragen hätten, um ihrer Sache Aufmerksamkeit zu geben?

Wer so was getan hatte, kam in einen gesonderten Trakt im Gefängnis, wurde zum Freikauf-Häftling und gehandelt wie ein Huhn auf einem rumänischen Straßenbasar.

Von Kaßbergen hieß es, man brauchte nur fünf Minuten den Berg hinauf, aber Jahre wieder hinunter.

Die Villa von Schong wird grad renoviert. Deshalb findet die Ausstellungseröffnung von ihm und seinen Jüngern im Klub der Intelligenz Pablo Neruda statt.«

Wieder steckte Gonzo seine Nase in die Luft, als nähme er Witterung auf.

»Und nun weißt du auch, warum die uns da nicht haben wollen.«

»Weil das ein Klub der Intelligenz ist?«

»So sieht's aus.«

Auch die Arbeiterstadt hatte einen Klub der Intelligenz. Proletariat und Intelligenz waren durchaus vereinbar. Nur brauchte die Intelligenz einen Leuchtturm im Wald aus schwelenden Schloten.

»Die lassen uns rein. Seit ich bei meinem Vater und Brigitte wohne, steht im Klassenbuch neben meinem Namen nämlich statt A jetzt ein I.«

Im Klassenbuch gab es eine Rubrik, in der wir Schüler nach den Berufen unserer Eltern in Arbeiter und Intelligenz unterteilt waren. In den Pausen lief ich oft zum Lehrerpult und blätterte hastig bis zu der Seite mit unseren Namen. Ich konnte mich nicht sattsehen an dem I. Ein wohliger Schauer lief zwischen meinen Schulterblättern meinen Nacken hinauf. Zum ersten Mal hatte ich etwas geschafft im Leben. Und nun käme es mir auch schon zugute.

»Ich denke, dein Vater ist Gießer?«

»Ja. Und Brigitte ist Lehrerin.«

Brigittes Heirat mit meinem Vater hatte mich in die Kategorie I befördert.

»Dieser Klassenunterschied ist so viel wert wie feuchter Kehricht. Bei mir stand da immer ein I. Und nun?«

Gonzo hob die Arme, stand da wie ein gerupfter Hahn, schaute erst an sich runter und mich dann provozierend an.

Ach so, dachte ich. Der eine redete mir das Abitur madig, der andere meine neu erworbene Zugehörigkeit zur Intelligenz.

»Ich will doch nur sagen, dass es völlig egal ist, zu welcher Hälfte der Menschheit du gehörst. Ob denkende oder produzierende Kraft. Am Ende des Monats gibt es sechshundert Mark, und gut is.«

Ein Regensturm trommelte gegen die blickdichten Fenster in Gonzos Wohnung.

»Du kannst diesen Schong und seine Jungen …«

»Jünger!«

Gonzo klang streng, also gehorchte ich.

»… Jünger nicht mal leiden. Aber du weißt immer, wo er ist und eine Ausstellung eröffnet. Und dann gehst du hin. Warum?«

Ich hockte auf einem leeren Bierkasten und schaute Gonzo dabei zu, wie er im Kerzenschein einen Flicken mit einem Schwert und einem Pflug auf den Ärmel einer Armeekutte nähte.

»Bestimmt nicht, weil er *mich* leiden kann. Wenn er unsereins überhaupt sieht.«

»Sieht Schong Müller-Rabenstein etwa schlecht? Als Maler?«

»Ist kein Maler. Versucht sich in Bildhauerei, sammelt Kunst und ist Galerist. Und sehen und gesehen werden hat mit einem Sehfehler nichts zu tun.«

Ich wusste, was er meinte.

»Jetzt weiß ich, was du meinst.«

»Hast ja auch ein I hinter deinem Namen.«

Ich lachte. Nahm eine Flasche Malzbier vom Fensterbrett in der Küche.

Gonzo versuchte vergeblich, einen Faden schwarzen Stern-Zwirns in das Öhr der Nähnadel zu friemeln.

»Gib mal her.«

Er schaute nicht mal auf.

»Lass mal. Ich kann das. Zu Schong gehe ich übrigens nur, um ihn im Auge zu behalten. Umso besser, dass er mich nicht sieht.«

Ich trank Malzbier und bekam Appetit auf richtiges. Im Klub der Intelligenz würde ich mit dem Trinken beginnen, nahm ich mir vor. »Gepflegt einen heben«, wie mein Vater es nannte. Wo ging das besser als innerhalb meiner Schicht: der mit dem I.

»Was für eine Ausstellung wird denn eröffnet?«

»Worte werden Bilder.«

»Was für Bilder?«

»Bilder aus Worten.«

»Hä?«

Gonzo verdrehte die Augen.

»Wenn du dort auch so dämliche Fragen stellst, kommen wir tatsächlich nicht rein, egal, wieviele Is bei dir im Klassenbuch stehen.«

Aber ich wollte es genau wissen. Zu Beginn eines neuen Schuljahres war die Toleranz meiner beiden Elternteile nicht sehr hoch, was nächtliche Ausflüge betraf. Ich musste wissen, auf was für ein Abenteuer ich mich da einließ.

»Zum Nerudaklub ist es ein Stück zu laufen.«

»Wenn du Probleme kriegst, brauchst du gar nicht erst mitzukommen.«

Es war die Reihenfolge der Worte, die diese Reaktion von Gonzo zu einer machten, die mich verletzte. Es ging ihm um seine Probleme, von denen er ganz offensichtlich schon genügend hatte und zu denen er nicht noch eins von mir addieren wollte.

»Probleme habe ich immer. Ob ich nun mitkomme oder nicht.«

Vielleicht war es Gonzo inzwischen sogar unangenehm, mir davon erzählt und mich sowas wie eingeladen zu haben.

»Also kann ich zum Unterwandern auch mitkommen. In der Woche darf ich zwar nicht so lange weggehen, aber mir fällt schon was ein.«

»Wie willst du das machen?«

Geheucheltes Interesse. Eigentlich war er ganz woanders und nicht mehr bei mir, dieser Klette an seiner Seite.

»Ich sage einfach, ich gehe zu meiner Mutter und schlafe dort.«

»Ich dachte, das Kriegsschiff wäre längst in See gestochen?«

Jetzt redete Gonzo schon wie der Minister.

Manchmal hatte ich auch das Gefühl, meine Mutter wäre längst weggezogen. Sie ließen sich Zeit mit dem Heiraten. Ich hoffte nur, der nette Herr Gustloff mit dem zweifelnden Blick würde es sich nicht anders überlegen, denn bei meinem Vater lebte ich gern.

Heut gibt's nicht Tannhäuser, sondern Nordhäuser!«, röhrte mein Vater aus dem Bad, als Brigitte mit ihrem roten, hochgeschlitzten und tief ausgeschnittenen Kleid im Türrahmen stand. Sie hatte sich fertig gemacht für das Betriebsvergnügen mit der Gießereibrigade.

Brigitte verdrehte die Augen, ging zurück zum Kleiderschrank, und ich ranzte mich an meinen Vater ran, der den Rasierer aus der Hand legte und winzige Zeitungsschnipsel auf blutende Stellen im Gesicht klebte.

»Kannst du mir von der Zeitung noch was übriglassen?«

»Und wofür? Staabü?«

»Nee, Russisch. Wir sollen *Prawda*-Artikel über die neue Verfassung der Union der Sowjetrepubliken übersetzen. Dazu muss heute was in der *Freien Presse* gewesen sein. Wenn ich das zuerst in Deutsch lese, kapiere ich es auch in Russisch.«

Mein Vater ließ das Rasierzeug sinken.

»In was für einer Verfassung die sind, kann ich dir auch sagen. Schau sie dir an, die schwankende Riege am 8. Mai zur Parade an der Kremlmauer. Sind schon tot und werden von hinten gestützt, während sie innerlich verwesen.«

Er hatte garantiert schon zwei, drei Doppelkorn intus.

»Wäre gut, wenn ihr mal was zum Unterhalten lernen würdet. Einem Russen auf der Straße könntest du die Geschichte der KPdSU erzählen, aber nicht, wie es zum Bahnhof geht.«

»Kommt drauf an, wo er mich fragt. An der Zentralhaltestelle muss ich nur geradeaus zeigen und sagen: ›*Woksal tuda*‹.«

»Ich versteh nur *Woksal*«, sagte mein Vater resigniert und

sogleich wieder begeistert: »Viel besser so!«, als er Brigitte hinter sich im Spiegel erblickte.

In Nietenhosen und geblümter Bluse sah Brigitte jünger aus als fünfunddreißig. Das sagte ich ihr auch.

»Bist ja heute besonders freundlich. Gab es Ärger?«

»Nein. Wann kommt ihr heute nach Hause?«

»Mit der letzten Straßenbahn.«

Ging mein Vater allein einen heben, dann fuhr er meistens schlafend mit der letzten Straßenbahn ins Depot ein und kam dann morgens angelaufen. Da ihm das mit Brigitte nicht passieren konnte, kämen sie also gegen zwölf zurück. Das war zu schaffen.

»Dann viel Spaß.«

»Du gehst trotzdem nicht zu spät ins Bett!«

Punkt sieben stand ich vor Gonzos Haus.

»Und? Wie hast du sie rumgekriegt?«

»Betriebsvergnügen.«

»Um Gottes Willen. Dein armer Vater. Nur Lehrergeschwafel und fades Bier.«

»Nee. Die Gießer feiern.«

»Ah. Das klingt schon hochprozentiger.«

Gonzo trug einen alten Militärmantel, darunter eine Trainingshose und ein Netzhemd. Ich hatte mir vorsichtshalber alles in schwarz angezogen. Nietenhosen, Rollkragenpullover, breites Haarband und eine Natoplane, gerettet aus den Sachen meiner Mutter, die sie wegwerfen wollte.

Die Serpentine der Kaßbergauffahrt erhellte das Licht der Straßenlaternen. Auf den Gehwegplatten lagen nasses Laub und abgerissene Zweige vom Regensturm der letzten Nacht. Eine Straßenbahn kam uns schwerfällig entgegen, während wir uns den Berg hinuntertreiben ließen. Hin und wieder rutschte ich aus, hielt mich am Geländer fest. Hätte gern Gonzos Hand genommen, doch der hatte beide tief in den Manteltaschen und irgendetwas Unlösbares im Kopf. Tat Gonzo einen Schritt, musste ich zwei machen. Seine schweren Stiefel knallten auf den Asphalt, als wir den Berg hinuntermarschierten. Wenn es stimmte, dass in den unterirdischen Gängen Geister hausten, dann waren die jetzt wach.

»Gibt's hier wirklich Felsenkeller?«

»Kannst ja nachts mal runtergehen zu den riesigen Mundlöchern unten in der Fabrikstraße.«

Gonzo zeigte von der Brücke runter ins Dunkel des Hanges aus Bäumen und Gestrüpp.

»Darfst dich nur nicht erwischen lassen. Wie bei so vielem, was Spaß macht.«

Das klang nicht danach, als würde er mich begleiten wollen.

»Und wie finde ich diese Mundlöcher im Dunkeln?«

»Du spürst den Sog. Dort reißt der Berg sein Maul auf und saugt dich ein.«

Na prima. Die Geschichte mit den Felsenkellern konnte ich also auch nicht weitererzählen. Aber aufgeben wollte ich noch nicht. Irgendetwas musste dran sein an den Andeutungen des Ministers. Meine Oma und meine Mutter hatten in der Bombennacht Schutz in einem der Felsenkeller gefunden. Von einem Sog hatten sie mir nichts erzählt.

»Wer hat eigentlich die Tunnel gebaut?«

»Die Mönche aus dem Kloster, mit dem hier alles mal angefangen hat. Haben gesoffen wie die Löcher, was kein Wunder ist, wenn du den ganzen Tag ein Holzkreuz anbeten musst. In den Pausen dazwischen wurde gebraut und gebrannt, was das Zeug hielt, und dann wurden die unterirdischen Bergstrecken gemauert, auf denen sie ihre starkhopfigen Lagerbiere ins Kühle rollen lassen konnten.«

Ich wollte nicht mehr jede Nachricht für bare Münze nehmen.

»Kennst dich ja gut aus. Haben die das alles aufgeschrieben, oder woher weißt du das?«

Gonzo blieb unter einer Straßenlampe stehen. Er reckte seine

Nase in die Luft und breitete die Arme aus. Ein goldener Lichtschein umgab ihn, als er mit geschlossenen Augen zu zitieren begann: »Kann ich bezeugen, dass *etzliche unsere Mittburger zu sonderlichen Nutz unnd Uffnehmen irer Narung etzliche Keller inn die Leyten des Kasperges gebawet haben.*«

Ich hätte ewig auf der Brücke stehen und Gonzo mit Heiligenschein betrachten können. Wie langweilig schien dagegen die Welt von Schong und seinen Jüngern.

»Gab's da auch Geister?«

Ich setzte mich auf das Brückengeländer und hoffte auf den ersten Kuss meines Lebens. Gonzo ließ die Arme sinken und trat aus dem Licht in die Dunkelheit auf mich zu. Er schaute mir tief in die Augen.

»Der von Agricola dürfte noch immer da rumspuken.«

»Nach dem unsere Buchhandlung benannt ist?«

Ich hatte den Moment versaut. Gonzo verdrehte die Augen, mit denen er mich gerade noch so anders als sonst angeschaut hatte.

»Die Buchhandlung ist nicht nach dem Geist benannt, sondern nach dem Geologen, der auch mal eine Zeitlang hier Bürgermeister war. Hat sich ganz schön reingegraben in den Berg. Buchstäblich in seine Arbeit vertieft ...«, wieder senkte sich Gonzos Blick in meinen.

Als habe er sich das alles noch mal überlegt, griff Gonzo nach meiner Hand und zog mich vom Geländer. Ich musste an meinen Vater und Brigitte denken und hoffte inständig, die Brigadefeier würde auch diesmal ihrem Namen gerecht werden und als proletarisches Besäufnis bis zum Morgen dauern.

»... grub er sich ins Rotliegende vor bis zu einer Tropfsteinhöhle. Weißte, was das ist?«

Wir überquerten die Wilhelm-Pieck-Straße und ließen Kaßbergen hinter uns. Ich war enttäuscht.

»Klar weiß ich das.«

Also erzählte ich Gonzo von dem Wandertag zur Tropfsteinhöhle Syrau, dem langweiligsten Ausflug meiner ganzen Schulzeit. Unser Klassenlehrer, der auch Russisch gab, hieß Hans Heiler, und weil sich das auf kyrillisch Gans Geiler schrieb, hatte er seinen Namen weg. Geilergans hatte sich den Fuß verknackst, und wir mussten alle langsam laufen, damit er hinterherkam. Mit erhobenem Zeigefinger ›*F Buistrom Tempe*!‹ rufend, trieb er uns kurz vor der Schließung in die Höhle, dabei war er doch an unserer Verspätung schuld. Wir schauten uns das Getropfe von der Decke an und mussten auf dem Rückweg den Unterschied zwischen Stalagmiten und Stalagtiten herbeten.

»Und wie haste dir den gemerkt?«, fragte Gonzo.

»Gar nicht.«

Und das stimmte. Noch immer wusste ich den Unterschied nicht und auch nicht, wann ich ihn im Leben mal brauchen würde. Außer in der nächsten Tropfsteinhöhle.

»Stalagtitten«, Gonzo blieb stehen, fasste sich mit beiden Händen an das Netzhemd, wo seine Brust war, »hängen. Logischerweise sind die anderen die, die stehen. Die Dinger formen sich aus tropfender Feuchte und darin gelösten Salzen. Nu weißte Bescheid.«

Die Stelle mit den Brüsten hätte er vorhin gut für einen ersten Kuss nutzen können. Jetzt, im kalten Licht der großen Straßen machte mir das alles keinen Spaß mehr.

Nur um ihn zu ärgern, hakte ich noch einmal trotzig nach.

»Und außer dem von Agricola gibt's da unten in den Felsenkellern keine Geister?«

»Doch. Den Geist des Frühkapitalismus. Der hat sich mittlerweile zum Gespenst des Kapitalismus entwickelt. Drum bleibt's auch eingesperrt, denn gegen den Sozialismus hier draußen hat es keine Chance.«

»Verarschen kann ich mich allein!«

»Dann mach's doch.«

Der Geselle

Einer machte sich auf den Weg.

Der Wind rüttelte am undichten Kellerfenster. Vielleicht, um ihn herauszufordern. Vielleicht, um ihn zurückzuhalten.

Was der Mann an Kleidung besaß, zog er übereinander. So ließe sie sich besser tragen zusammen mit den schweren Gedanken im Kopf, von denen er hoffte, der eine, der an die Freiheit, trüge die schweren mit sich fort.

Was auch immer es war, das der Wind ihm sagen wollte, er ließe sich nicht abhalten von seinem Entschluss. Sein Bündel gepackt mit einem Laib Brot und einer harten Wurst, dem Gesellenbrief und dem zweiten Paar Schuhe, die er an den Schnürsenkeln miteinander verknotete.

Nun hielten sie ihn warm, die zwei Hosen, zwei Hemden und sogar der fadenscheinige Mantel mit Pelzkragen, ein echter Fuchs, den er dem schwindsüchtigen Krämer abgekauft hatte zu einem Preis, der zum Schämen war. Hatte den Kranken und seine Schwäche ausgenutzt, wie er selbst so oft ausgenutzt worden war. Also war auch hier eine Rechnung beglichen. Die mit seinem schwangeren Weib hingegen war noch offen. Seit sie einem der Zimmermänner am Bau des Gymnasiums in der Hohen Straße schöne Augen gemacht hatte, war es vorbei mit seiner Liebe und der zu seinem Kind in ihrem Bauch. So es überhaupt seins war. Sollte sie sehen, dass der Hammerfred es ihr großzog. Keine Zeile ließ er ihr da, auch nicht die gerollten Geldscheine unter ihrer Wäsche im Schrank.

Die Barbarossastraße lag unter nachtschwarzem Himmel im mageren Licht der Gaslampen. Die Straße, benannt nach einem hitzköpfigen Staufer, der so unrühmlich beim Baden ersoffen war, machte Angst. Der Schreck durchfuhr einen nicht beim Schattenspiel der Lindenzweige in den menschenleeren Straßen, sondern dann, wenn jemand um die Ecke bog.

Den Nachtwächter hingegen kannte er. Thieme war ein mürrisch dreinblickender, in seiner ganzen Erscheinung unangenehmer Mann. Einer der Sorte Ordnungshüter, bei der er sich fragte, was der in dieser kaum bewohnten Gegend zu bewachen oder selbst zu verbergen hatte. Es gab noch nicht viel zu kontrollieren hier oben. Die Übeltäter nutzten die Gassen unten im Tal. Daher ging das Gerücht, der Nachtwächter legte seine Wegstrecke nach seinem Belieben fest und auch, ob er nicht vielleicht im harten Winter etwas Holz von den Baustellen holte, das er für den heimischen Kachelofen gut gebrauchen konnte.

Am Rand des Berges schien ein Dutzend Villen auf die versprochenen besseren Zeiten zu warten. Dazwischen die Anwesen des ersten Siedlers Stahlknecht und des Eisenbahnpioniers Hartmann, die wie der Entwurf einer kommenden, prunkvollen Ära ausharrten. Waren sie doch mit halbfertigen Anwesen und Feldwegen verbunden, wo dem Bauherrn mit dem Geld auch die Pflastersteine ausgegangen waren.

Nachtwächter Thieme musterte ihn im Vorbeigehen. Beide drehten sich um. Sie nickten sich zu und gingen weiter, als wäre soeben eine Übereinkunft getroffen worden.

Mit festem Schritt ging der Mann über den Berg, über den die Stadtchronisten schrieben, es sei ein lustiger Berg, und doch gefürchtet mit seinen geschichtlichen Merkwürdigkeiten. Er nahm Abschied, auch wenn die Aussicht bestand, dass die Dächer hier eines Tages vergoldet würden.

Die Stadt, auf die er vom Gipfel Kaßbergens hinabblickte, sie war ein Drache. Qualm, Dunst und Smog strömten aus ihren Nüstern die Ausfallstraßen entlang hinaus aufs Land. Noch weitere Fabriken der Haubolds, Hartmanns und Schönherrs inmitten von Mietskasernen würden dem Volk unten im

Tal den Atem nehmen. Also saßen die Herren beim Kaffee in ihren Villen auf dem Berg, den keine schmutzige Wolke störte. Lenkten ihre Blicke die Zwickauer Straße hinaus und machten Flecke aus für weitere Ziegelbauten und Schlote.

Das Gedränge innerhalb der Stadtmauer gehörte auseinandergezerrt. Der gemeine Arbeiter würde auch noch etwas weiter laufen können zu seiner Werkbank im Montiersaal und zu seinem Tiegel am Hochofen.

Arbeiter wie er kamen zu Fuß vom Land, aus Adelsberg, Kleinolbersdorf und dem Pfarrhübel, und gingen abends die gleiche Strecke zurück. Für sie würde sich nichts ändern, für ihre Herren hingegen alles. So wie der Eisenbahnanschluss den zermürbenden Transport der Loks in ihren Einzelteilen auf Pferdewagen beendet und alles verändert hatte.

Also kam es zu einer weiteren Mauer um die Stadt, die an den Ausfallstraßen mit roten Ziegeln und Art déco ein neues Zeitalter verhieß, das alle für das ihre ansahen und das doch wieder nur denselben nützen würde.

Im Werk des Zimmerers Haubold hatten der Zeugschmied Hartmann den Maschinenbau und der Drehjunge Schönherr die Konstruktion eines Webstuhls erlernt. Bald schon schufen alle drei, was den Landstrich im Süden eisern wie das dort Gegossene machte. Das Herz der Region begann aus eigener Kraft zu schlagen. Pulsierend vom Wissen der Erfinder, das sich mindestens einer von ihnen aus Manchester und Leeds geholt hatte.

Carl Gottlieb Haubolds Idee der Fabrikation beerdigte die der Manufaktur.

Richard Hartmanns erste Dampflokomotive verband den Landstrich mit der Welt bis Arabien.

Louis Schönherrs Webstuhl beendete das Monopol Englands.

Unten am Marktplatz aber residierte Julius Simon, der erste Jude, von dem man wusste, dass er einer war. Simon nannte sich Prokurist und staffierte die besseren Herren aus. Bessere als ihn, der sich die Finger mit Gusswerk schmutzig machte, statt von Geld zu reden.

Von Leuten wie dem Juden Simon hatte er sich eine Meinung gemacht. Hatte Marr gelesen und von Treitschke. Es war ja nicht so, dass er sich nicht informierte. Aber mit der Ansicht, dass sich liberal nannte, was Kapitalinteresse war, stand er ziemlich allein da inmitten seiner Kameraden. Dabei würde man ja wohl noch mal aussprechen dürfen, dass doch der Jude nur dahin kam, wo es etwas zu holen gab, und nicht dahin ging, wo es etwas aufzubauen galt.

Die Kundschaft des Juden am Markt bestand aus kleinen Hoheiten, den Söhnen der Hartmanns und der Schönherrs und deren Finanzbeamten. Auch von denen kamen immer neue hinzu und zogen hinauf auf den Berg. Mit diesem zufriedenen Grinsen, auf das er gerne eingeschlagen hätte. Kam an mit seinen blöden Dialekten, dieses hessische, schwäbische, bayrische Kleinbürgertum, und lebte hier großmäulig weiter und nannte es Aufstieg.

Selbst einfache Leute sprangen nun auf den Zug nach Westen, um in Kaßbergen in Lohn und Brot ein winziges Zimmer zu beziehen und sich dazugehörig zu fühlen. Merkten nicht, dass sie immer draußen bleiben würden wie Dreck auf dem Abtreter.

Hier hielt ihn nichts mehr.

Ein feuchtkalter Sturm hatte sich schon den ganzen Tag über aufgebaut aus Böen und Schauern und beides nun vereint. Er hatte seine dicke Manchesterhose und die langen Unterhosen geflickt für die Reise. Hielte ihn seine Kleidung nicht mehr warm, würde ihn das Laufen retten. Bewegung gegen die Kälte, Kälte gegen die Müdigkeit.

Fünfundvierzig Kilometer lagen vor ihm. Zur Nachtzeit in zehn Stunden zu schaffen.

Am Morgen wollte er im Freiberger Revier sein. Wollte unter Menschen leben, die noch nie aus ihrem Dorf herausgekommen waren. Von denen es hieß, sie fragten sich, wie weit sie überhaupt laufen konnten, ohne über den Rand der Scheibe zu fallen. Wollte unter Frauen leben, die als Hüttenmänner arbeiteten, weil sie sich nicht vorstellen konnten, den ganzen Tag in einer Spinnerei an der Maschine zu stehen. Wollte leben, wo Frauen ihren Bergmann standen und die Augen der Männer glänzten, sobald das reine Metall auf der Schmelze erschien.

Er würde sich am Rothschönberger Stollen nützlich machen. Dort mit der Ablösung ins Lichtloch einfahren und sich mit den Kumpels eingraben, bis sie auf den Trupp der Gegenrichtung trafen. Präzise Berechnung wie diese brauchte er im Leben.

Wer fortging, kam niemals an. Unterwegs sein, das war alles.

Er war fortgegangen und wollte nur noch ankommen an dem Wasserlosungsstollen im Freiberger Revier. Sich dort ins Erdinnere verkriechen und es zur eigenen Erinnerung machen, das Innen wie das Außen.

Gaia.

Die Urmutter.

Und sein Weib trug das Kind von ihm und hatte ihn betrogen. Er wollte nur noch fliehen, zurück in den Schoß der einzigen Mutter. Und in seiner Demütigung nicht gesehen werden. Er hatte die Totengräber hinter der Kirche gesehen, das Feld, auf dem das Leben in Erdlöchern endete. Nach der Schlagwetterexplosion im Segengottesschacht hatten sie in Freital die Holzsärge gedoppelt, mit Ziffern gekennzeichnet, übereinandergestapelt, die Grube zugeschüttet, festgetrampelt. Da lagen die eben noch Lebenden und waren aus und vorbei für immer. Sternenhimmel darüber. Klar und deutlich.

Er schloss die Augen.

Gaia.

Er bog ein zum Schlossteich. Einmal noch drehte er sich um nach Kaßbergen. Ein Dunkel hob sich vom anderen ab. Nichts schien sich zu bewegen da oben. Die Brüllaffen waren verstummt und würden es nie erleben, das wahre Berggeschrey, das einem Herz und Hirn erfüllte und ein Leben lang dort hallte.

Kurz hinter Ebersdorf kam die Kälte. Sie kroch ihm durch die Kleidung bis auf die Haut, und weil die Bewegung keine Wärme mehr brachte, begann er zu singen.

»Glückauf, Glückauf! Der Steiger kommt, und er hat sein helles Licht bei der Nacht …«

Und ob sein schwangeres Weib seinen Weggang überhaupt bemerkt hatte oder ihn in der Kneipe vermutete, wurde ihm immer gleichgültiger mit jeder Zeile, die er sang.

»… und er hat sein helles Licht bei der Nacht schon angezündt, schon angezündt …«

Tageslicht dämmerte schwach am Horizont. Nach durchgelaufener Nacht war er noch lange nicht am Ziel. Jeder Schritt fühlte sich an wie das Stochern in einer Wunde.

Bei Reichenbach konnte er sich kaum noch auf den Beinen halten und sang, um weitergehen zu können, und ging weiter, um singen und vergessen zu können.

»Hat's angezündt! Es gibt ein Schein. Und damit so fahren wir bei der Nacht, und damit so fahren wir bei der Nacht ins Bergwerk ein, ins Bergwerk ein …«

Bis Bieberstein noch ein einziges Wanken. Pferdekutschen kamen ihm entgegen, keine fuhr in seine Richtung. Wer ihn wahrnahm, der sah einen zerlumpten Bettler am Straßenrand. In seinem Kopf nur noch wirre Gedanken. Der Berg, der nach qualvollen Stunden weit hinter ihm lag, er ließ ihn noch immer nicht los.

Einer sank zu Boden.

»Warte!«

Unten an der Treppe zum Nerudaklub hielt mich Gonzo am Arm fest.

»Die alte Schabracke kontrolliert den Mitgliedsausweis. Und wie du weißt …«

»Haben wir keinen und werden auch nie einen haben«, sagte ich und wollte schon wieder umkehren.

»Präzise. Also warten.«

Die alte Schabracke war eine Frau um die vierzig. Sie war mit einem Mann in Kutte ins Gespräch vertieft und immer auf dem Sprung nach drinnen, doch er ließ sich wohl nicht abwimmeln.

Ich schaute hoch zum Interhotel Kongreß, ganz oben leuchtete die Jaltabar. Das Hotel mit dem Schwedenputz, der hier schneller verschmutzte als in Schweden. Ich musste feixen. Der Häuptling. Er fehlte. Ihm hätten meine Flausen gefallen.

»Was gibt's 'n da zu lachen?«

»Nix. Mich lachte nur gerade ein Geist aus der Vergangenheit an.«

»Du mit deinen Geistern.«

Gonzo reckte die Nase, runzelte die Stirn und beobachtete jede Bewegung der Schabracke. Sie hatte sich des lästigen Gastes entledigt und ging nun rein, wohl um sich aufzuwärmen. »Aufiegehtsie!«

Gonzo nahm zwei Stufen auf einmal, trat die Tür auf und nahm den Raum ein wie ein Überfallkommando.

Ich schlich mich irgendwie durch, sah die Schabracke auf

uns zurasen und folgte Gonzos ausladenden Schritten quer durch den Raum.

Hier herrschte eine Atmosphäre, wie ich sie aus der Mitropa kannte. An jedem Tisch saßen Leute vor Flaschen, rauchend, redend und nun für einen Moment zur Tür blickend.

In einer hinteren Ecke des Raumes waren Tische zusammengeschoben. Und da saß er. Ich erkannte ihn sofort. Schong.

Ich wusste, der Kunstsammler bewohnte eine der schönsten Villen in Kaßbergen, und es hieß, auf zweihundert Quadratmetern gäbe es dort Meißner Porzellan zu sehen, japanische Holzschnitte, Bronzen namhafter Bildhauer, russische Ikonen und jede Menge Gemälde, die eigentlich unbezahlbar waren. Das hochkarätige Sammelsurium umrahmt von Jugendstilmöbeln und für zweihundert Mark Miete im Monat von ihm höchstpersönlich bewohnt. Ich hielt mich fest an meinem aufgeschnappten Wissen, würde ich jenen museumsgleichen Ort doch nur zu sehen bekommen, wenn Schong mich in den Kreis seiner Montagsgespräche aufnähme. Es hieß, Maler von Rang und Namen und die, die sich beides noch erarbeiten mussten, bekämen dort ihren Auftritt und die dazu eingeladene Bohème den Blick in das Reich eines Mannes von gewissem Ruf.

Menschen mit Ruf gefielen mir gut. Er eilte ihnen entweder voraus oder er blieb an ihnen haften, in jedem Fall aber hatten sie einiges dafür getan. Gleichförmigkeit war nicht deren Ding, Unangepasstheit schon eher. Und weil ich als kluges Mädchen keinen dummen Jungen an meiner Seite haben wollte, nahm ich mir vor, mir als Angepasste einen Unangepassten zu suchen. Gonzo war aus dem Rennen. Um Schong herum sah ich nur strickende Jungs mit großen Holznadeln in der Hand. Einer schöner als der andere. Aber nichts für mich, zumal ich gerüchteweise gehört hatte, die seien alle andersrum.

»Glotz die nicht so an, einfach ignorieren, so, wie die es mit uns machen.«

Gonzo allerdings war schwer zu ignorieren. Er hastete scheinbar ziellos durch den Raum, was ein Teil seiner Taktik war. Wir waren als dreizehnte und vierzehnte ungeladene Fee auf der Hochzeit erschienen, also brauchte es ein gewisses Gewese, damit wir nicht so verloren wirkten, wie wir es inmitten dieser Gesellschaft tatsächlich waren.

»Kommt ma ran off'n Meter!«

Ronald Schaarschmidt erwies sich als unsere Rettung. Gonzo steuerte den Tisch in der Mitte an, die Schabracke drehte ab.

Neben dem Schriftsteller saß ein Mann mit zerknautschtem Gesicht, aus dessen Augen mich ein freundlicher Blick traf.

»Darf ich vorstellen, Jochen Mehnert!«, sagte der Schriftsteller, als müssten wir alle sofort mit dem Namen etwas anfangen können.

Gonzo setzte sich auf den Stuhl neben dem Schriftsteller, ich mich auf den letzten freien neben Herrn Mehnert. Der schaute mich immer noch freundlich an.

»Mein Lektor.«

Herr Mehnert war also Lektor, las wahrscheinlich den ganzen Tag und wurde dafür bezahlt.

»Und das«, sagte der Schriftsteller und wies auf Gonzo und mich, »sind zwei vielversprechende Talente meines Zirkels.«

Ich sah, wie Gonzo den Rücken durchdrückte.

»Naja, anderthalb«, fügte der Schriftsteller hinzu.

Ich sah, wie Gonzo zusammensackte.

»Was trinkt ihr?«, fragte Herr Mehnert freundlich und stand auf, um zum Tresen zu gehen. Nach unserem Auftritt befürchtete er wohl, die Schabracke sorge nun dafür, dass wir nicht bedient wurden.

Gonzo kramte in seiner Hosentasche und legte zwei Geldstücke auf den Tisch.

»Ne Flasche Cabernet für sechs Mark.«

»Lass stecken«, sagte der freundliche Herr Mehnert. »Und das Frollein?«

Den ersten Alkohol in der Öffentlichkeit von einem fremden, noch dazu alten Mann spendiert zu bekommen gefiel mir nicht. Also bestellte ich ein Malzbier und war froh über die Einladung, hatte ich doch nur zwei Mark einstecken, mit denen ich den ganzen Abend über haushalten musste.

»Geht seinen sozialistischen. Bin gleich wieder da.«

Ronald Schaarschmidt wartete, bis der freundliche Herr Mehnert außer Hörweite war.

»Hat sich ganz überraschend bei mir eingefunden heute. Kam extra aus der Hauptstadt. Wollte mir die Nachricht persönlich überbringen.«

Er ließ eine wirkungsvolle Pause und trank einen Schluck aus seinem Weinglas.

»Welche Nachricht?«, fragte Gonzo gehorsam.

»Dass er aufhört beim Verlag. Und damit auch als mein Lektor.«

Jetzt wurde es interessant.

»Der Herr Mehnert wohnt so weit weg und ist trotzdem dein Lektor?«, fragte ich.

»Erstens heißt der nicht Herr, sondern Jochen, und zweitens ja, willkommen im zwanzigsten Jahrhundert. Postkutschen sind abgeschafft, wir haben Telefon und Briefverkehr.«

Jochen Mehnert kam zurück und stellte die Getränke vor uns hin.

»Und du schreibst auch?«, fragte er wieder sehr freundlich und meinte immer noch mich.

»Sie versucht's zumindest«, mischte sich Gonzo ein und erhielt unter dem Tisch einen Tritt von mir.

Da fragte mich der erste Lektor meines Lebens nach meiner Schreiberei, und ausgerechnet mein bester Freund fuhr meiner Karriere in die Parade.

»Machtse aber gut«, sagte der Schriftsteller und prostete mir zu.

»Auf die schreibenden Arbeiter!«, sagte Jochen Mehnert und stieß mit mir und dem Schriftsteller an, während Gonzo mit verschränkten Armen zuschaute.

»Bitterfelder Weg. Was für 'ne Einöde«, sagte Ronald Schaarschmidt, und Jochen Mehnert zündete sich unter krachendem Gelächter eine Zigarette an.

»Damit weeß die Kleene aber gar nischt anzufangen.«

Ronald Schaarschmidt feixte und erzählte etwas von einem Kombinat, in dem die Idee von der Kultivierung des Arbeiters gefertigt worden war, die wir nun alle anwenden sollten. Bei so vielen Arbeitern im Arbeiter- und Bauernstaat sei die Vorstellung von derben Männerhänden, die sich Schwielen an die Finger schrieben, doch eine durchaus optimistisch stimmende. Wie unsere Welt wohl aussähe, wenn die Dreher den Frühlingsduft endlich in Worte fassen könnten, der durch die offenen Fenster der Werkhalle hereinströmte und ihnen den Schweiß auf der Stirn trocknete?

Die Bilder in meinem Kopf wollte ich für immer behalten. Der Bitterfelder Weg gefiel mir ausgesprochen gut und fügte sich so nahtlos in meine eigene Philosophie, dass die Idee glatt hätte von mir sein können.

Gonzo schaute abfällig auf die Weinflasche, welche die beiden sich teilten.

»Was für 'ne Blämbe. Murfatlar. Schlüpferstürmer.«

Dieser Abend würde unsere Freundschaft beenden, wenn das so weiterginge. Gonzo schien gar nicht mehr mitzubekommen, was für eine schlechte Laune er verströmte und wie unhöflich er sich dem freundlichen Herrn Mehnert gegenüber verhielt. Immerzu reckte er seinen Kopf so, dass er genau sehen konnte, was sich am Tisch von Schong Müller-Rabenstein tat, an dem plötzlich Betriebsamkeit herrschte.

»Hab das Angebot, die Agricola-Buchhandlung zu übernehmen«, sagte Jochen Mehnert, den die ganze Veranstaltung hier nicht sonderlich zu interessieren schien.

»Kommst also zurück in die Heimat.«

Wie Ronald Schaarschmidt das sagte, klang es nicht nach einer guten Entscheidung.

»Notgedrungen. Hab die Schnauze voll.«

Jetzt, da es interessant zu werden schien, schnappte Gonzo wieder aus und trank entspannt aus seiner Weinflasche.

Der Schriftsteller zog besorgt die Augenbrauen hoch.

»Was ist denn passiert, verdammt?«

»Die haben mir ein Buch abgelehnt.«

Ronald Schaarschmidt war ein einziges Kopfschütteln.

»Mannmannmann! Der Papiermangel in der Republik ist allein den Briefen mit Ablehnungen *meiner* Bücher geschuldet. Und dich haut die eine Nummer um?«

Ich hatte keine Ahnung, worum es ging. Und wurde von keinem der drei mehr wahrgenommen. Konnte nur zuhören und nichts damit anfangen, was ich aufschnappte.

»Mensch Ronald!«, im Gesicht des freundlichen Herrn Mehnert bildete sich eine Zornesfalte, »das war nicht nur 'ne Nummer, sondern das Beste, was ich je über das KZ gelesen habe. Und das sage nicht nur ich, sondern im O-Ton auch Fred Wander, der ein Gutachten und sogar ein Nachwort dafür geschrieben hat.«

Ich bemerkte den Ruck, der durch Gonzos Körper ging, »Aber KZ-Literatur geht doch durch jedes Nadelöhr seit Bruno Apitz?«

»Nicht die von Primo Levi. Die Hauptverwaltung wollte zu Wanders Gutachten noch eins vom Antifa-Komitee. Und die haben uns das Manuskript schließlich in die Tonne getreten.«

Der Schriftsteller schüttelte ungläubig den Kopf.

»Antifaschismus als Staatsräson und dann so was?«

Mitten in die Frage, der ich verzweifelt nachspürte, platzte ein Geräusch, das uns aufhorchen ließ.

Schong Müller-Rabenstein hatte sich erhoben, hielt ein Glas in der Hand und schlug mit einem Kaffeelöffel dagegen.

Die drei Männer am Tisch wendeten sich unbeeindruckt wieder ihrem Gespräch zu.

»Primo hat den KZ-Alltag in Auschwitz natürlich aus der Sicht des italienischen Juden geschildert. Die Politischen seien gewappnet gewesen. Die Juden nicht. Es habe keinerlei Solidarität gegeben, und das hätten er und seine Glaubensbrüder als Trauma empfunden. Vor allem, als ihnen dann noch Schadenfreude unterstellt wurde, als sich die Befreiung ankündigte.«

Von den Nachbartischen tönte bereits ein Zischen, Jochen Mehnert machte eine besänftigende Handbewegung in ihre Richtung.

Ich hätte gern erfahren, was Müller-Rabenstein zu erzählen hatte, doch das Gespräch bei uns am Tisch fesselte mich.

»Für meinen Brief an den Autor werde ich mich ein Leben lang schämen. Aber wie hätte ich ihm übersetzen und geschmeidig formulieren können, sein Buch bestünde aus ungeheuren Beschuldigungen, die den heroischen Kampf namhafter politischer Häftlinge Lügen strafe?«

Resigniert winkte Jochen Mehnert ab.

»Wird schon«, sagte der Schriftsteller und schien nicht zu wissen, *was* was werden sollte. »Jetzt erst mal saufen und Kunst hören.«

Gonzo schaute gelangweilt, während Schong immer noch mit dem Löffel an sein Weinglas schlug.

Die Gespräche an den Tischen verebbten allmählich, und schließlich herrschte gespannte Stille. Jeder lehnte sich irgendwie nach vorn oder hinten, um an seinem Vordermann vorbei einen Blick auf den Redner zu erhaschen, den kleinen putzigen Mann mit schweißigen Haarfusseln auf dem Kopf und einer dicken rotgerahmten Brille.

Ich hing noch der Geschichte um das abgelehnte Buch nach. Wenn ein Antifaschismus nicht wie der andere war, von welchem von beiden erzählten sie uns dann?

Von dem, was Schong Müller-Rabenstein nun erzählte, verstand ich akustisch alles, inhaltlich genauso wenig wie von dem, was Jochen Mehnert mit Ronald Schaarschmidt besprochen hatte. Trotzdem machte ich mir Notizen in dem Vokabelheft, das ich immer bei mir trug.

»Süß sindse, wennse anfangen. So beflissen.«

Dem freundlichen Herrn Mehnert schien es wieder besser zu gehen. Seine Worte erklangen präzise in einer Räusperpause des Schong Müller-Rabenstein. Der schaute pikiert zu uns herüber, entdeckte nur den aus unserer Reihe herausragenden Gonzo und schüttelte den Kopf, was wohl so viel heißen sollte wie: Warjaklar!

»Schwulette«, murrte Gonzo und setzte wieder die Rotweinflasche an.

»Ist der andersrum?«, zischte ich Gonzo hinter vorgehaltener Hand zu.

»In jeder Hinsicht.«

Gonzos Bemerkung ließ die Augenbrauen des Schriftstellers nach oben schnellen.

»Sei mal ’n bissl vorsichtig mit deinem Verdacht.«

Wieso Verdacht?, dachte ich. Andersrum zu sein war doch keine Straftat in unserer Republik. Ich war lieber ruhig, denn Schong redete weiter. Von einer Frau namens Martha Schrag, die spät zur Kunst gekommen war in den ersten Jahren dieses Jahrhunderts. Die in Kaßbergen gelebt und im Industriegebiet unten im Tal ihre Motive gefunden hatte. Wie sie mit wenigen Strichen die Geschichte eines Brückenbaus erzählte; die gebückten und sich unter dem Gewicht der Stahlträger aufbäumenden Körper zeichnete, und dass man all das nachlesen könne in seinem Beitrag in der neuen »Sinn und Form«.

»Aus dem dichten Grau von Maloche und Stumpfsinn das kreative Moment herausschälen und für die Ewigkeit festhalten, das ist die Kunst, liebe Freunde selbiger!«

»Sagt der Freund griechischer Putten«, flüsterte Ronald Schaarschmidt.

Schong redete noch etwas von Dynamik, die es mit Bild und Wort einzufrieren gelte, nahm die Brille ab und wandte sich einer jungen Frau zu, die teilnahmslos an der Wand lehnte. Sprach nun mit beeindruckender Gestik von Worten, die Bilder wurden, und von einer Dresdner Malerin, die sich in zwei düsteren Akten dem Kassandra-Thema gewidmet und hier – er zeigte auf zwei auch aus der Ferne furchtbar düstere Kohlezeichnungen an der Wand – für einen Monat ihre erste Ausstellung bekommen hatte.

»Und das als gelernte Kraftfahrerin!«

Ein Klatschen hier und da, in das keiner so recht einstimmen wollte. Ich klatschte mit, die Einladung zu Schong Müller-Rabensteins Montagsgesprächen vor Augen.

»Damit kommen wir von den malenden Arbeitern zu einer ganz ähnlichen Spezies und begrüßen an dieser Stelle Ronald Schaarschmidt in unserer Runde, der es sich nicht nehmen ließ, gleich seinen gesamten Zirkel Schreibender Arbeiter mitzubringen.«

Alle Köpfe drehten sich zu uns um.

Ronald Schaarschmidt lächelte süßlich, was kein Wunder war bei dem etwas erbärmlichen Anblick dessen, was Schong gerade als Zirkel Schreibender Arbeiter unserer Stadt vorgestellt hatte. Ein mittlerweile sturztrunkener, arbeitsscheuer Punker neben einem noch nicht arbeitsfähigen jungen Ding und einem arbeitslosen Lektor aus der Hauptstadt, der noch nicht mal dazugehörte. ›Diese Gurkentruppe verkörpert also die lyrische Seite des Proletariats der Arbeiterstadt‹, las ich in den Blicken, die auf uns gerichtet waren. Hoffentlich sagte Ronald Schaarschmidt jetzt ganz schnell etwas ganz Kluges. Aber es war Gonzo, der sich erhob, was bei seiner Größe gar nicht notwendig gewesen wäre.

»Und neben dem malenden und dem schreibenden Arbeiter gibt es noch eine dritte Spezies, lieber Schong Müller-Rabenstein. Die des sabbernden Knallfrosches nämlich. Der sabbernde Knallfrosch, meine Damen und Herren, trägt mit Vorliebe …«

»Verdammte Scheiße, Gonzo! Setz dich hin, du Arsch!«

Ronald Schaarschmidt zog Gonzo runter auf seinen Stuhl. Auf dem Tisch fielen die Flaschen um, und der Schwall eines Cabernetmurfatlarmalzbier-Gemisches ergoss sich auf meinen

Schoß. Gonzos Plan, Schong und seine Jünger zu unterwandern, war mächtig in die Hose gegangen.

»RAUS!«, brüllte die Schabracke, die urplötzlich hinter Gonzo stand und an der Stuhllehne rüttelte.

Das war dann wohl auch mein Zeichen, also stand ich ebenfalls auf, um zu gehen.

»Dann schön' Dank für den Abend.«

Der freundliche Herr Mehnert hielt mich am Handgelenk fest.

»Lass den mal nach Hause gehen.«

Auch Ronald Schaarschmidt nickte und drückte mich zurück auf den Stuhl.

Ich drehte mich noch einmal um. Wie ein schlafwandelndes Kind am Arm seiner Mutter wurde Gonzo von der Schabracke zur Tür gezerrt und dort hindurchgeschoben.

»Was hat der denn mit diesem Schong?«

Der freundliche Herr Mehnert klang besorgt.

»Mit dem zum Glück nichts. Aber er hat da so einen Verdacht.«

Die beiden schauten sich mit hochgezogenen Augenbrauen an, und am Blick des Herrn Mehnert erkannte ich, dass er Bescheid wusste, und auch, dass ich mal wieder draußen war.

Brigitte erwartete mich schon. Oder noch. Wie man es sah. Dabei war es erst elf.

»Na prima!«

Wenn in meiner Familie jemand »prima« sagte, war etwas Schlimmes passiert. Ich lenkte ab.

»Wo iss 'n Papa?«

Die Antwort gab er mir selbst mit einem lauten Schnarchton, der klang, als würde mein Vater gerade ersticken.

»Lenk nicht ab. Wo warst du?«

»Bei einer Ausstellungseröffnung. Mit dem Zirkel Schreibender Arbeiter.«

»Weder schreibst du, noch bist du Arbeiter. Also?«

»Im Zirkel bin ich Gast.«

»Darüber reden wir auch noch. Wo warst du?«

Ich konnte noch immer bei der Wahrheit bleiben.

»Im Klub der Intelligenz Pablo Neruda.«

Brigittes beherrschte Gesichtszüge verloren sich kurz in ungeplantem Staunen. Schnell fügte sie alles wieder zu einem strengen Gesichtsausdruck zusammen.

»Wie kommst du denn dort hin?«

»Die Kaßbergauffahrt runter und rüber zu Fuß.«

Brigitte verdrehte die Augen.

»Ich meine, mit wem?«

Ich hatte das Gefühl, ihn zu verraten.

»Gonzo.«

»War ja klar.«

Brigitte schob mich in mein Zimmer.

»Du weißt, was dein Vater davon hält.«

Davon meinte Gonzo und meinen nächtlichen Ausflug in einem. Brigitte wusste, wie sich viele Vorwürfe in wenigen Worten bündeln ließen. Ökonomie mit höchster Effektivität.

»Und wie du morgen früh aus den Federn kommst, weißt du auch. Ich wecke dich nicht.«

Die Tür fiel zu.

Da es sonst keinen in meiner Familie interessierte, erzählte ich dem Minister davon, dass ich jetzt bei einem echten Schriftsteller in die Lehre ging.

»Ich dachte, du willst Postwesen studieren.«

»Das heißt Post- und Zeitungswesen«, korrigierte ich, »aber das will ich nur studieren, wenn Journalismus nicht klappt. Und den studiere ich nur, falls die mich am Literaturinstitut Johannes R. Becher in Leipzig nicht nehmen.«

»Warum sollten die dich nicht nehmen? Bist doch nicht dumm.«

»Nein, aber da wollen viele hin. Und von meinem Schriftsteller weiß ich, wie klein die Villa in Leipzig ist. Da passen vielleicht so vierzig, fünfzig Leute rein.«

»Egal, wasde studierst. Ist ja alles fast das Gleiche.«

»Nee. Post- und Zeitungswesen ist nur der allerletzte Weg. Ich will ja eigentlich schreiben, was andere austragen.«

»Oder was andere ausbaden.«

»Hä?«

»Nichts, mein Wurzelwerkindianer. Jedenfalls musst du dann ganz schön rot sein.«

»Was soll denn das nun wieder heißen?«

»Na, in die Partei musst du dann schon. Die bringen dich auf Spur, und dann schreibst du, was die sagen.«

»Ich will keine Sekretärin werden. Ich werde Bücher oder Artikel für die Zeitung schreiben.«

»Meine ich ja. Das war schon immer so. Erst rein in die Partei, dann nach Vorschrift schreiben. War bei uns auch nicht anders.«

Bei uns. Der Minister redete also wirklich und wie immer vom Krieg. Das wollte ich nicht schon wieder hören, sondern schnell die Kurve kriegen. Zurück zu meinem Schriftsteller, der eigentlich Gonzos Schriftsteller war.

»Jedenfalls lesen wir da viel in diesem Schriftstellerzirkel.«

Wir saßen in der Stube bei einer Kanne Malzkaffee. Der Minister bewegte seinen Kopf hin und her im Takt mit dem Ticken der Standuhr, und Moritz erzählte in Wellensittichsprache Geschichten dazu.

Ich lenkte meinen Blick auffällig genug hinüber zum Bücherschrank.

»Ich soll bis zum nächsten Mal einen Roman lesen, in dem das Wesen der Arbeit gespiegelt wird.«

»Gespiegeltes Wesen! Wennde was über echte Arbeit wissen willst, dann frag deinen Vater oder einen von der Wismut.«

Die Wismut hatte ich lange für den Vornamen einer Frau gehalten, einer eleganten, einer anmutigen. Aus einem solchen Hause eben. Wenn einer bei der Wismut arbeitete, war das ein Ritterschlag. Denjenigen umgab ein Schein, von dem ich inzwischen wusste, dass es strahlendes Uran war, was da glänzte. Und was viele der jungen Männer, die bei der Wismut arbeiteten, ihr Leben kostete.

Überall hieß es, die Wismut sei der Staat im Staat. Dieser Satz erschloss sich mir erst, nachdem ich ihn selbst dutzendfach gebraucht hatte. Die Wismut gehörte unserem großen Bruder, der Sowjetunion. Das Wertvollste gab man dem großen Bruder, der einen beschützt und befreit hatte von Krieg und Unterdrückung. Wurde sich in meiner Familie von einem von der Wismut erzählt, der alles hatte, was er brauchte, und in Läden gehen konnte, die es sonst nur im Westen gab, dann erzählte ich das genauso weiter. Und erntete Blicke, denen ich verlegen auswich.

In dem Land namens Wismut, das ich mir als Gegend wie in den Märchen von Alexander Wolkow vorstellte, donnerten Erzkipper zwischen Schacht und Zeche und im Umland auf

Schwarzfahrten bei abgeschaltetem Kilometerzähler durch unwirtliche Gegend.

»Deine Märchenlandschaft kannste vergessen. Dem Wismutkumpel platzt das Trommelfell, wenn der Förderkorb in den Schacht einfährt. Auf den Knall im Ohr folgt der Knacks im Kopf, während der Geigerzähler das Uran in der Pechblende aufspürt.«

Meine Großmutter schien mehr als einen dieser Kumpel gekannt zu haben.

»So wertvoll der Gehalt unseres Erzgebirges ist, so einfach sind die Gemüter der Menschen, die sich an ihm abarbeiten. Nach dem Krieg halfen keine Schulungen, die Menschen für die neue, die große und alles verändernde Aufgabe zu einer Gesellschaft zusammenzuschließen.«

Also schien sich auch hier ein Widerspruch zu zeigen, der uns als Dialektik beigebracht wurde.

»Einen von der Wismut frage ich, wenn ich selber etwas schreibe. Hast du so einen Arbeiterroman für mich?«

»Steh mal auf«, sagte der Minister, »und streck dich mal ein bisschen. Dann kommste ran an die fünf Bände.«

Ich streckte mich und umfasste die Reihe heller, in Leinen gebundener Bücher.

»Die kannste alle mitnehmen. Und *Der Mann im Salz* lieste zuerst.«

Darin ähnelten sich meine Mutter und der Minister. Beide sammelten Bücher. Keine von beiden sah ich je darin lesen. Im Unterschied zu meiner Mutter aber wusste der Minister, was in den Büchern im Schrank geschrieben stand.

»Kannste dann auch gleich behalten. Ich geb's dir lieber noch mit warmen Händen.«

»Ludwig … Gang … hofer«, entzifferte ich die altdeutsche Schrift auf dem Buchrücken. »Mit dem soll ich anfangen?«

»Hab ich doch gesagt.«

Nach wenigen Minuten hatte ich mich festgelesen.

Vom Wäscheplatz drangen Wortfetzen eines Nachbarschaftsklatsches in die Stube. Der Vogelkäfig hing auf dem Balkon und bewegte sich sanft im Wind hin und her. Von der Wiese kam der Duft frischgewaschener Wäsche.

Meine Großmutter pflückte Vogelmiere aus einem Blumentopf in der Balkonkastenhalterung. Sie schob die grünen Stängel zwischen die Gitterstäbe, und Moritz machte sich gierig darüber her. Sie setzte sich wieder in ihren Fernsehsessel, nicht ohne vorher des Häuptlings Foto zu berühren, das unter dem *Mann mit dem Goldhelm* an der Wand hing.

»Und?«, fragte sie. Und diesmal war so gar nichts Hintergedankliches in ihrer Frage.

»Spannend. Da traut sich einer, den ersten Sprengschuss in einem Bergwerk zu zünden, und nur, weil man eine Leiche darin findet, soll er nun auch gleich der Mörder sein.«

»Ursache und Wirkung. Mein Ganghofer war schon ein echter Hitchcock.«

Ich erwartete nun die üblichen Grüße des Ministers an meine Mutter. Frag mal deine Mutter, ob sie Hitchcock kennt. Aber dieser Name war ihr wohl zu profan, wenn selbst ich ihn schon mal gehört hatte. Der schrieb spannende Krimis, die sogar im Fernsehen liefen.

Den Ganghofer konnte ich gut für den nächsten Text gebrauchen, den ich den schreibenden Arbeitern um Ronald Schaarschmidt vorstellen würde.

Der Minister reichte mir die *FF-Dabei* der letzten Woche. Ich wickelte den Bücherstapel ein und konnte ihn gerade so tragen.

Brigitte hatte sich wieder beruhigt und meinen Vater vorgeschickt für ein Gespräch über meine Zukunft.

»Das ist ja alles ganz schön, was du machst, aber der Junge mit der Nase ist wirklich zu alt für dich.«

Gespräche über die Zukunft hatten in meiner Familie immer mit dem einen Menschen zu tun, mit dem man sich gerade abgab. Der Minister maßregelte meine Mutter mit Herrn Gustloff, bei mir wurde der Name Gonzo an die Tafel geschrieben.

»Mach dir keine Sorgen um mich, Papa. Ich weiß schon, welchen Weg ich gehe.«

»Und der wäre?«

»Den Bitterfelder Weg.«

Darauf musste mein Vater erst mal eine rauchen.

»Sehn wir uns nicht in dieser Welt, dann sehn wir uns in Bitterfeld.«

»Ich meine das ernst.«

»Bitterfelder Weg? Wer wohnt denn da?«

»Der Weg wurde auf einer Versammlung beschlossen. Das Chemiekombinat in Bitterfeld hatte Schriftsteller eingeladen. Die sollten den Arbeitern das Schreiben beibringen.«

»Ich wüsste nicht, dass Arbeiter Analphabeten sind. Meinen Brigadeleiter mal ausgenommen.«

»Nein. Bücher schreiben lernen die. Bücher über ihren Alltag in der sozialistischen Produktion.«

»Na, das werden ja spannende Schmöker. Und dann noch aus Bitterfeld. Das Einzige, was dort in den letzten Jahren passiert ist, ist ein Autounfall mit zwei Toten und sechsundfünfzig Verletzten.«

»Was?«

»Furchtbar. Sind vorm Chemiekombinat zwei Trabis zusammengestoßen. Die Toten waren die Fahrer. Der Rest hat sich um die Ersatzteile geprügelt.«

»Um Ersatzteile geprügelt? Aber unser Trabi fährt doch auch ohne. Reparieren ist Improvisieren, sagst du doch immer.«

»Stimmt. Und dann nehme ich die guten Esdas von Brigitte als Keilriemen. Dein Urgoßvater war Strumpfwirker. Dem müsstest heute mal erzählen, dass er eigentlich Ersatzteile für die KfZ-Produktion hergestellt hat.«

Das konnte ich gar nicht glauben.

»Aber das mit dem Humor lernst du auch noch.«

Mein Vater wollte mal wieder ablenken. Aber nicht mit mir.

»Der Bitterfelder Weg ist die Bewegung schreibender Arbeiter.«

»Klar wie Kloßbrühe. Überall, wo ein Arbeiter drinsteckt, steht Bewegung drauf.«

»Papa! Mein Zirkelleiter ist extra dafür ausgebildet worden. Er ist Schriftsteller und leitet uns als schreibende Arbeiter an. Das nennen die: ›Greif zur Feder, Kumpel!‹«

»Du bist Schülerin und kein Kumpel.«

»Ich bin nur als Gast dabei. Die anderen studieren und arbeiten nebenbei in der Produktion, oder sie sind halt so einer wie Gonzo.«

»Jetzt wird's interessant. Der mit der Nase. Was macht denn so einer den ganzen Tag, dass er bei den schreibenden Arbeitern mitmachen darf?«

»Der ist Facharbeiter. Für Getränke.«

»Na, sieh mal einer an. Und die testet er fachmännisch den ganzen Tag im Selbstversuch, oder?«

»Facharbeiter für alkoholfreie Getränke.«

»W. z. e. w., was zu erwarten war. Noch nicht mal als Facharbeiter hat er eine nennenswerte Prozentzahl erreicht.«

Es war völlig normal, dass mein Vater so auf Gonzo reagierte. Er war genauso eifersüchtig wie Michi. Der Mann in meinem Leben war nun Gonzo. Und nicht mehr mein heldenhafter Papa.

»Ich lerne viel von Gonzo.«

»Zum Beispiel, wie du uns anschwindelst.«

»Ich habe nicht geschwindelt. Habe euch nur nicht gesagt, dass ich weggehe.«

»Etwas nicht sagen ist irgendwie auch schwindeln.«

»Ich war im Nerudaklub. Das kann mir im Leben weiterhelfen.«

»Weiterhelfen könnte dir zuallererst mal die Schule. Ich scheine deine Lehrer öfter zu treffen als du.«

»Ich schwänze nicht.«

»Das wär auch noch der Gipfel.«

»Papa, ich werde Schriftstellerin. Viele von denen haben nicht mal studiert. Waren Zerspaner oder Friedhofsgärtner. Also bin ich doch schon auf dem besten Weg.«

»Auf dem Bitterfelder Weg.«

»Ja. Ich werde Arbeiter wie dich für Literatur interessieren. Und auch meine Romane werden von der industriellen Produktion unseres Landes geprägt sein.«

»Dann komm in die Gießerei und guck dir an, was ich da mache.«

»Der Minister sagt, ich soll lieber einen von der Wismut fragen.«

Irgendwas hatte ich damit ausgelöst. Mein Vater schien um einen Meter zu wachsen. Die Stirnfalte so tief, dass seine Augen eng aneinanderrückten.

»Einen von der Wismut also!«

Ich hatte das Bild der vereinten Arbeiterklasse als homogene Bewegung vor Augen und bemerkte, dass mein Vater die Sache ganz anders sah. Es gab wohl doch solche und solche. Auch im arbeitenden Volk.

»Bei mir in der Gießerei siehste echte Arbeit. Stahl ist das Wahre. Wenn der gegossen wird, ahnste noch nicht einmal, was daraus gefertigt werden kann. In Form gebracht für filigranste Teilchen. Den alten Hartmann hier in der Stadt mit seiner Eisenbahn hättes nicht gegeben ohne Haubolds Gießerei nebenan. Kurze Wege, hier gegossen, dort eingebaut und dann bis nach Arabien exportiert. Ohne uns könntest du deine schreibenden Arbeiter vergessen. Die hätten nämlich nichts zu montieren. Nichts zu tun in ihren Fertigungsabteilungen. Der Schladoht zum Beispiel …«

Mein Vater war aufgestanden, lief in der Küche hin und her und auf und ab, fuhr sich durchs Haar und brachte die Zigarette zwischen den Lippen zum Glühen, »… der ist bei Barkas. Der züchtet seit einem Jahr Tomaten aufm Prüfstand, weil ihm das Material zum Verschrauben fehlt. Aber das liegt nicht an uns. Wird halt alles exportiert, was aus meinem Ofen kommt.«

Sein Ofen, dachte ich, und mein Schriftsteller und Herrn Krumbiegels Opernhaus.

»Das war früher mal anders. Da stießen die Schlote der Stadt durch die Wolkenschicht und waren bis Dresden und Leipzig zu sehen. Denn die hätten dort weder was zum Verhandeln noch zum Verjubeln gehabt, wenn wir uns hier nicht den Arsch aufgerissen hätten. Von der Hauptstadt gar nicht zu reden. Dorthin habense uns Sachsen noch abgezogen. Weil von uns das Knoffhoff kommt, weeßte? Hast doch schon Englisch und *Knowhow*!«

Während jeder immer nur klagte, montags zur Arbeit zu müssen, schien mein Vater seine wirklich zu lieben. Das Grün in seinen Augen schimmerte erzig, während er mir erzählte, wie der Stein sich anfühlte, aus dem er mit der Hitze seines Ofens den Stahl nur so fließen ließ. Und, soviel hatte ich nun auch schon gelernt, das Erz, aus dem mein Vater Stahl goss, kam nun mal von der Wismut. Nicht etwa aus einem Berg, nein, von der Wismut, hieß es.

Was mir an diesem Gespräch mit meinem Vater nicht gefiel, war, dass er nicht glücklich aussah. Sein Gesicht fiel dort in sich zusammen, wo es vor Glück aufgehen sollte.

Die Wohnungstür stand offen und Gonzo mit dem Rücken zu mir vor den bemalten Fensterscheiben. Die Arme verschränkt, betrachtete er sein Werk, als würden darauf gerade die letzten Pinselstriche trocknen.

»Falls du noch was von den Tunneln wissen willst. Die sind mit Spionen bestückt, die parallel nach Berlin und Moskau telegraphieren, was sie hier oben abhören.«

Ich trat durch den freistehenden Türrahmen, über dem eine löchrige Sowjetfahne hing.

»*Sdrastwuij,* Gonzo.«

»Gruß.«

Er drehte sich nicht mal zu mir um.

»Hast dich hoffentlich noch schön amüsiert mit den beiden Knalltüten.«

Bei Gonzo mussten Worte neuerdings knallen. Wenn ihm das mal auf dem Papier gelingen würde, dachte ich und behielt es für mich.

»Mir hat nicht gefallen, wie du dich benommen hast. Was war denn los mit dir?«

Bevor er antwortete, sah ich bereits, was los war. Gonzos Wohnung war nie aufgeräumt, doch was ich jetzt an Unordnung sah, machte mir Angst. Angst um Gonzo.

Herausgerissene Zeitungsartikel aus der *Freien Presse* unter Aschenbechern und Kerzenständern verteilt. Einige der Bücher aus dem Regal lagen aufgeklappt auf dem Boden verstreut. Dazwischen auf den Dielen eine Wolldecke, darauf ein Kissen. Blätter mit Zeichnungen von Menschen, Köpfen, Explosionen, daneben Kritzeleien in unleserlicher Schrift. Manche Blätter hatte er an die Wand genagelt, an den Stellen alle anderen Bilder abgehängt und in ihren Rahmen auf dem Boden gestapelt. Nacktes Bettzeug lag aufgetürmt auf einer fleckigen Matratze. Hier wohnte niemand, hier hauste einer. Einer, der vor der Flucht war vor sich selbst.

»Mit mir war los, dass ich als Einziger gesehen habe, dass der Kaiser nackt war.«

Endlich drehte sich Gonzo zu mir um. Seine Augen lagen tief über dunklen Augenringen.

Ich ließ mir nichts anmerken, doch meine Angst um ihn wuchs sich zu einem beengenden Gefühl aus.

»Und deshalb hast du dich zum Obst gemacht?«

»Ich war betrunken.«

Betrunken gewesen zu sein, hatte ich schon häufig als Entschuldigung für gebaute Scheiße gehört. Ich winkte ab.

»Lass uns gehen.«

»Geh du heute mal allein, ich habe eh nichts dabei.«

»Du hast doch nie was dabei und kommst trotzdem immer mit.«

»Aber heute nicht. Ich will den Heini momentan nicht sehen.«

Gonzo schämte sich vor Ronald Schaarschmidt wegen seines Aussetzers im Klub der Intelligenz. Das konnte ich gut verstehen, also fand ich mich damit ab.

»Sag mir noch, wofür du Müller-Rabenstein verdächtigst.«

»Ist mir nur so rausgerutscht.«

Nichts konnte mich mehr verletzen, als außen vor gelassen zu werden. Und diese Art von Verletzung ertrug ich nun schon, seit ich denken konnte. Alle um mich herum erfuhren die angemessene Behandlung und Respekt. Dabei war ich ganz offensichtlich die Einzige, die sah, dass auf nichts Verlass war in diesem Land, weil immer alles irgendeine weitere Bedeutung oder einen doppelten Boden hatte: die Namen, die Himmelsrichtungen, der Antifaschismus. Und nun sogar Gonzos Vertrauen, das er mir erst gab und dann wieder entzog, als sei es gar kein echtes gewesen.

»Und das hier«, ich zeigte auf das Chaos im Zimmer, »ist dir auch alles nur so rausgerutscht?«

Ich nahm die Decke und das Kissen vom Boden. Gonzo riss mir die Sachen aus den Händen.

»Hier bleibt alles, wie's is!«

Er ging zum Kühlschrank.

»Ich besauf mich jetzt. Kannst mittrinken, wenn du willst.«

»Ich will zum Zirkel. Hab einen ganzen Ganghofer durchgelesen und was darüber geschrieben.«

»Du hast Ganghofer gelesen? Ludwig Ganghofer? Diesen Bergkitsch aus dem letzten Jahrhundert? Dann hängt bei dir wohl auch ein Starschnitt von Hans Moser an der Wand?«

»Besser als das da!«

Gonzo stellte die Flasche ab und riss die vollgekritzelten Zettel von der Wand.

»Trotzdem. Ganghofer! Was willsde denn damit?«

»Meinen Horizont erweitern und euren gleich mit. Ganghofer hilft mir, den Bitterfelder Weg zu gehen. Die Geschichten der Arbeiter und Bauern, die er schildert, mögen hundert Jahre alt sein, aber wie er sie erzählt, ist für mich wahre Aspiration!«

»Inspiration.«

»Genau. Hast du schon mal was von ihm gelesen?«

Gonzo verdrehte die Augen und nahm einen großen Schluck aus der Flasche.

»Lieber würde ich einen Nachmittag lang Kleiderbügel sortieren. Du wolltest los.«

»Schlecht über ein Buch reden, das du nicht gelesen hast, ist genauso schlimm, wie schlecht über einen Menschen reden, den du nicht kennst.«

»Das eine ist ein Vorurteil, das andere ist Dünkel. Beides muss man sich leisten können.«

Um beidem gleich mal einen Riegel vorzuschieben, nahm ich das Buch aus meiner Tasche. *Der Mann im Salz.*

»Hier traut sich einer den ersten Schritt. Kein anderer hat den

Mut dazu. Zündet in einem Salzbergwerk den ersten Sprengschuss. Keiner weiß, ob die Wände tragen. Aber das Salz wollen alle.«

Gonzo schaute mich an. Ein bisschen so, als würde er mich verabschieden und mir dabei alles Gute wünschen wollen. Liebevoll.

»Alles geht gut. Der Ertrag fällt reichlich aus, so wie auch die Zahl der Neider.«

Gonzo horchte auf.

»Allerdings gab die Sprengung auch einen Toten frei, der dort bereits Jahre lag.«

»Lass mich raten«, sagte Gonzo, »den Neidern kam's gelegen.«

»Sie begannen eine Hexenjagd auf den Mann. Erzählten, er sei mit dem Teufel im Bunde.«

Gonzo legte den Kopf in den Nacken, behielt mich dabei im Auge.

»Was willst du mir mit deinem Ganghoferscheiß eigentlich sagen?«

»Ich möchte dir sagen, dass du dich vielleicht irrst, wenn du immer nur Verschwörungen siehst und Leute verdächtigst. Du wirst immer wieder Probleme bekommen, wenn du Türen zuschmeißt, die andere dir aufhalten.«

»Hör mal, du neunmalkluge schreibende Arbeiterin!«

Gonzo war böse mit mir. Die Schärfe in seiner Stimme ließ mich zusammenzucken.

»Du willst mir doch nicht erzählen, dass eine millionenschwere Kunstsammlung in einer Luxusvilla zur Standardausstattung sozialistischer Häuslichkeit gehört!«

Trotzdem wagte ich Widerspruch. So viel musste unsere Freundschaft aushalten.

»Dann bist du also neidisch auf Schong.«

»Du hast wirklich gar nichts kapiert.«

Ich betrachtete seine Hände mit den schönen, ineinander verschränkten Fingern.

Wie sah wohl sein Vater aus?, fragte ich mich, und ob Gonzo nach ihm oder seiner Mutter kam.

Ich wusste so wenig von Gonzo. Und mit dem Wenigen konnte ich bereits so viel anfangen. Er hatte Eltern und ja, sie lebten noch. Er war Einzelkind und vor zweiundzwanzig Jahren draußen in der Frauenklinik am Küchwald geboren worden, wo wir alle geboren worden waren. Seine Eltern, oder einer von beiden, gehörten zur Intelligenz.

Mit meinem Vater waren es nun schon zwei, die kein Wort über ihre Eltern verlieren wollten. Wie lebte es sich damit?, fragte ich mich, und ob nicht jeder Mensch ein bisschen Herkunft brauchte, um als vernünftiger Mensch zu leben. Ich konnte mir kein Leben ohne die Geschichten meiner Eltern vorstellen, hätte sie jederzeit ungefragt jedem erzählt, würde vielleicht eines Tages darüber schreiben.

»Dann geh ich jetzt mal. Die haben eh schon angefangen.«

Ich winkte ihm zu, flüsterte unter der Sowjetfahne: *»Do swidanja«* und ging zur Tür.

»Warte!«

Ich hatte die Wohnungstür bereits geöffnet, als Gonzo sie wieder zudrückte. Er beugte sich über mich und lehnte sich mit der flachen Hand gegen den Rahmen.

Ich war gefangen. Stand nur da und roch an ihm. Ein bisschen Ungewaschenes gemischt mit Zigarettengeruch und einer Spur des Privileg-Rasierwassers, das mein Vater von mir zu jedem seiner Geburtstage bekam. Ich hob den Kopf.

Mit der freien Hand fuhr er mir sanft über die Wange. Ich hatte so etwas vorher nur im Film gesehen, und nun geschah es mir. Gonzo streichelte mich. Nichts weiter. Wortlos und zart.

»Ich habe dich sehr lieb, kleines Mädchen.«

Er öffnete die Tür hinter meinem Rücken. Ich ging hinaus, blieb noch mal stehen unter dem flackernden Hauslicht.

»Ich dich auch, großer Junge.«

Er schaute mir noch nach, als ich auf halber Treppe die Hand zum Abschied hob. Dann hörte ich die Tür ins Schloss fallen.

Auf dem Tisch standen Rotkäppchensekt, Bolslikör mit Bananengeschmack. Daneben Sektschalen und Likörgläser.

Was meine Mutter an Gläsern nicht im Interhotel Kongreß klauen konnte, kaufte sie im benachbarten Karlsbad. Mit dem Trabi den Fichtelberg hoch, drüben den Keilberg wieder runter und ab in den ersten Laden für Böhmisches Glas.

Wieder erzählte sie die Geschichte vom Rückweg, auf dem sie von der Zöllnerin aus der Autoschlange gewinkt wurde und ihren knarzenden Trabi rechts ranfahren musste.

Aussteigen.

Papiere.

Wo waren Sie, warum und mit wem?

Ach so?

Ab in einen kahlen Raum mit flackernden Neonröhren an der Decke, keinem Stuhl, denn zum Entkleiden musste man sich nicht setzen. Auch nicht bei minus fünfzehn Grad draußen.

Leibesvisitation.

Das klang nach Besuch, und besucht wurde ihr halbnackter Körper in Unterwäsche von den fummelnden Händen der Zöllnerin.

Meine Mutter trug immer Aufreizendes, erst recht auf ihren Reisen nach Karlsbad, wo sie sich regelmäßig mit Herrn Gustloff traf. Weil sie nicht nur ihn scharf, sondern die Zöllnerin auf dem Heimweg neidisch machen wollte. Die ließ sich beim Anblick der edlen Büstenhalter und Höschen noch wilder fummelnd am Körper meiner Mutter aus und konnte ihre Missgunst nicht verbergen.

»Scheene Westware trachen wir da!«

»Nein«, sagte meine Mutter, »die Ware kommt nicht aus dem Westen, sondern aus dem Fitz- und Triefeldorf Oberlungwitz. Aber in einem haben Sie recht …«

Und nun stimmten ihre bereits angetüterten Freundinnen mit ein.

»Es wird ausschließlich im Westen verkauft, was fleißige Arbeiterinnen des VEB Feinstrumpfwerke hier in vorbildlich übererfüllter Norm geschaffen haben.«

Kichern, anstoßen, trinken, böhmische Gläschen auffüllen.

Darin ähnelte meine Mutter ihrer Mutter. Sie erzählte von längst Vergangenem immer wieder neu, völlig ignorierend, ob ihr Publikum das Programm schon kannte oder nicht. Und sie stellte sich selbst und damit uns allen nach jeder neuerzählten alten Geschichte dieselbe Frage.

»Was machen solche Leute, wenn das Ganze hier mal vorbei ist? Wo arbeiten die dann? Nimmt die noch einer?«

Und wie immer kannte sie die Antwort und gab sie sich selbst

»Aber so was kommt ja immer wieder unter. Die gab es schon unter Adolf.«

Meine Mutter zündete sich eine ihrer seltenen Zigaretten an und fuhr gedankenverloren fort: »Aber wo sollten sie auch hin. Sind ja so viele.«

Doch diesmal war ein Funke Schalk in ihren Augen.

»Demnächst geht's nach Budapest. Mal schauen, ob sie ihren Genossen ein paar Auslandsspesen spendieren.«

Weil mein Vater der Meinung war, zu Weihnachten sollte keiner allein sein, holte er am Heiligabend kurzentschlossen den Minister zu uns. Seine Schwiegermutter und auch der Kräuterschnaps, den sie ihm für seine gelegentlichen Gefälligkeiten zusteckte, hatten ihm über so manche Klippe hinweggeholfen. Daher war es das Mindeste für ihn, dem Minister zur Heiligen Nacht seinen Respekt zu bezeugen.

Meine Oma wollte keine Geschenke, höchstens Flicken eines Autoreifens als Profil für die Gehstöcke und dazu gesunde Knie. Von mir bekam sie einen Wandbehang aus Makramee mit Abreißkalender. Von Brigitte und meinem Vater ein Paar Hausschuhe.

»Kamelhaarlatschen. Deine alten sind doch durch.«

Meine Oma winkte jeden von uns dreien einzeln an ihre Wange zum Drücken. Sie holte ein Päckchen aus ihrem Faltbeutel und gab es mir.

»Und das ist für dich. Vom Häuptling.«

Als wäre er leibhaftig anwesend, flackerten die Kerzen am Baum, und ein trockener Zweig fing Feuer. Mein Vater sprang auf und spuckte einen Mundvoll Kräuterschnaps auf die brennenden Nadeln, die nun richtig loderten.

»Mist. Hier gehört 'ne ordentliche Lichterkette ran.«

Er zog den brennenden Zweig aus dem handgebohrten Astloch und trat ihn auf dem Balkon aus.

Ich entschnürte das Päckchen, warf das Papier auf den Boden und hielt eine zweiäugige Kamera in den Händen. Den Anblick konnte ich kaum ertragen, so weit führte er mich zurück. Ich war vier oder fünf gewesen, als mich dieser fröhliche

Kasten und darüber das lachende Gesicht meines Großvaters auf meinen ersten Ausflügen in die Welt außerhalb Kaßbergens begleitet hatten.

»Die solltest du schon lange haben. Damit hat er dich doch so oft fotografiert.«

Die Bilder meiner Kindheit füllten ein ganzes Album. Immer wieder Zeisigwald und die Wege nach Rabenstein und Augustusburg; ich in Kniestrümpfen, ich auf dem Schlitten, ich in der Pelzmühle vor der Papageienvolière, ich lachend mit zwei eingedrückten Schneidezähnen, ich mit angsterfülltem Blick am Rande des tiefen Brunnens im Schloss Augustusburg.

»Als er das Ding immerzu irgendwo liegen ließ, musste ich es ihm wegnehmen.«

Meine Großmutter hatte Weitsicht bewiesen und diesen Schatz gerettet.

»Die hat er aber gut behandelt«, sagte Brigitte und meinte die Kamera mit ihren polierten Metallbeschlägen und dem glänzenden Etui aus festem Rindsleder.

»Genauso gut wie sein Frollein Leopold«, sagte der Minister, und ihre Stimme kippte in das Krächzen, das normalerweise einen Witz ankündigte. Ihr war allerdings gar nicht zum Lachen zumute, denn die Falten um ihre Augen verengten sich wie bei einem bösen Gedanken, der kurz aufleuchtete und die schönen unter sich begrub.

Den Namen des ominösen Frolleins Leopold hatte ich immer nur vernommen, wenn meine Großeltern in Streit gerieten, und meist hatte meine Oma damit den Streit begonnen.

»Ihre Seele war noch nicht zum Dachfenster raus, da hat er sich das Ding genommen. Angeblich wollte sie das so. War halt eine von den Bohemien, die immer was sahen, wo eigentlich nischt war. Sie hat ihm doch tatsächlich eingeredet, die Welt in dieser Kiste festhalten zu können. Und wohin ist er mit mir und dem Ding dann gefahren? Nach Kleinolbersdorf!«

Wie lange sich nagende Gefühle halten konnten? Ein ganzes Leben lang. So viel verstand ich. Mehr wollte ich gar nicht wissen.

»Jetzt nimm mal'n Schnaps!«, sagte mein Vater schnell und goss meiner Oma einen Kräuterlikör ein. »Das ist doch alles lange schon gewesen.«

Ich hörte nur mit einem Ohr hin, mich interessierte mehr die Technik, die mir selbst mein Vater nicht erklären konnte, so, wie er mich gerade ansah.

»Das Ding kriegste doch nie in Gang.«

Stimmte nicht. Ganz unten im Karton lag ein Zettel, den ich auseinanderfaltete. In krakeliger Handschrift und mit schwarzer Tinte hatte der Häuptling gezeichnet, wie sie zu halten war, wo sich der Rollfilm aufspulte und in welche Richtung man die Kurbel drehen musste.

Weil ich sie nur bei Tageslicht nutzen konnte, stellte ich mir den Wecker für den nächsten Morgen acht Uhr.

Den Minister hatte mein Vater wieder nach Hause begleitet, Brigitte und er hatten sich noch ein paar Gläser Punsch gegönnt, und nun schliefen sie noch, als ich aufstand und mich anzog.

Mit dem Fotoapparat meines Großvaters ging ich leise die Treppe hinunter. Im Haus war es still, nur das Knarzen der Stufen und hier und da ein sanftes Pfeifen durch die Ritzen der Fenster waren zu hören.

Herr Glockenbach schippte Schnee. Ich blieb oben am Treppenabsatz stehen und schälte den Apparat aus der festen Lederhülle.

Unser Hausmeister schaute kurz hoch, nickte einen Gruß.

»Frohe Weihnachten!«

Ich nickte zurück und nahm ihn ins Visier.

Die Rolleiflex war ein Fotoapparat für heimliche Aufnahmen. Für Herrn Glockenbach sah es aus, als stünde da ein Mädchen in der Haustür, das sich irgendetwas in einem Kistchen anschaute, das der Weihnachtsmann gebracht hatte. Er hatte mich schon wieder vergessen und lehnte sich stöhnend auf den Schneeschieber. Ich blickte von oben in die Kamera und sah unseren Hausmeister spiegelverkehrt mit dem Zeigefinger in der Nase bohren. Das Klacken des Lichtschachts und leise Klicken des Auslösers bekam er gar nicht mit.

»Tschüss, Herr Glocken … Winkler!«, sagte ich schnell und lief an ihm vorbei hoch zur Weststraße.

In der Ferne quietschte eine Straßenbahn. An der Haltestelle stieg ich ein. In dem menschenleeren Wagen fotografierte ich die Straßenbahnfahrerin. Fing ein, wie sie in der Kurve der Kaßbergauffahrt am hölzernen Steuerrad drehte und zählte die Bilder rückwärts von zwölf. Zehn konnte ich noch machen. Dann wäre mein erster Film voll. Sie sah im Augenwinkel nur ein pummliges Mädchen, das bei dem Gewackel irgendetwas in einem Kasten zu suchen schien.

Auch der Volkspolizist vor dem Nischl des größten Philosophen, wie es hieß, sah nicht, wie ich ihn ablichtete. Karl Marx trug an jenem Morgen eine weiße Haarpracht und sah damit nicht mehr ganz so grimmig aus.

Ich ließ Kaßbergen hinter mir und lief weiter die Augustusburger Straße hinaus bis nach Gablenz.

An Feiertagen blieben die Läden geschlossen. Ich ging an Schaufenstern vorbei mit Trauben aus Weihnachtskugeln, in denen sich die Schneeflocken und das Licht des aufkommenden Tages spiegelten. Seit ich denken konnte, waren es die mit Seidenschleifen zusammengebundenen Weihnachtskugeln in den Geschäften, die das nahende Fest ankündigten. Vielleicht war dieser Moment der, der mit dem wahren Glück und nichts mit dem kurzlebigen »Glück gehabt« zu tun hatte.

Während ich durch das Revier des Häuptlings spazierte, die Kamera seines Frolleins Leopold fest in den Händen, fühlte ich mich ihm nahe. Die Häuser links und rechts waren weniger verziert als jene auf dem Berg. Sie glichen sich in ihrem Grau und dem stellenweise fehlenden Putz.

Kein Mensch auf der Straße. Ein Trabant knatterte stadtauswärts an mir vorbei.

Ich dachte an die Autofahrt mit meinem Vater und Brigitte. Sie lag ein Jahr zurück, als der härteste Winter aller Zeiten herrschte, wie sich die Leute erzählten. Wir fuhren auf eine Silvesterfeier zu den Lehrerkollegen von Brigitte. Mein Vater hatte sich ordentlich anziehen müssen. Seine geliebten Holzclogs, die er auch im Winter und immer ohne Socken trug, durfte er natürlich nicht tragen. In Hemd und Schlips und entsprechend mies gelaunt fuhr er uns drei die Serpentinen hinauf bis nach Oberwiesental. Auf dem Weg wurde das Schneetreiben so dicht, dass die Scheibenwischer stecken blieben. Wieder mussten Brigittes Feinstrumpfhosen herhalten, von denen sie immer ein zweites Paar einstecken hatte. Mein Vater knotete sie an den Wischern fest, kurbelte die Fenster runter, und dann mussten Brigitte und er abwechselnd daran ziehen. Die beiden ruderten da vorn, während mein Vater über dem Lenkrad hing, um den Verlauf der verschneiten Straße zu erkennen. Ich traute mich nicht zu sagen, dass mir schlecht war. Und dann kam, was immer kam: Wenn man nicht lachen durfte, fiel einem ein Witz ein. Wenn man nicht husten durfte, juckte die Luftröhre. Wenn man nicht brechen durfte, wurde einem schlecht. Ich kam nicht mehr dazu, rechtzeitig Bescheid zu sagen. Als ich meinen Mund öffnete, kam mit den Worten »ich« und »muss« Erbrochenes heraus und ergoss sich über die rechte Schulter meines Vaters und die linke Schulter von Brigitte. Und was noch übrig war, sammelte sich in meinem Rock, den Brigitte extra noch mit Stickerei verziert hatte. Bei der Feier angekommen, liehen wir uns erst mal ein paar Ersatzklamotten bei den Anwesenden. Mein Vater fühlte sich ganz wohl, hatte er doch eine Schlaghose und dazu einen Strickpullover abbekommen, dessen Ärmel allerdings schon kurz unter dem Ellenbogen endeten. Nur Brigitte sah in dem Polyesterkleid undefinierbarer Farbe rund sechzig Jahre älter aus. Ich bekam die Skihose eines dicken Mädchens angezogen, das mich belehrend darauf hinwies, die sei aus dem Westen und es wolle damit am nächsten Tag noch Ski fahren. Der Abend verlief entsprechend.

Von da an wurde ich vor jeder Fahrt mit Kinetosin versorgt und dämmerte seitdem auf unseren Autofahrten benebelt dem Ziel entgegen.

Das Knattern des Trabants verebbte in der Ferne. Die Straße lag ruhig. Vor der Pferdeschlächterei nahm ich eine Mülltonne ins Visier. Unter dem Deckel quollen Packpapier und Flaschenhälse hervor.

»Was machst'n da?«

Ich drehte mich um. Das Pieps-Rosl stand hinter mir und zeigte mit dem Gehstock abwechselnd auf mich und mein Fotoobjekt.

»Fotografieren.«

»Mit dem Kästl?«

»Genau.«

Ein Klacken und ein Klick, und auch das Pieps-Rosl war im Kasten. Noch fünf Fotos übrig.

Sie lächelte verschmitzt und legte dabei zwei zahnlose Kauleisten frei.

»Bezahlst du mir ein Bier?«

Ich hatte ein Fünfmarkstück dabei. Zweiundfünfzig Pfennig für ein Bier konnte ich mir also leisten. Mein Vater sagte immer, man solle bei einem Kater gleich morgens trinken, womit man nachts aufgehört hatte und saß selber oft mit einer Bierflasche an den Lippen im Bett, deshalb waren mir Menschen, die schon morgens tranken, sehr vertraut.

Ganz im Geiste meines Großvaters betraten das Pieps-Rosl und ich an jenem Weihnachtsfeiertag die Kantine der Pferdeschlächterei Franklin Hofmann.

Das Pieps-Rosl hieß eigentlich Rosa Mücke. Und ich hörte ihr einfach zu, während ich das Lederetui der Rolleiflex streichelte.

Das Pieps-Rosl ging jeden Tag hierher. Nur der Ruhetag, der ein Sonntag war, sei wie jeder Sonntag für einen einsamen

Menschen schwer zu ertragen, sagte das zierliche Frauchen mit seinem verschmitzten Lächeln und suchte dabei ein bisschen verzweifelt nach Bestätigung in meinem Blick. Schaute mich immer nur an.

Die jungen Leute seien ihr doch die liebsten, hätten immer etwas Neues im Kopf und seien noch nicht verdorben. Ob ich denn wisse, was sie meine? Jeden Tag säße sie hier bei einem Bier und billiger Hausmannskost unter Studenten der Hochschule, die eine Technische war.

Erzählte denen die seltsamen Geschichten, von denen sich jeder mitnahm, was er für seine eigene Geschichte brauchte, oder es bleiben ließ. Das Pieps-Rosl und die seltsamen Alten Kaßbergens verließen ihren Berg, wenn dort keine offenen Ohren mehr waren und die Menschen nur noch »naja« sagten und mit einer Handbewegung die immer gleichen Geschichten vom Tisch fegten. Die Studenten hier unten im Tal aber waren immer neue, und manche von ihnen ganz Ohr für den Eisenbahnpionier Hartmann und die ersten Fabrikanten in Kaßbergen. Rosa Mückes Märchen waren keine zum Fürchten. Es waren die Geschichten, die der Vater abends mit nach Hause gebracht hatte aus der Fabrik in der Zeit der rauchenden Schlote und daraus wachsenden Träume. Damals, nach dem allerersten, dem kaiserlich daherkommenden Krieg, der in seinem Blutrausch den beiden kommenden nicht nachstand.

In jungen Jahren war das Pieps-Rosl, die kleine »Migge«, wohl ein ziemlich heißer Feger, ein süßes Ding von geringer Körpergröße mit winzigen Fingern und so kleinen Füßen, bei denen es wunderte, dass sie darauf überhaupt stehen konnte.

»Der Hartmann war ein schmucker Bursche«, erzählte sie mir, als habe sie den legendären Eisenbahnmann persönlich gekannt. »Hat sich noch erwandert, was seine Jünger später erfuhren, dank der Lokomotiven nämlich, die er baute. Zu seiner Zeit ließ sich die Welt noch erlaufen. Sie war zwar längst keine Scheibe mehr, aber ihre Grenzen noch enger gesteckt als heute. Er kam aus dem Elsass, und nichts hinderte ihn daran, zu laufen und da zu halten, wo es ihm lieb war, sich nach dem Tagwerk hinzubetten und mit gefülltem Magen und wohligem Gefühl im Kopf auf den Tag wartend, der da dämmerte. In fünf Tagen wollte er in Chemnitz sein von Straßburg. Doch die Zwischenlager machten fünf Monate daraus. Wo sind sie heute, die schmucken Burschen von damals? Die wussten, worum es ihnen ging im Leben und es selber in die Hand nahmen?«

Ein bisschen verloren sah sie aus. Ich zahlte ihr Bier, meinen Saft und bestellte ihr noch eins, für das ich der Kellnerin die Alumünzen in die Schürzentasche warf.

Ob Pieps-Rosl ein Zuhause hatte oder einfach hier sitzenbleiben würde bis zum Morgen, an dem die Vorhänge wieder aufgezogen und die Tische eingedeckt wurden und an dem immer noch Weihnachten wäre, hätte ich gern wissen wollen. Aber mehr noch wollte ich ihrer Verlorenheit entfliehen, die immer nur mit Vergangenheit zu tun hatte, weil keine Gegenwart sie heilen konnte.

Ich ging hinaus auf die Straße, rannte über verschneite Gehwegplatten zur Zentralhaltestelle, stieg in die leere Straßenbahn mit der vertrauten Ziffer 8 und lehnte mich auf dem geheizten Holzsitz zurück, meine Rolleiflex fest in den Händen. Es zog mich hinauf zu Menschen, die auf mich warteten, so verschieden sie waren in der Art, ihre Liebe zu zeigen. Es zog mich hinauf nach Kaßbergen, das in den Tagen zwischen Weihnachten und Silvester im Winterschlaf lag. Wo keine Last die Stunden drückte, wo kaum ein Blick auf eine Uhr fiel, wo auf dem Abreißkalender ein längst vergangener Tag stand.

Auf dem Kiosk von Frau Ullmann lag eine dicke Schneehaube.

Vier Fotos waren noch übrig.

Auf dem Gerhart-Hauptmann-Platz machten Kinder eine Schneeballschlacht.

Noch drei Fotos.

Zu Gonzo traute ich mich nicht mehr. Unsere Bank lag unberührt in einer Schneewehe.

Noch zwei.

Der Minister schaute Sissi-Filme im Fernsehen. Meine Mutter war mit Herrn Gustloff in Karlsbad. Bei der Bucht stand ein kahler Weihnachtsbaum auf dem Balkon.

Noch eins.

Herr Glockenbach schippte immer noch Schnee. Mein Vater räumte den Keller auf. Brigitte saß an der Nähmaschine. Michi lag im Bett und las die Lederstrumpferzählungen. Und ich hatte meinen Häuptling wieder.

Das letzte Foto dieses Tages war das eines dicklichen Mädchens mit Mondgesicht.

Der kommt schon. Hab doch hier einen Mitgliedsausweis für ihn.«

Der Schriftsteller hob seine Bierflasche und prostete mir zu. »Auch unser Gonzo gehört jetzt ganz offiziell zur Intelligenz dieser Stadt.«

Ich wünschte nichts mehr, als dass Gonzo tatsächlich hier auftauchen würde. Nach seinem letzten Auftritt hatte ich meinen Zweifel.

»Und die Schabracke?«

»Wer?«

»Na, die Frau von der Tür.«

»Gewöhn dir mal an, die Leute nach ihren Namen zu fragen«, sagte der Schriftsteller. »Das ist Marion. Auch die kann nix machen gegen die Macht der Schreibenden Arbeiter. Und die Macht über eure Mitgliedsausweise habe nun mal ich.«

Im Hintergrund lief ein Lied von Manfred Krug über einen vergessenen Hochzeitstag. Drei Männer tanzten verträumt Rücken an Rücken zwischen den Tischen im Klub der Intelligenz Pablo Neruda. Drehten sich wie müde Kosaken in kleinen Schritten um ihre eigene Achse. Mir gefiel dieser wortlose, selbstlose Humor. Ich hätte ihnen stundenlang zuschauen können.

Die Tür sprang auf, und Gonzo trat ein. Dass der nicht einfach mal ganz normal reinkommen konnte. Ich hatte Angst, sie würden ihn gleich wieder rauswerfen. Schabracke Marion löste sich auch schon bedrohlich schnell vom Tresen, legte die Zigarette in den Aschenbecher und wollte auf Gonzo zugehen, als Ronald Schaarschmidt die Hand mit einem Kärtchen zwischen den Fingern hob.

»Lass mal reinkommen«, sagte er, »der hat einen Ausweis.«

Sie drehte wieder ab und rauchte ihre Zigarette weiter.

Gonzo sah ausgeruhter aus als beim letzten Mal. Der Hahnenkamm stand wie 'ne Eins. Und es war mehr Privileg Rasierwasser an ihm als Ungewaschenes.

Gonzo begrüßte den Schriftsteller mit einem Handschlag.

»Gruß!«

»Grüß'n.«

Hier war also wieder alles beim Alten. Mich streifte Gonzos Blick unter hochgezogenen Augenbrauen. Bei uns hatte sich leider nichts verändert.

Das neue Jahrzehnt war zwei Tage alt. Es waren die zeitlosen Tage nach Silvester. Ich hatte Ferien und schlief mal bei meiner Mutter, mal bei meinem Vater, mal bei dem Minister. An diesem Abend wusste mein Vater, dass ich bei meiner Mutter war, meine Mutter, dass ich beim Minister war, und der Minister wusste von nichts.

»Kann ich bei dir übernachten, Gonzo?«

Der Schriftsteller hob die Augenbrauen und ließ sie sogleich wieder fallen, als er bemerkte, wie selbstverständlich meine Frage für Gonzo war.

»Musst die Luftmatratze aber selber aufpusten. Ich geb dir die Schildkröte, dann geht's schneller.«

Wie wild auf dem Schildkrötengummiball herumzutreten erinnerte mich an Sommerferien und Zeltplatz und meinen Vater und Brigitte, und ich freute mich drauf.

Die drei Freunde hakten sich unter und gingen. Die Musik war verstummt. Zum Jahresbeginn war hier noch nichts los. Der Kellner putzte Gläser.

Gonzo wandte sich dem Schriftsteller zu. Der winkte mit dem leeren Bierglas nach einem neuen.

»Und? Wie schreibste die Metapher mit dem Großen Bruder, der ein Land überfallen hat? Darfste ja nicht mal als Vermutung flüstern, ohne dafür in den Knast zu kommen. Und doch sind die Sowjets in Afghanistan.«

Ronald Schaarschmidt pfiff durch die Zähne.

»In der Tat. Das wird ein harter Batzen. Und wie immer wirste erst in zwanzig, dreißig Jahren was Echtes drüber lesen. Geschichte muss verdaut sein, um Geschichten draus zu machen.«

Ich hatte die Zeit genutzt, hatte heimlich die »Aktuelle Kamera« geschaut und unbemerkt von meiner Familie das »Neue Deutschland« gelesen. Ich war informiert. Auch darüber, was der Artikel 51 der UNO-Charta aussagte. Was Gonzo sagte, war mir neu. Unser Land war solidarisch mit den progressiven Kräften Afghanistans. Die hatten die Sowjetunion um Hilfe gebeten. Und die Sowjetunion half nun, wo sie konnte.

»Ich kenne diesen Blick, mein Mädchen.«

Gonzo vertiefte sich in meine Stirnfalte.

Aufschreiben wollte ich dieses Bild. Das Bild des zweifelnden Freundes in Worte fassen und festhalten, bevor mir die Worte in ihrer Vielzahl wieder verloren gingen. Traute mich nicht, mein Notizheft rauszuholen. Gonzo würde noch denken, ich machte Notizen für die Stasi.

Immer hatte er es mit Verschwörungen. Erst die Sandsäcke. Dann Müller-Rabenstein. Tunnel voller Spione. Selbst hinter dem tödlichen Motorradunfall von Generaloberst Bersarin sah Gonzo eine Verschwörung gegen den ersten Stadtkommandanten unserer Hauptstadt. Und nun soll die Entsendung sowjetischer Soldaten nach Afghanistan auch noch ein Überfall gewesen sein. Solche Gedankengänge waren mir fremd. In meiner Philosophie gab es nur klare Kanten, wie die der Wüsten in Afrika auf der Weltkarte. Und genauso klar sah ich die Politik der Sowjetunion.

»Die Rote Armee hat zehn Millionen Soldaten im Krieg verloren. Die fangen doch nicht selber einen an.«

Gonzo nickte.

»Und ihre alten Essesszwanzig restaurieren sie jetzt, um sie ins Museum zu stellen.«

Natürlich besaß die Sowjetunion jede Menge Raketen. Aber

doch nur, weil der Westen mit den vielen Pershings drohte. Ich fragte mich wirklich, ob Gonzo auch nur ein kleines bisschen informiert war und was sein Geschwafel von Raketen mit der sowjetischen Hilfe für Afghanistan zu tun hatte. In Gonzos Wohnung lagen jede Menge Zeitungen herum, er schien aber keine davon zu lesen.

In meiner Familie hießen die Sowjets nur *die Russen* oder *Iwans*. Außer bei Brigitte. Russe sei ein Schimpfwort, sagte sie, es gebe Sowjetmenschen. Ganz anders mein Vater. Der fand, die Russen mit ihren Autos in der Kaserne an der Leninstraße rochen wie ein großer universeller Furz aus dem Arsch der Sowjetunion.

Ich mochte die Russen nicht besonders, aber ich vertraute den Menschen der Sowjetunion.

Seit der fünften Klasse hatte ich eine sowjetische Brieffreundin. Eine Schulklasse aus Wolgograd war uns zugeteilt worden. Ihre Adressen hatten wir untereinander mit der gleichen Lust ausgelost, wie man einen Kürzeren zog. Jeder nahm den zugeteilten Namen zur Kenntnis und machte noch einen Witz über *Waaaaasssjaaaa* oder *Sergej Sergejjewitsch* oder den Klang von *Oxana*. Seitdem nur noch zeitraubendes Fabulieren mit dem Wörterbuch. Diese verordneten Brieffreundschaften waren zusätzliche Hausaufgaben gewesen, nur dass Geilergans sie nicht auch noch kontrollierte.

Der Name meiner Brieffreundin war Valentina, wie der der ersten Frau im Weltall, Valentina Tereschkowa. Wir schrieben uns auf Briefpapier, auf dem die Linien schon vorgezeichnet waren. Die Linien hielten meine Schrift in der Spur, wo ich kyrillische Buchstaben aneinanderreihte. Valentinas Briefe hatten auch Linien auf dem Briefumschlag und vorgefertigte Kästchen für die Ziffern der Postleitzahl. Die Briefmarke war aufgedruckt und zeigte ein Kriegsdenkmal, das nicht an den Krieg, aber an den Kampf um die Heldenstadt erinnerte.

Der Schriftsteller hatte noch gar nichts gesagt, aber die ganze Zeit über etwas nachgedacht, das offensichtlich größer war als die kleine Sache da in Afghanistan. Er trank sein Bier aus und winkte nach einem neuen. Ich konnte spüren, wie er Anlauf nahm, sich Gonzo vorzuknöpfen.

»Fragst mich, ob ich 'ne Metapher dafür hab, und kannst selber nischt, als am Kneipentisch Verschwörung zu verbreiten.«

Gonzo lachte abschätzig.

»Ich gehe gerne da raus und demonstriere. Kommste mit?« Er fasste sich an den Kopf. »Mensch! Ganz vergessen! Geht ja hier gar nicht.«

»Nun bleib mal ganz ruhig, Brauner.«

Ronald Schaarschmidt nahm sein Bier entgegen und wartete, bis der Kellner gegangen war.

»Nischt gegen gesunden Zweifel. Und dass hier eine Menge Scheiße passiert, die man uns als Subbotnikeinsatz der Russen verkauft, ist schon mal klar. Leider. Trotzdem gibt es jede Menge mehr zu tun, als ständig alles anzuzweifeln. Und dann noch hinter vorgehaltener Hand.«

Gonzo wollte etwas sagen, doch eine Handbewegung des Schriftstellers ließ ihn verstummen.

»Ich weiß, dass unsere Meinung hier keine Freiheit genießt. Aber Wissen ist auch hierzulande Macht. Und die kleine Knallerbse da oben, was dein Kopf ist, wird ja nun noch nicht durchleuchtet. Mit der darfste denken, wasde willst. Und wenn du Fragen hast, dann musst du so lange lesen und dich informieren, bis du sie dir beantworten kannst. Papa und Mama machen das heute nicht mehr, heute machen wir das selbst. Aus jedem Buch vom Dietz-Verlag kann ich dir genau zitieren, was *nicht* drinsteht, ergo, verschwiegen wird. Nur so kann ich sie eines Tages mit ihren eigenen Waffen schlagen oder, von mir aus, mit einer Metapher. Aber ich setze mich nicht ständig hin, meckere, streue Zweifel und tu ansonsten nischt.«

Gonzo verdrehte die Augen.

»Biste ferdsch?«

»Noch lange nicht!«

Schabracke Marion stemmte schon wieder bedrohlich die Hände in die Hüften. Im Lautsprecher ging's weiter mit Manfred Krug, der was vom Aufhören sang und davon, wie ihm alles auf die Nerven ging.

»Der Mensch hat ein tiefes Bedürfnis nach Ordnung, also müssen Banner in den Werkhallen und Schlagzeilen in den Zeitungen permanent Gehirne waschen, um das Chaos aus Mangelwirtschaft und politischen Abweichlern als von Marx gewollte Ordnung darzustellen.«

Der Schriftsteller war ins Dozieren verfallen. Gonzos Gesichtsmuskeln zuckten, als käme das Gehirn dahinter mit der Verarbeitung nicht nach. Er tat mir leid. Ich wollte ihn an die Hand nehmen, zur Tür hinausziehen und mit ihm ins Glück gehen.

»Was hab ich damit zu tun?«, fragte Gonzo, ließ das Bierglas stehen und trank gleich aus der Flasche.

»Du machst es dir zu leicht, indem du permanent ein Gewese machst um Dinge, die offensichtlich sind. Am Kneipentisch bewegst du damit gar nichts, nicht mal deinen Arsch.«

Dichter Flockenfall und das weiße Licht der Straßenlampen. Vielleicht fiel überall auf der Welt Schnee aus dem gleichen Himmel und überdeckte das Grau der dunklen Zeit. Was war schon Wahrheit, was war Geschichte, fragte ich mich. Alles war doch immer nur aufgeschrieben und weitererzählt worden. Keiner konnte sagen, was gerade passierte, die Alten wollten sich nicht mehr erinnern, was früher passiert war, und wir Jungen sollten nun daraus lernen.

Gonzo konnte nicht mehr ruhig sitzen.

»Lass uns gehen«, sagte er, stand auf und nahm meine Hand.

Ich schaute fragend zum Schriftsteller. Der winkte nur ab.

»Iss schon gut. Ich mach auch gleich los.«

Ich sah Ronald Schaarschmidt, wie er nach Hause schlurfen, sich in seine Küche setzen und dort einfach weiterrauchen, weitertrinken und weiterdenken würde. Er hatte Gesellschaft gesucht in seiner Einsamkeit des angebrochenen Jahres. Und sie in uns nicht gefunden. Ich drehte mich noch einmal nach ihm um.

»Nu haut schon ab.«

Gonzo und ich gingen zur Zentralhaltestelle und machten einen Umweg durch die Unterführung. Schneematsch von zahllosen Schuhsohlen am Boden und obendrüber der Gestank nach Urin. Hier schlenderte keiner, hier lief man möglichst schnell von hüben nach drüben, in jedem Fall immer in Eile, denn entweder kam man von der Arbeit, oder man ging dorthin.

Das Bild des heimwärts schlurfenden Schriftstellers ließ mich nicht los. Wir hatten ihn in seiner Einsamkeit einfach sitzen lassen.

»Er hat es nicht böse gemeint.«

Gonzo hob die Schultern.

»Der muss halt hin und wieder mal den Klassenstandpunkt raushängen lassen, sonst darf er den Zirkel nicht mehr machen.«

Als wir auf der anderen Seite die Unterführung verließen und Kaßbergen in der Ferne wie eine schneebedeckte Trutzburg leuchten sahen, bemerkte ich ein Lächeln auf Gonzos Lippen, in das er mich nicht einweihte. Stattdessen drückte er mir einen Kuss auf meinen geschlossenen Mund. Einen flüchtigen nur, als wollte er sich selbst irgendeiner Sache versichern, aber er bedeutete mir alles.

Ich hatte meinen Gonzo wieder, bis er sagte: »Ich weiß nur, dass hier in Kürze was passieren wird. Und zwar nicht am Kneipentisch.«

Der Panzer

W*egerein.* Der Name war Programm für die Sache. Es ging doch immer um »die Sache«. Jetzt ging es mal um seine.

Gemischt mit Zucker und Schwefel hatte er endlich das Mittel gefunden, mit dem er den Weg zwischen Frankenberger und Dresdner Straße bereinigen würde. Ein Kriegsgerät als Denkmal für den Frieden ließe er sich nicht länger bieten, und wenn hier keiner was unternahm, dann musste er eben selber ran.

Um acht fuhr er mit dem Trabant zur Erdbeersiedlung, wo er die Bombe vergraben hatte. Die Stelle war unberührt und von Unkraut bewachsen, der Schaschlikstab beinah nicht mehr zu sehen. Er grub sie aus und wickelte sie in Zeitungspapier der *Freien Presse* vom Sonnabend, dem Internationalen Frauentag. Elf Kilo Sprengkraft sollten reichen für einen Knall, der bis Moskau zu hören wäre.

Weiter ging es zum Panzer, den sie das »Denkmal für die Befreiungstaten der Roten Armee und deren Verdienste bei der Zerschlagung des Hitlerfaschismus« nannten und auf einen übermannshohen Sockel gestellt hatten. Der sowjetische T-34 gehörte ins Stadtbild wie der Kopf von Karl Marx. Die gleichen T-34 standen in den Straßen von Kabul. Hier wie dort, vierundzwanzig Stunden am Tag, sieben Tage die Woche, und keiner schaute hin. Erst das Fehlen dieser Monster würde bemerkt werden. Und genau dafür sorgte er jetzt.

Der Sonntag war die richtige Wahl. Schlechtes Wetter und Abendkrimi, wenige Autofahrer und auch kaum einer zu Fuß unterwegs. Menschen sollten keine zu Schaden kommen. Er musste die Bombe nur gut platzieren.

In fünfzig Meter Entfernung vom Panzer lag das Gelände der Volkspolizei. Er parkte den Trabi weiter oben in der Frankenberger. Von da ging er zu Fuß, den Sockel fest im Blick, das Paket im Rucksack über der Schulter, und übte in Gedanken die Abfolge dessen, wofür er jetzt nur wenige Minuten haben würde. Der hintere Teil des Betonklotzes verlief schräg genug, damit er sich daran hochziehen konnte. Er hatte lange genug im Wald trainiert. Auch bei Schneeregen.

Er schaute auf seine Armbanduhr. Es war neun und nun auch richtig dunkel. Die Straßenlampen hier zum Glück nur schwache Funzeln. Die Vopos gegenüber im Nachtmodus. Er nahm Anlauf, einmal, zweimal, und weil aller guten Dinge drei waren und er ein viertes Mal nicht mehr geschafft hätte, gelang es ihm endlich, Halt zu finden und sich in Sekundenschnelle mit einer Hand am hinteren Kettenrad festzukrallen. Er zog sich hoch, sein Ächzen dröhnte in ihm und zum Glück nur da. Er presste die Lippen zusammen. Zerrte das Paket aus dem Rucksack. Der Zeitzünder gab ihm noch sechsundzwanzig Minuten. Er brauchte nur zwei. Testete die Haftung der Bombe unter dem Panzer, denn dort im Herzen des Ungetüms sollte sie das Unheil anrichten und nicht etwa im Beton des farblosen Sockels. Er ließ sich wieder runtergleiten, warf die leere Hülle des Rucksacks über seine Schulter und ging die Frankenberger wieder hinauf. In viel zu großer Ruhe, doch das waren wohl der Schock und das Wissen, dass nun immer noch zwanzig Minuten zu warten waren.

Vom Trabi aus war die Sicht gut bis runter zum Sockel. Er steckte sich eine Zigarette an. Die zweite an der ersten. Die dritte an der zweiten. Die vierte an der dritten, und dann erst kurbelte er das Fenster herunter.

Endlich.

Der erlösende Knall wie Musik in seinen Ohren. Ein Stück, das er seit Jahren vor sich her sang und nun zum ersten Mal orchestriert erlebte. Er saß in der ersten Reihe des Geschehens. Ein selbstloser Held, von dem niemand wusste. Denn keiner ahnte, dass er ihnen allen doch soeben die Last der Mitschuld durch Schweigen und Dulden von den Schultern genommen hatte.

Die Bombe hatte nur die linke Umlaufkette erwischt. Die zweihundertfünfzig Kilo schwere Laufrolle des Panzers flog über die Mauer auf das Gelände der Volkspolizei. Was für eine vollkommene Inszenierung, dachte er bei sich, vernahm das Bersten von Fensterscheiben wie seinen Applaus und ließ den Trabi an.

Unten in der Stadt war ein Panzer der sowjetischen Streitkräfte gesprengt worden, und der Minister hatte nur mit ihren Knochen zu tun. Sie brach die zwei dicksten Blätter einer Aloepflanze auf dem Fensterbrett ab und drückte sie mir in die Hand.

»Schneidse fein auf und schmierse mir auf die Knie. Heute iss wieder schlimm. Frage nicht, wie Klammern schmecken.«

Mit einer Nagelschere schnitt ich Gallertartiges aus den Aloeblättern, löste meiner Großmutter die Strümpfe aus den Strumpfhaltern und schob erst den einen, dann den anderen runter bis zu ihren Knöcheln. Sie reichte mir eine Schnapsflasche.

»Haste zu fest zugedreht beim letzten Mal. Wie soll ich die denn aufkriegen mit meiner Gicht in den Fingern?«

Ich drehte die Flasche auf und schenkte ihr einen Stonsdorfer ein. Sie trank ihn auf ex, während ich ihre Knie mit Aloe Vera massierte.

»Kräuter. Gut für die Knochen.«

Ächzend schwang sie sich vom Küchensofa auf, und ich musste an die quietschende Kinderschaukel damals auf dem Rummel denken. Man stand sich gegenüber und brachte den Kahn zum Schwingen. Eins und zwei und drei, dann schwang die Schaukel weit nach oben. Eins und zwei und drei, und der Minister stand. Auf wackligen Beinen zwar, aber stabil genug, um zum Herd zu humpeln und die Wiener mit einer Bockwurstzange aus dem Topf zu nehmen und auf einen Teller zu legen.

Ich wollte gern mehr über diese Sache wissen, die sich jeder nur hinter vorgehaltener Hand erzählte.

»Was ist denn da am Sonntag in die Luft geflogen?«

»Den Panzer meinst du?« Sie wusste also davon. »Der war alt. Wurde Zeit. Wahrscheinlich hat einer die Ersatzteile gebraucht.«

Welches Auto fuhr mit Panzerersatzteilen? Auch wenn der Trabi meines Vaters ähnlich laut dröhnte, war es doch unwahrscheinlich, dass auch nur eine Panzerschraube Platz im Motorraum dieser Pappschachtel finden würde.

»Wer hat den Panzer in die Luft gejagt?«

Der Minister kniff die Augen zusammen, als schärfte sie ihren Blick auf mich.

»Was weiß denn ich?«

Ich war nicht mehr der Wurzelwerkindianer meiner Kindheit, aber immer noch zu grün hinter den Ohren für einen echten Gesprächspartner. Außer mit dem Schladoht und seiner Frau sah ich den Minister zwar nie mit jemandem reden, das bedeutete jedoch noch lange nicht, dass sie in dieser Hinsicht irgendetwas vermisste.

»Darum wird viel zu viel Gewese gemacht. Früher war hier viel mehr los. Das war mal eine richtige Arbeiterstadt mit tüchtig Keilereien. Und nun? Alles sehr abwechslungsreich: Abends wird es finster. Morgens wird es hell. Und dazu schlechter Empfang im Radio.«

Diese Ablenkungsmanöver waren mir vertraut.

»Du könntest deine lackierten Obergescheiten von der *Freien Presse* mal anrufen und ihnen erklären, dass unsere Arbeiterstadt wirklich eine war und mit ihrem alten Namen weltbekannt durch ordentliche, gute Arbeit und dass wir uns nicht hinter einem Trierer Philosophen verstecken müssten, um was darzustellen.«

Sie stippte eine Wiener ins Senfglas und gab mir ein Zeichen, ich solle das auch tun.

»Mit dem Panzer hat sich einer Luft gemacht. Gleich den Nischl zu sprengen, war ihm wohl eine Nummer zu groß. Von dem hätte es doch höchstens eine Augenbraue erwischt.«

Statt Wiener ins Senfglas zu stippen, spielte ich mit den Maikätzchen in der Vase auf dem Stollenbrett. Das ganze Jahr über steckten die Zweige in dieser Vase in einem Daumenbreit Wasser, die kleinen Fellbällchen immer frisch und prall, und ich hatte keine Ahnung, wie das biologisch möglich war.

»Wenn man sich das heute vorstellt. Was die Bomber in nur einer Nacht im März fünfundvierzig zertrümmert haben. Und die machen einen Hermann wegen einem Russenpanzer.«

»Die angelsächsischen Bomber?«

»Angloamerikanischen heißt das. Hast du doch in der Schule gehabt, wo ihr das alles eingebläut kriegt. Wegen denen sieht es in der Stadt heute so aus, wie es aussieht. Nur der Rote Turm steht noch. Wie ein Zeigefinger, der uns dran erinnert, dass jetzt die Roten herrschen.«

Die Standuhr in der Stube gongte viermal zur vollen Stunde und noch achtmal zur achten. Vom gesprengten Panzer würde ich heute nichts mehr erfahren.

Aus der Wohnung drang Musik. Ein bisschen Ahnung hatte ich schon. Und das da drin klang eindeutig nach Mozarts *Requiem*.

Eine Totenmesse war kein guter Moment für einen Besuch bei den Krumbiegels. Draußen regnete es in Strömen, und zu Gonzo war mir der Weg zu weit. Also blieb nur Michi. Und ausgerechnet jetzt lief das Requiem. Das kannte ich. Der Minister hatte es auf Kassette und mir schon mehrfach vorgespielt. Die Kassette lag im Schubfach ihres Nachttisches für den Fall, dass sie starb und wir auf ihrer Trauerfeier nicht wüssten, welche Musik wir spielen sollten.

Ich drückte auf den Klingelknopf. Michi öffnete und sah noch miesepetriger aus als sonst.

»Ist was passiert?«

»Nee, komm rein.«

Der Multifunktionstisch war auf seine volle Höhe ausgefahren. Herr Krumbiegel stand davor, eine Hand in der Hosentasche seiner Anzughose, die andere in der Luft, lässig dirigierend. Links und rechts von den Trägern seines Unterhemdes Haarbüschel auf den Schulterblättern.

Wieder raunte Michi, ohne dass es sein Vater mitbekam.

»Dich kann er schon immer gut leiden.«

Herr Krumbiegel und ich hatten in all den Jahren ein Dutzend Worte gewechselt. Wenn das seine Art war, Zuneigung zu zeigen, ergab der harte Zug um den Mund seiner Frau einen Sinn.

»Schon immer?«

Die Musik nahm dramatische Züge an.

Herr Krumbiegel hatte die Geschäftigkeit hinter seinem Rücken bemerkt, drehte sich um und winkte mich ran.

»Ulrike!«

»Guten Tag, Herr Krumbiegel.«

Seine Wangen waren rosig. Er schien gewachsen, stand viel gerader als sonst. Und wie ich ihn da so von innen heraus leuchtend vor seinem Multifunktionstisch in seinem Wohnzimmer stehend sah, beschloss ich, auch Herrn Krumbiegel mit seiner Leidenschaft für seine Arbeit, die er leider nicht mehr ausführen konnte, ein Arbeiterporträt zu widmen.

»Staatskapelle Dresden!«, begrüßte er mich. »Dirigiert von Peter Schreier. *Tuba mirum*, gesungen von Theo Adam. Einzigartiger, oft kopierter, nie wiederholter Mozart.«

Für jeden dieser Wortfetzen würde ich eine halbe Stunde brauchen, um ihn im Opernlexikon nachzulesen, das im Leitermöbel meiner Mutter zwischen Heyerdahls *Kon-Tiki* und Feuchtwangers *Goya* klemmte. Also schnappte ich mir das einzige Fitzelchen, dem ich zumindest schon mal ein Jahrhundert zuordnen konnte.

»Meine Oma will bei dieser Musik ins Grabeloch einfahren.«

»Gute Wahl. Zumal Mozart noch während der Komposition eingefahren ist. Hat mitten im *Lacrimosa* die Noten beiseitegeschoben, zu weinen begonnen und ist gestorben.«

In den Winkeln der tief im Fleisch liegenden Augen von Herrn Krumbiegel bemerkte ich eine kleine Feuchtigkeit, die zu Tränen werden wollte.

»Dann gehen wir jetzt mal«, sagte ich schnell, meinte damit Michi und mich und den Dachboden und nicht etwa den Himmel, in den Herr Krumbiegel sich offensichtlich gerade aufzufahren anschickte.

Auf dem Dachboden packte Michi die Zigarillos aus, die er seinem Vater geklaut hatte. Ich hatte erst kürzlich von meinem Vater erfahren, Zigaretten seien im Vergleich zu Zigarillos weniger schädlich, wenn nicht sogar gesünder für die Lunge als die braunen Dinger, die Michi mir anbot. Ich lehnte ab und griff mir ein Buch aus einer Kiste. Darauf die Kuppe unseres Planeten im nachtschwarzen Himmel, darüber ein Raumschiff und ein freifliegender Kosmonaut an einer Art Strippe, die ihn mit der Raumkapsel verband. Das musste Siegmund Jähn sein. War der eigentlich rausgegangen ins Weltall oder hatte er zusammen mit Wladimir Bukowski die Erde nur umrundet? Egal, ich würde es gleich herausfinden.

Ich hielt Michi das Buch vor die Nase.

»Was issn das Fetziges?«

»Rotz.«

»Also kann ich das haben?«

»Nee, ist das Jugendweihebuch von meinem Vater.«

»Der hatte Jugendweihe?«

»Ja. Sogar der hatte mal Jugendweihe.«

»Wann denn? Noch im Krieg?«

»Weiß nich, steht vorne drin.«

»*Zur Erinnerung an die Jugendweihe*«, las ich vor, »*gewidmet vom Zentralen Ausschuß für Jugendweihe in der Deutschen Demokratischen Republik.*«

»Müsste irgendwo weiter drinne stehen.«

»*Weltall Erde Mensch*«, las ich weiter, »*1954.*«

»Siehste.«

Das war also nicht Siegmund Jähn auf dem Umschlag. Umso interessanter. Vielleicht konnte ich hier schon Peter Schreier, *Tuba mirum* und Theo Adam nachschlagen, denn bei meiner Mutter war ich nur noch selten.

»Kann ich das mal ausborgen?«

»Aber nur kurz.«

Ganz hinten im Buch stieß ich auf die Erklärung der wichtigsten Fachausdrücke und Fremdwörter.

»Ich guck mal, ob was über Stalin drinsteht.«

Auch hier keine Spur von Stalin. Auf *stagnieren* folgte *Stele.*

Und im Kapitel über die Sowjetunion fand ich nichts als Lenin.

»Wilhelm Pieck sieht ja aus wie ein Schauspieler. Und war mal genauso hübsch wie Fritz Heckert. Nur Walter Ulbricht guckte als junger Mann schon so komisch wie als alter. Irgendwie misstrauisch, findste nicht?«

Michi stand mit dem Kopf unter der offenen Dachluke. Der Abendwind spielte so lange mit einer Strähne seiner nackenlangen öligen Haare, bis schließlich eine Locke nach oben abstand. Er drehte sich nicht mal zu mir um.

»Kannste ja morgen in der Schule erzählen«, sagte er zum Fenster hinaus in den Abendhimmel, von dem feiner Regen auf sein Gesicht nieselte.

Eigentlich konnte ich Michi gar nicht richtig leiden. Aber der Dachboden, auf dem seine Familie ihre Schätze bewahrte, fetzte so sehr ein, dass ich mich mit Michi und seiner gemeinen Art anfreundete.

Michi sah mit sechzehn aus wie ein zu klein geratener Erwachsener. Beim Reden hielt er wie Napoleon die Hände hinterm Rücken. Im linken Ohr trug er neuerdings einen Perlenohrring. Seit in Kunsterziehung die holländischen Maler dran gewesen waren, wurde Michi in seiner Klasse nur noch *das Mädchen mit dem Perlenohrring* genannt. Die Häme perle an ihm ab, sagte er oft und drehte die Perle im Ohr dabei zwischen Daumen und Zeigefinger, damit das Ohrloch nicht zuwuchs.

Mir kam eine Idee.

»Ich hab eine Idee. Wir lernen die Fachausdrücke und Fremdwörter auswendig, die hier im Anhang stehen.«

Ich überflog die vier Seiten.

»Das geht schnell. Und man kann hier wirklich jedes Wort für irgendeinen Unterricht gebrauchen.«

Wenn jemand schwer von Kapee war und man ihm das ansah, dann sagte mein Vater immer, der oder die gucke wie die Kuh, wenn's donnert. Genauso schaute Michi mich jetzt an, während ich vor Aufregung feuchte Hände bekam. Also nahm ich mir die Zeit.

»Immer, wenn wir uns sehen, fragen wir uns ein paar Wörter ab. Am besten alphabetisch.«

Michi stand noch immer unter der Dachluke, eine Hand auf dem Rücken, mit der anderen drehte er an der Perle im Ohr. Vielleicht war das auch ein Mechanismus, mit dem er seine Gehirnwindungen festzog.

»Fang an«, sagte er lustlos, und ich fing an.

»Absorption.«

»Hmm. Weiß nich.«

»Ganz einfach: Einsaugen, Aufsaugen.«

»Aha. Weiter.«

»Aggression.«

»Kommt von Aggressivität. Ist ein Angriff.«

»Nein, steht hier anders.«

»Kann nicht sein.«

»Doch. Aggression ist ein imperialistischer Eroberungskrieg.«

Michi drehte sich wieder weg und guckte weiter aus der Dachluke in den Himmel.

»Ich glaub, das ist nichts für mich.«

»Dann lerne ich halt alleine, und du fragst mich ab. Es ist wichtig, dass man sich im Leben gut ausdrücken kann.«

»Aber nicht, dass man als wandelndes marxistisch-leninistisches Wörterbuch unterwegs ist.«

Bei Michi lernte ich, Dinge nicht persönlich zu nehmen. Ich startete einen letzten Versuch.

»Akkord.«

»Einfach. Kommt aus der Musik. Wenn unterschiedliche Töne gleichzeitig erklingen und eine Harmonie ergeben.«

Da irrte Michi. Es war ganz einfach nicht möglich, dass ein Jugendweihebuch junge Menschen neun Jahre nach dem Krieg mit falschen Begriffen ins Leben schickte.

»Nein. Akkord bedeutet …«, ich las siegessicher ab, »Arbeit im Stücklohn im kapitalistischen Betrieb.«

Michi warf den Zigarillostummel aus der Dachluke und verschloss sie mit einer energischen Handbewegung, die das Fensterglas scheppern ließ.

»Ich muss runter.«

»Also kann ich das Buch mal ausborgen?«

»Den Rotz kannste haben.«

Immer hatten sie es mit diesem Trainingszentrum. Da würden die sportlichen Kader der Republik für internationale Wettkämpfe zurechtgeschmiedet. Als wäre es nicht normal, einfach so und aus Spaß Sport zu machen.

Nachdem ich bei einem ruppigen Schwimmtrainer zwei Stunden im Stadtbad verbracht hatte, nur hin und her kommandiert und dann noch für meine bleierne Art zu schwimmen vor allen beschimpft worden war, ließ ich mich da kein zweites Mal blicken.

Besser gefiel mir die Arbeitsgemeinschaft Volleyball, die gerade von einer Sportstudentin an meiner Schule eröffnet worden war. Einmal in der Woche absolvierte ich einen kurzen Ausdauerlauf und Japantest, danach Mannschaftsbildung und ab aufs Feld. Oberes Zuspiel, Bagger, Aufschlag, Block. Ich quälte mich und hielt nur durch, um meiner Eisprinzessin im Muskelbau ebenbürtig zu werden. Umso enttäuschter war ich, als das Training ausfiel.

Ich war schon auf dem Weg nach draußen, trat wütend den Turnbeutel vor mir her, als mich Geilergans am Ärmel festhielt.

»Nicht so flott, mein Frollein! Ich habe eine Aufgabe für dich.«

Er formulierte wie eine Auszeichnung, was aus seinem Mund eine Bestrafung war.

»Ich hätte jetzt eigentlich Volleyballtraining.«

»Betonung auf *hätte*. Du hast aber kein Training, weil es ausfällt, sonst würdest du jetzt ja nicht gehen wollen.«

Nur eine Minute früher, und ich wäre bereits auf dem Heimweg gewesen.

»Was kann ich für Sie tun?«

»Nicht für mich. Für uns alle. Pass auf: Kommende Woche besucht die Patenklasse aus Wolgograd unsere Schule.«

Ich würde meine Brieffreundin Valentina zum ersten Mal von Angesicht zu Angesicht sehen. Meine Vorfreude hielt sich in Grenzen. Ich hatte genug Freunde. Michi, Gonzo und der Schriftsteller reichten mir vollkommen. Valentina sprach noch nicht mal meine Sprache. Uns verband nichts als auf den Schulalltag abgestimmte Briefe. Valentina aus Wolgograd war eine dunkle Wolke am Horizont, während ich auf besseres Wetter hoffte.

Trotzdem zog ich meine Mundwinkel auseinander.

»Ich freue mich schon sehr.«

»Prima. Dann kannst du deiner Freude Ausdruck verleihen, indem du mit mir zusammen das Russischkabinett aufpolierst. Die Bilder an der Wand müssten auch mal wieder ausgetauscht werden.«

»Ich habe noch eine Menge Bildmaterial von damals, als Genosse Leonid Breschnew uns verlassen hat. Das können wir doch nehmen.«

Ich sah Frau Nebel noch vor mir: Genosse Leonid Breschnew war gestorben, und unsere Biologielehrerin verkündete uns die Nachricht so dramatisch, als hätte sie einen nahen Verwandten verloren. Dabei schaute sie durch ihre dicken Brillengläser gebannt auf den Gecko, der bewegungslos an der Scheibe seines Terrariums klebte und unablässig kotete.

»*Aufgefrischt*, sagte ich, und nicht verhunzt!«, sagte Geilergans unwirsch. »Mittlerweile regiert Genosse Andropow die Union der Sozialistischen Sowjetrepubliken, was dir nicht entgangen sein dürfte. Und du willst unseren Brüdern und Schwestern durch eine Oberflächlichkeit Missachtung gegenüber ihrer Regierung vermitteln! Ich kann das gar nicht glauben.«

Lustlos warf ich meinen Turnbeutel auf die Schulter und trottete neben meinem Klassenlehrer die Treppe runter ins Russischkabinett. Von diesem Andropow etwas zu finden, würde ewig dauern, denn so oft wie früher Breschnew sah man den nicht in der Zeitung.

Geilergans schaute auffällig häufig auf die Uhr, während wir gemeinsam Bilder abhängten, aus den Rahmen nahmen und für neue Motive auf dem Boden ausbreiteten.

Als gut eine Stunde vergangen war, sagte er väterlich, ich solle den Rest mal ihm überlassen und könne nun nach Hause gehen.

»Soll ich in der AG Kunst mal nachfragen, ob die ein paar passende Bilder für die Rahmen haben?«

Ich formulierte den Satz als Frage, damit er »Nein, brauchste nicht«, sagen konnte.

Leider sagte er stattdessen: »Ja. Mach mal.«

Im Traum sah ich ein mit grünen Smaragden bestücktes Russischkabinett. In den Lochschablonen, mit denen die Kabinen verkleidet waren, steckten kleine Rubine, Saphire und Diamanten. Auf dem Podest mit dem Lehrerpult stand ein vergoldeter Thron, darauf der Zauberer der Smaragdenstadt mit dem Gesicht von Juri Wladimirowitsch Andropow.

Ich war allein im Raum, und aus jeder Ecke ertönte seine Stimme, ohne dass er den Mund bewegte. Seine Brille saß wie eingemeißelt auf seinem Gesicht, durch die Gläser starrten mich verwesende Augen an, während ich aus allen Ecken des Raumes russische Vokabeln hörte, die ich nicht gelernt hatte. Nun bewegte sich auch sein Mund, und ich spürte die Angst in mir, denn was nun käme, würde mich wie eine Armada Pfeile treffen.

»Mach hinne, ihr habt doch nullte Stunde!«

Mein Vater war gerade von der Nachtschicht gekommen. Er zog meine Bettdecke zurück und rubbelte mir durchs Haar. Er knipste die Schreibtischlampe an und ging in die Küche, wo die Kaffeemaschine brodelte.

Mein Blick fiel auf einen Brief von Valentina aus Wolgograd. Auf dem Umschlag ein heroisches Bild, und das war die Lösung: die Wolgograder Statue »Mutter Heimat ruft«.

85 Meter hoch. Allein das Schwert 33 Meter lang. Die siegreiche Sowjetunion in 8000 Tonnen Beton und Metall gegossen. Valentina hatte ihrem Brief einen Schulaufsatz über das Wahrzeichen ihrer Stadt beigelegt. Und geschrieben, dass der Bruder dieser Statue in unserer Hauptstadt stand. Andy Warhol hatte das berühmteste Foto von Marylin Monroe in allen Farbvariationen zu einem weltbekannten Kunstwerk gemacht. Genauso wollte ich Mutter Heimat malen und in unserem Russischkabinett an die Wand hängen.

Als ich eine Stunde später übermüdet ins Vorbereitungszimmer von Geilergans platzte, schaute er nur kurz von seiner Brotdose auf. Und als ich ihm von meiner Idee erzählte, schien sie ihm völlig egal zu sein. Keine Rede von Andropow. Im Gegenteil. Ich hätte Geilergans einen Bravo-Starschnitt von Shakin' Stevens vorlegen können, und er hätte ihn für die Wandgestaltung durchgewinkt. Geilergans verhielt sich, als hätte es den vergangenen Nachmittag nicht gegeben und wir keinerlei Maßnahmen zur Verschönerung des Besuches der sowjetischen Patenklasse miteinander besprochen.

Als ich nach der Schule zum Minister ging, öffnete sie mir die Wohnungstür und humpelte wortlos ins Wohnzimmer zurück.

»Hatte schon Angst, die versuchen's noch mal!«, brachte sie keuchend hervor, als sie sich in ihren Sessel fallen ließ.

»Wer denn?«

Ich schaute mich zaghaft um. Aber außer dem putzmunteren Wellensittich, der im Sommerwind in seinem Käfig in der offenen Balkontür baumelte, war niemand zu sehen.

»Diese Aasgeier!«

Der Minister schimpfte so laut, dass dem Vogel der Hansakeks aus dem Schnabel fiel.

»Auf die Standuhr waren sie scharf. Das Hochzeitsgeschenk für mich und den Häuptling. Vor vierzig Jahren, mitten im Bombenkrieg auf einer Sackkarre hierhergezerrt, von Kleinolbersdorf bis nach Kaßbergen. Diese lackierten …«, sie suchte nach dem passenden Wort und fand keins, aber alles, was Obrigkeit war, war beim Minister lackiert, »die … die … ticken wohl nicht richtig!«

Wellensittich Moritz sammelte die Hansakeksteilchen aus dem Vogelsand und verspeiste eins nach dem anderen mit Genuss. Der Minister hingegen echauffierte sich mehr und mehr.

»Wie damals, als der Russe im Militärmantel hier stand. Guckte sich um. Legte die schwielige Soldatenhand auf die Uhr. Auf das schöne Holz. Wollte aber nur ein Weißbrot. Und nun die! Einer alten Frau so was Wertvolles abschwatzen zu wollen! Den Pulsschlag, der mich noch mit dem Häuptling verbindet!«

Minister und Häuptling verband nun ein gemeinsamer Pulsschlag, während ich sie immer nur hatte streiten hören.

Sonnabendvormittag. Die Wohnung meiner Mutter glich seit fast drei Jahren einer Abstellkammer für Unerledigtes. Mein Blick blieb an einer Umzugskiste hängen, die seit meinem Auszug in einer Ecke meines Zimmers stand. Die Abdrücke meines Schreibtisches waren noch für eine Weile im Teppichboden zu sehen gewesen. Nun stand hier ein Doppelbett, und die weiße Raufasertapete war an einer Wand mit Fototapete überklebt.

Ich streckte mich, legte meinen Kopf in den Nacken und blickte geradewegs in einen Birkenwald.

Die Bettdecke neben mir war zurückgeschlagen. Meine Mutter war schon lange aufgestanden. Durch die angelehnte Tür klangen Schlagermusik, *Es fährt ein Zug nach nirgendwo* …, und das vertraute Klirren der Sammeltassen. Sie deckte den Frühstückstisch.

Kamen die Sammeltassen zum Einsatz, gab es etwas zu besprechen. Vielleicht wollte sie mich zurückhaben, weil sich ihre Heirat und der Umzug so lange verzögerten. Vielleicht zierte sich meine Mutter mit dem Heiraten, und Heinz Gustloff hatte mit ihr Schluss gemacht. Vielleicht war sie auch nicht mehr glücklich mit der Idee, von hier wegzugehen. Was auch immer es war, ich wollte nicht zurück. Es war nicht gut, dahin zurückzugehen, von wo man einmal weggegangen war, so viel wusste ich schon. Es gäbe nichts Neues mehr zu sehen, alle Gedanken wären schon mal gedacht.

Dass die Sammeltassen zum Einsatz kamen, verriet das leichte Klirren der Glasscheiben im Leitermöbel, dahinter Kuchenteller, Untertassen, und darauf umgekehrt liegend die

Sammeltassen. So erstrahlten sie bei näherer Betrachtung in ihrer ganzen Pracht und fingen keinen Staub. Die Auslage hinter Glas in Mutters Schrankwand war mein privates Grünes Gewölbe mit Kristallkaraffen und winzigen Blumenvasen aus böhmischem Glas, reingeschmuggelt von ebenda.

Es fährt ein Zug nach nirgendwo, den es noch gestern gar nicht gab …

Ich schlug die Bettdecke beiseite und blieb noch einen Moment liegen. Der vertraute Blick aus dem Fenster in den Himmel, der blau war. Auch die Amsel war da wie immer.

Mit mir allein als Passagier …, hörte ich meine Mutter leise singen. Nicht mit übertrieben komischer, verstellter Stimme, wie sie mein Vater hatte, wenn er angetütert auf einer Feierei den Schlagersänger mimte, sich mit einer Hand vor dem Gesicht herumfuchtelte, wie Howard Carpendale es in Dieter Thomas Hecks Hitparade tat, als ob er Fliegen verjagte.

Meine Mutter sang sanft mit ihrer eigenen Stimme und selbstvergessen, wie jemand singt, der es nicht für ein Publikum tut.

Mit jeder Stunde, die vergeht, führt er mich weiter weg von dir …

Auf meinem Weg ins Badezimmer winkte sie mir.

»Zieh dir den Bademantel drüber und dusch später. Frühstück ist fertig.«

Ich hab gedacht, du glaubst an mich und dass ich dich für immer hab …

Ich folgte ihr in die Küche, nahm das vorbereitete Tablett mit Aufschnitt, gekochten Eiern, einer Dose Dorschleber, Deckel aufgerollt und ein goldenes, winziges Gäbelchen darin, die beiden Sammeltassen, eine davon mit Kaba-Fit, verrührt mit heißem Wasser und Kondensmilch. Für mich.

Ich balancierte alles zum Wohnzimmertisch. Meine Mutter folgte mir mit einem Korb voll aufgebackener Brötchen.

»Kommt noch jemand?«, fragte ich zum Spaß.

Sie lächelte nicht mal. Setzte sich nur und bedeutete mir, endlich das selbe zu tun.

Es fährt ein Zug nach nirgendwo und niemand stellt von grün auf rot das Licht …

»Wie gefällt es dir bei deinem Vater und Brigitte? Kommt ihr gut zurecht?«

»Ich hab Knüpfen gelernt. Und Makramee.«

»Musste mir nicht sagen«, sagte meine Mutter und wies mit einem Nicken auf eine Eule über dem Esstisch. Ein Weihnachtsgeschenk von mir, von dem ich hoffte, es würde eines Tages den Weg in jene Umzugskiste schaffen.

»Und meine Jeansjacke hat Brigitte bestickt. Sieht ziemlich fetzig aus.«

»Hab ich gesehen.«

Mutter nickte nun zum Wohnzimmersessel, über dessen Lehne meine Jacke lag.

»Ich konnte das alles nie so gut. Und das, obwohl deine Oma gelernte Schneiderin ist. Davon habe ich nicht viel mitbekommen.«

Meine Beklommenheit wurde Erleichterung.

»Sagt der Minister auch immer«, sagte ich gedankenlos.

Bei Mutters »Soso!« spürte ich sofort wieder den Kloß im Hals.

Die Falte auf ihrer Stirn war mir schon am Abend aufgefallen, als sie mir die Tür geöffnet hatte. Und sie war auch nach unserer Umarmung und den üblichen Worten der Annäherung nicht gewichen.

Wir hatten uns einige Wochen nicht gesehen, was nichts bedeutete, zumindest nichts Schlechtes. Ich rief sie regelmäßig auf der Arbeit an und erzählte ihr von der Schule, überbrachte ihr all die seltsamen Nachrichten vom Minister und meine Pläne für die anstehenden Ferien. Gonzo und den Schriftsteller erwähnte ich immer nur kurz, als traute ich mir die beiden selbst noch nicht zu. Dafür bekam Michi Krumbiegel viel Platz eingeräumt, wenn ich von meinem Leben bei meinem Vater berichtete.

Meine Mutter wollte schon so lange weg aus Kaßbergen und zu Heinz Gustloff an die Meeresbucht ziehen. In dieser Wohnung aber schien eben jener Schritt wie eingefroren. Wie losgelaufen und plötzlich innegehalten.

Es fährt ein Zug nach nirgendwo, bald bist auch du – genau wie ich – allein …

Eine glückliche Frau sah anders aus als meine Mutter. Es stand mir nicht zu, sie darauf anzusprechen. Weder auf die Falte noch auf das, was sie zu bedrücken schien.

Christian Anders sang: »*Sag doch ein Wort, sag nur ein Wort, und es wird alles so wie früher sein …*«, als meine Mutter zur Sache unseres Sammeltassenfrühstücks kam.

»War letzte Woche was Besonderes in der Schule? Am Dienstag?«

Ich musste überlegen. Montag, Dienstag, Mittwoch … Jeder Tag war irgendwie gleich.

»Am Dienstag hat mich Herr Heiler in der Schule behalten. Wir haben das Russischkabinett gewienert, alte Bilder abgehängt und uns neue überlegt.«

Meine Mutter nickte und rührte ununterbrochen in ihrer Kaffeetasse.

»Am nächsten Tag wusste er plötzlich gar nichts mehr davon. Ich glaube, der wird langsam seltsam.«

»Soso«, sagte meine Mutter.

Weil sie so gar nichts weiter sagte, dachte ich noch weiter nach. Vielleicht war ihr dieses Vorkommnis noch nicht besonders genug gewesen. Mir fiel noch etwas Besonderes ein.

»Dem Minister wollte jemand die Standuhr abkaufen. Auch am Dienstag.«

Mutter hielt mit dem Rühren inne.

»Die Standuhr in der Stube?«

Ich wusste nicht, wie viele Standuhren meine Großmutter vielleicht anderswo hortete. Ich kannte nur die eine.

»Ja, die.«

»Das darf doch wohl nicht wahr sein!«, sagte meine Mutter zu irgendwem, aber nicht zu mir. Trotzdem tat ich, als hätte sie mich gemeint.

»Sagt der Minister auch. Und dass die Uhr im himmlischen Pulsschlag gongt, der sie noch mit dem Häuptling verbindet.«

Der verlorene Ausdruck war wieder ins Gesicht meiner Mutter zurückgekehrt.

»Ich habe dir doch davon erzählt, dass Heinz und ich heiraten wollen.«

»Will er nicht mehr?«

»Doch. Aber es ist nicht ganz einfach.«

»Weil er an der Ostsee wohnt?«

Meine Mutter schloss die Augen. Sie schien nach einer Erklärung zu suchen, die mehr war als nur eine geographische Hilfestellung. Sie erhob sich vom Tisch, obwohl sie kaum etwas gegessen hatte, und legte eine neue Schallplatte auf.

Hör den Wind, der sein Lied dir singt. Er weiß, dass ich heut von dir geh …

Demis Roussos, notierte ich mir in Gedanken für mein Buch mit Schlagertexten. Griechenland schien seit der Antike nur noch deutschsingende Schlagersänger hervorzubringen. Demis Roussos, Nana Mouskouri, Costa Cordalis, Vicky Leandros.

Meine Mutter räusperte sich, was nichts Gutes verhieß. Also ließ ich mir etwas einfallen.

»Dann ist Heinz Gustloff ein Sachse wie wir. Wir Sachsen kommen nämlich aus Schleswig.«

»Wer erzählt denn so was?«

»Der Minister.«

»Du weißt aber schon, dass Schleswig-Holstein im Westen liegt?«

»Ich dachte im Norden, an der Küste.«

»Heinz wohnt an der Ostsee. Aber im Westen.«

Ich hatte ihn genau ein Mal gesehen. Seine Besuche bekam ich nicht mit. Meistens traf sich meine Mutter auf ihren Reisen mit ihm. Noch nie hatte sie davon erzählt, ihn an seiner Meeresbucht besucht zu haben. Und er hatte anders gerochen als die Männer in Kaßbergen und die Väter meiner Klassenkameraden. Es überraschte mich nicht zu erfahren, dass Heinz

Gustloff aus dem Westen kam. Ich fragte mich nur, wie es meine Mutter anstellen wollte, dorthin zu ziehen.

»Deshalb habe ich dir damals gesagt, du sollst niemandem von uns erzählen.«

Sie fuhr sich durchs Haar. Ich sah Sommersprossen auf ihrer Stirn, auf ihren Wangen. Deutliche Vorboten des Sommers. Bei jeder Gelegenheit streckte meine Mutter ihr Gesicht in die Sonne, und wenn es die ersten wärmenden Strahlen des Jahres waren. Oft hatte ich neben ihr gesessen, wenn sie auf einer Bank im Zeisigwald einfach den Rock hochzog und ihre Beine für ein paar Minuten in die Sonnenstrahlen hielt, die durch die Baumwipfel fielen. Sie war eine Sonnenanbeterin. Ihr Gesicht blühte auf, sobald die Sonne es berührte. Nur ihre Gesichtszüge machten diese schöne Verwandlung nicht mit.

»Und nun waren sie hier. In der Wohnung.«

»Die Stasi?«

»Ja.«

Das musste ich Gonzo erzählen.

»Und woher weißt du das?«

»Dich haben sie in der Schule festgehalten, mich auf der Arbeit und Oma in der Diskussion um ihre Standuhr«, sagte meine Mutter.

»Aber warum? Ich wohne doch gar nicht mehr hier, und Oma kommt doch auch nur zum Blumengießen, wenn du nicht da bist.«

»Die wollten auf Nummer sicher gehen, so nah, wie wir hier alle aufeinander wohnen.«

Meine Mutter schaute sich in ihrer Wohnung um, als wäre sie nur Gast.

»Ekelhaft. Wenn ich mir vorstelle, wie sie ihre Griffel hier überall drin hatten.«

Ich versuchte es, dachte in alle Richtungen, aber es gelang mir einfach nicht, einen Zusammenhang zwischen meiner Mutter und diesen Männern herzustellen, die doch eigentlich Leute wie Gonzo im Visier hatten.

Meine Mutter schien erst jetzt zu realisieren, dass ich es war, die vor ihr saß, und keine ihrer geschiedenen Freundinnen und auch nicht mein Vater oder sonst wer, mit dem sie über Ernsthaftes reden konnte. Sie schien ihren Entschluss zu bereuen und strich mir über den Kopf.

Ich machte mich steif. Gab es so viele Situationen, in denen ich mir genau dieses Zeichen ihrer Zuneigung gewünscht hatte, so war dies nun eine der wenigen, in denen ich sie dafür hasste.

Ich rührte in meiner Tasse, und die weiße Milch färbte sich braun. Mir war der Appetit vergangen. Der Kakao in der Sammeltasse, die groß wie eine Schale war, war längst kalt.

Meine Mutter spürte meine Starre unter ihrer Hand.

Trotzig schob ich mir den hässlich zurechtgeschobenen Pony aus der Stirn und schwieg.

»Und was erzählt der Minister außer vom Pulsschlag ihrer Uhr und den Sachsen aus Schleswig sonst noch so?«

Wenn sich meine Mutter nach ihrer Mutter erkundigte, wollte sie Zeit gewinnen, bevor sie mir das Eigentliche, den Anlass unseres Sammeltassenfrühstücks, erzählte.

»Dass du eines Tages heißt wie ein deutsches Kriegsschiff.«

»Sehr schön.«

Der bittere Gesichtsausdruck meiner Mutter verhieß allerdings etwas nicht sehr Schönes.

Ingemar Stenmark hatte sich zum ersten Mal auf die legendäre Streif gewagt.

»Der macht sich doch sein Imidsch kaputt, Mensch, wenn nicht noch mehr!«

Die ganze Zeit ging das so. Mein Vater saß auf dem Sofa, trug Badehose und Schlappen und schaute Wintersport. Sprang auf, brüllte rum, setzte sich wieder. Trank Bier dabei und rauchte. Er fuhr selber gerne Ski, viel zu selten, wie er fand.

Ich erinnerte mich zu gut an die erste Schussfahrt mit ihm. Ich war sechs. Meine Skier kleine dunkelblaue Plastikrinden. Die Skistöcke hinterließen Blümchenornamente im Schnee. Auch ganz oben am Bergkamm sichtbar: Hier war ein Kind entlanggefahren. Mutig, mutig, so weit oben. Mein Vater schnappte mich nur mit einem Arm und klemmte mich zwischen seine Knie. Die andere Hand brauchte er für seine Zigarette. Und ab ging die Schussfahrt. Ich schrie wie am Spieß. Gleichzeitig löste sich ein Liter Puller aus meiner Blase. Im Fahrtwind fühlte sich meine Hose wie ein Eisbeutel an. Unten am Hang brachte uns ein eleganter Schlenker meines Vaters zum Stehen, und ich pullerte immer noch. Um mich herum entstand ein gelber, dampfender Fleck im Schnee, in dem ich mit meiner dunkelblauen Keilhose steckte.

»Macht doch nischt«, sagte mein Vater. »Wenigstens haste nun ein Gefühl für Geschwindigkeit.«

Ja. Das Gefühl, ihm beim nächsten Mal in allerhöchster Geschwindigkeit mitzuteilen, dass ich da nicht noch mal mit hochginge.

Beim Anblick von Stenmarks Versuch auf der Streif war

mein Vater nicht mehr zu bremsen. »Der macht das doch nur für die Punkte in der Kombi, der Heini!«

Brigitte hatte den Ofen tüchtig eingeheizt. Für den Abend war mit den Lehrerkollegen eine Hawaii-Fete geplant. Mitten im Winter. Und mein Vater hatte sich dafür schon mal umgezogen, obwohl noch Stunden Zeit war bis zum Fest.

»Der steht so aufrecht auf den Brettern, als hätte er seinen Skistock im Arsch!«

Brigitte saß an der Nähmaschine und heftete Kunstblumen auf ein Baumwollband.

»Beruhige dich und probier mal deine Hawaii-Kette an.«

Sie legte ihm das Blumenband über die Schulter, und meinem Vater fiel dabei die Zigarette aus dem Mund.

»Der Tschämpion hat elf Sekunden Rückstand auf Podborski. Ich werd blöde!«

Er klaubte die Kippe vom Maisstroh auf, wo sie einen dunkelbraunen Fleck hinterlassen hatte, der süßlich roch. Goss einen Schluck Bier aus seiner Flasche drüber und ließ sich wieder aufs Sofa fallen. Brigitte war so in ihre Bastelei vertieft, dass sie davon noch nicht mal etwas mitbekam. Bei so derangierten Erwachsenen hatte ich nichts verloren.

Ich ging in mein Zimmer. Neben meinem Bett lag ein kleiner Stapel Hefte der DIE-Reihe auf dem Boden. Delikte-Indizien-Ermittlungen. Auch diese kleinen dunkelblauen Taschenbücher gehörten zum Goldstaub, mit dem Frau Ullmann in ihrem Zeitungskiosk handelte. Meine Mutter hatte ein Dutzend dieser Krimihefte als Altpapier aussortiert, die ich einzeln wieder rausgezerrt hatte.

»Was willsde denn damit?«, hatte sie mich kopfschüttelnd gefragt, »ihr lest doch richtige Bücher in eurem Zirkel.«

Vielleicht waren die Hefte keine richtigen Bücher wie ihre Feuchtwangers, Tolstois und Zolas. Richtig gebunden waren sie auch nicht. Aber sie wurden richtig gelesen und nicht nur in die Schrankwand gestellt.

»Ich möchte wissen, wie Kriminalität in unserem Land funktioniert. Bei so viel Polizei überall dürfte doch gar nichts passieren.«

»Dann mach mal.«

Ich hatte die Hefte eingesteckt, und seitdem verbrachte ich jede Nacht im Schein der Leselampe mit der Lektüre über Ermittlungsbehörden unserer Republik, über ihre Technik und über die Übeltäter, die von der Kriminalpolizei schließlich zur Strecke gebracht wurden.

Das Papier war holzhaltig und eng bedruckt. Nach wenigen Seiten fielen mir vor Anstrengung die Augen zu. Im Wegnicken sah ich Bilder von Männern, die in verrauchten Kneipen Lügenmax spielten, bis einer abgeführt wurde von einem anderen in ziviler Lederjacke; von gestapelten Leitzordnern in zugigen Baracken und davor einen verlorenen Abschnittsbevollmächtigten mit seiner Taschenlampe auf der Spur von Gutschriften ohne Rechnung. Von Fingerkuppen mit schwarzer Tinte, die von einer groben Hand auf Papier gedrückt wurden. Von Fingerabdrücken an Türen und Wänden und blutigen Messern.

In meiner Philosophie des Perpetuum Mobile hatte Kriminalität keinen Platz. Verbrechen ließen sich am besten vermeiden, indem man sie von vornherein verhinderte. Zur Vorsorge würde ich jedem Menschen Fingerabdrücke abnehmen lassen. Ich wunderte mich, dass noch niemand darauf gekommen war.

Ich döste noch vor mich hin, als im Wohnzimmer die Goombay Dance Band mit *Sun of Jamaica* und das erste Klingeln an der Tür den Beginn der Fete ankündigten.

Nun war auch Brigitte im Bikini und nahm eine Handvoll angetüterter Lehrer in Empfang, die Winterjacken trugen mit fast nichts drunter. Ich schnappte mir meinen Anorak vom Haken, grüßte freundlich und schlich mich raus.

»Treib's nicht zu bunt«, hörte ich Brigitte noch rufen. Der Rest ging im allgemeinen Kichern unter.

Gonzo war es kalt auf unserer Bank am Gerhart-Hauptmann-Platz, und er schien von meiner Idee mit den Fingerabdrücken nicht sonderlich angetan.

»Was weißt du denn über Fingerabdrücke?«

»In der DIE-Reihe werden Morde damit aufgeklärt. Und Einbrüche.«

»Die verhindern weder Morde noch Einbrüche, sondern kommen zum Einsatz, wenn es eh schon zu spät ist.«

Gonzo wusste noch nichts von meiner Idee. Es war an der Zeit, ihn einzuweihen.

»Ich würde bestimmen, dass jeder, sobald er erwachsen ist, zum Beispiel zur Jugendweihe, seine Fingerabdrücke bei der Polizei abgeben muss. Vorher wird man ja nicht zum Verbrecher.«

»Und dann?«

»Und dann macht die Polizei davon die benötigte Anzahl Karteikarten und verteilt die an jede Stadt und jedes Dorf. Dann weiß doch gleich jeder, wenn er jetzt jemanden umbringt oder bestiehlt, wird er kurz danach festgenommen. Am Tatort schwarzes Puder auf alles gepinselt, davon ein Abziehbild gemacht und mit allen Karteikarten verglichen, bis man die passende gefunden hat. Auf der steht die Personalausweisnummer, so hat man die Adresse und muss nur noch hin zum Verhaften. Das alles hat sich dann bald erledigt, weil nämlich keiner mehr ein Verbrechen begeht.«

»Aber du kannst doch nicht ernsthaft davon träumen, dass es zu jedem Menschen eine solche Karteikarte gibt? Vielleicht auch noch mit Blutgruppe und so?«

»Warum denn nicht? Das tut doch niemandem weh!«

»Aber das geht doch nicht! Das geht doch keinen was an!«

»Telefonnummern und Adressen gehen auch keinen was an, und trotzdem liegt in jeder Telefonzelle ein Telefonbuch!«

Gonzo verdrehte die Augen.

»Das sind persönliche Informationen. Die kannst du doch nicht einfach zwangsweise von den Menschen einfordern.«

Auch wenn ich allmählich spürte, einen wunden Punkt getroffen zu haben, wollte ich meine Idee nicht aufgeben.

»Wer nichts zu verbergen hat, kann sich doch registrieren lassen. Wie im Telefonbuch.«

»Du kannst dir nicht ernsthaft wünschen, dass jeder Mensch anhand seiner körperlichen Merkmale aufzufinden ist. Ich hinterlasse jeden Tag Fingerabdrücke, ohne ein Verbrecher zu sein.«

»Dich würden sie ja nur suchen, wenn deine Fingerabdrücke dort gefunden wurden, wo etwas Schlimmes passiert ist.«

Gonzo stand auf.

»Vielleicht trinke ich ja ein Bier allein mit mir an einer Bushaltestelle, an der einen Tag später einer Oma die Handtasche geklaut wird.«

Wieder hätte ich ewig so sitzen und Gonzo mit Heiligenschein im Licht der Straßenlampe betrachten können.

»Dann fahren die eben zu allen Adressen, reden mit jedem und finden heraus, wer die Handtasche *wirklich* geklaut hat.«

»Und wenn ich mal ein paar Tage nicht die Tür aufmache? Weil ich vielleicht an die Ostsee gefahren bin, und dann findet man mich dort?«

»Erstens fährst du nie an die Ostsee, und zweitens schreibst du doch eh schon auf die Papierrolle an deiner Tür, wo du grad bist.«

»Das ist doch ganz was anderes.«

Wieder war ganz was anderes, was ich für einen passenden Vergleich hielt.

»Wenn sowas nun in falsche Hände kommt?«

»Damit arbeitet die Volkspolizei. Das kann gar nicht in falsche Hände kommen.«

»Volkspolizisten sind auch Menschen. Nicht die hellsten, aber Menschen.«

»Na und?«

»Und der Mensch ist verführbar.«

Ich versuchte einen verruchten Gesichtsausdruck, wie ich ihn kürzlich bei Romy Schneider im Fernsehen gesehen hatte.

»Du auch?«

Es war finster geworden. Große Schneeflocken fielen im Schein der Straßenlampe. Ein Wartburg hielt. Es dauerte einige Sekunden, dann erloschen die Scheinwerfer, und zwei Männer stiegen aus. Sie schauten sich um, der eine nach links, der andere nach rechts, dann kamen sie über die Straße direkt auf uns zu.

Gonzo stand auf. Steckte die Hände in die Hosentaschen.

Der jüngere der beiden Männer trug Jeans und den Anorak eines Skianzugs. Er stellte sich neben mich. Der ältere mit Schiebermütze und in Lederjacke baute sich vor Gonzo auf und musste den Kopf heben, als er sagte: »Weisen Sie sich aus.«

Mehr nicht. Keine Anrede, kein Gruß, nur der nackte Befehl.

»Und Sie auch!«, sagte der Jüngere und meinte mich.

Hatte ich beim hitzigen Gespräch die Kälte noch nicht gespürt, so überfiel sie mich jetzt. Hinzu kam pure Angst. Die Zweifel meines Vaters, wenn es um Gonzo ging, und all die Spitzel, die Gonzo immer zu sehen glaubte, waren wohl doch berechtigte Zweifel. Der Spaß war vorbei.

Ich hatte Gonzo noch nie so ruhig erlebt. Er kehrte die Taschen seiner Kutte nach außen und zuckte mit den Schultern.

»Personalausweis habe ich nicht einstecken.«

»Ich auch nicht«, hauchte ich schnell hinterher, um etwas im Windschatten meines großen Freundes zu bleiben.

Der Ältere gab dem Jüngeren mit einer Kopfbewegung zu verstehen, dass der für mich zuständig sei. Der Mann hatte verstanden.

»Name und Adresse.«

»Ulrike Umlauf. Rudolf-Harlaß-Straße vierundsechzig.«

Ich hatte das Gefühl, meine Eltern zu verraten, als ich ihm die Anschrift unserer Wohnung nannte. Mein armer Vater. Die arme Brigitte. Und alles wegen mir.

Der andere blieb weiter starr vor Gonzo stehen und schaute zu ihm hinauf.

»Name.«

»Burkhart Stelzer.«

»Wohnhaft?«

»Ja.«

Der Mann holte tief Luft.

»Wo?«

»Das wissen Sie doch.«

Der Jüngere drehte sich zu seinem Kollegen um, doch der winkte nur ab und zog den Mund breit zu einem bissigen Lächeln.

»Richtig. Walter-Oertel-Straße zweiundvierzig.«

Gonzo blickte nur stur geradeaus.

»Dann fahren wir Sie doch gleich mal hin, wenn's genehm ist. Dort können Sie dann Ihren Ausweis suchen und einstecken.«

Erst jetzt bemerkte ich, dass hinter dem Steuer des Wartburgs noch einer saß. Er stieg aus, lehnte sich an die Fahrertür und rauchte eine Zigarette.

»Und Sie, mein Frollein, bringt mein Kollege nach Hause.«

Der Angesprochene fasste meinen Oberarm. Ich stand auf. Immerzu hatte ich tausend Fragen und nun keine einzige, denn hier war alles klar, auch wenn es nicht richtig war.

»Tschüß, Gonzo.«

»Na, da ist der Name aber Programm«, sagte der Ältere.

»Tschüß, Kleine. Und füttere den Vogel.«

»Wel …«

Ich erkannte ein Blitzen in Gonzos Augen und konnte mich gerade noch zurückhalten zu fragen, welchen Vogel er meinte.

Gonzo zog den Reißverschluss seiner Kutte hoch.

»Bringen wir es hinter uns. Ich weiß ja, wo mein Ausweis liegt.«

»Nicht so schnell mit den jungen Pferden. Danach kommen Sie erst mal mit zur …«

»Klärung eines Sachverhalts«, ergänzte Gonzo.

»Das klappt doch schon gut«, sagte der Ältere, gab meinem Begleiter ein Zeichen und ging mit Gonzo zum Auto.

So sah Staatssicherheit aus. Das waren sie, die Männer, die ihre Griffel in die Schmuckschatullen und die Nachttischschubladen in der Wohnung meiner Mutter gesteckt hatten. Zumindest wusste ich nun, wovon ich redete, wenn ich von der Stasi redete.

Es war ein Fußweg von zehn Minuten. Vor meinem Haus blieben wir stehen.

»Ich kann allein raufgehen.«

Doch mein Begleiter wollte unbedingt mit. Er hatte mir unterwegs belanglose Fragen gestellt nach der Schule und meinen Lieblingsfächern. Und wie lange ich Gonzo schon kannte. Bei jeder Antwort hatte ich versucht, ihn anzuschauen, um mir sein Gesicht fürs nächste Mal zu merken. Außerdem bekam ich nur auf diese Art meine Angst in den Griff. Er war bestimmt erst fünfundzwanzig und netter als sein Kollege. Vielleicht hatte er auch nur mitgemusst und war nun froh, nach Hause gehen zu können. Vielleicht ließ er mich ja aus den Fängen, wenn ich nett zu ihm war.

»Wie heißen Sie?«

»Ich hatte mich zwar vorhin schon mal vorgestellt ...«

Hatte er gar nicht, aber ich hielt den Mund.

»... aber gerne noch mal und zum Mitschreiben: Leutnant Schmödel.«

Die Hawaii-Fete hatte ich völlig vergessen. Vor der Wohnungstür angekommen, begrüßten uns die Dauerschleife der Goombay Dance Band-Lieder, Stimmengewirr und leider ziemlich deutlich das Gegröle meines Vaters. Ich klingelte, damit die Überraschung für ihn und Brigitte nicht ganz so groß ausfiele.

»Oooooorrrr ...«, hörte ich meinen Vater nach dem dritten Klingeln brüllen, »hat denn dem Kurt keener 'n Schlüssel mitgegeben?«

Ich wusste nicht, wer Kurt war und auch nicht, warum der jetzt bei uns wohnte. Ich hoffte nur, mein Vater wäre angezogen, wenn er gleich die Tür öffnete.

War er nicht.

»*Von Olbernhau nach Pobershau da rennt die Sau und findet's schau* ... Oh!«

Der Schriftsteller hatte mir zwar eingebläut, dieses Bild nicht mehr zu verwenden, aber jetzt fiel mir kein passenderes ein: Mein Vater stand wie angewurzelt. Barfuß, in Badehose, eine Blumenkette um den Hals, eine Zigarette und ein Glas mit undefinierbarem Gemisch in der einen Hand, reichte er die andere dem Herrn Leutnant und zog ihn zur Tür rein.

»Hallo, Papa, ich kann dir das kurz erklären. Das ist ...«

»... jedenfalls nicht Kurt, der noch ä bissl Nachschub an Bacardi-Rum besorgen wollte. Kommt rein, Mensch.«

Mein Vater verschwand im Getümmel. Die Tür zum Badezimmer stand offen. In der Wanne lag ein dicker Mann in einem schwarzen Badeanzug und schnarchte ins Badewasser, das unter seiner Nase Blasen schlug. Um seinen Bauch herum wackelten meine Schwimmentchen und auf seinem Nabel lag der Taucher mit Schlauch, mit dem ich als Kind so gern gespielt hatte.

Leutnant Schmödel kratzte sich verlegen am Kopf. Er spürte natürlich, dass er störte, aber ich brauchte ihn noch kurz, bevor er in den nächsten Tagen vielleicht mit seinem unfreundlichen Kollegen wiederkäme. Brigitte war nirgends zu sehen, aber mein Vater tauchte wieder auf, diesmal zwei Gläser in der Hand.

»Nun nehmt erst mal einen.«

Er merkte gar nicht, dass er auch mir Alkohol gab und konnte nicht wissen, dass Leutnant Schmödel sicher noch im Dienst war.

Zweiter Versuch.

»Papa, das ist ...«

»... ä junger Mann, der ä bissl warm angezogen ist. Mit Ihrer Skijacke gehn Sie glatt als Ingemar Stenmark durch, oooorrr. ...«, er klopfte einem auf die Schulter, der einen Bikini von Brigitte trug und seine Blumenkette als Dutt auf der

Glatze, »Günther! Hast du die Pfeife heute gesehen, steif auf der Streif! Das Ding fahr ich dir einbeinig runter, und der brauchte beinah alle Viere …«

Jener Günther hatte die Abfahrt von Ingemar Stenmark in Kitzbühel wohl nicht gesehen, aber er stimmte sogleich in den Gesang meines Vaters mit ein.

»Lieber Stenmark in Denmark als Stoph im Hof …«

Das ging so nicht weiter. Mein Vater sang sich noch um Kopf und Kragen. Ich stellte die Musik aus. Für einen Moment war Ruhe.

»Papa! Das ist Leutnant Schmödel von der Staatssicherheit! Ist das nicht toll?«

Für einen Augenblick schien mein Vater zu glauben, was er da gehört hatte. Aber nur ganz kurz. Dann war er ein einziges Prusten.

»Ei der Daus, ich hab die Stasi im Haus, da haut's dir doch die Sicherung raus bei so viel Sicherheit im Haus …«

Schwankend und mit Tränen in den Augen hielt er dem Leutnant sein Glas hin. Die anderen Badegäste standen in ihren Hawaii-Kostümen recht ratlos beieinander. Brigitte drängte nach vorn zu ihrem Mann und griff ihm stützend unter den Arm.

Leutnant Schmödel nickte nur kurz und nahm Haltung an, soweit das in seinem Anorak ging.

»Ihre Tochter wurde am Gerhart-Hauptmann-Platz aufgegriffen.«

Jetzt nahm auch mein Vater Haltung an, soweit das in seiner Badehose ging.

»Soso.«

Er war mit einem Mal nüchtern.

»Aufgegriffen also.«

Brigitte stieß ihn in die Seite. Jetzt ging's wohl um die Dinge, die man nicht laut auf der Straße sagte und schon gar nicht der Stasi und die meinem Vater auf der Zunge lagen.

»Ja«, fuhr der Herr Leutnant fort. »Zusammen mit einem

Individuum, das zur Fahndung ausgeschrieben ist«, er räusperte sich kurz, »war.«

Die Wohnungstür war nur angelehnt. Aus dem Hausflur kam erst ein Poltern, darauf folgte ein Klirren, und dann stand ein wankender Mann mit knielangen Gymnastikhosen, Hawaii-Hemd überm Bierbauch, Blumenkette um den Hals und Fellmantel auf den Schultern vor uns. Den kannte ich. Das war Kurt Kunze, und er gab an Brigittes Schule Mathematik. Aus seinem Baumwollbeutel tropfte es verdächtig.

»Arschglatt da unten. Bin voll hingeklatscht. Eene Bacardi ist Bruch. Das schöne Westgeld.«

Mein Vater starrte immer noch den Leutnant an, und Brigitte hielt ihn dabei weiter am Arm. »Dann war's das wohl jetzt.«

Wieder packte mich lähmende Angst. Was meinte mein Vater? Sein Leben? Mein Leben? Oder doch nur die Fete?

»Ja«, sagte der Leutnant und nickte militärisch. »Einen schönen Abend noch.«

Die Fete hatte sich erledigt. Die Luft war raus. War zusammen mit dem Leutnant gegangen. Mit gesenktem Kopf drückte ich den Knopf der Stereoanlage, wieder sang die Goombay Dance Band *Son of Jamaica* …, und ich wusste, dass mir nun auch der Sohn Jamaikas nicht mehr helfen konnte.

Frag mal deine Mutter, ob sie Bonnie und Clyde kennt.«

»Ach Oma!«

Meine Großmutter tat immer noch so, als müsste sie mir das Leben auf dem Umweg seltsamer Botschaften beibringen.

»Ich habe ganz andere Sorgen.«

»In deinem Alter hat man noch keine Sorgen«, sagte meine Großmutter. Und so, wie sie mich dabei ansah, glaubte ich ihr das.

»Aber dein Freund fehlt dir. Bonnie gibt es nicht ohne Clyde.«

Sie erzählte mir von einem kriminellen Pärchen.

Ich war in Gedanken ganz woanders. Bei dem seltsamen Schweigen der anderen. War beim Montagsgespräch von Schong Müller-Rabenstein gewesen. Hatte mich einfach mit reingesetzt, und komischerweise hatte ich sitzen bleiben dürfen. Für Gonzos Aussetzer wurde ich hier nicht in Sippenhaft genommen, ausgenommen die Tatsache, dass sich niemand neben mich setzte, obwohl zwei Stühle frei waren und einige stehen mussten.

Thema des Abends war das Brigadebild des Sozialistischen Realismus gewesen. Und natürlich war nicht das Brigadebild des Sozialistischen Realismus gemeint, sondern irgendein Staatsauftrag von vor dreißig Jahren und die Ironie der Künstler, mit der sie den Auftrag unterwanderten.

Unterwanderten.

Ich dachte an Gonzo. An unsere leere Bank im Park. An die Stille hinter seiner Wohnungstür. An die Papierrolle an seiner Tür, auf der noch stand »Bin auf der Bank«, womit er nicht die Kreissparkasse gemeint hatte.

Lange schon hatte ich nicht mehr geweint, und ausgerechnet bei meinem ersten Montagsgespräch mit Schong Müller-Rabenstein passierte es mir. Ich stand auf, streifte entschuldigend Dutzende von Knien und ging raus. Schong hatte seinen Vortrag nicht mal unterbrochen. Nur seine Blicke im Rücken konnte ich spüren.

»Wir sind kein kriminelles Pärchen. Wir sind überhaupt kein Pärchen.«

Der Minister häufte dampfende Spaghetti auf einen Teller, gab ein paar Löffel geriebenen Apfel, Semmelbrösel, Zucker und Zimt dazu und krönte das Ganze mit einem Batzen Butter, der langsam auf den Nudeln zerlief.

»Jetzt isste erst mal.«

Apfelnudeln gab es nirgendwo sonst, weil den meisten Leuten – inklusive Brigitte – schlecht wurde, wenn ich die Zutaten aufzählte. So blieb die Apfelnudel das Markenzeichen des Ministers.

»Pärchen ...«, ich stopfte mir den Mund voll, denn bei meiner Oma durfte ich nicht nur mit vollem Mund reden, ich *musste* es sogar, weil sie immer so viel von mir wissen wollte, »... klingt so nach zwei Wellensittichen auf der Käfigstange. Wir saßen immer nur auf unserer Bank. Und haben manchmal stundenlang nicht geredet.«

»Weiß denn dein Schriftsteller nicht, wo ...«, sie kniff die Lippen zusammen, als gäbe es was zu verraten, »... was mit deinem Freund passiert sein könnte?«

Ronald Schaarschmidt war kurz angebunden gewesen. Er hatte mich nicht mal reingebeten. Zirkel wäre erst mal nicht. Ich solle einfach ein andermal wiederkommen, hatte er noch gesagt und die Tür wieder zugemacht.

»Der konnte Gonzo ja auch nicht mehr leiden. Hat ihm jeden Gedanken madig geredet. Gonzo habe immer Großes vor und würde Kleines liefern. So was sagt doch kein Freund.«

»Täusch dich da mal nicht. Ein Freund redet dir nicht nach dem Mund«, gab meine Großmutter zu bedenken.

Dann war Gonzo tatsächlich mein bester Freund. Und mein einziger.

»Willste noch einen Teller?«

Ich hatte mich kürzlich im Centrum Warenhaus in der Umkleidekabine im Spiegel angeschaut und gemerkt, dass ich mich nun völlig aus dem Blick verloren hatte. Ich war noch hässlicher geworden, noch dicker. Mit Gonzo war der einzige Junge gegangen, der sich nicht darüber mokierte. Nun konnte ich mich auch zu Tode essen.

»Wenn du noch was übrig hast?«

»Ein Rest ist noch da.«

Der Minister schaufelte mir noch mal genauso viel auf den Teller wie beim ersten Mal.

»Nu iss, dassde wirst. Du hast lange Seiten. Frag mal deine Mutter, ob sie den Stülpner Karl kennt.«

Jetzt reichte es mir.

»Sag du mir doch, wer das war!«

»Das war ein Kompatriot vom Häuptling aus Kleinolbersdorf. Aus dem Dorf, wo er später Polizist war.«

»Der Stülpner Karl war Polizist?«

»Nee, der Häuptling war Polizist. Der Stülpner Karl war so was wie ein Räuber.«

»Und der Häuptling hat ihn gefangen?«

»Nee, den hat keiner gefangen. Der war schlauer als die Polizei …«

»… erlaubt.«

Der Minister lachte krächzend.

»Richtig. Der Robin Hood von Sachsen. Hat's den Reichen genommen und den Armen gegeben.«

Ich wollte nur weg von meinen Gedanken an Gonzo. Und da kam mir die Redelaune des Ministers gerade recht.

»Wenn Opa bei der Polizei war, war er dann eigentlich auch ein Nazi?«

Meine Großmutter schien kurz abzuwägen. Schaute mir beim Essen zu und sagte erst mal gar nichts.

»Nee. Den hamsenich genommen. Der war schon als Polizist viel zu weich. Vielleicht dachten die, der richtet nur Unheil an.«

Wenn mein Großvater von den Nazis verdächtigt wurde, Unheil anzurichten, dann war das ja eigentlich etwas Gutes.

»Also war der Häuptling ein Antifaschist?«

»Nee. Nur weil eener nicht bei den Nazis war, war er nicht gleich dagegen. Antifaschist war so was wie ein Beruf damals. Dein Opa war von Beruf Polizist.«

»Und hat Leute wie diese Bonnie und den Clyde und den Stülpner Karl verfolgt.«

Ich hatte verstanden, was der Minister die ganze Zeit mit mir machte.

Sie lachte, und diesmal nicht krächzend, sondern richtig. Lachte so sehr, dass ich befürchtete, sie würde ersticken.

»Und den Rübezahl ooch!«, sagte sie und lachte noch lauter. »Der sächsische Berggeist. Wacht über Erze und Edelstein. Führt Menschen zu verborgenen Orten heilender Kräuter und Wurzeln. Treibt Schabernack mit Wanderern. Und sendet Gewitter und Hagel, wenn du *ihm* einen Streich spielst.«

Ich räumte den leeren Teller weg. Nahm meine Oma in den Arm.

»Danke.«

»Hauptsache, es hat geschmeckt.«

Geschmeckt hatte es. Und ich hatte für einen Moment nicht an Gonzo gedacht.

Hauermanne hatte eine Haut wie aus dunklem Leder zusammengenäht. Seine Augen lagen unter buschigen Augenbrauen, der windschiefe Mund verbarg ein derbes Gebiss. Das tiefschwarze Haar schob er immer wieder über die beginnende Glatze. Die andere Hand umfasste sein Bierglas.

»Renate«, sagte er, »meine Frau.«

Die Frau hatte einen müden Blick, doch wenn sie ihn hob, dann liebevoll zu ihrem Mann. Rotblonde Löckchen umspielten ihr rundes Gesicht. Alles an ihr war griffig und glatt. Wie sie so nebeneinander saßen, passten sie zu einer Umgebung, in der ich mich wohlfühlte. Nie hätte ich gedacht, mein erstes Arbeiterporträt über einen Kneipenbruder meines Vaters zu schreiben.

»Und du bist die Tochter vom Umlauf?«

Obwohl mein Vater jetzt Kempe hieß, nickte ich, da die Erklärung zu viel von der Zeit weggenommen hätte, die ich mir mühsam hatte erbitten müssen.

Noch immer kein Zeichen von Gonzo. Ich bestellte mir zwei Bier. Gleich eins mit für ihn, als könne er jeden Moment zur Tür hereinkommen. Hauermanne quittierte meine Bestellung mit respektvollem Nicken.

»Man weiß ja vorher nie, wie groß der Durscht beim Trinken wird.«

Und ich weiß vorher nie, wie viele Gedanken zu ertränken sind, dachte ich und lächelte und hätte ihm so gern alles erzählt. Wollte mein Leid mit Fremden teilen, weil ich zu viel davon hatte. Nicht mehr wusste, wohin damit.

Ich legte mein Notizbuch auf den Tisch. Wollte keine Fragen stellen. Wollte nur zuhören.

»Kontrolle war natürlich oberstes Gebot. Daher hat's uns gewundert, dass die eine Kiste da so stehen geblieben war. In siebenundvierzig Metern Tiefe hammer die gefunden. Ham uns alle gefragt, was mit dem Hauer passiert ist, der die stehen gelassen hat. Astreine Pechblende. Sind die Bergleute im Mittelalter auf Pechblende gestoßen, dann hieß es, der Berg spräche zu ihnen von ihrem Pech. Hinter dem Erz war kein Silber mehr zu erwarten. Für den einen Pech, für uns das Beste überhaupt. Hier lag die Quelle für Uran und Radium. Und das wusste der Russe. Bei der Qualität, die er hier in der Gegend heben konnte, ging der Zeiger über die Skala raus. Schwarz hat das Uran geblinkt im glänzenden Pech. Und das Zeug in der Kiste, das lag da schon ein paar Jahre. Das war voller Uranglimmer. Wirklich spektakulär. Eine schöne lindgrüne Farbe. Mineralogisch eine hochinteressante Sache. Wir hatten so einen Drusenhai in der Brigade. Hat schöne Stücke in einer Art Terrarium gehegt und gepflegt. Jede Menge Erze und Quarze, Blutstein und Kalkspat. Angeblich alles Haldenfunde, denn rausschmuggeln konntest du ja nischt, da hättes Ärger mit dem MfS gegeben. Und dann wir mit unserer Kiste. Die hatte bestimmt schon zwanzig Jahre in dem toten Stollen gelegen und hätte dem Hauer damals um die hundert Mark gebracht. Vielleicht war er daneben tot umgefallen, der Stollen war fertig, und nach dem letzten Abtransport ist der Kumpel dort vergessen worden. Und damit ooch seine Kiste. Jeder Krümel musste abgeliefert werden. Oben am Tor haben sie mit dem Geigerzähler an dir rumgefummelt. Der knatterte los, aber sie fanden nischt. Biste wieder zurück, hast die anderen vorgelassen. Bei denen knatterte nischt. Biste wieder nach vorne, wolltest endlich heeme. Der Russe wieder mit dem Teil an dir runner, unten knattert nischt, aber oben wie bleede. Ich war direkt aus der Gefangenschaft da hingekommen, hatte mir dann die Haare einfach wachsen lassen und war nun der Letzte mit langen Lohd'n. Und genau da hing der Erzstaub drinne. Die ganze Schicht über in feuchtwarmer Luft gerammelt. Und dabei hing dir die Matte aus dem Helm wie Lametta. Und natürlich hat der Zähler genau dort gerattert. Was hatter gelacht, der Iwan. Kurz danach hatte ich genauso 'ne Glatze wie der. Am Anfang hammer ja nur trocken gebohrt. Noch ohne Staubbekämpfung. Da habsch doch nicht gefragt. Schlimmer als das, was ich grad hinter mir hatte, konnte das Kommende nicht werden. Die ersten fünf Jahre trocken gebohrt, obwohl wir schon nass hätten bohren können. Da waren wir Hauer verbohrt, könnte man sagen, haha. Sobald der Steiger verschwunden war, hammer trocken gebohrt. Stehste deine Schicht durch. Im wahrsten Sinne des Wortes. Stehst in deiner Höhle, Grubenlampe ist dein Tageslicht, hältst den Bohrhammer mit beiden Händen, bist alleene im Lärm. Wenn dir die Nase läuft, ziehstes hoch, keene Hand frei. Das Gerüttel macht stoisch, aber die Zeit vergeht, und dabei kannste nischt machen als gucken und denken. Aber woran? An die Vergangenheit nicht. In der Vergangenheit hab ich nur an die Vergangenheit gedacht, weil die schöner war als die Gegenwart. Dann war die Vergangenheit genauso bescheuert wie die Gegenwart. Woran also wolltste denken. An die Zukunft? Genauso beschissen. Das war zwar keen Gulag mehr. Aber dort konnteste ganz schnell wieder landen, wenn der Iwan meinte, du hättest geklaut oder sabotiert. Ich war erst zwei Jahre dabei, da waren schon tausend tödlich verunglückt. Waren über dreitausend amputiert. Hatten über zehntausend, was man schwere Gesundheitsschäden nannte. Waren genauso viele geflohen. Waren über fünfhundert als Saboteure verurteilt, von denen haste nie wieder gehört. Waren fast tausend Frauen wegen Schwangerschaft weg von hier. Und fast neuntausend Männer geschlechtskrank. Um die zweihundert hatten sich selbst verstümmelt. Woran also wolltste denken? Dassde danach wieder auffährst. Daran dachteste und an nischt anderes. Der Landstrich war ja eigentlich vergessen worden. Den hatte nach dem

Krieg einfach keiner besetzt. Der Iwan und der Ami hatten zwar ausgemacht, dass der Ami alles bis zur Mulde kriegt. Hatte aber vergessen zu erwähnen, welche Mulde gemeint war. Die Zwickauer? Die Freiberger? Oder die Mulde, zu der beide zusammenfließen? Von Mai bis Oktober fünfundvierzig war das alles Niemandsland. Keiner fühlte sich zuständig. Keiner kam rein. Aber wer hier lebte, konnte auch nicht raus. Keine Lebensmittelversorgung. Ein paar Meter untern Füßen lag ein unvorstellbar großer Schatz, aber oben ruppten die Leuten das Gras von der Wiese. Ernährten sich von Otterzungen und Löwenzahn mit Salz. Das Land wurde dem Russen zugesprochen. Hat einen Zaun drum gebaut und gab dem Ganzen einen wohlklingenden Tarnnamen für das, was dann hier abgebaut wurde. Wismut. Gediegenes Metall in elementarer Form, wie schön. Vor ein paar hundert Jahren als Farbe für Truhen und Kästchen hergenommen. Tatsächlich ging's um ganz was anderes. Nach Hiroshima hat eben auch der Stählerne schnell die Atombombe gewollt. Und genau dafür wurde der Laden gegründet. Das Uran im Hügelland haben sie dringend gebraucht. Haben mit den alten Grubenanlagen begonnen und immer neue dazu geschachtet. Uns blieb die völlig zerhauene Landschaft, aber von dem Uran, das wir da rausgeholt haben, blieb kein Gramm im Land. Und wenn das so weitergeht, holen die alle zehn Jahre um die fünfzigtausend Tonnen hier raus. Für die Initialzündung einer Atombombe reichen zehn Kilo. Kannste dir vorstellen, wie viel an Uran der Russe auf Halde hat. Zur *Erhaldung* des Friedens, was hammer gelacht. Daran darf keener von uns denken. Dass wir uns hier abgerackert und auf Halde produziert haben. Naja, und so ging's los. Bissel wie in Australien. Hier warense alle. Das ganze Strandgut des Krieges. Kriegsgefangene, Strafversetzte, Kriminelle. Scharen von Kopfgeldjägern waren unterwegs, haben Bordelle geräumt und Schwarzhändler gefasst. Frauen, Heimatlose und Flüchtlinge kamen aus Hunger. Was ich sagen will: Wenige kamen aus Überzeugung. Und die von heute nur noch wegen Geld. Bezahlung stimmte immer, das stimmt. Und die Versorgung auch. Eigene Zulieferbetriebe. Eigene Läden. Eigene Sicherheit mit Polizei. Eigene Ferienheime. Eigene Sportvereine. Eigene Partei. Eigene Krankenhäuser. Die brauchen wir auch. Schon wegen der Schneeberger Krankheit. Wer hier keine Silikose hat, der hat den Schneeberger Krebs. Logisch, gab ja Alphastrahler in der Pechblende. Da steckt Uran drin, iss klar. Aber eben ooch Radon. Und das mussde gezielt ausführen. Musst aber dabei auch atmen. Das Zeug hat so eine kurze Halbwertzeit, dass es noch in der Lunge in feste Teile zerfällt. Kiesel. Aber daran hat keener gedacht, der hier anfing. Und daran denkt auch heute keener. Als Bergmann weeßte doch, worauf du dich einlässt. Und als es anfing, haben vor dem Tor der Wismut sogar Frauen Schlange gestanden. Aus Hunger. Konnten sich kaum verständigen mit den russischen Wachsoldaten, wurden immer wieder weggeschickt, kamen aber immer wieder. Mussten ja ihre Familien, und was davon noch übrig war, ernähren. Die sahen uns hier drinne rumlaufen mit Brot und mit Käse in den Beuteln und im Maul. Denen war doch egal, was sie hier arbeiten würden, Hauptsache, sie waren endlich versorgt. Und irgendwann waren dann auch Frauen bei der Wismut. Als Lokführerinnen, Erzwäscherinnen, Vermesserinnen. Den Personalausweis haste abgegeben und eine sehr stabile Pappe mit zwei gekreuzten Hämmern drauf bekommen. Der Wismutausweis galt nur innerhalb der Schlagbäume. Da fühlteste dich gleich irgendwie besonders. Obwohl ringsrum alles mit drei Meter hohen Holzplanken beschlagen war, obendrauf noch Stacheldraht, und sogar mit Hunden patrouilliert wurde, fühlteste dich überhaupt nicht eingesperrt, sondern auserwählt. Den Wismutausweis haste am Schachteingang gegen einen Kontrollausweis zur Befahrung getauscht und zum Feierabend wiederbekommen. Aber draußen in der Stadt, auf den Straßen, in den Kneipen, da bestimmte der Wismutkumpel! Der galt was. Genauso wie die Rote Armee. Die hatten die Schachtleitung und die Sicherheit unter sich. War also alles in besten Händen. Der Abbruch unter Tage sorgte für Aufbruchstimmung oben. In der Altstadt herrschte aber nur noch Abbruchstimmung. Ausgerechnet unterm Kurhaus wurde das dickste Erz der Welt entdeckt. Achtundvierzig Meter simmer runtergeklettert. Mit Schlegel und Eisen, wie zu Agricolas Zeiten, zwölf Meter davon hammer hochgetrieben. Erst mit der Hand. Dann hammer Luft gekriegt, also, Pressluft. Im Kurhaus saßen noch Gäste, und drunter ging's heiß her. Ham zwei Monate geschuftet und dann zwei Monate aufs Geld gewartet. Vielleicht kamen sie ja mit dem Drucken nicht nach. Zum Glück gab's Stalinpakete für die Normerfüllung von mehr als hundertfünfzig Prozent. Mehl, Fleisch, Wurst, Fett, Käse, Obst, Konserven. Und den Kumpeltod, 'nen feinen Weinbrand, um das alles runterzuspülen. Kurhaus, Wohnhäuser, Kirche waren im Weg und mussten weg. Waren nicht alle dafür. Aber eines Tages war die Altstadt abgerissen, war die Neustadt fertig und wurden viertausend Leute umgesiedelt. Nur die Kirche blieb stehen. Als hätte auf den paar Quadratmetern der Glaube gesiegt. Viele von den Alten aus der Altstadt sind in der Neustadt nicht mehr älter geworden. Sind gleich auf die Zweimetersohle eingefahren. Ich hab vor neunzehnfünfzig angefangen und gehör zum Wismut-Adel. Von uns leben nicht mehr viele. Hab anfangs noch mit drei Kumpels ein Zimmer aufm Gelände geteilt. Hab im Schacht Nummer siebenundachtzig als Fördermann angefangen, wurde Wasserzeichenreiniger, Lehrhauer und dann Hauer. So war's bei den meisten. Und dann wurden Familien gegründet. Ich hab auch geheiratet.«

Hauermanne. Renate zog verlegen die Schultern nach oben, als er sie in den Arm nahm, zu sich zog, seinen Kuss nur auf die Wange drücken konnte, weil sie den Mund wegdrehte. Sie errötete. Noch immer, dachte ich mir, und ob ich so etwas Schönes auch erleben würde in meinem Leben.

»War ja damals so«, sagte Renate leise. »Vati ist ja schon neunzehnvierundfünfzig an Silikose gestorben. Meine Mutti war auch unter Tage. In der Erzwäscherei. Und ich hab dann auch da angefangen. Wir Frauen waren ja auch *über* Tage für die Wäsche zuständig, da konnten wir das auch *unter* Tage machen, in der nassen Abteilung. Dahin kam das Erz aus der trockenen Abteilung, wo es gebrochen und auf Bänder verladen wurde. Wurde gewaschen und zerkleinert. In der Erzwäsche standste immer im Wasser. Die Gummistiefel und die Gummisachen haben aber nur vor der Nässe geschützt. Nicht vor der Kälte. Und nicht vor dem direkten Kontakt mit dem Erz. Ich bin auch ganz schön rumgekommen. Vielleicht krieg ich's noch zusammen. Ich war in der hundertsiebenundzwanzig, in der siebenundzwanzig, in der vierundsechzig, in der achtunddreißig, in der zweihundertneun, in der dreihundertsechsundsechzig und jetzt in der dreihunderteinundzwanzig. Bin jetzt fast dreißig Jahre unter Tage. Und naja, das war's eigentlich.«

Ich hatte das Gefühl, dass sie damit ihr Leben meinte. Das war's eigentlich. Für die Frau mit dem freundlichen runden Gesicht mit keiner einzigen Falte, war es das eigentlich. Und sie sah glücklich aus dabei.

Hauermanne strich seiner Frau liebevoll über den Kopf.

»Das war's noch nicht ganz. Dann kam unsere Tochter zur Welt. Bei dem einen Kind ist es geblieben. Kann man sich ja vorstellen. So was willsde kein zweites Mal durchmachen. Aber Schuld kann man auch keinem geben. Ich hättes ja wissen müssen. Ich zumindest. Alle Vorfahren schon im Silberabbau. Die hatten ja schon jede Menge Genschäden in sich abgelagert. Dazu noch meine Frau im Erz und ich als Hauer damals noch trocken gebohrt. Strahlenindizierte Mutation nennen die das, was unsere Tochter hat. Aber wir hams uns immer schön gemacht. Vor allem Heiligabend. Bis Mittag gearbeitet. Gleich die Tanne mitgebracht. Nachmittags alles fertig gemacht. Am Abend Klöße und Gans. Jeder machte das anders. Die einen machten Neunerlei. Die anderen Klöße und Gans. War schon schön. Ist auch heute noch nicht alles schlecht. Wir wussten ja immer, was wir hier machen. Die Frauen hatten um die fünfhundertachzig Mark. Ich als Hauer schon dreitausend plus Erzgeld extra. Da hat man nicht so viel nachgedacht. Bergbau ist nun mal keine Schokoladenfabrik. Ich kann ja keinen Bleianzug tragen. Muss ja arbeiten können. Und ein bisschen kontrolliert wurde schon auch. So ein Geigerzähler funktioniert ja auch in der Tiefe. Der prüft die Vererzung, und, mal im Ernst, dieses ganze Gerede von wegen Alphastrahlen so stark wie in Hiroshima. Bissel war immer dabei, aber zum Großteil hatten wir es mit Gammastrahlen zu tun. Das war weiche Strahlung. Die wurde ja schon von der Kleidung abgelenkt. Der Iwan saß den ganzen Tag mit dem Hintern aufm Schacht und rauchte und drosch Skat. So schädlich konnte das ja gar nicht sein. Wenn wir den Hunt mit Wasser vollgelassen haben und reingehubbt sind, kam das Bohrmehl raus wie Haferflocken. Und wenn dann noch Quarz dazukam, naja. Klar gab's Karzinome, Fibrosen, Hörschäden. Unter Tage die Strahlen, über Tage Asbest. Ich hab eine behinderte Tochter abbekommen und ein Bergmannsknie. Das Presslufthämmern hat die Knochen porös gemacht. Die brechen auch mal spontan. Aber nischt und niemand konnte uns die Begeisterung nehmen, mit der wir eingefahren sind. Haben unten gewühlt wie die Verrückten, und oben standen die Wettbewerbstafeln, wer am meisten geholt hat. Da haste dich noch jeden Tag gemessen und messen lassen. Wenn ich eingestiegen bin ins Loch und über mir der Fahrtendeckel zuging, dann war ich zu Hause. War mit Herz und Leib und Seele bei meiner Arbeit. Ich hab doch nichts anderes gekannt. Kürzlich warense da aus der Hauptstadt. Wollten aus einem der Blocks ein Ferienlager machen. Habens dann bleiben lassen, weil sie meinten, die Häuser seien verstrahlt. Ist doch paradox, denn verstrahlt ist die ganze Gegend hier. Der Bergbau endet fünfzehn Meter unter unsern Füßen. Der Boden ist durchbohrt wie ein Schweizer Käse. Jeder Hohlraum muss bergmännisch aufgefüllt werden. Plombiert wie ein Zahn. Ich frag mich nur, wer die Scheiße eines Tages wegräumt. Wenn die Wismut längst weg ist, schlägt der Geigerzähler immer noch aus.«

Hauermanne und Renate. Sie war müde, und er sah es in ihrem Blick und daran, dass sie immer wieder zum Glas griff, das längst leer war. Und nein, sie wollte nichts mehr. Wusste nicht mehr, wohin mit ihren Händen und wohl auch nicht mit den Gedanken, von denen so viele wieder aufgefahren waren wie der Hunt mit dem Erz zum Ende der Schicht.

Angeblich war wieder Zirkel. Doch außer mir kam niemand.

Ronald Schaarschmidts Wohnung war aufgeräumt. Eine Sammlung an Aschenbechern stand wie eine Kollektion aufgereiht auf dem Regalbrett über der Spüle. Die Zeitungen steckten in einem Zeitungsständer. Eine Tischdecke lag auf dem Tisch, darauf ein Strauß frischer Gerbera. Gerahmte Bilder an den Wänden. Ich erkannte Brigadebilder des Sozialistischen Realismus. Die Fenster waren geputzt, der Linoleumboden glänzte. So wie der Schriftsteller selbst. Die fettigen Locken waren gewaschen und gescheitelt. Zu einem schwarzen Hemd, das ihn schlanker wirken ließ, aber immer noch über dem Bauch spannte, trug er eine gebügelte Kordhose. Seine Füße steckten in Socken und Kamelhaarlatschen, wie meine Großmutter sie trug. Ich vermisste den Zigarrengeruch.

»Willste ein Bier?«

»Einen Schnaps, wenn du hast.«

»Oha!«

Ronald Schaarschmidt stand auf, holte eine Flasche Stonsdorfer und zwei Gläser. Er schenkte ein.

»Was haben sie mit ihm gemacht?«

»Trink erst mal.«

Wir stießen an.

»Festgenommen haben sie ihn. Sagen, er sei es gewesen, der den Panzer gesprengt hat.«

Das war es also. Dieses Scheißding auf dem Sockel. Und der Minister hätte am liebsten gehabt, der Nischl wäre auch gleich mit gesprengt worden. Ich konnte nichts sagen, nur den Kopf schütteln, bis er schmerzte.

»Gonzo macht Dummheiten und erzählt viel Mist. Aber der sprengt doch nichts in die Luft!«

Hoffnungsvoll schaute ich den Schriftsteller an auf der Suche nach Zustimmung. Aber er winkte nur ab. Hatte Gonzo längst aufgegeben. Wie schnell so was ging in diesen Gefilden.

»Erinnere dich. Sein Frust über die Russen in Afghanistan. Und wie ich ihn auch noch drauf gestoßen habe, seine Revolution vom Kneipentisch auf die Straße zu tragen. Ich Idiot!« Ronald Schaarschmidt schlug sich an die Stirn. Etwas zu theatralisch, wie ich fand.

Ich wurde gerade in eine Welt gestoßen, in der sich die rumtrieben, auf die niemand wartete. Bei denen es egal sein konnte, ob sie von dort zurückkehrten oder nicht. Ich wollte nicht über die Klippe springen. Und hatte es doch schon getan. Ich musste dem Schriftsteller vertrauen. Ich hatte niemanden sonst.

»Als er abgeführt wurde, hat er gesagt, ich solle den Vogel füttern.«

»Damit wollte er dir sagen, wohin sie ihn bringen. Ins Gefängnis Kaßbergen. In den Vogelkäfig.«

Er räusperte sich.

»Dieser Knast hat genau zwei Ausgänge. Vor dem einen steht ein Bus nach Bautzen. Vor dem anderen ein Anwalt namens Vogel.«

»Und was macht der?«

Endlich steckte sich der Schriftsteller eine Zigarre an. Ich hielt mich an jeder Geste fest, mit der er wieder der alte wurde, der mir einst so nah gewesen war.

»Der Vogel holt sich Geld aus dem Westen und kauft damit die Häftlinge im Osten frei.«

Ich sank zusammen vor Erleichterung.

»Also kommt Gonzo wieder raus.«

Ronald Schaarschmidt zog an der Zigarre und schwieg.

Ich hielt das nicht mehr aus. Schenkte mir nach. Kippte den Schnaps. Schenkte noch mal nach und kippte ihn wieder auf Ex.

»Er kommt doch wieder raus?«

»Ja. Ich weiß nur nicht, aus welchem Ausgang.«

Bautzen. Der Bruder meiner Oma. Damals Russen, jetzt Genossen. Und immer noch dasselbe Gefängnis. So viel wusste ich von Bautzen und wie es einem dort ergehen würde, von dem es hieß, er habe einen sowjetischen Panzer in die Luft gesprengt.

Einen einzigen klaren Gedanken konnte ich noch fassen und zu einer Frage formulieren.

»Wie hast du von Gonzos Verhaftung erfahren?«

»Als die mich hier rundgemacht haben, Mensch!«

Der Schlag auf die Tischplatte war so hart, dass der Stonsdorfer und die Vase mit den Gerberas krachend und splitternd auf dem gebohnerten Linoleumboden landeten.

»Was meinst du denn, warum's hier so aussieht, wie es aussieht?«

Ronald Schaarschmidt fuchtelte wild mit dem Arm herum.

»Und warum ich aussehe, wie ich aussehe? Und hier jede Zeitung neuerdings auf Kante liegt?«

Was immer rundmachen bedeutete, bei Ronald Schaarschmidt hatten sie ihr Ziel erreicht.

Ich kniete mich auf den Boden, sammelte die Scherben auf und legte sie in die Spüle.

Der Schriftsteller saß teilnahmslos am Tisch, rauchte seine Zigarre und ließ die Asche auf den Boden fallen.

Der Sommer legte süßen Staub auf meine Zunge und die Wege und die Dächer Kaßbergens. Wohin mit all den Bildern in meinem Kopf, seit der Schriftsteller mir die Geschichte mit den zwei Ausgängen erzählt hatte.

Zur Bank am Gerhart-Hauptmann-Platz.

Beim letzten Mal Schneegestöber, ein Wartburg, drei Männer. Eine Kollektion schmerzhafter Bilder nach der nächsten.

Mein Gehirn spielte verrückt und zeigte mir eine Fata Morgana. Sie saß mit dem Rücken zu mir. Beide Arme auf der Lehne ausgestreckt. Ein Bein über das andere geschlagen. Kahler Schädel und doch vertraut.

Er ließ den Kopf in den Nacken fallen. Sah mich an.

»Du stehst ja kopf, kleines Mädchen.«

Und das kleine Mädchen rannte.

»Bin halt annerschrum!«

Ich hatte meine Stimme noch nie so jubeln gehört. Schloss meine Arme um seinen Kopf. Runterbeugen und küssen war eins.

Annerschrum.

Minutenlang hielten wir uns in den Armen. Er roch wie immer. Ein Hauch *Privileg* gemischt mit Ungewaschenem. Der spacke Oberkörper unter dem T-Shirt hatte mehr Rippen als Brust.

»Was jetzt?«, fragte ich.

»Dasitzen. Dich angucken. Und du guckst mich ein bisschen an.«

»Ich bin dick geworden.«

»Nein«, sagte er, »du warst schon vorher dick.«

So befreiend, ihm auf die Schenkel zu hauen, ein bisschen zu kämpfen mit meinem großen Jungen, der sich einfach hierhin gesetzt und auf mich gewartet hatte.

Ein Windhauch ging durch die Bäume, wie von irgendwoher geschickt und uns erinnernd, wie schön wir es hatten. Auf der Wiese im Park drehten sich Kinder um die Laternen, dass mir schwindlig wurde und ich bald nicht mehr wusste, ob wegen ihnen oder vor lauter Glück.

»Jetzt ist alles wieder gut.«

Mein Gonzo hatte den dritten Ausgang genommen. Den, von dem nicht einmal der Schriftsteller wusste.

Im Russischkabinett sahen wir mit den Kopfhörern aus wie Insekten. Jedes Knarzen und Räuspern und Drehen an den Reglern war deutlich zu hören, aber wenigstens nicht der Mundgeruch oder die Fahne unseres Lehrers zu riechen. Meine Mutter sagte immer, wer trinkt, hat Sorgen, und dann nahm sie einen zur Brust.

Auch unter unseren Lehrern war das Trinken von Alkohol beliebt. Im Lehrerzimmer wurden Geburtstage, Hochzeiten und Scheidungen begossen, genauso wie der Tag vor und der nach den Ferien. Viele von uns wollten Lehrer werden. Freude bei der Arbeit und folgsame Schüler.

Obwohl unser Klassen- und Russischlehrer Hans Heiler wie ein Deutscher hieß, kam er aus der Sowjetunion. Im Unterricht hatte kein deutsches Wort eine Chance. Dann tat er einfach, als könne er kein Deutsch. Irgendwann hieß es, er sei ein Wolgadeutscher, aber man solle ihn besser nicht darauf ansprechen.

Unsere Sprachkabinen hatte Lochschablonen als Zellenwand, aber das Schönste war, dass Geilergans vom Lehrerpult aus nicht sehen konnte, was wir so machten.

Dachte ich.

»Hergeben!«

Ich hatte nicht gehört, dass er aufgestanden und die Kabinen entlanggelaufen war.

Als ich später in der großen Pause über den Hof trödelte, kam Geilergans mit ausgestrecktem Zeigefinger auf mich zu und orderte mich »*F Buistrom Tempe*!« in sein Vorbereitungszimmer. Wahrscheinlich wollte er sich entschuldigen und mir mein Heft mit Schlagertexten wiedergeben. Also beeilte ich mich und hastete hinter ihm die Treppen hinauf bis unters Dach.

Stundenlang hatte ich am Kassettenrekorder gesessen. Play. Stop. Play. Stop. Rücklauf. Wiederholung. Play. Stop. Alles abgeschrieben. *Griechischer Wein. Theater, Theater. Weiße Rosen aus Athen. Es fährt ein Zug nach nirgendwo. Deine Spuren im Sand. Ich war noch niemals in New York. Meine Art, Liebe zu zeigen. Anita.*

Aber er setzte sich nur an den Tisch, platzierte mich gegenüber und guckte mich herausfordernd an. Das Heft mit den Schlagertexten lag im Papierkorb. Damit war es so was wie verbrannt. Niemals bekäme ich es wieder.

Warum hatte er es mir wegnehmen müssen?

»Warum haben Sie mir meine Schlagertexte weggenommen?«

»Das sind nicht deine Schlagertexte. Du hast sie ja nicht geschrieben.«

»Aber abgeschrieben. Bitte, Herr Heiler!«

»Das geht nicht. So etwas kannst du nicht mit in die Schule bringen.«

Ich nahm meinen Mut zusammen.

»So etwas?«

»So einen Schund.«

Ich hatte noch nie so viel Mut gehabt.

»Aber das sind doch Schlager!«

»Eben! Schund.«

Wäre Herr Heiler Musiklehrer gewesen, ich hätte den Mund gehalten, mich davongemacht und geschämt. Aber er gab nur Russisch.

»Wir haben doch auch Schlager.«

»Wer ist wir?«

»Na unser Land.«

»Und wo finde ich in deinem Heft die Texte von Monika Herz und Frank Schöbel?«

Für einen Wolgadeutschen kannte er sich gut aus. Hatte aber Hans-Jürgen Beyer und Muck zu erwähnen vergessen. Ich traute mich nicht, ihn darauf hinzuweisen.

»Ich habe ja erst angefangen. Das Heft ist ja noch gar nicht voll.«

Er ging zum Papierkorb. Mir kamen fast die Tränen beim Anblick der aufgeklebten Pril-Blumen auf dem Schutzumschlag.

»Erst angefangen? Mit dem Text über unsere Stadt hast du scheinbar auch grad angefangen.«

Er blätterte. Dann lehnte er sich zurück. Die breiten Wellen unter seinem Rollkragenpullover strafften sich zu einer glatten Fläche.

»*Tief im Osten, wo die Sonne verstaubt, ist es besser, viel besser, als man glaubt. Tief im Osten. Tief im Osten.*«

Er zog die Augenbrauen hoch bis unter den schief geschnittenen Pony.

»Was will uns das sagen?«

»Der Text geht eigentlich anders. Aber so können wir sehen, dass …«

»Der Osten mit dem Westen gleichzusetzen ist? Der Norden dann also auch dem Süden?«

Ich dachte an meine Mutter, deren Zukünftiger im Norden vom Westen wohnte.

»Nicht die Himmelsrichtungen. Die haben schon ihren Sinn.«

»Ach! Aber die politische Unterscheidung in Ost und West hat keinen Sinn?«

»Aber so war das doch nicht gemeint, ich …«

Ich sah Michi Krumbiegel in einem purpurnen Umhang auf das Fenster des Vorbereitungszimmers zufliegen. Aber es war nur eine Taube, die kurz vor dem Aufprall auf der Scheibe nach oben abschmierte.

»*Du bist keine Schönheit, vor Arbeit ganz grau. Du liebst dich ohne Schminke, bist 'ne ehrliche Haut. Leider total verbaut. Aber gerade das macht dich aus.*«

Wieder zog er die Brauen hoch, so dass seine Augen riesig groß auf mich herabschauten.

»Klingt sehr nach unserer Stadt.«

»Aber … ist doch schön. Wie unsere Stadt halt.«

Er schüttelte in Zeitlupe den Kopf und beugte sich wieder über mein Heft. Ich hoffte, dass jetzt nicht schon die Stelle mit der Hauptstadt kam.

»Du hast 'n Pulsschlag aus Erz. Man hört ihn laut in der Nacht. Du bist einfach zu bescheiden. Dein Grubengold hat uns wieder hochgeholt, du Blume im Revier.«

Endlich würde ich punkten können.

»Die Wismut! Der Staat im Staat! Ich habe ein Arbeiterporträt über Hauermanne geschrieben, einen Wismut-Kumpel.«

Herr Heiler stand so ruckartig auf, dass sein Stuhl nach hinten umkippte.

»Ich muss mit deinen Eltern reden.«

»Mein Vater ist da. Meine Mutter zieht gerade weg.«

In seinem Blick lag ein bisschen Mitleid in diesem Moment. Wenn ich auf dieser Schiene weiterfuhr, bekam ich vielleicht mein Schlagerheft zurück.

»Seit sie einen anderen Mann hat, wohne ich bei meinem Vater.«

»Wo auch immer. Ich melde mich zum Elternbesuch an. Kommenden Mittwoch bin ich bei euch. Und dann reden wir über das da.«

Er nahm das Schlagerheft wieder in die Hand.

»Du bist keine Weltstadt. Auf deiner Karl-Marx-Allee finden keine Modenschaun statt, hier, wo das Herz noch zählt, nicht das große Geld. Wer wohnt schon in Ostberlin?«

Das war sie, die Stelle mit der Hauptstadt. Und auch hier war die Himmelsrichtung falsch angebracht, wie ich an den Augenbrauen von Herrn Heiler erkannte.

»Warum beleidigst du unsere Hauptstadt?«

»Ich habe nicht beleidigt, sondern nur umgedichtet.«

»Du hättest statt Ostberlin auch Düsseldorf stehen lassen kö …«

Herr Heiler presste die Lippen zusammen. Er hatte sich verraten. Er kannte das Lied. Er hörte Westradio und guckte Westfernsehen.

Er fing sich geradeso und räusperte sich dann.

»Ostberlin gibt es nicht. Das heißt Berlin. Ich frage mich wirklich, was dir an deinem behüteten Leben hier nicht gefällt, dass du dich mit solchem Schund befassen musst.«

»Aber ich bin gerne hier. In unserem Land. In meiner Heimatstadt.«

»Gerne hier, gerne hier! Na klar! Dir geht's doch gut! Frag mal die aus den anderen Ländern, die das alles nicht haben, was unser Staat uns hier schafft. Weil sie in einem anderen Staat geboren sind!«

Mir fiel nur ein anderer Staat ein, den ich kannte, weil ich da schon mal war. In den Winterferien zum Schneeschuhfahren mit meinem Vater.

»In der Tschechoslowakei ist es aber auch schön.«

Herr Heiler verdrehte die Augen.

»Dann hättest du ja auch die Texte von Jiří Korn abschreiben können!«

In hohem Bogen flog mein Schlagerheft wieder in den Papierkorb.

»Ich denke, wir haben uns verstanden, mein Frollein.«

Gar nichts hatte ich verstanden. Warum Liedtexte einen Lehrer so in Aufregung versetzen konnten, würde ich den Minister fragen. Meine Oma hörte nämlich auch gern Schlager, und trotzdem hatte sie nichts gegen unseren Staat. Sie liebte den Altmod'schen, das war Roger Whittaker. Den mit den weiten Hosen, wie sie Freddy Quinn nannte. Nur Peter Kraus konnte sie nicht leiden, weil der wie ein Wasserkessel sang.

Brigitte und mein Vater saßen schon am Abendbrottisch, als ich nach Hause kam. Mein Vater spießte das letzte Stück seines Leberwurstbrotes auf, steckte es in den Mund und legte das Besteck schräg auf den Teller. Er war also fertig mit Essen.

»Wo warst'n du so lange?«

»Ich bin Frau Sassi hinterhergefahren.«

»War die nicht in der ersten Klasse deine Lehrerin? Ist die immer noch da? Und du fährst ihr immer noch hinterher?«

Für mich würde es Frau Sassi immer geben. Seit ich sie zum ersten Mal gesehen hatte, war ich in sie verliebt. Und sie sah aus wie unsere Eisprinzessin Katarina.

Frau Sassi schrieb sich Frau Szaszi, hatte einen Ungarn als Mann und die s und die z an Stellen, wo ich die Buchstaben in dieser Kombination noch nie gesehen hatte. Sie unterrichtete immer noch die Kleinen. Trotzdem fuhr ich ihr noch manchmal hinterher.

Bis zu ihr nach Hause war es ein weiter Weg. Weit raus aus Kaßbergen ins Beimlergebiet, wo auch die Komplexannahmestelle und die Kneipe mit den zahnlosen Freunden meines Vaters lag. Einmal quer durch die Stadt. Mit Umsteigen an der Zentralhaltestelle.

Dort stellte ich mich vor ihre Haustür und schaute nach oben. Zum Glück wohnte sie im ersten Stock. So sah ich das Licht angehen. Sah die hübsche Hügelgardine im Wohnzimmerfenster und blühende Topfpflanzen, von denen in jedem Bogen eine stand. Ich betrat das Haus, blieb an den Briefkästen stehen und schloss die Augen. Atmete die gleiche abgestandene Luft aus Straßenschuhen, gekochtem Blumenkohl und abgestellten Kinderwagen wie sie jeden Tag.

Gonzo klang wie ein Psychologe, als er behauptete, alle Kinder verliebten sich in ihre erste Lehrerin. Das läge daran, dass nur junge Frauen mit niedlichen Gesichtern Lust auf nervende Schulkinder hätten. Und dass so eine Lehrerin die erste liebevolle Frau im Leben von uns Kindern nach der eigenen Mutter war. Und er sagte es, als sei er selbst nie Kind gewesen.

»Eigentlich machen die Lehrer Hausbesuche bei den Schülern, nicht umgekehrt. Wo wohnt sie denn?«, fragte mein Vater.

»Da wo die ganzen Ungarn wohnen. In dem großen Neubau ganz hinten.«

»Da wo die ganzen Ungarn wohnen? Du meinst die Salamiplatte?«

So hieß die Großplatte. Ihr Name ging mir so schwer über die Lippen, weil die hübsche Frau Sassi darin wohnte. Wie auch viele ungarische Männer, die fast alle mit deutschen Frauen verheiratet waren und fast alle aussahen wie Dean Reed.

»Ja. Die Salamiplatte.«

»Ah!«

Brigitte nickte anerkennend.

»Müssen schöne Wohnungen sein da drin. Dort hätte ich auch gerne eine.«

»Wieso?«

Mein Vater lehnte sich im Stuhl zurück, wie er es immer tat, wenn er etwas genau wissen wollte. Die Ungarn waren schöne Männer. Das hieß es und das sah man.

»Hier ist es doch auch schön!«

»Ja. Aber da ist Fernheizung.«

Mein Vater goss sich und Brigitte Bier nach.

»Und warum biste hingefahren?«

»Das kann ich euch nicht sagen.«

Mein Vater setzte das Bierglas an und ließ mich dabei nicht aus den Augen.

Ich konnte die Schlucke hören, und er schaute mich immer noch an. Erst als er das Glas abstellte, senkte er den Blick. Das hatte zu bedeuten, dass ich jetzt nicht einfach aufstehen konnte. Er schaute mich wieder an, und diesmal so, als sähe er mich zum ersten Mal. Irgendetwas schien ihm klarzuwerden. Und da dieses Irgendwas ganz offensichtlich mit mir zu tun hatte, machte er mir Angst.

»Gefällt es dir hier nicht?«

Brigitte hatte von seinem Augenspiel nichts mitbekommen und zuckte bei seiner Frage zusammen.

»Doch. Es ist sehr schön bei euch.«

Mehr fiel mir nicht ein. Es gab so wenige Worte für das, was ich sagen wollte.

»Bei uns?«

Mein Vater zog die Augenbrauen hoch wie Geilergans, wenn er eine mir unangenehme Situation noch etwas auskosten wollte.

»Bei uns dreien.«

»Aber eigentlich bist du immer woanders. In Gedanken oder auf der Straße bei diesem Gonzo, oder du fährst deiner Lehrerin hinterher bis zu ihr nach Hause. Ist alles in Ordnung in der Schule?«

Ich hatte schon überlegt, wann ich es sage.

»Herr Heiler will nächsten Mittwoch zum Elternbesuch kommen.«

»Herrjemineh, diese Pfeife.«

Mein Vater goss sich und Brigitte noch mal Bier nach.

Ich war erleichtert. Nun würde er nichts mehr fragen, sondern sich eine Zigarette anzünden. Brigitte räumte den Tisch ab. Ich legte ihm mein Hausaufgabenheft hin.

»Diskussion eines Vorfalles, steht hier. Was ist denn vorgefallen?«

Mein Vater zündete sich eine Zigarette an.

»Herr Heiler hat mir mein Heft mit Schlagertexten weggenommen.«

»Na, dann ist es doch gut. Was will er denn noch besprechen?«

Mein Vater schüttelte den Kopf.

Ich war enttäuscht. Mein Schlagerheft schien ihm völlig gleichgültig zu sein. Aber wir waren endlich von dem Thema abgekommen, mit dem er mich beinah entlarvt hätte. Dass ich mich an andere Menschen hängte nämlich, als hätte ich kein eigenes Zuhause.

Ich hatte gerade Andreas Vollenweider und seine elektronische Harfenmusik für mich entdeckt, als die Mädchen in meiner Klasse nur noch von Saint-Exupérys *Kleinem Prinzen* redeten. Mit den Geschichten um den blonden Jungen, der von einem Asteroiden auf die Erde gereist war, ging es mir wie mit denen in der Christenlehre: Mir fehlte die Pointe.

Ich versuchte, den verklärten Blicken meiner Klassenkameradinnen nachzuspüren, wenn sie sich erzählten, wie wichtig es sei, mit dem Herzen zu sehen. Wollten mit dem Herzen sehen und guckten mich nicht mal mit dem Arsch an.

Das Schlimmste war, dass sie dies alles nur wegen der Neuen taten, der sie gefallen wollten und die ihnen den Floh mit dem Prinzen ins Ohr gesetzt hatte. Rahel kam aus der Hauptstadt. Die Eltern waren Künstler. Die Großeltern waren im Zweiten Weltkrieg ermordet worden, weil sie Juden waren. Die Eltern hatten überlebt und dann an den Kommunismus geglaubt. Mit diesem Glauben war es irgendwann vorbei gewesen, und nun waren sie nach Kaßbergen versetzt worden. Weil der Vater die künstlerische Leitung im Schauspielhaus übernehmen sollte.

Ich hörte mir diese Geschichte an, die Rahel gleich auf der ersten Hofpause erzählte. Ich war von den flachbäuchigen Mädchen nicht eingeladen worden, die sich neugierig um die schöne Neue scharten. Mollig und rauchend stand ich abseits und hörte zu. Vom Zuhören hatte ich bereits alles im Leben gelernt. Zuhören war die Schule der Außenseiter und die richtige Schule für mich.

Rahel sprach laut. Warf dabei den Kopf in den Nacken, und ihre dunkelbraunen Locken drapierten sich immer wieder neu auf ihren Schultern. Auch wenn ich nicht alles mitbekam, hakte ihre Geschichte für mich an einer Stelle. Der Schriftsteller hätte gesagt: Hier wird's zur Legende. Ich durchschaute Geschichten, die wie ein abgelatschter Teppich ausgerollt wurden und immer wieder gleich erzählt. Wenn Betonung einstudiert schien wie auch die Pausen zwischen den Sätzen zum Schürzen der Lippen und gedankenverlorenen Blicken in die Wolken, in denen nur Analphabeten nicht lesen konnten, der Erzählende aber schon.

Rahels Geschichte hakte an einer Stelle. Der Intendant hatte gerade die neue Spielzeit eingeläutet. Harfouch, Mühe und Gwisdek hatten unter ihm gespielt vor ihrem Aufstieg zur DEFA. Matthias Günther hatte hier den ersten Mephisto meines Lebens gemimt. Diesen Teil jener Kraft, die stets das Böse will und stets das Gute schafft, verknüpfte ich mit seinem Gesicht.

Unser Schauspielhaus war schon Treffpunkt der Bohème gewesen, bevor ich das Wort überhaupt schreiben konnte. Wir verbrachten Schulstunden dort, und unser Zirkel hatte die Programmhefte mit Lyrik gefüllt. Rahels Vater war nicht der neue künstlerische Leiter, sondern der neue Beleuchter, von dem man sich erzählte.

Trotzdem war es für eine Familie Marienberg ein großer Schritt von der Hauptstadt in die Provinz. Ein großer Schritt in die falsche Richtung, wie mir schien. In der Hauptstadt hatten sie eine Wohnung mit sieben Zimmern bewohnt. Ihre Nachbarn waren Botschafter der exotischsten Länder gewesen. In Kaßbergen waren es nur vier Zimmer, und in ihrer Nachbarschaft wohnte eine Bucht, wie es mindestens eine in jeder Häuserzeile gab.

Rahel hatte schöne dicke Brüste. Und überhaupt schien an ihr schon alles so wunderbar fertig, wofür mein Körper noch Jahre brauchen würde. Und nicht nur der Körper. Auch ihre Gedanken und die Art, sie zu formulieren, waren wie an einer Schule geformt, zu der ich keinen Zugang hatte. Ich hatte nicht solche Eltern, nicht so eine Familie, nicht so eine Geschichte, nicht so eine Vergangenheit und somit auch keine Zukunft zu erwarten, wie sie auf eine Rahel Marienberg wartete. Dafür musste ich aber auch keine Geschichten erfinden, um mich besser zu fühlen.

Kein Wunder, dass die anderen an den Humbug des *Kleinen Prinzen* glaubten, der erzählte, man müsse sich Menschen zähmen, um sie als Freunde zu gewinnen. Sie hatten Freunde, die Motorrad fuhren, ihre Haare gescheitelt trugen und ansonsten nicht sonderlich für Aufsehen sorgten. An den Wochenenden kamen sie, ohne anstehen zu müssen wie die anderen, am Türsteher vorbei ins »FZ« und den »Würfel«. Dort legten Discjockeys Musik jenseits der Sechzig-vierzig-Regel auf, und DDR-Musik gab es dort nur als Jazz. Das war ihre Auffassung von Ungehorsam, und es hätte mich nicht gestört, wenn sie ihn nicht mit Dünkel verwechselt hätten.

Ich war dick, hatte einen pickligen Freund mit großer Nase und noch keinen Sex gehabt. Nicht dass ich mit ihnen über so etwas redete. Sie ahnten es nur, gaben mir aber das Gefühl, es zu wissen. In meinen weiten Pullis bewegte ich mich nicht ganz so frei und ungezwungen wie sie. Trotz langer Morgenprozedur im Bad roch ich häufig verschwitzt. In jeder Pause ging ich auf die Toilette, um mich am Waschbecken unter den Achseln zu waschen. Ich hatte begonnen, an den Fingernägeln zu knaubeln, und verblutete fast, wenn ich meine Periode bekam. Wenn mir mein Körper mit dieser Probe etwas mit ins Leben geben wollte, dann, dass alles immer nur besser werden könnte. Der Mensch müsse erst wieder lernen, sich Zeit für die Dinge zu nehmen, sagte der Fuchs zum Kleinen Prinzen. Er begründete es damit, dass es mittlerweile alles fertig zu kaufen gäbe. Dabei bestanden die Überlebenstechniken hierzulande aus Zusammenfriemeln, Basteln und Improvisieren.

Eins aber hatten Vollenweiders Musik und die Geschichten von dem blonden Außerirdischen gemeinsam. Beides stiftete das überwältigende Gefühl einer ersten eigenen Idee fürs Leben, nach denen pubertierende Wesen wie ich gierten: den Älteren endlich etwas vorauszuhaben. Einen Schatz freigelegt zu haben aus der Fülle an Möglichkeiten.

Ich lag auf meinem Bett, hielt die Plattenhülle in der Hand und dachte an Gonzos Plan, mit mir in die Hauptstadt zu fahren.

›Das ist zwar auch noch nicht der Westen, aber man kann ihn von da aus ganz gut sehen.‹

Der Blick aus meinem Fenster in den Himmel reichte zwar auch noch nicht bis in die Freiheit, aber ich konnte sie von da ganz gut sehen. Mit Gonzo an meiner Seite fühlte sich mein Leben unbeschwert an wie die im Wind wehenden Gardinen, einfach, weil es mir noch bevorstand, mein Leben.

Zeitgleich mit dem nächsten Stück auf der Platte setzten auch vor meinem Fenster Donnergrollen und das sanfte Rauschen des Regens ein. Ich hätte weinen können vor Glück.

Und sonst so in der Schule?«

Ich hatte nicht bemerkt, dass mein Vater in mein Zimmer gekommen war. Er stand da, als hätte er sich in der Tür geirrt. Wie ein Fremder in seinem Zuhause. Vielleicht lag es an dem letzten Satz, den ich gedacht und den er aus meiner gekrausten Stirn herausgelesen hatte. Dass ich mich an Frau Sassi und andere Menschen hängte, als hätte ich kein eigenes Zuhause. Und der mir jetzt leidtat.

Mein Vater wollte nichts weiter von der Schule wissen. Er wollte etwas von mir wissen.

»Zeisigwald?«

Ich nickte.

»Zeisigwald.«

Brigitte saß auf dem Sofa und schaute kurz von der Zeitung auf.

»So spät noch raus? Bei dem Regen?«

Es war einer der ersten Frühlingstage in Kaßbergen. Einer der ersten Abende, an dem der Kohlenduft verflogen war und die Luft für manch einen bereits den Sommer ankündigte, so ausgehungert waren die Sinne nach der langen dunklen Zeit.

»Wir nehmen einen Schirm mit. Zwei Dreiviertelstunden, dann sind wir wieder da«, sagte mein Vater.

Diese Worte hatte ich lange nicht mehr gehört. Wann immer wir für die Fahrt in den Winterurlaub in den Trabi gestiegen waren, hatte ich ihn nach fünf Minuten gefragt, wie lange wir noch fahren. Meistens war mir dann schon wieder schlecht gewesen, und die Kinetosin-Tabletten entfalteten nur allmählich ihre einschläfernde Wirkung.

›In ein paar Dreiviertelstunden‹ hieß es dann immer, was die Hölle der etwa sechsstündigen Autofahrt für mich etwas abmildern sollte.

Die Fenster im Haus standen offen. Hinter Krumbiegels Wohnungstür dröhnte Musik.

»Rimski-Korsakow, *cappricio espagnol.* Gutes Zeichen«, raunte ich meinem Vater im Vorbeigehen zu.

Ich sah Vater Krumbiegel in seinem Ohrensessel vor mir, wie er die Plattenhülle auf dem Schoß hatte und mit geschlossenen Augen dirigierte.

»Heute dirigiert er das Große Rundfunksinfonieorchester der UdSSR als Towarisch Wladimir Fedossejew.«

Mein Vater blieb stehen. Blieb einfach stehen und lachte mich an.

»Und ich dachte immer, wenn du bei Michi bist, treibt ihr euch rum. Dabei gibt dir der alte Krumbiegel noch richtig was an Wissen mit ins Leben.«

»Du solltest ihn mal beim Slawischen Marsch von Tschaikowski erleben.«

»Klar wie Kloßbrühe«, sagte mein Vater und zog mich am Ärmel die Treppe runter.

Der Regen hatte aufgehört. Wir liefen die Harlaßstraße rauf, die Weststraße runter und bogen an der Kaßbergauffahrt kurz nach rechts, nur ein paar Meter, in die Hohe Straße. Gerade so weit, bis das Dach der FES zu sehen war.

»Das ist dein neuer Schulweg ab Herbst. Hoffe, das klappt.«

»Ich hab doch schon die Zusage.«

»Das hat nichts zu bedeuten, wenn du dir jetzt noch irgendwelchen Quatsch leistest.«

Also machte ihm mein Schlagerheft doch noch zu schaffen.

Ich ging ein paar Schritte weiter. Hinter der Kurve, neben der Schule, lag das Gefängnis.

Mein Vater folgte mir nicht, blieb stehen und zündete sich eine Zigarette an.

»Das reicht, Ulrike, komm her. Sonst isses dunkel, wenn wir im Wald sind.«

Er wollte doch sowieso nur in die Schänke, dafür wäre es noch hell genug.

Ich drehte um, ging zurück, wir liefen weiter. Ich dachte an Gonzo und die Geister im Kaßberg, die wir jetzt wieder weckten.

»Wie geht es deinem Gonzo, wann lerne ich ihn mal kennen?«

Seine Frage überraschte mich dermaßen, dass ich sprachlos war. Wusste nicht, ob er mich testen wollte. Wir liefen eine Weile wortlos nebeneinander. Stiegen in die Straßenbahn und fuhren Richtung Beimlergebiet.

Er hatte gesagt, *er* wolle Gonzo kennenlernen. Nicht Brigitte und er. Mein Vater wollte das Bollwerk sein, an dem Gonzo vorbeimusste. Er passte auf mich auf. Das gefiel mir.

»Wo war dein Gonzo so lange?«

Wir stiegen aus. Liefen die Yorckstraße hoch. Ein Dutzend Russenlaster knatterte an uns vorbei Richtung Kaserne.

»Gonzo war im Gefängnis.«

»Hat man geredet«, sagte mein Vater. »Wollte es nur noch mal von dir hören.«

Mein Auftritt auf der Hawaii-Party mit Leutnant Schmödel hatte keinerlei Nachspiel gehabt. Mein Vater hatte mir einfach nur verboten, mich weiter mit Gonzo zu treffen. Und das fiel mir leicht, solange Gonzo einsaß. Von den Zahnlosen im »Versorgungszentrum Hans Beimler« oder seinen Kneipenfreunden in der Zeisigwaldschänke konnte er nicht von Gonzos Festnahme erfahren haben. Also war Gonzo wohl in der Gießerei Gesprächsthema gewesen: der stadtbekannte Punk, der gezeigt hatte, wie man in Friedenszeiten einen Russenpanzer sprengt.

»Möchte nicht wissen, was sie dort mit ihm gemacht haben.«

Respekt klang aus den Worten. Mein Vater schien seine Haltung zu Gonzo überdacht zu haben.

»Er hat den Panzer nicht gesprengt.«

»Ich weiß«, sagte mein Vater.

Eine steile Stirnfalte zeigte mir, dass er nicht spazieren gehen wollte, sondern einfach mal raus musste.

»Hätte Gonzo so was gemacht, wäre er längst nicht wieder draußen. Außerdem heißt es, dass sie den Täter gefasst haben. Einen Metalldreher von der ErMaFa. Hat an der Werkbank unter der Tafel der Planübererfüllung außer dem Sprengsatz auch noch zwei Revolver und acht selbstgebaute Stielhandgranaten gebastelt.«

»Das hätte ja noch mit für den Nischl gereicht, den der Minister gern gesprengt gesehen hätte.«

Mein Vater gab mir eine leichte Kopfnuss.

Den Weg in den Zeisigwald säumten Laternen, deren Licht sich nur unscharf von der Dämmerung abhob. Wir ließen die Zeisigwaldschänke rechts liegen.

»Das mit den Denkmälern ist so eine Sache«, sagte mein Vater, und er schien mehr zu meinen als nur die Denkmäler. »Die heißen hier alle Lemann. Dann kannste dir aussuchen: Lenin oder Thälmann. Einer von beiden isses immer.«

Ich kickte mit dem Fuß ein paar Steinchen weg. Mein Vater redete einfach weiter, schien gar nicht zu merken, wie weit wir in den Wald hinein- und von der Zeisigwaldschänke wegliefen. Dass unsere Stadt mit den zwei Bindestrichen nie seine Welt gewesen sei.

»Mittlerweile ertragen die Leute den Nischl als nie versiegenden Quell neuer Witze und zeigen lieber hämisch mit dem Finger auf die Hauptstadt.«

Er lachte und zündete sich beim Laufen die nächste Zigarette an.

»Auf dem Alexanderplatz stehen *Sakko und Jacketti* in Bronze. Gehste in Leipzig zur Messe, musste am Bronzerelief vorbei, das einen Aufbruch verheißt, den keiner spürt. Nichts in diesem Land wird einfach so an irgendeine Stelle gebaut. Immer hängt es mit einem Teil Geschichte zusammen. Aber

Geschichte wird nun mal regelmäßig umgeschrieben, und Denkmäler werden regelmäßig abgerissen. Der trotz seiner Piefigkeit weltbekannte Name Chemnitz musste dem des Philosophen weichen. Die Diktatur des Proletariats hat das ganz offensichtlich durchgedrückt. Und mein Großvater mittendrin, während mein Vater diese Obrigkeitshörigkeit bekämpfte.«

Es gab sie also, die Geschichten, die einen nicht losließen, weil es die eigenen waren.

»Unvergängliche Pflöcke sollen in den Boden der Geschichte gerammt werden. Jede Entscheidung in diesem Land wird für ihre Außenwirkung getroffen. Und für eine gewisse Zeit. Spätestens mit der nächsten Umwälzung innerhalb der Gesellschaft haben sich diese Zeichen von Überheblichkeit komplett erledigt.«

Er blieb stehen, schaute mich an und legte den Kopf schräg.

»Siehe dein Freund Stalin. Als mein Großvater hier Oberbürgermeister war, hing der Stählerne überall. Dann setzte es wieder ein, das große Sprengen, das Plattmachen und Fluten. Und wieder wurde tonnenweise Beton gegossen, um neue Zeichen für die Ewigkeit zu setzen.«

Er zog an der Zigarette und trat die Kippe aus.

»Selten mal eins für die Erinnerung.«

Nicht nur meine Familie war eine einzige Verschwörung. Auch in der Welt, in der ich lebte, gab es mehr als eine Wahrheit. Mein Vater war mir vertraut in diesem Moment unserer Nähe, und doch war er weit weg, in einer Welt, in die er mich noch nie vorgelassen hatte.

»Vor Kurzem hattest du noch Angst, dass Gonzo mir mein Abi versaut.«

Mein Vater feixte.

»Ich weiß. Damals warste zu klein für den. Jetzt biste an ihn rangewachsen. Offensichtlich versteht ihr euch. Und er scheint mehr auszuhalten, als ich ihm zugetraut hätte.«

Er hielt an. Schaute nach oben durch die Baumwipfel, über

denen ein dunkler Himmel hing. Ein leichter Wind kam auf. Wir drehten um.

»Gonzo ist einer von denen, mit denen du lieber zusammen bist als mit Brigitte und mir.«

Das also war es. Ich wusste nicht, was ich sagen sollte. Dem gab es einfach nichts hinzuzufügen. Das spürte mein Vater wohl auch. Er redete weiter.

»Anfangs dachte ich, du vermisst deine Mutter. Weil sie dich zu uns gelassen hat.«

Ich hatte nie darüber nachgedacht, wie leicht es meiner Mutter gefallen war, mich für einen Herrn Gustloff und ihre Reisen mit ihm herzugeben.

»Ich bin ihr nicht böse. Ich wollte zu dir. Wollte immer Mutter-Vater-Kind-Familie sein wie die anderen in meiner Klasse.«

Wir kamen auf der Höhe der Zeisigwaldschänke an.

»Willst du ein Bier trinken?«, fragte ich und wollte gern selber eins.

Mein Vater schaute kurz rüber. Die Tür ging auf, ein beleibter Mann kam heraus, schob sich die Mütze in die Stirn und ließ seinen Blick über den leeren Biergarten streichen. Dann winkte er uns zu.

»Nee, lass mal«, sagte mein Vater und grüßte den Mann.

Wir gingen weiter. Die Zeisigwaldstraße lag vor uns im Licht der Straßenlaternen. Obwohl ich sie zahllose Male entlanggelaufen war, sah ich mich doch immer wieder mit dem Häuptling auf dem Schlitten gegen den Pfosten des Bethanienheims knallen.

»Und bei mir«, sagte mein Vater, »war es so ähnlich. Mein Opa hat für mich die Vaterrolle übernommen und alles, was dazugehörte, mit Disziplin erledigt. Mutter-Vater-Kind-Familie, nur die Liebe hat er nicht mit übernommen.«

Während mein Vater mir das erzählte, wurde mir klar, wie klug es von den Altvorderen war, ihren Geschichten die Zeit zur Entfaltung zu geben. Sie nicht denen zu erzählen, die noch zu unreif dafür waren, jede ihrer Facetten als Erklärung mit ins Leben zu nehmen.

»Woran sind deine Eltern gestorben?«

Wir bogen in die Leninstraße ein. Liefen die verwitterte Mauer der Russenkaserne entlang. Ein Fenster im Wohnblock auf der anderen Straßenseite war sperrangelweit geöffnet. Stimmengewirr und laute russische Schlagermusik hallten in der Straße wider. Dort wohnten die Offiziere mit ihren Familien. Man erzählte sich so manches über die Zustände in der Kaserne und die in den Wohnungen gegenüber und dass Welten dazwischen lagen, die größer waren als die Breite der Straße.

»Meine Eltern haben das Fenster und die Tür zur Küche abgedichtet und dann die Hähne am Gasherd angedreht. Zum Glück war ihre Nachbarin so klug, nicht auf die Klingel zu drücken. Sonst wäre das ganze Haus in die Luft geflogen.«

Der Mann, der mit mir Kastanientiere gebastelt hatte, der bei jeder Gelegenheit eine Truppe lustiger Menschen um sich scharte, der mit Brigitte eine unbeschwerte Ehe führte, wie ich sie mir eines Tages für mein eigenes Leben wünschte; der der Typ Mann war, den ich mir eines Tages für mein eigenes Leben wünschte; dieser Mann lebte das alles mit Erinnerungen an Verlust und Trauer und Wut.

»Wo warst du, als es passierte?«

»Habe mit meinen Großeltern die Tiere in der Pelzmühle besucht.«

»Bist du wütend?«

Unsere Straßenbahn fuhr quietschend in die Zentralhaltestelle ein. Ganz vorne saß Herr Tischendorf, ins Gespräch mit einer jungen Frau vertieft, die ein Kind auf ihrem Schoß hielt. Ich zog meinen Vater zur nächsten Tür.

»Ja. Ich bin wütend.«

»Auf wen?«

»Auf alle.«

»Wer ist *alle*?«

»*Alle.* Meine Eltern. Meine Großeltern, weil sie meinen Vater nicht davon abhielten. Und alle, die dafür gesorgt haben, dass die beiden lebensmüde wurden. Also so ziemlich alle Menschen, die mir heute in den Sinn kommen.«

Er beugte sich zu mir und zerstrubbelte mein Haar. Wollte uns zurückholen in die unbeschwerte Zeit.

»Fast alle.«

Der freundliche Herr Mehnert hatte die Agricola-Buchhandlung übernommen.

Gonzo sollte wieder in die Gesellschaft integriert werden, ich wollte mir in den Sommerferien etwas Geld verdienen, und Herrn Mehnert passte es gut, dass wir ihm aushalfen.

»Meine zwei schreibenden Arbeiter«, begrüßte er uns gleich am ersten Tag.

Der Laden lag am Fuße von Kaßbergen in der Inneren Klosterstraße. Ich mochte diese kleine Gasse im Windschatten der groben Nachkriegsarchitektur. Hier fanden sich Leute ein mit Zeit. Immer dieselben fragten jeden Tag nach immer denselben Büchern, die es nicht mehr oder noch nicht gab. Merle, *Der Tod ist mein Beruf.* Hesse, *Unterm Rad.* Kerouac, *On The Road.* Neues aus der Spektrum-Reihe. Einige stöberten. Manch einer fand ein Buch als Geschenk für den älteren Herrn, nichts Aufregendes bitte, aber doch gehaltvoll, der Herr sei schließlich Professor und jetzt im Ruhestand. Das waren die Bücher, die ich meistens abstauben musste, dafür umso sorgsamer in Packpapier einschlug und derentwegen Herr Mehnert mehr als einmal mein Verkaufstalent bewunderte.

Das Schönste am Tag waren die Pausen. Gonzo und ich saßen still im Aufenthaltsraum und lasen, was wir aus den Schatzkisten geklaubt hatten. Aus den Kisten mit den Neuerscheinungen, von denen statt der tausend Exemplare auf dem Bestellzettel drei Exemplare eingetroffen waren. Wären die tatsächlich bestellten Stückzahlen jemals angeliefert worden, hätten wir ein Problem gehabt.

In der Kaffeeküche stand ein kleiner Herd, in der Mitte ein

Holztisch mit Wachstischdecke, dazu Holzstühle, und im Hintergrund brodelte die Kaffeemaschine. Wenn aus einem Abfluss im oberen Stockwerk Wasser durch die Rohre lief, dann klang es, als regnete es.

Zum Mittag aßen wir Spaghetti mit Tomatensauce aus einem Einweckglas.

Gonzo kam nicht mehr zu Ronald Schaarschmidts Zirkel, las aber umso mehr.

Der freundliche Herr Mehnert hatte Gonzo ins Lager verpflichtet, wo er nichts zu tun hatte, als den Wareneingang zu verwalten. Und was an Ware kam, war schnell gezählt und einsortiert. Den Rest des Tages und der Woche ließ Mehnert ihn einfach da sitzen und lesen. War Gonzo durch mit der Literatur der Juden, Russen und Deutschen, dann wollte er lesen, was ich für den Zirkel schrieb. Einmal kam er dazu, wie ich in der Kaffeeküche saß, auf dem Tisch lagen Grin und Tolstoi, in denen Gonzo mit Papierschnipseln Stellen für mich markiert hatte. In der Hand hatte ich Elke Erb und auf den Knien Erik Neutsch.

Gonzo lehnte sich an eine Leiter und schaute auf mich herab, während ich mit einer von Elke Erbs Miniaturen kämpfte. Er fragte mich nach meinen Gedanken zu der Miniatur über die Frau, die im Juni Geburtstag hat und einen doppelt so alten Mann liebt inmitten der buckelnden Häuser ihres Viertels. Ich solle mich mit dem Subjekt befassen, dem lyrischen Ich. Und dann das Objekt finden. Gonzo war verändert, war weich und aufmerksam, auch den Leuten gegenüber, die in den Laden kamen. Manchmal riss er so etwas wie einen Witz.

Bei Ronald Schaarschmidt hingegen fiel noch nicht mal mehr sein Name. Nur die Ordnung in der Küche des Schriftstellers war wieder die alte, und auch der Schriftsteller selbst sah wieder so verlottert aus wie früher. Als ich ihn auf Gonzo ansprach, schauten Elvira und der Kuttenmann zu Boden. Ronald Schaarschmidt hingegen fixierte mich aus engen Augenschlitzen. Er wolle mich treffen, sagte er, nach der Arbeit. In Künstlers Kleiner Bar. Aber allein.

In dieser Stadt musste man kein Künstler sein, um als einer angesehen zu werden. Es genügte, wenn man Reiner Künstler hieß und eine Bar aufmachte, in der es Spaghetti von ofenheißen Tellern gab, damit einem die Leute die viel zu kleine Bude einrannten.

Nach der üblichen halben Stunde Wartezeit waren wir drin und setzten uns an einen der hinteren Tische.

Reiner Künstler bediente selbst. In einem Radius von etwa zehn Metern hatte er all die vollbesetzten Tische im Blick. Er las den Leuten ihre Wünsche von den Lippen und den Händen ab. Was einfach war, gab es doch nur Spaghetti, Bier, Wein und Limonade. Jeweils eine Sorte. Das passte zu meiner Philosophie der Vereinfachung. Weniger war mehr und würde diese Mangelwirtschaft eines Tages zum Paradies machen, um das uns die Menschen im Westen beneiden würden. Die Spaghetti schleppte der Wirt auf brennendheißen Tellern direkt aus dem Ofen an. An Bier und wahlweise Wein konnte man sich betrinken oder mit Limonade nüchtern bleiben. Das gefiel mir.

Nur der Wirt gefiel mir nicht. Er hatte etwas Verschlagenes. Reiner Künstler hatte einfach Glück gehabt mit seinem Namen, schon dachten alle Künstler, hier seien sie unter sich. Er war ein *reiner* Reiner mit ei, und wenn sie das sagten, die Leute, die ihn nicht mochten und trotzdem jeden Abend vor seiner Kneipe warteten, um ihm ihr Geld in den Rachen zu werfen, dann sagten sie das mit einem Unterton. Vielleicht war dieser Reiner auch so einer wie der Schladoht, der zu Hause seine Frau haute, die hier jeden Abend den Spaghettiofen heizte. Vielleicht schaute er mich auch nur so verschlagen an, weil er mich dickliche junge Person mit einem erheblich älteren Mann hier sitzen sah, der sich in meinem Beisein betrank. Auf meine fünf Mark für den Teller Spaghetti und die eine Mark für zwei Limonaden wollte er aber auch nicht verzichten. Dafür, dass hier alles Volkseigentum war, gab es ganz schön viel Privatbesitz, fand ich. Das zu klären musste ich mir für später aufheben, denn der Schriftsteller hatte offenbar Wichtiges mit mir zu besprechen.

»Mit Gonzo brauchste gar nicht wieder aufzutauchen.«

Seine Direktheit verletzte mich.

»Er war dein Freund, jetzt kommt er nicht mal mehr zum Zirkel. Du weißt, wie ich zu Gonzo stehe! Also warum bist du so böse mit ihm?«

»Schnallst du es nicht? So schnell, wie der aus dem Knast kam, habense den doch umgedreht. Oder meinste, aus dem Vogelkäfig kommste wegen guter Führung wieder raus?«

Häuptlings Spruch von einem, der annerschrum ist, fiel mir ein.

»Das kann doch sein.«

»Der hat einen Russenpanzer in die Luft gejagt, Mensch!«

»Du weißt, dass das nicht stimmt. Die haben den, der es war.«

»Humbug!«, sagte Ronald Schaarschmidt so laut, dass sich die Leute am Nachbartisch zu uns drehten und Reiner Künstler hinter dem Tresen seinen Kopf wie eine Schildkröte nach uns reckte. Überhaupt brüllte der Schriftsteller viel in letzter Zeit. Dabei war er ein Mann der Worte gewesen, die in ihrer Stille wirkten.

»Die finden immer einen, den sie festnehmen können. Und so einer muss jetzt dafür grade stehen, weil sie deinen Freund Gonzo noch brauchen.«

Ich schwieg. Schon, um dem Schriftsteller noch die Gelegenheit zu geben, das Ventil voll aufzudrehen und alles an Luft rauszulassen.

»Die Knackis im Vogelkäfig nehmen nach ihrer U-Haft entweder das Ticket nach Bautzen oder sie gehen durch die Hintertür und steigen in den Bus in den Westen.«

Nur wenn ich weiter schwieg, würde er weiter ungefiltert rauslassen, was wirklich in ihm rumorte. Ein Verdacht nämlich, und davon wollte ich mich gerne selbst überzeugen.

»Und der nimmt einfach die Tür, durch die er reinspaziert ist, und spaziert wieder raus und zurück in sein Leben. Haste dich schon mal gefragt, warum der ausgerechnet dort arbeitet, wo du grad dein schönes, harmloses Sommerpraktikum machst?«

»Weil er gerne liest.«

»Lesen kann er auch in der Bibliothek oder auf eurer Parkbank oder zu Hause.«

Gonzo stellte mir viele Fragen in letzter Zeit, aber die hatten doch immer mit dem Zirkel zu tun, damit ich beim Schreiben vorankomme.

»Aber Gonzo wurde doch selber verfolgt. Hab ich mit eigenen Augen gesehen. In der Straße vor seinem Haus stand immer ein Auto mit 'nem Typen drin.«

»Hast du den Typen gesehen?«

»Nein, aber das Auto, und dann hat es mir Gonzo erzählt.«

»Und wenn da nun ein Auto stand, weil du dort warst?«

»Wieso sollten die sich für mich interessieren?«

»Weil deine Mutter vorhat, in den Westen auszureisen?«

Ronald Schaarschmidt hatte ich immer alles erzählt. Und was ich nicht erzählt hatte, das las er in meinen Texten. Nur über die Pläne meiner Mutter hatte ich nie ein Wort verloren.

Ich hatte die ganze Nacht nicht schlafen können und war die Erste in der Buchhandlung. Jochen Mehnert hatte für mich und Gonzo einen Schlüssel anfertigen lassen. So konnten wir den Laden alleine schmeißen, wenn er mal nicht abkömmlich war, wie er es nannte. Die leeren Weinflaschen unter dem Ladentisch sprachen Bände davon, wie es bei Mehnert zu Hause aussehen musste. Keiner redete drüber, und manchmal tranken Gonzo und ich einfach mit.

Im Raum war es still. Auf die Regale fielen die Strahlen der Morgensonne. In der Luft schwebten Staubkörnchen. Ich zählte das Wechselgeld und schloss die Ladentür auf.

Vernahm das Klacken der Hintertür.

»Dein Kollege noch nicht da?«

Jochen Mehnert sah übernächtigt aus. Ich schüttelte den Kopf.

»Gegen zehn kommt Ware. Ich bin hinten.«

Er ließ mich im Laden zurück, auf den eine Horde Studenten zusteuerte. Ich kannte sie alle vom Sehen und wusste schon, dass ich wieder keine guten Nachrichten für sie hatte. Konnte weder mit dem *Wendekreis des Krebses* noch mit dem *Steppenwolf* dienen, obwohl beide Bücher gerade erschienen und auf dem Bestellzettel mit drei Neunen bestellt waren. Von jedem waren drei gekommen: eins für Mehnert, eins für Gonzo, eins für mich.

»Geht klar.«

Das erste Mal schaute ich auf die Uhr, als die Studenten wieder abgezogen waren. Diesmal wütender als sonst, nachdem sie erfahren hatten, dass ihre beiden Fragetitel schon wieder ausverkauft waren. Ausverkauft. Mit welcher Selbstverständlichkeit es sich lügen ließ, hatte ich in der Schule an Rahel Marienberg gesehen. Wie schnell das Lügen zu erlernen war, zeigte mir der Volksbuchhandel.

Halb elf. Mehnert kam aus dem Lager nach vorn, wischte sich die Handflächen an den Hosenbeinen trocken und griff nach einer Rotweinflasche unter dem Ladentisch.

»Was von Gonzo gehört?«

Er nickte zum Telefon. Nein. Angerufen hatte Gonzo auch nicht.

»Ich schau mal nach ihm.«

Jochen Mehnert nickte.

»Bin hinten fertig. Mach los. Und wenn er krank ist, soll er sich gefälligst krankschreiben lassen.«

Ich machte den Umweg über den Gerhart-Hauptmann-Platz. Auf unserer Bank saßen zwei alte Frauen. Gonzo war nirgends zu sehen.

Ich lief die Harlaßstraße runter Richtung Walter-Oertel-Straße. Sah die Schlange vorm Köhler und meinen Vater dort im Gespräch mit dem Glockenbach. Ich bog nicht schnell genug um die Ecke, so dass mein Vater mich erspähte.

»Ulrike!«

Ich drehte mich um, tippte auf meine Armbanduhr und lief weiter.

Ich hörte seine Schritte hinter mir.

»Ulrike! Was machst du denn hier um die Zeit? Musst du nicht arbeiten?«

Ich blieb stehen.

»Muss nach Gonzo schauen.«

Er hielt mich am Ärmel fest.

»Hör mal! Mach dir jetzt dein Praktikum nicht kaputt wegen dem!«

»Wegen *dem*?«

Was war nur los mit den Menschen? Was war los mit Leuten wie meinem Vater? Konnte die Relativitätstheorie ohne einen Blick in ein Buch erklären, aber nicht nachvollziehen, was Sorge um einen Freund war. Weil der politisch *nicht ganz klar* war.

»Ja wegen dem! Er ist nicht auf der Arbeit, also muss ich ihn holen.«

»Das ist er ja so gewöhnt.«

Ich ließ meinen Vater stehen. Jedes weitere Wort hätte zerstört, was wir hatten. Ich würde mich an die beiden Welten gewöhnen, in denen ich lebte, und mit jeder meinen Frieden schließen. Hauptsache Frieden und nicht wegen jeder Kleinigkeit endlose Diskussionen.

Er holte mich wieder ein.

»Ich komm mit. Wollte ihn doch so oder so mal kennenlernen. Dann eben *so*.«

Darauf kam es nun auch nicht mehr an. Ich lief weiter, mein Vater neben mir, Klippklapp mit seinen Clogs.

Im Treppenhaus herrschte Ruhe. Ebenso ganz oben vor Gonzos Tür. Kein Geräusch war zu hören. Auch nicht aus seiner Wohnung.

Mein Vater griff nach der Papierrolle an der Tür. Darauf beinah unleserliches Gekritzel. Er zog daran, bis der ganze Text sichtbar war.

»Wir sehen die ganze Stadt und die Vorstädte mit allen hervorragenden Gebäuden und Erscheinungen wie eine Rundzeichnung vor unseren Augen aufgerollt …«

Ich klopfte und klingelte, während er weiter vorlas, was er gerade so lesen konnte.

»… in einiger Entfernung Rabenstein mit der schönen Kirche, Altendorf, die sich reizend darstellende Schloßpartie mit einem Theile des Teiches und der freundlichen Gondelei; ganz Furth, die Lichtenauer Höhe, bis zu welcher unser Blick den Dampfwagen verfolgen kann, der uns auch nach Zwickau zu ungefähr zwei Stunden sichtbar sein wird …«

Das Klingeln verhallte im Treppenhaus.

»Was soll das?«, fragte mein Vater.

Ich wünschte, auf dem Papier hätte immer noch »Bin auf der Bank« gestanden. Was mein Vater mir vorgelesen hatte, verhieß etwas anderes.

Ich legte mein Ohr an die Tür. Öffnete den Briefschlitz, der von innen mit einem Tuch verdeckt war. Zog das Tuch durch den Schlitz und versuchte, so viel wie möglich vom Flur zu sehen. Vier Paar Springerstiefel standen geordnet an der Wand. An zwei Haken hingen Kutte und Armeemantel. Die Tür zu seinem Zimmer stand offen. Durch den Rahmen fielen Sonnenstrahlen auf den Holzfußboden.

»Auf der Rolle steht, was er vom Kaßberggefängnis aus sehen konnte.«

»Und warum in diesem komischen Deutsch?«

»Weil er Stahlknecht zitiert. Den ersten Siedler Kaßbergens, der an die idyllische Stelle sein Haus gebaut hatte, auf der jetzt das Gefängnis steht.«

»Intelligenter als ich dachte, der Kerl.«

Ich ging davon aus, dass mein Vater Gonzo und nicht Stahlknecht meinte, doch es bedeutete mir nichts mehr. Ich hatte Angst vor dem nächsten Schritt.

»Lass uns gehen. Wer weiß, wo er gerade unterwegs ist. Ich finde ihn schon.«

Doch mein Vater wirkte wie weggetreten.

»Zange«, sagte er in ziemlich barschem Ton.

Hinter der benachbarten Wohnungstür regte sich etwas. Ich klingelte.

Eine alte Frau öffnete die Tür. Sie hatte die ganze Zeit dahinter gestanden und gelauscht. Das war ihrem Blick anzusehen.

»Was gibt es denn schon wieder?«

Mein Vater schob mich beiseite.

»Können Sie uns für zwei Minuten etwas Werkzeug leihen, junge Frau?«

Pikiert schob sie sich ihren grauen Dutt zurecht.

»Veräppeln kann ich mich selber. Wartense mal.«

Mit einer Werkzeugkiste in der Hand kam sie wieder.

»Hab noch nie reingeschaut. Hat mir mein Sohn mal dagelassen, für alle Fälle.«

»Prima«, sagte mein Vater. »Wir bringen sie gleich zurück.«

Sein Blick bedeutete ihr, die Tür nun wieder schließen zu können. Das tat sie auch, doch ihre Schritte entfernten sich nicht.

Mit Zange und Schraubenzieher gelang es meinem Vater innerhalb einer halben Minute, Gonzos Wohnungstür zu öffnen.

»Hallo?«, rief mein Vater in den Vorsaal hinein. Dort bewegten sich nur Staubkörner in der Luft.

Ich blieb im Türrahmen stehen. Fragte mich, was wir hier taten. Da kam einer nicht zur Arbeit, und zweie brachen in seine Wohnung ein, in das Privateste, was er besaß.

Mein Vater blieb an der Tür zum Zimmer stehen. Zuerst fiel die Zange aus seiner Hand, dann knallte der Schraubenzieher auf den Boden. Ich hörte Regung hinter der Tür der Nachbarin, schloss Gonzos Wohnungstür hinter mir und ging zwei Schritte auf meinen Vater zu. Weiter kam ich nicht.

»Nein«, sagte er und drehte sich zu mir um. Hielt mich fest in den Armen.

»Nein.«

Das war alles.

Danksagung

Hannelore Holland-Moritz, für deine lebendigen Erinnerungen eines vergangenen Kaßberglebens, die du mit mir geteilt hast und dafür, dass du immer an mich und das Buch geglaubt hast.

Gisa Mattock, weil du mein Rettungsanker bist, was unsere sächsischen Vorfahren und ihre vielen Leben betrifft und die Leidenschaft, mit der du unsere Geschichte mit mir teilst.

Krista Maria Schädlich für alles: deine Freundschaft, deine Geduld und Leidenschaft im Umgang mit mir und meinen Worten.

Dr. Stephan Pfalzer vom Stadtarchiv Chemnitz für ein schönes Flurgespräch und tiefe Einblicke in unsere Stadtgeschichte.

Frau Laue und Lars Frischmann vom Archiv „Freie Presse" Chemnitz für den herzlichen Empfang und die kompetente Betreuung.

Dr. Hans-Dieter Langer in Niederwiesa für die lebendigen Schilderungen einer Zeit, in der noch keiner von uns lebte.

Maria Winkler für deine Freundschaft und die Enzyklopädie, die du einfach so im Kopf mit dir herumträgst und an der du mich teilhaben lässt.

Joerg Waehner für ein langes Gespräch bei den Bösen Buben über alles, was mir damals entgangen war.

Verwendete Zitate

Wer fortging, kam niemals an. Unterwegs sein, das war alles.
Aus: Werner Bräunig, Rummelplatz. Berlin, 2014

Wirkt da ein Heimweh? Nein, so schön war Chemnitz nie.
Aus: Stefan Heym, Nachruf. München, 1988

sowie Textstellen aus:

Christian Anders – *Es fährt ein Zug nach nirgendwo.* Musik/Text: Christian Anders, Fred Jay, 1972

Herbert Grönemeyer – *Bochum.* Musik/Text: Herbert Grönemeyer, 1984

Freddy Quinn – *Junge, komm bald wieder.* Musik/Text: Lotar Olias, Walter Rothenburg, 1963

Carl Orff – *Carmina Burana.* Musik/Text: Carl Orff, unbekannt, 1937

Demis Roussos – *Goodbye my love, goodbye.* Musik/Text: Mario Panas, Klaus Munro, 1973

Volkslied – *Steigerlied.* Musik/Text: unbekannt, 1678

Volkslied – *Wenn ich ein Vöglein wär.* Musik/Text: Johann Friedrich Reichardts, Johann Gottfried Herder, 1800